知音动漫图书·漫客小说绘
ZHI YIN COMIC BOOK 以梦想之名 点燃阅读 小说绘

江山鹤歌行

吾玉 ◎ 著

贰

中国致公出版社　知音动漫

知音动漫图书 · 漫客小说绘出品

都说少年子弟江湖老，但在我心中，这群鲜活的少年们却永远都不会老。他们永远站在巍巍山峦中，站在那片动人的江湖里，熠熠生辉，赤子如初。

章节	页码
第八章·并肩闯塔	117
第九章·身陷琅岐岛	139
第十章·童鹿秘密揭晓	163
第十一章·小越逼婚	187
第十二章·营救大计	213
第十三章·海上决战	231
番外·求亲记	259
后记·少年子弟江湖老	263

目录

第一章 · 夏夏救妹 　001

第二章 · 不速之客 　017

第三章 · 璃仙镇 　033

第四章 · 骆老大 　047

第五章 · 长生庙大战 　063

第六章 · 情不知何起 　081

第七章 · 千石迷阵 　101

第一章・夏夏救妹

①三人力战喻庄主

少年白发凛凛，握紧喻剪夏冰凉的手，那句声嘶力竭的话还回荡在屋中——

"我只有一个夏夏，她身边也只有一个我了！"

喻剪夏身子一震，扭过头，苍白的一张脸上带着难以置信的神情，泪光闪烁，颤声道："哥哥……"

裴云朔拉紧她的手，双目血红，像头杀气四溢的小兽，转过身："我们走！"

屋中的喻庄主脸色一变，立刻想要上前阻拦："阿朔，你不能带夏夏走！"

少年却充耳不闻，手中铁钩森寒，白发飞扬，大步踏向门外，毅然决然。

"朔儿！"裴夫人泪流满面地喊道。

屋外斜阳西沉，一地斑驳如金，风过庭院，喻庄主瞳孔骤缩，一声喝道："快，拦住他们！"

院中立时涌出大批护卫，将裴云朔与喻剪夏团团包围住，前一刻还是座上宾，这一刻的他们却已成为笼中雀，在重重包围中插翅也难飞。

裴夫人追到门边，见到院中这派肃杀阵势，吓得脸色一白，唯恐刀剑无眼伤到两个孩子，连忙扯住身旁喻庄主的衣袖，摇头道："喻郎，不要！"

骆青遥与辛鹤也赶忙从屋中出来，见此场景，辛鹤咬牙道："姓喻的，你太卑鄙了！"

那喻庄主却毫不理会她，只是拍了拍裴夫人的手，语带安抚："夫人放心，我只是命人将他们拦住，绝不会伤害他们的。"

他走入院中，一步步走到全神戒备的裴云朔跟前，言辞恳切道："阿朔，你不能带走夏夏，你先别激动，听我解释，夏夏也是我的女儿，我这些年也是日夜都在思念她，对她饱含着愧疚之情，又怎么会真正想要伤害她呢？这取血之法听着吓人，其实并不是你们想的那样，一切都很简单，对夏夏一点儿影响都没有，只要她一点点血做药引，就能救贞贞了……"

"滚开！"裴云朔抓紧那铁钩，猛地指向喻庄主，双目血红间，嘶声道，"喻时钦，我绝不会让你碰她一下！"

喻庄主眼神陡然一冷，声音也沉了下去："阿朔，看来你是执意要带夏夏离开山庄了？"

"不必废话了，动手便是！"少年身上杀气凛凛，厉声响彻长空。

"不……不要！"门边的裴夫人吓得大惊失色，踉踉跄跄地奔入院中，身子颤抖不已，一下拦在了裴云朔与喻庄主中间。

斜阳照在她的眉眼发梢之上，她泪涟涟，望着满脸决绝的裴云朔，不住摇头道："朔儿，不取血了，不取血了，我们不碰夏夏了，你快把手里的武器收起来吧，别伤到了自己……"

她身后的喻庄主神色一变："夫人！"

裴夫人却是泪涟涟地望着风中那头白发，凄楚地喊道："我知道，是我们寒了你们的心，无论如何你们也不会原谅我们了，可是你们能不能留下来，陪贞贞过她接下来的一个生辰？"

裴云朔与喻剪夏瞳孔同时一紧，只听到裴夫人字字含泪道："这或许是她最后的一个生辰了，她是个苦命的孩子，老天爷将一切报应都加在了她身上，可她是那么无辜，明明她什么也没有做错啊……"斜阳中，裴夫人越说越伤心，"从小到大，我们就一直告诉贞贞，她还有一个哥哥和一个姐姐，只是他们出远门了，等她过生辰时就会回来看她，贞贞那孩子心思单纯无比，听了后深信不疑，每一年生辰都会眼巴巴地在山庄里等着哥哥姐姐回来，可是从来没有等到过……今年或许是她最后一个生辰了，你们可不可以留下来，陪她度过这个生辰，了却她这个心愿？"

裴夫人说得动情而悲切，裴云朔却是红着眼眶，似乎难以置信般，自嘲地一笑："生辰？"他声音嘶哑无比，望着裴夫人道，"你还记得我是哪一年哪一月哪一日出生的吗？还记得上一次陪我过生辰是在什么时候吗？你居然还能提出让我们留下来，陪你另一个孩子过生辰？喻夫人，你不觉得自己的所作所为实在是太荒谬可笑了吗？"

裴夫人被说得身子颤抖不已，泪水更加夺眶而出了，身后的喻庄主忍不住愠怒道："阿朔，你怎能这样与你母亲说话呢？"

"我没有母亲，我母亲早就死了！"裴云朔声嘶力竭道，握住那铁钩，拉紧喻剪夏的手，霍然转过身，似乎一刻也不想待在这里了："我们走！"

裴夫人在风中伤心欲绝："朔儿，求求你，你们不要走……"

"你们哪里也不能去！"喻庄主陡然一声喝道，飞身一掠，衣袍猎猎扬起，他眸中精光迸射，眼见就要一把扣住裴云朔的肩头。

却在这时，两道身影掠入斜阳之中，长发飞扬，一左一右，在半空中倏然拦住了喻庄主的两只手，那喻庄主猝不及防，看清那两张脸后眸光一惊："是你们？"

风中陡然出手相助的两人正是骆青遥与辛鹤，他们拦住那喻庄主后，身影翩然落在院中，护在了裴云朔与喻剪夏身前。

"小……辛师弟，骆师弟！"喻剪夏看着斜阳中忽然从天而降的二人，心潮起伏间，眼眶红了一片，水雾在眸中升起。

"你们两个也来凑什么热闹？"那喻庄主恼怒不已。

"凑你这'天下第一无耻'的热闹！"辛鹤狠狠瞪着双眼，毫不客气道，"我还真未见过比你更卑鄙无耻的人，贞贞是你女儿，夏夏就不是了吗？这么多年来，你对夏夏有尽过一个做父亲的责任吗？她风尘仆仆赶到山庄，阔别多年与你再次相见，你对她说的第一句话，竟是要取她的血做什么狗屁药引，姓喻的，你简直丧尽天良、猪狗不如！"

"闭嘴！你这牙尖嘴利的臭小子，屡次对我出言不逊，若不是看在你是阿朔与夏夏好友的分上，我早对你不客气了！"

"呸，谁稀罕你这份假惺惺的客气，我也早就忍够你了，你说的每句话都臭不可闻，让我恶心透顶！"

"你！"喻庄主怒不可遏，忽地出手袭向辛鹤，"竖子找死！"

辛鹤还不及反应时，旁边的骆青遥已经挺身相迎，在猎猎风中替她接下了这一招。

旁边的裴云朔也将手中铁钩一扬，上前助阵，另一只手把喻剪夏往旁边一推："夏夏，闪开！"

三人成犄角之势，在斜阳中将喻庄主瞬间包围住，几股内力撞击激荡，少年们出招间迅如闪电，衣袂飞扬，战局一触即发，四道身影在风中打得不可开交。

院中的护卫刚想要上前相助时，却被那喻庄主抬手止住："区区三个小毛孩，我还未放在眼中，既然他们想松松筋骨，我便陪他们玩一玩！"

这喻庄主原先在江湖上只得一个"毒医喻郎"的称号，医术十分高明，武功却算不上多厉害，但自从吸纳了老庄主的百年奇功后，恐怕十个辛鹤与骆青遥都不是他的对手了。

残阳如血，劲风猎猎，三人围住那喻庄主，在院中打得激烈无比。

裴夫人在一边吓得脸色都白了，泪眼涟涟："不……不要打了，喻郎，朔儿，你们停下来，别打了……"

外头这激烈的动静隐隐传入屋中，帘幔飞扬间，床上那道小小身影长睫颤了颤，指尖微微一动，竟是一点一点在透过窗棂洒下的阳光中缓缓睁开了眼。

她扶着帘幔慢慢走下床，眼神茫然迷惑，一步一步走到了门边，外头霞光漫天，洒在她身上，勾出一圈金色的柔光。

她看着庭院中央激烈的混战，一脸懵懂，出声喊道："爹，你在干什么？在和遥哥哥玩游戏吗？"

她声音不大，却清晰地传入了半空中那几个人的耳中，他们动作齐齐一滞，招式戛然而止，同时在夕阳中望向了门边那道身影。

裴夫人亦霍然扭过头，一声喊道："贞贞！"

风掠长空，残阳萧萧，一场打斗骤然停止，喻庄主与骆青遥自半空中落下，也异口同声地喊道："贞贞！"

所有目光都汇聚在了门边那道小小的身影上，可神奇的是，少女眨着眼睛，望向的却既不是她爹娘，也不是她的遥哥哥，而是透过漫天斜阳，目光直直落在了一人身上。

她一步步走入风中，衣袂发梢随风扬起，目不斜视地走过众人身畔，径直走到了那一人跟前。

她仰起头，一双小鹿般的眼眸看着那个人，满带着新奇与惊喜。

仿佛血脉相连，冥冥中有着某种感应般，她轻轻开口，天真稚嫩，又有些小心翼翼，似乎害怕某种期许落空般。

她一字一句道："姐姐，你是姐姐吗？你回来看贞贞了？"

她问向的那一人，正是站在风中背着药箱有些不知所措的喻剪夏。

迎着那双小鹿般的眼眸，喻剪夏久久愣住了，晚风拂过她的长发，她心里升起一股从未有过的感受，双唇动了动，一时间竟是说不出一句话来。

夜风习习，万籁俱静，月光笼罩着宫学，洛水园里一片花海随风摇曳，清光流淌，美如梦境。

房中开了半扇窗，月光洒在地上，帘幔飞扬间，床榻上那道纤细身影，一张脸苍白如雪、清隽秀丽，长长的睫毛颤了颤，缓缓睁开了眼。

月光如水般投在她的眉眼之间，她迷迷糊糊中只见到一道清俊身影守在她床前，撑着头睡着了，眼下还有一圈乌青，也不知他这般衣不解带地照料，有多久没有好好休息了。

床上的苏萤愣住了，望着那张清雅俊秀的面孔，久久失神着，脑袋里有一些画面倏然闪过——

漫天红雨中，她奋不顾身地扑了上去，一整片后背袒露在了风中，挡住了那道清俊的身影，跌入他怀中，生死之间望向他，眸光绵长，还以为是今生最后一眼。

原来她没有死？

再度醒来的苏萤刹那之间有一种恍如隔世的感觉。

她陡然又想起什么，伸手摸向脸上，却是冰凉光滑，什么伪装都没有了。

她神色一变，下意识想要坐起身，却又浑身无力，躺在床上呼吸紊乱，不知过了多久，终是泄了气一般，在月光中无声一叹。

是的，她暴露了，现在做什么都是徒劳的。

其实早在出手救人时，她就该想到自己会暴露身份，可那一刻她顾不上那么多了，她眼里只有那一个人，她没有办法不去救他。

就像现在，她望着床边这道身影，仿佛天地万物都不复存在，她眼里只能看到他。

窗外凉风徐来，静悄悄的夏夜里只有枝叶拂动的声音以及三两虫鸣声，苏萤望着床前那张白皙俊秀的睡颜，忽觉这一刻太过静谧、太过美好，像个不真切的梦。

她屏住呼吸，忍不住伸出了手，一点点往那张清俊的面容探去，他一缕长发随风扬起，清光在周身流淌着，出尘得如同谪仙一般，就在她即将触碰上他脸颊的那一瞬间，那漆黑浓密的睫毛却微微一颤，那双眼睛毫无预兆地睁开了。

苏萤一惊，脸上瞬时红热不止，还来不及收回手时，耳边已响起付远之惊喜的声音："你醒了？"

他一把抓住了她的手，却是一顿，又赶紧松开了，似乎发现自己有些失态般，呼吸微乱。

两人目光相触，双唇同时一动，想要说什么，却都没有开口。

屋中一时静默下去，只有屋外夜风飒飒，花海翻涌。

许久，付远之才坐在床边，轻轻开口："我该叫你小苏姑娘，还是……别的名字？"

苏萤心尖一颤，望向那对清亮的眼眸，他缓缓道："你昏迷的这段时日里，我想了许多，才发现自己其实对你一无所知。"

"你的身份、你的来历、你一身的武功、你所有的伪装……"他顿了顿，看着她的双眸，神情复杂，一字一句道，"你能告诉我，你究竟是谁吗？"

②囚于一室

兜兜转转了一圈，骆青遥与辛鹤又回到了那间暗室，只是这一回还有两个人也与他们一同被关了进来——

那就是裴云朔与喻剪夏。

喻庄主担心他们再次逃跑，将他们一起关到了这间暗室中，门口还多加了一把锁，钥匙只在他一人身上，这下他们几人绝无机会再逃脱了。

喻庄主每日三餐都派人送来，各色美味佳肴不断，暗室中也收拾得干干净净、舒舒服服，在吃住上并未有任何亏待，只是于行上彻底限制了他们的自由。

他还来过暗室一趟，苦口婆心地劝说着，希望喻剪夏能再考虑一下，看在姐妹之情的分上，救一救贞贞，也陪贞贞度过她今年的这个生辰。

末了，他还满带歉意地表示，将他们关在这里只是暂时的，是逼不得已才出此下策的，只要答应救贞贞，他们立刻就能出来了。

骆青遥与辛鹤简直不敢相信，这姓喻的竟会卑鄙无耻地做到这个地步！

然而比他们更难受的是喻剪夏。

喻庄主一走，那道纤秀身影就蜷缩在角落之中，背过身去，埋着头，双手环抱着自己，肩头微微颤动着，似乎在拼命压抑着泪水，无声无息地哭泣着。

辛鹤见了心头一痛，才想要过去时，一人已比她先一步靠近。

裴云朔双目泛红，按捺住呼吸，也在那角落中坐下，伸出双手，忽然自背后一把将喻剪夏牢牢环住。

喻剪夏身子一颤，那双手却将她抱得更紧，她后背抵着他温热的胸膛，只听到他强有力的心跳，还有那耳畔灼灼的呼吸。

有滚烫的泪水滴答坠落，打湿了她的脖颈，少年将她紧紧抱着，嘶哑了喉头，一字一句道："别哭，别哭，还有我，夏夏，你还有我……"

明明自己哭得更凶，却还要安慰别人，说到底也不过才一个十八九岁的少年，外表装得再怎样坚硬冷酷，也抵不过一颗柔软脆弱的心。

喻剪夏忽然扭过身子，泪如雨下，双手也将白发少年紧紧回抱住。

这一抱，多少年的心酸苦楚、怨怼隔阂尽如冰雪消融，无声而化。

他们搂在一起，仿佛这昏暗的密室中，无边无际的绝望里，倏然生出了一线阳光。

就算黑暗再怎么浓烈，世上再怎么冰冷无情，他们也还剩下彼此可以依靠，能够互相取暖，驱散心底的无边寒意。

旁边的骆青遥与辛鹤看着这一幕，望了望彼此，心中也升起一股难言的感受，不知不觉间也湿润了眼眶。

日子仿佛又回到了刚来山庄时被关在暗室中的模样，贞贞依旧每天过来送糖，只是如今，她要给的对象，还多了一个——

"给姐姐和遥哥哥吃糖！"

许是血缘里天生带着的那份亲近，贞贞不知道有多喜欢喻剪夏，但是有些畏惧裴云朔，因为裴云朔从头到尾对她冷冰冰的，没有一个好脸色，就跟他那一头白发一样吓人。

在贞贞的世界中，她等来的哥哥姐姐，一个是骆青遥，一个是喻剪夏。

这里面完全没有辛鹤与裴云朔。

每次贞贞来送糖，他们就坐在里面，扭过头，背过身子，一副眼不见心不烦的样子。

事实上，最开始时，喻剪夏也有些不知所措，不知该如何面对小窗口外那双纯真如小鹿般的眼眸。

当她迟疑地伸出手，终是接过那第一颗糖果时，外面那张稚嫩小脸顿时眉开眼笑，兴奋得差点儿要跳起来，整个人别提有多高兴了。

一缕阳光洒在那道娇憨的身影上，她长发飞扬着，身上每一寸都散发着美好纯粹的光芒，喻剪夏怔怔望着，心底不知怎么忽然就柔软了一片。

贞贞却还在外面比画着，小鹿般的眼眸眨啊眨，兴奋不已，像要跟喻剪夏证明什么般，乐滋滋地道："姐姐，贞贞不傻，贞贞聪明，贞贞会绣布娃娃，贞贞要做两个娃娃，一个姐姐，一个贞贞，姐姐和贞贞要永远在一起……"

孩童般天真的话语中，听得喻剪夏不禁扬起唇角，心中却又莫名一阵酸楚，如果先天的心智不全能够让贞贞永远活在一个纯真无忧的世界中，那么这份痴傻究竟是好还是坏？

旁边的骆青遥却双手抱肩，对着外面的贞贞打趣道："那遥哥哥呢？不做遥哥哥的布娃娃了吗？贞贞这么喜新厌旧啊，姐姐来了，就不要遥哥哥了吗？"

"没有，贞贞没有！"窗外的贞贞连忙嘟起嘴，摆手辩解道，"贞贞喜欢遥哥哥，也要做遥哥哥的布娃娃……"

暗室里头，背对着他们而坐的辛鹤听着这番对话，忽然捏住了双手，心中升起一股无名怒火："死青瓜，你干脆留在这山庄做上门女婿好了！"

窗外的贞贞却又补了一句："但是，要先做……先做姐姐的布娃娃……"

这孩子气的话飘入风中，听得骆青遥一怔，忍俊不禁，不由伸出了手，在那白细秀挺的小鼻子上捏了捏："好呀，你还学会偏心了！"

身旁的喻剪夏也忍不住，心中一软，微微扬起了唇角。

他们三人的欢笑声终究传入了裴云朔耳中，他一头白发背对而坐，在窗外洒入的阳光中，微微别过了头，看着窗外那张天真的笑脸，抿了抿唇，目光有些失神，心底说不出是何滋味。

或许有什么不知不觉间就发生了改变。

离贞贞的生辰越来越近了，正当喻剪夏犹豫着想要跟裴云朔开口时，却万万没想到，他们竟被人从那间暗室偷偷放了出来！

那是一个冷月幽幽的半夜，他们四人正在熟睡之中时，门外却忽然响起了异样的声音，"咔嚓"一声，新加上的那把锁被打开了，烛台转动了三圈，暗门缓缓开启——

冷月之下，一道纤细的身影站在夜风之中，一袭漆黑的斗篷罩住了全身，只露出一双眼睛，手里还拿着那把开了锁的钥匙。

那人似乎很是着急，将暗室的门打开后，一言不发，只是带着骆青遥四人直奔月下。

"快，你们快逃吧！"

终于，从暗室中出来了，长空下，那人仿佛松了口气，声音才一出来，裴云朔的脸色就已乍然一变。这人竟是——

头上漆黑的斗篷被摘下，月下露出了一张温婉秀美的妇人面孔，正是裴云朔的母亲裴夫人！

她双眸含泪，在风中唤了一声："朔儿！"

这个偷了钥匙将他们半夜悄悄放出来的人竟是裴夫人？！

骆青遥几人都震惊难言，不敢置信地愣在了月下，裴夫人却是又拿出了怀中揣着的一物，塞给了他们："带上这个，你们快逃吧，逃得越远越好！"

那本在风中散发着淡淡草香的书，正是叫喻庄主抢了去，日日钻研，却始终解不开其中玄机的《妙姝茶经》！

无法言说裴夫人心中的这份挣扎，如果重来一次，她不知道自己还会不会偷拿了喻郎的钥匙，将这几个孩子放出来。

"这些天我彻夜难眠，良心不安，实在无法眼睁睁看着你们被关在里面，看着喻郎一意孤行……"

这茶经原本就不属于柳明山庄，被抢夺过来既是因为贞贞的病，也是因为喻庄主的一番野心。

可贞贞的病情远比想象中蔓延得还要更快一些，虽然有药物压制着，表面看上去她每天都乐呵呵的，安然无恙，但其实她的病情一天比一天重，或许连即将到来的那个生辰都撑不过去了。

抢来的这本《妙姝茶经》对贞贞而言根本派不上什么用场了，先不说那"童鹿秘宝"本就是个虚无缥缈的传言，不知真假，也不知究竟是何神秘力量，到底能否医治贞贞，就算秘宝当真不假，此刻也已经来不及了。

"你们把这《妙姝茶经》带走吧，我不想看着喻郎一错再错了。"夜风中，裴夫人泪眼婆娑，"原本喻郎是个最淡泊无求的人，但为了我和贞贞一步步走到今天，他起初只是想要保护我而已，却没有想到会越陷越深，这些年我看着他的野心逐渐扩大，在这条路上走得越来越偏、越来越远，几乎可以说是疯魔了一般，我真怕有一天，他也会落得跟从前的老庄主一样的下场……"

裴夫人泣不成声，她将这《妙姝茶经》也偷了出来，就是不希望喻郎再错下去，最终为自己的野心付出莫大的代价，沦落到万劫不复的境地。

还有一件事她也必须要告诉阿朔与夏夏，这也是她日夜难眠、始终无法安心，一定要将他们放走的原因！

"我实在受不了良心的谴责了，一定要告诉你们，其实，那取血之法并非万无一失、全无风险，喻郎为了救贞贞还隐瞒了一部分……"

裴夫人说到这儿，裴云朔几人心头同时一紧，目光中写满了难以置信。

月下，裴夫人双眸含泪道："三成，大概有三成的风险，若是取血的过程中夏夏的身体承受不住，便会有三成的风险，可能……可能会……血崩身亡！"

"血崩身亡"四个字一说出来，夜风中的几人顿时脸色大变，裴云朔更是骤然握紧了双拳，呼吸灼热："什么？"

喻剪夏煞白着一张脸，一颗心犹如坠入万丈深渊，在月下颤抖着身子，一句话也说不出来。

辛鹤恨声道："这喻老贼简直丧尽天良，竟瞒下这等风险，毫不顾及夏夏的性命，这是要推她去送死啊！"

裴夫人满脸是泪，在月下望着脸色煞白的喻剪夏，语气中也饱含着心疼："夏夏，好孩子，凝姨对不起你，这辈子亏欠你太多了，我实在是没办法再眼睁睁看着你冒风险，用自己的命去换贞贞的命了……"她双手捂住脸，泪如雨下，"或许这就是命数，贞贞这一生过得太苦，全叫我们给害了，她走的那一天我必将一同陪她而去，不会让她一个人孤零零地上路的……"

原本沉浸在知晓那三成风险后的震惊与愤怒中的裴云朔，陡然听到裴夫人这一句话，身子一激灵，猛地一声吼道："你疯了吗？"

少年白发飞扬在夜风中，眼眶通红，望着裴夫人，呼吸急促，胸膛剧烈起伏着。

裴夫人抬起头，显然从少年的这番暴怒之中听出了那隐含的关切与在乎，忽然间心绪激荡难以自持，她伸手上前，一把将那道瘦削的身影抱住了："朔儿，我的好孩子，你走吧，娘亲这辈子对不起你，下辈子当牛做马也要偿还你……"

肝肠寸断的哭声回荡在月下，少年浑身颤抖不已，忽然一声嘶吼道："谁要你的下辈子？我下辈子再也不想见到你！"

他猛地推开裴夫人，月下双眼通红，咬牙切齿道："你如果还想偿还我，这辈子就好好活着吧，否则下一世，我和你之间永无瓜葛！"

这样狠心决绝的话中，裴夫人却反而听得心头一热，泪水愈发汹涌落下："朔儿……"

她正哭成一个泪人时，一道身影却从那暗室门口，遥遥奔来。

骆青遥眼尖，一下就认了出来，呼吸一室："贞贞！"

③抉择

"贞贞！"

夜色中，所有人扭头望去，却见月下那随风奔来的少女，不是贞贞还能是谁？

她手中还拿着什么东西，待到她走近时，众人才看清，那竟是两个布娃娃！

裴夫人瞪大了双眼，惊得话都说不出来了："贞贞，贞贞，你怎么来了？你半夜不睡觉，跑出来做什么？"

贞贞却拿着两个布娃娃，毫不理会裴夫人，一双亮晶晶的眼睛在月下，只是望向喻剪夏，兴奋道："姐姐，做好了，我做好了！"

她献宝一般将那两个连夜做好的布娃娃高高举起，欢快道："姐姐你看，这个是姐姐，这个贞贞，像不像？"

原来她半夜偷偷跑出来就是为了给喻剪夏看这两个娃娃！

长空下，喻剪夏心头一震，双目直直地看着那一大一小两个娃娃，泪水忽然顺着脸颊滑下，身子颤抖间，一句话也说不出来。

贞贞唇边的笑容凝固了，一颗心忽然慌得不行，就算再傻的人，到了此时此刻，也能够感受到什么不寻常的东西。

她拿着两个娃娃上前，懵懵懂懂地正想要给喻剪夏擦眼泪："姐姐，你怎么了？姐姐不哭，贞贞保护姐姐……"

裴夫人却一激灵，将她陡然拉住了："走，你们快走！"

贞贞脸色一变，抓紧了手里的娃娃，吓得浑身一颤："姐姐去哪儿？姐姐不走！"

裴云朔拉过喻剪夏，反应过来，咬牙道："快走！"

他不能让夏夏留下担那风险去救贞贞，他生命中只有爹和她了，他不能失去她！

贞贞被裴夫人拖住，眼看四人奔入风中，她浑身颤抖不已，眼神越来越惊恐，抓着娃娃想要追上去，不妨间却是摔倒在地，终是爆发出一声撕心的恸哭："姐姐不要走！"

她摔在地上，手里抓着那一大一小两个娃娃，仰头哭得伤心欲绝："姐姐不要走，遥哥哥不要走，不要扔下贞贞，留下来陪贞贞，不要走……"

她哭得那样凄厉，平时整天乐呵呵、娇憨爱笑的一头小鹿，原来伤心起来竟也会哭得这般撕心裂肺，撕心裂肺到喻剪夏不敢回头……

喻剪夏心如刀割，耳边回荡的全是那一声声号哭的"姐姐"，她双脚沉重得根本没有力气再跑了！

骆青遥也同样如此，他不住回头望着月下那道恸哭的身影，眼眶跟着红了一片，辛鹤却在旁边将他的手紧紧握住，咬牙道："青瓜，不能让夏夏把命搭在这里，我们走！"

她声音也有些哽咽，即便再如何于心不忍，可只要想到夏夏，就只能硬起心肠，头也不回地走掉，毕竟那三成风险她怕夏夏担不起！

撕心裂肺的哭声响彻夜空，便就在这时，冷风萧萧，山庄中灯火通明，大批护卫瞬间涌出，半空之中，一道俊挺身影踏风而来，衣袂飞扬——

正是双目迸射出精光的喻庄主！

"站住，你们哪里去？！"

一片混乱之际，裴夫人在身后急声喊道："快逃，不要停下来，快逃！"

大风猎猎，裴云朔握紧喻剪夏的手，拔足狂奔，出路就在眼前！

喻剪夏心跳不止，扭过头，却只看见贞贞被按在地上，拼命挣扎着，伤心欲绝，哭得满脸是泪。

倏然间，贞贞似乎遥遥望见喻剪夏投来的目光，一下抓住那娃娃，仰起头，撕心裂肺地喊了一声——

"姐姐！"

喻剪夏心中瞬时痛如刀绞，泪水夺眶而出，耳边霎时回荡起贞贞那天真稚嫩的话语："贞贞要做两个娃娃，一个姐姐，一个贞贞，姐姐和贞贞要永远在一起……"

泪水彻底模糊了她的视线，她一只手却被裴云朔紧紧握住，死也不放。

少年白发飞扬在月下，声音嘶哑无比："不要回头，夏夏，求求你，不要回头，我不能再失去你了，绝不能……"

地上的贞贞看着姐姐越来越远，并没有留下，慌乱绝望间，浑身颤抖得更加厉害了，满脸泪水下，抓着那两个娃娃，忽然仰头痛苦地叫了一声，全身猛烈抽搐起来！

"贞贞，贞贞你怎么了？"裴夫人大惊失色。

那道剧烈抽搐的身影在地上痛苦无比，脸色瞬间煞白如鬼魅，贞贞竟在慌乱绝望间猝不及防地又发病了！

"贞贞！"

原本要去追那月下四人的喻庄主忽然折返回去，刹那扑在了地上，一把搂住那个抽搐的小小身子，吓得脸都白了："贞贞，贞贞，你怎么了？你不要吓爹……"

这是绝无仅有的一次机会了，趁着喻庄主被拖住，月下的四人正好能够脱身，若是再稍作犹疑，恐怕就再也逃不掉了！

然而那病情发作的贞贞，一声声哭喊却在夜风里回荡着："姐姐，姐姐不要走……"

喻剪夏心如刀割，扭过头，长发随风扬起，一双泪眼只望见那地上发病的贞贞在喻庄主怀中不断挣扎着，像一头伤心欲绝的小鹿，哭得声嘶力竭——

"姐姐，姐姐，不要走！"

一股巨大的悸动瞬时涌上喻剪夏心头，她泪如泉涌，再也克制不住，忽然掉头折返回去，长发飞扬间，一声呼唤划破天际——

"贞贞！"

暮色四合，斜阳笼罩了整个庭院，微风拂动间，树影婆娑，花草摇曳。

如梦如画的美景之下却是一片死一般的沉寂。

裴云朔瘦削的背脊挺立在风中，双唇紧抿，白发飘飞间，视线死死地盯着眼前那一扇门。

一门之隔，里面的夏夏正是生死之间，他一生之中从未如此害怕和不安过，直到此时此刻才知道，原来经年累月中，那道怯生生唤他哥哥的身影早已融入他的血液、刻入的他骨髓中，成为与他密不可分、灵魂相贴的存在。

这世上因为有了一个夏夏，他的生命才没有那样孤独与荒凉，才能在寒冷之中触摸到一阵暖意。

若是夏夏没了，天也就黑了，回家的路找不到了，世上也不会再有一个阿朔了。

白发飞扬着，少年冷峻的面孔上，即便极力抑制着，眼眶仍旧泛红了一圈。

骆青遥与辛鹤站在他旁边，也一动不动地守候在院中，紧张不已地望向那扇门，等待着最后的结果。

他们心里暗自祈祷着一切顺利，不要出任何意外，两个姑娘都能好好活下来。

是的，繁星漫天的夜里，喻剪夏最终还是选择了回头，泪流满面地飞奔向那道小小的身影。对也好，错也罢，千丝万缕的纠葛之中，那头始终天真单纯，一声声唤着"姐姐"的小鹿到底是无辜的。

喻剪夏舍不下，舍不下这个可怜的妹妹，她决心要拼上那三分险，用自己的鲜血救治贞贞。

斜阳中，裴夫人衣裙飞扬，提着食盒一步步走近门边的那道冷峻身影，再一次苦劝道："朔儿，你已经一天水米未进了，多少吃点儿东西吧，不要熬坏了身子……"

裴云朔如一块磐石扎在风中，动也未动，甚至连一眼也未看向裴夫人，只是望着眼前那扇门，沉声道："现在最要担心的人是夏夏，不是我。"

裴夫人提着食盒的手一颤，双目也红了一圈，含泪道："夏夏真是个好姑娘，我们亏欠她太多了，真不知道该如何……"

她话还没说完，那道白发飞扬的身影已冷着一张脸道："是啊，她是个好姑娘，可是好姑娘为什么没有好报呢？这世道为什么对她这样不公？"

少年紧紧盯着那扇门，双目通红，声音嘶哑道："我有时候竟会恨她，恨她为什么要这样善良。"

"你知道吗？"他站在风中，自顾自地开口，语气带着一股悲伤，"在你央求我们留下来陪贞贞过生辰时，为什么我会那样伤心愤怒，不是因为我自己，而是因为夏夏。她在镖局里长到现在，从没有人为她操办过一个生辰，爹是个粗人，不懂这些，镖局里的其他人又对她带着异样的目光，暗暗仇视着她，怎么会替她过生辰呢？"

"至于我……"少年缓缓勾起唇角，笑容苍白，饱含着无限嘲讽，"我就是个彻头彻尾的混蛋，将一切都迁怒于她，所有痛楚都发泄在她身上，这些年甚至连一句好话都没有给过她！"

泪水滑过裴云朔的脸颊，他痛苦地握紧双手，一颗心忽然疼得厉害："那一年她及笄，爹却出门押镖去了，没有人为她准备任何及笄仪式，她甚至连一支发簪、一身新裙子都没有，每个姑娘在及笄之年该有的东西与祝福，她却统统都没有，镖局上下甚至都没有人问过她一句……"

水雾氤氲间，裴云朔似乎又看到了那一年，默默缩在角落里一声也不敢多吭的那道身影。

"其实那时我悄悄给她买了一支簪子，还有一盒她小时候最爱吃的云片糕，只是直到最后我也没有送出去……"

他找到她时，她一个人虚掩着门，在厨房里小心翼翼地为自己煮了一碗阳春面。

清汤寡水，什么也没有，她却捧着那碗面，一脸知足的样子。

她小声地许着愿望，一个又一个全都是关于他与他爹的，希望他们平安喜乐、无忧无愁，却没有一个关于自己。

明明是她及笄的生辰，她却没有为自己许下任何愿望，反而还希望自己不要再成为别人生命中的灾星，不要再给哥哥带来任何痛苦与劫难。

他当时就在那扇门外，透过缝隙看着烛火摇曳下的她，将她的心愿听得清清楚楚，心中一痛，却到底没有勇气推开那扇门，迈出那一步。

"如果那一年的那一晚能够重来一次，我一定会推开门，告诉夏夏，她不是我命中的祸星，而是老天送给我最好的恩赐。"

风掠庭院，拂过少年的白发衣袂，泪水模糊了他的视线，他每个字都说得动情无比："我的夏夏这辈子过得太苦太苦了，从来没有人好好疼爱过她，她所有的善良换来的都只有抛弃与不公，这一次请老天爷对她仁慈点儿，不要再伤害她了……"

残阳如血，风卷长空，时间一点点过去，院里弥漫着一股难以言喻的气氛。

终于，在所有灼灼目光的注视下，那道门终于打开了——

喻庄主满眼红丝，疲倦不堪，发丝散下，凌乱的衣袍上还染着斑斑血迹，一步一步走下了阶梯。

裴夫人泪眼蒙眬，上前两步，颤抖着唤了一声："喻郎！"

喻庄主看向夕阳中紧张的夫人，眼眶也骤然一红，伸开手臂，将她揽入了怀中，闭上眼，泪水倏然滑落："成功了，成功了，我的两个女儿总算都活了下来……"

他声音才在院里响起，白发少年已是一拂袖，风一般地掠入了屋中。

"阿朔！"喻庄主一惊，却没能叫住那道急切的身影，骆青遥与辛鹤也紧跟而上，心焦如焚地踏入了屋中。

漫天的夕阳下，裴云朔衣袂飞扬，抱着喻剪夏出现在了门边，骆青遥与辛鹤也跟在两旁，几人的身影被拉得很长很长。

喻庄主呼吸一窒，正欲上前阻止："阿朔，你不能动夏夏，她现在还十分虚弱……"

"滚开！"裴云朔红着眼，目光如刀子般射向喻庄主。

他怀里的喻剪夏脸色苍白，虚弱无比，双手却紧紧勾住了裴云朔的脖子，轻轻道："哥哥，我想回家……"

少年白发飞扬，抱着怀中的少女一步步走在夕阳之中，在经过喻庄主身侧时，喻庄主下意识想触碰上喻剪夏冰凉的手，她却冷不丁躲开了。

"夏夏，夏夏，留在爹身边好不好，爹会倾尽余生来好好照顾你……"

喻庄主一张脸慌乱得不行，喻剪夏却在少年怀中扭过头，轻缈缈地望了他一眼，那一眼波光闪烁，泪水顺着那张苍白的脸颊一点点滑下，她字字句句在夕阳中响起，轻缓而又坚定——

"生恩已还，我这辈子再也不欠你的了……"

父女之情就此一刀两断。

她可以认妹妹，却永生永世再不会认这个爹了。

喻庄主如遭五雷，身子剧烈一震，听明白这番决绝的意思，不敢置信："夏夏，夏夏，你不要爹了吗……"

"你这样的爹还有什么好要的，夏夏早就该同你断绝父女关系了！"辛鹤在身后见到喻庄主这副嘴脸，忍不住恶狠狠地道。

喻庄主更慌了，一股如潮水般的悔意涌上心头，他跟跟跄跄地上前，伸出手还想挽留些什么："夏夏，夏夏！爹错了，爹以后再也不会扔下你，不会伤害你了……"

"让开！"裴云朔红着双眼一声怒喝道。

那喻庄主手一颤，到底不敢再拉扯阻拦了，唯恐伤到虚弱的喻剪夏。

晚风掠过长空，他心如刀割，身子摇摇欲坠，忽然扑通一下跪在了地上，泪如雨下，悔恨莫及："夏夏！"

斜阳洒在院落中，白发少年抱着少女，微风扬起他们的衣袂，有水雾氤氲在风中，他低下头，在她耳边轻声道："夏夏，我们回家，哥哥带你回家，你好好睡一觉，再也不会有人欺负你了……"

第二章・不速之客

①院里的灯鱼草

晚风拂过洛水园，长阳斑驳如金、浮云悠悠、花海摇曳，天地间一时静谧安好。

落满花瓣的小道之上，付远之搀扶着苏萤，一步一步地走在晚霞中："慢点儿，慢点儿，不着急，当心别摔了……"

苏萤的身子渐渐好了起来，可以在付远之的搀扶下一点点下床了，只是对于自己的身份来历，不管付远之怎样追问，她仍是缄口不言。

付远之也只好作罢，但有一点儿却必须要弄清楚："那你同当日掳走青遥的那帮人是什么关系？你知道青遥他们被掳到了何处吗？"

直至今日，被掳走的骆青遥与辛鹤仍没有任何消息，不仅如此，就连惊蛰楼里的裴云朔与喻剪夏都失踪了，前院与惊蛰楼两边都急疯了，朝廷派人在四处寻找，却都没有线索。

这帮不知来历的江湖势力实在神秘莫测，就连动用了一切人脉手段的裴门镖局都难以寻到蛛丝马迹。

付远之焦心不已，苏萤对这个问题倒是可以回答的，她皱眉回忆着，耳边又响荡起当日那帮人手持红伞，从树上掠下来时说的话——

"多谢二位少侠，替我山庄寻得这童鹿秘宝，不如请二位去我庄中做客，一解此中玄妙，二位少侠意下如何？"

这童鹿秘宝自然指的就是骆青遥与辛鹤好不容易挖出的那本《妙姝茶经》，但这一点苏萤却没办法告诉付远之，只能将后半段如实相告："山庄……那帮人似乎是出自一个什么山庄，来头神秘，武功招数也万般诡异，要带他们两人走一趟……"

关于这帮抢夺《妙姝茶经》的神秘人，苏萤也是大感意外，摸不清头绪，这已非她一人所能探查到的，她暗中已悄悄发了封密信回琅岐岛，让他们的人一查究竟。

这件事情关系重大，无论是被掳走的辛鹤还是那本茶经，都万万不可落在他人之手。

其实苏萤想要找回他们一颗心同付远之一样迫切，但她所知道的确实只有这些了。

付远之听了后，久久沉默了，忽然抬起头，在漫天纷飞的花雨中，望着苏萤的眼眸，一字一句道："既然这帮人神秘莫测，武功招数又万般诡异，那你当时为什么……为什么还要替我……挡那一下？"

夜幕降临，月光清幽，柳明山庄里，两道身影鬼鬼祟祟地走在风中。

"小鸟，你确定你看清楚了吗？"

"错不了，那玩意儿长在水里，长长的一根草丝，像鱼一样，顶部又缀满了一些小圆球，跟一个个灯笼似的，除了灯鱼草还能是什么？"

辛鹤压低着声音，提着灯盏，同骆青遥一起蹑手蹑脚地摸进了院中。

他们半夜偷偷爬起，为的就是确认这院里一方小池塘边上长满的那一片水草是否就是传言中的灯鱼草。

白日黄昏时，喻庄主成功取了夏夏的血，救治了贞贞，裴云朔抱起夏夏离开院落时，骆青遥与辛鹤也跟在身后。斜阳之中，辛鹤眸光一瞥，无意间发现院里的小池塘边上竟长了一些令她隐隐熟悉的水草，只是当时她一心记挂着夏夏的情况也没来得及细看，只在心中留下了印象。

回去之后，她辗转反侧，眼前总是浮现出夕阳之中池塘边上那片摇曳的"小灯笼"，她终是躺不住了，决定拉上骆青遥，悄悄来这院里一探究竟。

因为夏夏的身子实在太虚弱了，他们还要在这山庄中暂住一段时日，让夏夏好好休养一番。

那喻庄主经历这惊心动魄的一遭后，或许终于发现，于生死面前世间一切皆为浮云尘埃。

他不知终是被裴夫人说服了，还是被喻剪夏感化了，总之看开一切，幡然悔悟，也放下了滔天的野心以及无止境的欲望，不仅到喻剪夏床前忏悔认错，还将那本《妙姝茶经》拱手奉上。

转了一大圈后，这本《妙姝茶经》最终又回到骆青遥他们手上，待到离开山庄时，他们就能将《妙姝茶经》一起带走了。

喻庄主还在喻剪夏床边泪洒衣襟，字字句句饱含悔恨："夏夏，爹这辈子错得太离谱了，伤透了你的心，爹悔不当初，只求你再给爹一个机会，留下来，让爹好好照顾你，弥补这一生对你的亏欠……"

　　隔着一片帘子，平素温婉柔顺的喻剪夏这一回却决绝到底，直到最后也没有答应喻庄主，只是隔着帘子轻轻说了一句："你走吧，你我父女之情今生不再续。"

　　喻庄主痛彻心扉，潸然泪下，跟跟跄跄离开时，鬓边似乎都生出了几缕白发。

　　对此，辛鹤只有痛快的一句："呸！活该！这辈子也别想再得到夏夏的原谅了！"

　　纷纷扰扰间，喻剪夏与喻庄主的纠葛已然了断，但骆青遥与辛鹤手中的这本《妙姝茶经》却还有一大堆谜团没有解开。

　　此刻夜色幽幽，月光笼罩着院落，洒下一片片清辉，树影摇曳，风声飒飒。

　　他们提着灯盏，轻手轻脚的，终是摸到了那片小池塘边上。

　　夜风拂过骆青遥的衣袂发梢，他微眯了双眸，抬头望向贞贞熟睡的那间屋子，不知想到了什么，喃喃自语道："夏夏再休养一段时日，正好就到贞贞的生辰了，我们还能留下来，陪贞贞过完这个生辰……"

　　辛鹤本来提着灯盏，正弯腰蹲在池塘边，瞪大眼睛仔细寻找着，突然听到骆青遥这番话时，冷不丁"哼"了一声。

　　"是啊，骆青瓜，我觉得你可以再留久一点儿，直接做山庄的上门女婿，再跟着那喻老贼学功夫，多好啊，到时候喻老贼两腿一蹬，你拍拍屁股麻溜上位，摇身一变，就成了这里的骆庄主了，岂不威风凛凛？"

　　她语气酸溜溜的，透着说不出的古怪，骆青遥也往她身边一蹲，在她脑门上一弹："我去你的！乱七八糟说些什么呢！找到那什么灯啊鱼啊的玩意儿没？"

　　辛鹤吃疼捂住脑袋，瞪了一眼骆青遥："那是灯鱼草，你也快过来一起找啊，在那儿想东想西的，还真想当人家的上门女婿啊！"

　　夜风拂来，明月照水，波光粼粼，两个脑袋凑在池塘边上，找了一圈后，骆青遥忽地目光一亮："小鸟，你看，是不是这个！"

　　灯盏之下，那一片水草映得清清楚楚，长长的丝条，像鱼一样，顶部又缀满了一些小圆球，像一个个灯笼，不是那灯鱼草又是何物？

　　"就是这个！"辛鹤喜不自禁，盯向那一片水草，却又忍不住奇道，"这柳明山庄里怎么会有这种灯鱼草呢？按小越哥哥的说法，这灯鱼草应当长在那童鹿古国才对啊……"

　　"你管它呢，指不定是那姓喻的捣鼓来的，他这几年不是一门心思在找那什么童鹿秘宝吗？兴许找着找着，稀里糊涂地就把那灯鱼草带进了山庄里……"

　　事实上，骆青遥还真没说错，这灯鱼草的种子的确就是误打误撞地被带回来的——喻庄主派出去寻找童鹿秘宝的人在童鹿国曾经的故土上带回来的。

　　只可惜，这些野生野长的灯鱼草并没有引起喻庄主的注意，他恐怕做梦也想不到，解开那童鹿秘宝玄机的关键之处就在这些不起眼的水草上面！

　　简直像老天爷都要帮骆青遥与辛鹤一样，这些灯鱼草踏破铁鞋无觅处，得来全不费工夫。

月下，他们蹲在池塘边，望着那片随风摇曳的水草，辛鹤兴奋不已："快，青瓜，多拔点儿回去！"

辛鹤毫不嫌脏，麻利地拔下那一片又一片灯鱼草，底部的泥土都不拍一下，直接就往怀里揣，还不住催促着骆青遥："青瓜，多拔点儿，多拔点儿，这灯鱼草要许多许多才能碾出一点点汁水来呢，我们多弄点儿回去，那茶经那么厚，肯定要用不少草汁……"

她正兴冲冲说着时，身后忽然有一阵凉风吹来，耳边响起一个熟悉的声音："你们两个在这里……做什么？"

骆青遥与辛鹤齐齐一惊，霍然回过头，却见月下站着一道瘦削俊挺的身影，白发飞扬，脸庞逆着光，却也依稀能瞧出那英俊的五官，不是裴云朔还是何人？

"白……白毛……啊不，阿朔！"

辛鹤慌乱不已，忙将手指贴向唇边："嘘！"

她万万没料到会在这个时候，在这个地方，遇到忽然冒出来的白毛："阿朔，你怎么在这儿？"

裴云朔一怔，陡然间被反问住了，骆青遥眼尖地瞥到，他手里似乎拿着什么，不由问道："阿朔，你手里拿着什么？"

那道俊挺的身影微微一颤，忙下意识地把手里那东西往身后藏了藏，脸色有些不自然，却在骆青遥与辛鹤的注视下，还是压低了声，有些扭捏道："夏夏……夏夏让我过来，将这个布娃娃交给贞贞，让这娃娃在夜里陪着贞贞睡觉……"

他平日冷酷惯了，还没有做过这种半夜偷偷来送娃娃的事情，脸上不由有些发热，叫骆青遥与辛鹤一时都看乐了："敢情你是个'送娃观音'啊，羞什么！"

裴云朔脸上更加一红，呼吸急促："你们闭嘴！"

说起来，他也不想做这种事情，怪难为情的，本来准备偷偷丢在窗下就走，哪知道会遇到同样摸到这院里的骆青遥与辛鹤。

身后藏着的布娃娃被拿了出来，在月光下，隐约还能看见那布娃娃身上，缝了两个字——夏夏。

当时月下，贞贞病情发作得突然，她手里的布娃娃掉在地上，也无人注意，只有喻剪夏在那样的紧急关头还记得将两个娃娃收了起来。

她让裴云朔将这个大一点儿的娃娃送过来，还在上面缝了"夏夏"两个字，让这娃娃代替自己陪伴贞贞入睡。

而那个小一点儿的，她自己留着了，上面也同样缝了"贞贞"两个字。

"夏夏说，即使日后离开山庄了，那个布娃娃她也要一直带在身边……"

这看似幼稚的行为却让裴云朔心里莫名一酸，夏夏长到这么大恐怕还没有收到过布娃娃，也没有得到过这样真切的暖意，所以她才会那样珍惜。

忽然之间多了一个妹妹，这世上，她又多了一份牵挂。

裴云朔心里正百感交集间，却一激灵猛地回过神来，看向月下的骆青遥与辛鹤："喂，那你们呢，你们在这里鬼鬼祟祟的干什么？"

骆青遥与辛鹤身子一颤，连忙想要挡住裴云朔的视线，却还是叫他伸长了脖子，一眼瞅见那片随风摇曳的水草。

他倏然之间，露出了一脸匪夷所思、难以形容的神情，指着骆青遥与辛鹤道："你们怎么在……偷草？"

② 不速之客

明月挂在树梢上，夜风轻拍着窗棂，房里烛火摇曳，帘幔飞扬，弥漫着一股淡淡的水草清香。

三道身影坐在桌前，正各自忙碌着——

骆青遥与裴云朔各自拿着一根捣药杵，在红陶药钵里奋力碾碎着那些摘来的灯鱼草，辛鹤则在旁边用纱布滤出干净的草汁，接在一个小小的瓷碗中，再用毛笔蘸上草汁，一页一页地往那《妙姝茶经》上涂抹过去。

还好喻剪夏带了药箱过来，里面各种器具一应俱全，他们三人分工合作下倒也有条不紊，配合默契，很快就滤出了小半碗新鲜的灯鱼草汁。

"白……阿朔，事关重大，你可不能说出去，听见没？"辛鹤一边用毛笔蘸上那草汁，往手边的《妙姝茶经》上涂抹过去，一边小声叮嘱着裴云朔。

左右在池塘边被撞见了，也瞒不过去，他们便向裴云朔一一交代了，反正白毛与夏夏也不算什么外人，叫他们知道了还能一起帮忙。

床榻上，喻剪夏勉强撑起身子，看着桌前忙碌的三人，脸色苍白着道："要不要……我也来帮忙？这捣药杵你们可能一下用不习惯……"

"不用不用了，夏夏你快躺下，你现在身子还很虚弱呢，不要乱动，好好休息才是……"辛鹤忙招呼喻剪夏躺下，自己继续滤着草汁，拿那毛笔蘸上涂抹着茶经。

时间一点点过去，屋里萦绕着越来越浓的草叶清香，骆青遥与裴云朔一刻不停地碾着灯鱼草汁，握着捣药杵的手都有些酸麻了，辛鹤也已经查验了大半本《妙姝茶经》，却仍旧没有任何发现。

几人的心都有些揪紧了，饶是裴云朔再好的定性也忍不住皱眉道："我现在有点儿怀疑，是不是你们两个被我撞见在偷草，怕我说出去，才故意编个什么秘宝玄机来哄骗我？"

"是啊是啊，我们怕死了，你快出去揭发我们是偷草贼，快去快去！"骆青遥干笑了两声，对裴云朔挤出个鬼脸，"白毛你这笑话一点儿也不好笑。"

裴云朔有气无力地握着捣药杵，望向桌上越来越少，就快要碾完的灯鱼草，不由道："这灯鱼草都快用完了，如果还是没有任何发现，难道我们还要再去摘一轮吗？"

"嘘！"辛鹤屏住呼吸，蘸着草汁继续涂抹着，紧张得满头是汗，紧紧盯着手中的书页，"别说话了，还有小半本茶经没翻完呢，说不定就在下一页了……"

她每到这种时候，心里都会升起一股强烈的预感，上次挖土找茶经时是这样，这次也是一样，她坚信这本《妙姝茶经》隐藏的玄机一定马上就能解开了！

三人继续埋头忙碌着，夜风拂过帘幔，床榻上喻剪夏正要迷迷糊糊睡着时，耳边却忽然传来辛鹤兴奋的一声——

"在这里，就在这一页，隐藏的内容就记在这一页！"

喻剪夏冷不丁惊醒，睁开眼只看到桌前的三人脑袋凑在一块儿，正兴冲冲地盯着什么，她一颗心也禁不住提了起来："是……是什么？"

桌上的那本《妙姝茶经》差不多已翻至了倒数几页，上面散发着清淡的草香，新鲜的草汁涂抹上去，在中间的空白位置一行字慢慢浮现出来——

白清砚，栎阳襄城，昭和庙。

"这……这是什么东西？"骆青遥与裴云朔都看愣了，一时间完全摸不着头脑。

辛鹤的眸光却骤然一紧："等等，这……这不是……白长老吗？"

"什么长老？"骆青遥扭过头。

辛鹤呼吸急促，忙道："不，不是，就是我们家乡那里一个比较有身份有名望的老者，我们都叫他白翁。"

骆青遥听了更加奇怪："不对啊，你们那什么白翁为什么会在这章怀太子的记载上，还有你之前说过的那个小越哥哥，你猜测他也跟童鹿国，甚至跟皇室有关，这不是太奇怪了吗？怎么你家乡一个个的都跟这童鹿国和茶经能扯上关系，你家乡到底在哪里？"

辛鹤一时被问得哑口无言，整个人也蒙掉了："我……我不知道啊，我比你还意外，这上面为什么会有白翁的名字……"

她抿了抿唇，忽然心念一动，继续拿起手边的毛笔，蘸了草汁往那下面涂抹去，果然，下面又慢慢显现出一行字。

不，确切地说，是一行接着一行，草香缭绕间，那空白的下半张书页，霎时浮现出许多行记载——

吕启德，荆州太白顶，六银庙。

杜凤年，豫州千石峰，东鸣寺。

蓝西亭，武都汀州镇，金沙寺。

……

"怎么……怎么都是寺庙啊？这些是什么东西？"骆青遥一头雾水，旁边的裴云朔也看得眉心紧蹙，一点头绪都摸不着。

他们的注意力全被那些寺庙吸引去了，辛鹤却是越看越心惊，眼睛牢牢盯着那几个人名，难以置信。

这些名姓，可以说个个都是她的老熟人——

那吕启德也是琅岐岛上十长老会中的一员，与白翁十分交好，而杜家、蓝家更不用说了，不仅是岛上的大姓，家中的小辈还在她爹身旁做护法，算是她爹的左右心腹了，这茶经上面记载的两个名字，显然也是那杜、蓝两家的先辈。

辛鹤心中似有惊涛骇浪掀起，握着毛笔的一只手都有些发颤了，然而，更令她震惊的一幕却在那书页最底部的一行字中，渐渐显现出来了——

辛玄笛，云梦泽璃仙镇，长生庙。

屋外夜风飒飒，像有一只森冷的手陡然抓住了辛鹤的心房，她瞳孔骤缩，一屁股坐在了椅子上，一张脸瞬间煞白如纸，震惊得无法言语。

"小鸟，小鸟你怎么了？"骆青遥急声道。

辛鹤缓缓抬起头，魂儿都没了似的，苍白着脸，颤抖着声音，一字一句道："辛玄笛是……是我爷爷的名字……"

风掠长空，阳光笼罩着洛水园，花海摇曳，美不胜收。

付远之正要推开门给苏萤送些滋养的补品时，却被身后的鲁行章一声叫住："付大人，有那几个孩子的消息了！"

门里的苏萤闻声睁眼，长长的睫毛颤了颤，外头鲁行章的大嗓门隐隐约约传来，她心念一动，悄无声息地下了床，披了衣裳站在门边，倾耳细细听着外头的对话——

"你看，这是刚收到的信，落款是骆青遥，镖局也同样收到裴云朔写的一封信，这几个孩子不知搞什么鬼，说要去闯荡江湖，暂时不回宫学了，他们一切安好，让我们不要担心……这到底是怎么回事啊？这几个孩子到底在干什么？简直是胡闹啊！"

没头没尾的一封信，也没有解释这段时日失踪的缘由，只是说他们几人现在聚在一起，安然无恙，准备相伴去江湖上历练一番，历练完自会回到宫学，不用担心。

付远之忙接过那信笺，一看之下也是惊愕无比："这……这的确是青遥的字迹与语气，旁人仿不出的，他怎么……忽然想要去闯荡江湖呢？这段时日……他究竟经历了些什么？"

"就是不知道才让人着急啊！"鲁行章又气又急，"这信上也没说要去哪里，这几个孩子简直是胡闹，不知天高地厚，平素那些民间的侠义话本看多了吧，学什么侠客去闯荡江湖，真是太荒谬了！"

外头一番对话一字不落地传入了门内的苏萤耳中，她心中也是暗暗一惊，脑中冒出的第一个念头就是："难道跟那本《妙姝茶经》有关？"

瞳孔一紧，苏萤下意识握住了手心，发觉事态隐隐不妙，开始朝着一个不可控的方向而去……

不行，人与茶经都不能遗落在外，她必须赶快通知琅岐岛才行！

心中正这般打算着，门外的付远之似乎已经与鲁行章谈论完，准备推门进来了，苏萤身子一颤,连忙回到床上躺好,才闭上双眸,那道清俊身影已经踏入屋中,声音里带着按捺不住的激动:"小苏姑娘,你知道吗?有青遥他们的消息了!"

骆青遥的这封信被快马加鞭送到姬府中时,姬宛禾还在院里搀扶着陶泠西,艰难地一步一步走着路。

陶泠西的腿经过长久的治疗,已经能慢慢站起,每天在姬宛禾的搀扶下,走上一小段路,但撑不了多久双腿就会控制不住地发颤,身子摇摇欲坠,只能又回到轮椅上。

姬宛禾请了无数名医过来,开了无数的药方,却还是没办法令陶泠西完全恢复。

时日久了,陶泠西也有些丧气,觉得自己这双腿恐怕这辈子都好不了了,尤其在骆青遥失踪的这段日子里,他日夜担忧,更加觉得自己这双腿什么都干不了,自己就是个废人!

夕阳中,当他双腿又一次发颤、不慎摔倒在地时,陶泠西一把推开了姬宛禾的搀扶,嘶声道:"阿宛,你别管我了!"

他清秀的眉目在夕阳下闪烁起波光来,胸膛起伏着,有些东西再也压抑不住,他忽然抬起手恨恨地捶打起了自己的双腿。

"我真没用,我就是个废人!想站起来,想去找遥哥,却根本没办法!遥哥至今下落不明、生死未卜,我却帮不上一点儿忙,出不了一点儿力,我就是个废人!"

泪水滑过少年的脸颊,姬宛禾连忙将他双手按住,眼眶也红了一圈:"呆木头,呆木头你干什么,你冷静点儿!"

"阿宛,你别管我了,别管我了,我就是个废人,这辈子都好不了了……"

"谁说你好不了了?老天爷不会这样对你的,无论如何我都会让你好起来的……"姬宛禾目光灼灼,抓起陶泠西的手往自己脖子上一搭,咬咬牙,将他一把搀扶了起来。

斜阳中,她才扶着陶泠西往那轮椅上坐下时,一道身影已经火急火燎地奔入了院中。

"小姐,小姐,有骆少爷的消息了!"

来者正是姬府的老管家,他手里还拿着一封信,激动地喊道:"小姐,这是付相刚差人送来的,说是骆少爷的亲笔书信,让小姐也看一看,鉴定是否真乃骆少爷亲笔所写……"

这从天而降的消息简直让人喜出望外,姬宛禾心头狂跳不止,几乎是一把夺过那信笺,迫不及待地看了起来。

那信笺上龙飞凤舞,一手飘逸的字迹她再熟悉不过,而尾部的几句称呼更是像骆青遥站在她眼前,那种吊儿郎当的口吻扑面而来——

"义父、小姬叔叔、苗苗姨、宛姐、小陶子……你们无须担心挂念,我在江湖上转一圈,玩够了就会回来的,等着小爷吧!"

"小爷你个头!"姬宛禾眼眶瞬时红了,握着信笺,在夕阳中咬牙切齿道,"这不是那王八蛋写的还会有谁!"

轮椅上的陶泠西也激动万分,伸手道:"我看看,阿宛给我看看!"

姬宛禾一下蹲下身，又跟陶泠西一起将那封信看了一遍，两人眼中都泪光闪烁，难以自持。

姬宛禾更是对着那封信，仿佛骆青遥就在眼前一样，又哭又笑，破口大骂道："老遥你个混球到底在搞什么鬼，知不知道这段日子我们有多担心你！"

陶泠西却是红着双眼道："遥哥要去哪儿？在江湖上转一圈是什么意思？"

姬宛禾自然也不懂骆青遥在搞什么名堂，只是指尖摩挲着那信笺，忽然发现了什么，心弦一动，猛地凑上前嗅了嗅。

晚风拂过她的长发衣袂，她眸光骤然一亮，声音惊喜道："这不是小金紫云笺吗？"

小金紫云笺是一种极为名贵的信笺，在别处都买不到，只有赵家的翰墨轩每年会特供一小批，一般一年不超过三个买主。

而这赵家恰恰是姬宛禾的母亲赵清禾的娘家，乃是商业巨贾，平江首富，生意遍天下。

说来也巧，那喻庄主自诩风雅，平日也喜欢一些风花雪月之物，不知从哪儿看中了这小金紫云笺，爱不释手，便每年都会订上一批，让翰墨轩的人送往山庄。

他恐怕万万想不到，正是这信笺暴露了他的柳明山庄。

斜阳中，姬宛禾长发飞扬，抓着那信笺激动不已，对着老管家道："快，快把翰墨轩总堂的霍掌柜叫来，把今年，不，是近几年所有卖出小金紫云笺的记录都给我找出来！"

夜色如水，月光笼罩着柳明山庄的亭台水榭，花径阁楼，山庄里烟花漫天，觥筹交错，笙歌曼舞，热闹非凡。

今日是贞贞的生辰，骆青遥几人过完今夜，就会带着那本《妙姝茶经》离开山庄，正式踏上新的征途。

他们要去的地方不是别处，正是茶经上记载的，与辛鹤爷爷有关的那一行——

辛玄笛，云梦泽璃仙镇，长生庙。

关于这本《妙姝茶经》，有越来越多的谜团解不开了，辛鹤不知不觉间竟发现自己也卷了进去，她辗转难眠，最终决定带着茶经上路，将这些谜团一一解开。

那茶经上共记载了十个地方，十处庙宇，辛鹤首先要去的地方自然是记载她爷爷的那一行，那璃仙镇上的长生庙她一定要去看看，查清楚那里究竟有什么！

辛鹤这番决定一出来，骆青遥直接就开始收拾行李了，他自然会陪她一同去，不管是刀山还是火海！

辛鹤感动不已，只是没想到裴云朔与喻剪夏竟也要同她一起去。

喻剪夏的身子已恢复得差不多了，她带上自己的药箱，说："前路漫漫，一切未知，你们身边有个会医术的，总会安心许多。"

裴云朔抿紧了唇，虽然没有多说什么，但一句话就表明了态度："夏夏去哪儿，我就去哪儿。"

这两"兄妹"实在是够义气，骆青遥与辛鹤心中都一阵温暖，队伍似乎瞬间就壮大了，四人这便决定参加完贞贞的生日宴后，立刻就出发，前往那云梦泽璃仙镇。

得知四人马上要离开山庄了，喻庄主与裴夫人百般不舍，贞贞更是一整个晚上都缠在喻剪夏身旁，泪眼婆娑，央求姐姐留下来。

"贞贞乖，姐姐以后会回来看你的，你把那个娃娃收好了，就当作姐姐陪在你身边一样……"

这边喻剪夏还在安抚着贞贞，那边裴云朔身旁的裴夫人哭得梨花带雨："朔儿，真的非走不可吗？不能在山庄里再多待一些时日吗？娘亲实在是舍不得你，你吃了这么多苦头，就留下来让娘亲多补偿你一下吧，还有你这满头白发，真的不要让喻叔叔医治好吗……"

"这番话天天说，夜夜说，说了几百遍了，也不嫌烦吗？"裴云朔一张脸冷峻依旧，只是到底要分别了，他嘴上不耐烦着，眼眶却到底还是在夜色中微微红了一圈。

漫天烟花下，辛鹤坐在席中，也是一脸心事重重的样子。

骆青遥自然知道她的心事是什么，不由在风中握住了她冰冷的手，压低了声，一字一句道："小鸟，放心，无论前路是什么，我都会与你一起面对……"

"青瓜……"辛鹤扭过头，在月下与骆青遥四目相对，呼吸紊乱间，双眼泛红，泪光闪烁。

她正还欲说什么时，夜空下忽然有几个护卫急匆匆地奔来，霍然跪在了喻庄主跟前——

"禀庄主，抓到两个擅闯山庄的人，该如何处置？"

③宛姐霸气表白

"两个擅闯山庄的人？"漫天烟花下，喻庄主微微皱眉，"是哪儿跑来的小蟊贼吗？"

他看向风中一脸天真好奇的贞贞，终是挥了挥手道："把他们放了吧，今日是我小女的生日，多一事不如少一事，便饶过他们这一回。"

喻庄主难得大发慈悲，那护卫却反而为难了："可……可是，他们嚷着一定要见庄主……"

这两个嚷着一定要见喻庄主的不速之客才被带上来，席上的骆青遥几人目光便骤然一亮——

月光之下，少女一袭红衣，长发飘飘、明丽飞扬、娇艳动人，旁边的少年坐在轮椅上，白皙俊秀、眼眸清澈、周身气度如水如云。

骆青遥几乎是腾的一下站起身，喜出望外："宛姐，小陶子！"

"怎么……怎么会是你们？"他心头狂跳不止，难以置信间，霍然奔出宴席，激动得不知如何是好。

白衣翻飞，骆青遥才一靠近那两道身影时，红衣明丽的少女已经上前，狠狠在他肩头捶了一拳："老遥，你这个王八蛋，你知不知道我们有多担心你！"

姬宛禾的长发飞扬在风中，眼眶泛红了一圈，日夜担忧的人终于活生生地站在了眼前，她心潮起伏间，忍不住又上前接连捶了骆青遥好几下，咬牙切齿道："你倒好，躲在这里逍遥快活，要不是我们找来了，你是不是打算一年半载都不回书院了，不见我们了！"

"哪……哪有啊，我这是特殊情况嘛，我也很是挂念你们呢……"骆青遥一边闪躲着，一边举手笑着求饶道，"不是，话说，你们……你们怎么会找到这里来了？"

姬宛禾哼了一声，颇为得意："山人自有妙计！"

旁边轮椅上的陶泠西忍不住扬起唇角，指了指自己的脑袋，一双眼眸弯如月牙，温和笑道："阿宛是女诸葛，这里聪明着呢。"

骆青遥扭头看向轮椅上的少年，夜风中愈发兴奋了："小陶子，你居然也跟来了，我可真是想死你了！"

他双臂一张，大咧咧地就要扑上去："来，让遥哥亲两口！"

"老遥你滚一边去，别发疯了！"姬宛禾把骆青遥脑袋一挡，护在陶泠西身前，两人笑闹间，骆青遥却又将目光落在了陶泠西身下的那具轮椅上，神情一动，有些犹豫道："不过小陶子，你这腿……还是没有好吗？"

他知道陶泠西一直在姬府治疗双腿，也听说渐渐有了起色，只是没想到过去这么久，他竟还是坐在轮椅上，似乎并没有好起来。

陶泠西一怔，对着骆青遥关切的眼神，指尖动了动，唇边泛起了一丝苦笑："试了无数张药方，做了无数次针灸，按摩穴位，服用灵丹，一切的法子都用尽了，还是这副老样子……估计这辈子我都好不了了。"

他话中带着说不出的苦涩，眼见骆青遥也露出难受的神情，不由赶紧补充道："不过已经有起色了，每天能够在阿宛的搀扶下走一小圈了，只是时间长了，双腿就会撑不住……遥哥，没事的，别担心我，即便双腿废了，我至少还剩一双手，还是能做自己喜欢的东西，已经很好了。"

骆青遥胸前依旧像被什么堵住了一般，语气难过道："真的……没有法子了吗？"

陶泠西深吸口气，勉强提起笑容，正欲回答，再多宽慰骆青遥几句时，那宴席间忽然站起了一道身影，遥遥道："小兄弟，你这双腿我或许能治。"

骆青遥与陶泠西顿时回头望去，只见烟花之下，站起的那道身影不是别人，正是一脸自信的喻庄主。

他望向陶泠西的双腿，扬声道："你能让我试一试吗？"

喻庄主或许真的改邪归正了，又或许想要将满满的歉疚放在喻剪夏与裴云朔的同窗身上，总之他开口提出，倾尽毕生医术也要将陶泠西一双腿医治好，然而，在这个节骨眼上——陶泠西却不答应了。

斜阳洒在院落中，树影斑驳、微风轻拂，姬宛禾从房中追了出来，长发飞扬间，伸手一把拦在了陶泠西的轮椅前。

"呆木头，你到底在想什么？为什么不让那庄主为你看病，医治你的双腿？你脑袋真是木头做的吗？"

她气急败坏地说着，轮椅上的少年却苍白着一张脸，任她怎么说也不为所动，只是在许久过后，才在斜阳中轻轻开口："如果……这一次依旧治不好呢？"

眉目清秀的少年抬起头来，眼下泛红了一圈，望着怔住的姬宛禾，声音微微有些嘶哑，一字一句道："之前你请来多少名声赫赫的神医，也都信心满满说能够医治好，可是结果呢？我这双腿怎样折腾都没有好起来！你知道吗？每一次当他们摇头叹气、遗憾离去时，我坐在轮椅上，都像被打下深渊，粉身碎骨，彻底见不到光明一样。

"这种周而复始的痛苦，实在太难熬了，阿宛，你明不明白，我不想……不想再经历一次，从满怀希望到彻底绝望，再到坠落深渊的过程，这对我简直像是凌迟一般，我真的，真的不想再经历了……"

其实还有一句没有说出来，也是最为关键的一句，他不想再让她陪着他一起忍受这个过程，再一次被打下深渊。

他舍不得，舍不得再看到……她眼中的泪光。

"呆木头，你是不是傻？"姬宛禾霍然在轮椅前蹲下来，看着陶泠西的双眸，急切道，"你就甘心这样放弃了吗？"

她长发随风飞扬，一双眼眸也红了："退一万步说，哪怕这回也依然治不好，又有什么要紧的呢？我们陪着你就是了，我们不在乎！"

"可是我在乎！"陶泠西胸膛起伏着，忽地一声低吼，身子颤抖不已，泪眼痛楚万分地望着姬宛禾，"难道让我一辈子做个废人，一辈子被你照顾吗？我不想成为你的拖累，阿宛你懂不懂？"

"谁说你是拖累了！你再乱说一句试试！"姬宛禾也一声吼了回去。

她蹲在轮椅前，夕阳中眸光闪烁着，一动不动地望着陶泠西，在风中咬牙切齿地道："是谁小时候跟我说，生病了不要紧，总有好起来的一天，就算好不起来了，也……也……"

后面那句话，姬宛禾呼吸急促间，却如何也说不出来，只因那后半句话是——

"就算好不起来了，满脸麻子，丑得没人要，嫁不出去了，也有我娶你。"

这句话，是幼时的陶泠西同姬宛禾说过的。

那时姬宛禾不过才七八岁，生了场极为严重的天花，脸上没一处好地方，平时往来的玩伴里除了骆青遥就只有陶泠西还会来看她了，别的人都担心被她传染了。

有一天午后，姬宛禾睡得迷迷糊糊时，忽然感觉床边坐了个人，有温热的泪水落在她脖子上，一个熟悉的声音在她耳边响起："阿宛，你别怕，你会好起来的，谁都会生病，不要紧的，你一定会好起来的，就算……就算你真的好不起来了……"

那个声音低了下去，似乎又凑近了些，呼出的气息就在她耳边，弄得她有些痒，心里却暖呼呼的，说不出来的感受。

"就算你真的好不起来了，落下了满脸的麻子，丑得没人要，嫁不出去了，你放心，我也一定不会嫌弃你，总有我……总有我会娶你的……"

这番话一出来，姬宛禾一颗心就扑通扑通地直跳，她屏住呼吸，长睫微颤间，眼睛悄悄地睁开了一条缝，模糊的一片光晕中，只看见一张白皙清秀的小脸正哭得惨兮兮的。

她一激灵，又赶紧闭上了眼睛，按捺住纷乱的心跳装睡，还好脸上长满了水痘，才遮住了她陡然升起的一片红晕。

谁说她嫁不出去了？真是个呆木头！

原本那是她病中总与骆青遥开的玩笑，说自己万一好不起来了，从此毁容了，嫁不出去怎么办，她故意调侃骆青遥，威逼他日后一定要娶自己，骆青遥那时直接就在床前摆手道："别了，宛姐，我喜欢男的。"

他们这是从小打闹调侃惯了，两个人嘴上笑嘻嘻说出来的话转眼就忘，压根儿没放在心上，哪知旁边的陶泠西听得认真，暗暗在心中记了下来。

这才会偷偷摸进她房中，在她床前悄悄说出了那番"将来娶她"的话。

后面姬宛禾的病好了，一丝痕迹也没留下来，又变回那个红衣明艳的小美人，之前那些对她避之唯恐不及的世家子弟们又通通围了上来，姬宛禾却是一声冷笑，推开所有人，只径直走到树下的陶泠西面前，向他伸出手："呆木头，要不要一起去玩？"

就这样，陶泠西与姬宛禾、骆青遥的关系越发密切，三人从小玩到大，几乎形影不离，而陶泠西在床前悄悄说的那番话也叫姬宛禾记在了心底，一记就记了许多年。

"阿宛，原来你都知道……"斜阳笼罩着院落，风中的陶泠西猝不及防，一张脸霎时红透，眼睛都不敢再盯着姬宛禾瞧了。

姬宛禾却偏偏将他的脑袋按住，逼迫他与她对视，逐字逐句道："呆木头，你看着我，我美不美？"

陶泠西脸上又红热一片，结结巴巴道："美，美，你在我心中一直都很美……"

"那不就结了，我可告诉你，我这么美，想娶我的人多了去了，你如果不把腿治好，抢得过他们吗？小时候说的话都忘了吗？"

姬宛禾故意粗着嗓子在风中喝道，实际上自己脸上也绯红一片，却还是看着陶泠西的双眸，扬声问道："呆木头，你这双腿还要不要治了？"

陶泠西呼吸彻底乱掉了，清秀的一张脸都红透了，身子颤抖起来，盯着姬宛禾不可置信道："阿宛，你……你的意思是……"

"我可什么都没说！"姬宛禾脸上也烫极了，却仍是望着陶泠西的眼眸，在风中扬声道，"我再问你最后一遍，你这双腿到底要不要治？"

"治，我治！"陶泠西一激灵，赶紧开口，双手也猛地按住了姬宛禾，似乎生怕她跑了一般。

姬宛禾眼睛一瞪，故意凶道："干吗？！"

陶泠西吓得手一缩，姬宛禾忍俊不禁，长发随风飞扬，在斜阳中瞬时温柔了眉眼，从唇齿间溢出了低不可闻的一声:"真是个傻木头……"

院里长廊上,骆青遥与辛鹤遥遥望着这一幕,对视间笑得心照不宣,两人悄悄离开后,骆青遥憋了一路的笑声才在长空下放声回荡起来。

"我的妈呀,这两个家伙真是肉麻死了!"他拉着辛鹤,笑得上气不接下气,冲辛鹤挤眉弄眼道,"小陶子这回可赚了!这家伙平时一副温驯的样子,实际上犟得很,一旦做了什么决定,谁都无法改变,这世上还真只有宛姐能治他!"

他们两人来这一趟,本也是打算劝说陶泠西接受医治,哪晓得会在斜阳中撞见这样温情脉脉的一幕,简直赚大发了。

"宛姐的确霸气,女中豪杰啊,我看小陶子倒像个小媳妇呢!"辛鹤也在风中乐不可支地道。

调侃归调侃,他们两人倒真是实打实地为姬宛禾与陶泠西感到高兴,只是笑着笑着,骆青遥却忽然想到什么,扭头对辛鹤道:"小鸟,我们再留下来一小段时日,给小陶子治一治腿,然后再一起启程出发,可以吗?"

自从姬宛禾与陶泠西来到山庄,知晓一切原委后,就坚持想要同骆青遥一起出发上路,骆青遥拗不过他们,同时心间又感动不已,知晓是两个好友放心不下自己,才一定要相伴同行。

只是,陶泠西这双腿还需得让喻庄主看一看,他们暂时出发不了。

辛鹤听了后,连忙点头道:"当然可以了,你不说我也会留下来的,能将陶泠西一双腿治好了,比什么都值!"

夕阳中,看着辛鹤熠熠发光的双眸,骆青遥心中一热,不由伸手一把揽过辛鹤的脖颈:"小鸟,你真够意思!"

他下意识就想往她胸前拍去,辛鹤赶忙挡住了:"别别别,还是你们够意思!"

骆青遥笑了一声,在风中望着辛鹤,忽然正色起来,一字一句道:"小鸟,无论如何我都不会扔下你一个人的,前路不管是什么,我们都一同面对,好不好?"

夕阳洒在少年俊逸的脸庞上,白衣随风扬起,周身仿佛染了一层柔和的金边,辛鹤怔怔看着他,一时间心跳莫名,竟说不出一句话来,只是有哪里倏然就柔软了一大片。

好半天,她才抿了抿唇,轻轻道:"好。"

她注视着他的眼眸,身上一阵暖意流淌,在夕阳中,微扬了唇角:"青瓜,认识你……真好。"

山庄中的日子似乎过得格外快,云卷云舒间,陶泠西的一双腿在喻庄主的妙手医治下竟当真渐渐痊愈起来!

喻庄主施以两法,一来以药粉浸泡全身,二来每三天针灸一回,如此周而复始,还未出一个月，陶泠西的双腿就有了极大的变化，仿佛死去的肌肉都重新活了过来一般。

对此辛鹤惊叹之余，还真情实感地劝喻庄主道："我觉得，你还是做回老本行吧，别做什么庄主了，做个济世救人的神医多好啊，还能早日偿还从前欠下的罪孽，对不对？"

喻庄主立刻黑了一张脸，压根儿不想搭理辛鹤了。

他只是转过身，对着即将离开山庄的喻剪夏叮嘱道："夏夏，那一套针灸之法，你都记牢了吗？这一路上，就要辛苦你继续为陶生医治了。"

他们一行人终于要离开山庄了，陶泠西的腿还差最后一个阶段的治疗，喻庄主已将那药粉与针灸之法尽数教给了喻剪夏，让她接手继续医治，只要坚持那二法，要不了多久，陶泠西的双腿必定能彻底痊愈。

"不容易啊，你终于做了件好事。"辛鹤在离开前，又忍不住感慨道，喻庄主一张脸更黑了。

清晨的山风还有些凉，薄雾萦绕在山庄里，一行人启程时，贞贞抱着那个布娃娃，哭得满脸是泪："姐姐，遥哥哥，你们还会回来看贞贞吗？"

喻剪夏眼眶微红，抱了抱贞贞，重重点头，一切尽在不言中。

骆青遥也伸手揉了揉贞贞的脑袋，安抚道："一定会的，贞贞听话，下次来时你就是个大姑娘了，可不能随便哭鼻子了。"

晨风中，裴夫人也依依不舍地拉着裴云朔的手，絮絮叨叨地嘱咐着他，穿衣吃饭，各种小事，末了，还泪眼婆娑道："朔儿，娘舍不得你，娘还想再多看看你……"

裴云朔一头白发，无论脸色再如何冷峻，眼眶也同喻剪夏一样微微泛红了，只是嘴上依旧强硬道："我已经不是你当年离开时的岁数了，怎么还会连穿衣吃饭这种事情都不懂？"

裴夫人拉着他的手仍不舍得放开，潸然泪下道："在娘心中，不管你长到多大，也永远是个孩子……"

风掠长空，一行人上了马车，喻庄主揽过裴夫人，带着贞贞，终于送到了山庄外。

骆青遥手持长鞭，衣袂飞扬，奋力一挥，少年清亮的声音响彻天边——

"走了！山高水长，相逢自有来日！"

第三章·璃仙镇

①遥哥的桃花

月光清冷，夜风掠过海水，浪花拍打着礁石，天上星子寥寥，琅岐岛上的后海树林中，树影婆娑，一片寂寂。

辛如月踏入石室中时，小越正持笔静坐案前，一字一句地抄写着佛经——

"爱欲之人，犹如执炬，逆风而行，必有烧手之患。"

头顶是夜明珠做成的灯盏，柔和的光芒照亮了偌大的石室，手边是水雾缭绕的清茶，阵阵淡香间，氤氲了少年低垂的眉眼，他肤色苍白如雪，几缕乌发拂过脸颊，秀美昳丽，却又诡魅异常，如暗夜中的一簇灵火。

辛如月目光灼灼，美艳的脸上挑起一个讥诮的笑意，声音幽幽地在石室中响起："小公子好雅兴，深更半夜的不睡，在这里抄佛经，是否心中有鬼魅，但求一个心安呢？"

少年头也不抬，依旧在案前抄写着佛经，只是侧身对着辛如月，清清淡淡道："圣姑雅兴更好，大半夜不睡，来我这鬼魅之处，只为嘴上讨几句痛快吗？"

辛如月吃了个不软不硬的"钉子"，也不恼，一双美眸盯着少年昳丽苍白的侧颜，耳边乍然回响起曾在海边密室中，自己对大哥说过的那番猜测——

"大哥，你说，这暗中搞鬼的人会不会是那个人？毕竟他可是钟离氏，个个都天资聪颖，他更是青出于蓝，心思比他先辈还要玲珑，当初几个长老不都说他是神童吗？说不定一切都是他在背后……"

那时大哥直接打断了她，认为是她想太多了，所谓钟离一脉的后裔，不过是个乳臭未干的小子，再怎么天纵奇才，也已是"地下囚龙"，哪儿来的能耐兴风作浪？

尽管如此，辛如月这段时日思前想后，却总是隐隐有种预感，自己的猜测或许没有错，她想来想去，还是忍不住，决定来一趟这地下石室，试探一番眼前这位乳臭未干、不足为惧的小公子。

"无事不登三宝殿，我自然是有事相问，才会来找小公子，小公子难道连正眼也不打算瞧我一眼？"辛如月双手负在身后，下巴微微抬起，似笑非笑地注视着案前那道侧影。

夜明珠的柔光下，抄写佛经的少年终于手一动，有了反应，他扭过头，一双漆黑无波的眸子望向辛如月，幽幽凉凉，面无表情，却是冷不丁开口道："我未拿正眼瞧圣姑，圣姑又何曾心存敬意，如今竟是连表面上的礼数也不愿意做了吗？"

这一句话声音不大，却不知为何，透着一股说不出的威严，叫辛如月心下一颤，陡然明白过来少年在指什么。

她骤然握紧了手心，脸上红白不定，呼吸有些紊乱，对着案前那张苍白幽幽的面孔，却仍是压抑住了满腔怒火，不甘心地跪了下去，咬牙道："属下拜见小公子。"

"起来吧。"少年依旧一副清清冷冷的样子，"圣姑星夜前来，所为何事？"

辛如月这才站起身，平复了一下心神，逐字逐句道："事关属下的侄女，也就是我大哥辛启啸的女儿辛鹤，她已经失踪很长一段时间了，小公子听闻了此事吗？"

少年在案前又拿起了那支毛笔，面不改色，一边抄写着佛经，嘴上一边淡淡道："我去哪里听闻这事？圣姑莫不是以为那些每天来送一日三餐的人还会与我说闲话，谈论岛上的近况秘闻吧？"

他这夹枪带棒的态度叫辛如月十分不悦，却也只能按捺住怒火，继续道："总会有些三言两语飘入小公子耳中，小公子不可能真的一无所知吧？"

少年手中的笔一顿，终是冷笑了声，扭过头，盯着辛如月的眼睛，语带嘲讽："是啊，从前是有些人还愿意同我说说话，陪我解解闷，可是那些愿意讲话的人不是早就被你们割去了舌头，又或是毒哑了吗？圣姑难道忘记了吗，还是圣姑亲自命人执行的，圣姑这记性几时变得这般差了？"

"你！"句句带刺的话终是惹怒了辛如月，她握紧双手，却瞪视着案前那道苍白鬼魅的身影，完全无计可施，不仅打不得骂不得，她还得摆出一副恭敬模样，听着他的嘲讽与训斥，即便再如何不情愿，也不能以下犯上。

少年看出辛如月的愠怒，冷冷一笑："这不就是你们想要的吗？将我与世隔绝，彻底封闭在这不见天日的地下，最好一丝丝外头的消息也不要知道，你们早就如愿以偿了，竟还要来问我一些愚蠢至极的问题，不觉得可笑吗？"

辛如月深吸口气，强自调整紊乱的呼吸，不再让思绪被这小子搅乱带跑了，她直截了当道:"小公子不必动怒,无凭无据的东西,属下也不会跑来叨扰小公子的,只因我在那丫头的房里,发现了这本与小公子有关的手札。"

辛如月从怀里掏出一本精致的札记,上面还勾勒了几朵小花,煞是柔美动人,她将札记在少年眼前一亮,扬声道:"毕竟是个姑娘家,有些心事总是藏不住的,在日录中总有些痕迹,这才指引着属下找到了小公子。"

案前的少年神色依旧一丝变化也没有,只是望向辛如月手中那本札记,笑了笑,眼中的嘲讽意味更浓了:"圣姑随便找上一本什么手札日录,就敢拿到我眼前来,诈我的话吗?"

毕竟亦兄亦师亦友,多年传授相伴,某种程度上,他比辛如月更加了解辛鹤,这丫头没这么蠢,他曾经叮嘱过她,叫她不要泄露任何与他有关的东西,以她的机灵劲儿,不可能留下这样明显的证据。

而更重要的是——这本札记的样子实在太"小女儿"了,扑鼻而来一股脂粉味,与辛鹤一点儿也不搭边,她可是个敢骑小豹子的姑娘,从小骨子里就带着些男孩子气,即便要写日录,也不会选择这种娇柔如花的风格,辛如月就算要找本札记来伪装,也该找个逼真点儿的吧?

石室中,辛如月瞳孔骤缩,捏住那本札记的手一紧,万万没料到竟一眼就被少年看穿了。

她的确是来诈他话的,冥冥之中,她总是有股强烈的感觉,笃定他与辛鹤之间应当有往来联系,她这才故意设套,奈何少年一点儿也不往圈套里钻,没有流露出任何可疑之处,甚至连一个慌乱的眼神都欠奉,不知是心机太过于深沉,一开始就识破了她的雕虫小技,还是她当真猜错了,这事当真与他无关?

辛如月正胡思乱想间,案前的少年已经清清淡淡道:"圣姑还有什么事吗?时候不早了,我要歇息了。"

这是下逐客令了,辛如月来了一趟,一无所获,心中到底不甘,却也毫无办法,只能低头道:"那小公子便好好休息吧,属下改日再来拜见小公子,这石室里还缺什么,小公子也尽管开口,属下会命人将小公子所需的一切都送来的。属下告退。"

来也匆匆去也匆匆,辛如月无功而返,临走时还一口一个"小公子",言语间看似对小越尊敬有加,但实则话中带着嘲讽之意,不过将他视为笼中鸟,阶下囚,一颗棋盘上的"废王"罢了。

小越心中如何不懂?只是唇边泛起冷冷一笑,在偌大的石室中道:"白翁,人走了,出来吧。"

暗处传来一阵窸窣之声,一位老者缓缓走了出来,在小越面前毕恭毕敬地跪下:"见过主子。"

"人和茶经怎么样了?"小越端起那杯水雾缭绕的清茶,径直抿了一口。

"前方的风哨子又传来了新的密信,情况……或许不大好。"

苏萤之前就传回几次密信,禀告了辛鹤与那茶经皆被劫走之事,白翁这边也都派人去调查搜寻了，只是还没来得及查清楚那半路跑出来拦劫的是哪一方江湖势力时，苏萤新的一封信已经传到了琅岐岛上。

石室中，白翁垂下头，双手将收到的信函呈给小越，语气有些沉重。

小越脸色微微一变："怎么，她出事了？"

说完后，自己也愣了愣，他第一反应想到的不是那本《妙姝茶经》，竟是……辛鹤。

还好白翁没有注意这么多，只是沉声道："那丫头带着茶经，跟宫学里几个弟子跑了，属下猜她已经知道了茶经上的秘密，跟那些人找去了，如今他们几人下落不明，那丫头估计短时间内……不会回到琅岐岛了，主子，我们现在该怎么办？"

超然五湖客，云梦泽南州，自古以来，云梦泽都以波澜壮阔的景观闻名遐迩，存在于文人墨客的诗词歌赋中。

而根据那《妙姝茶经》上的记载，辛鹤的爷爷牵扯上的线索就是云梦泽——

辛玄笛，云梦泽璃仙镇，长生庙。

骆青遥一行人马不停蹄，从柳明山庄离开后直奔云梦泽。

这里果然景致波澜壮阔，烟波浩渺，只是这璃仙镇却不好打听，还是姬宛禾花了重金，才找到了当地人带路。

说起姬宛禾，这一路上她的作用简直太大了，就像一个移动的"钱篓子"，无论一行人是吃喝拉撒还是打尖住店，都少不了她掏钱的身影，骆青遥与辛鹤几人都啧啧感叹她为队伍里的"姬富婆"。

就这样，他们一路好吃好喝，马草充足，风风火火地赶到了这云梦泽。

陶泠西的一双腿这段时日也得到了喻剪夏的悉心医治，情况愈来愈好，相信用不了多少时日就能彻底好起来了。

阳光照耀着大地，风掠四野，那当地人将他们领到一片树林外，就不肯再往前走了。

"再穿过前面这片树林就到了，你们自己去吧，这镇子有点儿古怪，外人不好进，我就带路到这里了，你们最好……也小心点儿。"

那当地人话里藏着话，也不说清楚，一把拿过姬宛禾的钱，一溜烟就跑不见了，似乎生怕被什么缠上般。

姬宛禾在身后气得一跺脚："这人怎么拿了钱就跑，这镇子到底有什么古怪的，神神秘秘的也不说清楚！"

他们几人面面相觑，将目光同时放在眼前这片树林上，左看右看却都没看出些什么东西来，骆青遥一扬鞭，索性道："进去吧，有什么好怕的，咱们六个拴在一起，就是那六大金刚明王，神鬼莫近，谁敢惹咱们？！"

马车这便驶进了树林中，山风掠过，确实也没发现什么异常，只是格外安静了一些。

到了晌午时分，一行人就地休息，取出干粮与水，准备吃完再继续赶路。

骆青遥却从马车上一跃而下，直往树林里钻，辛鹤一激灵，连忙从马车里探出脑袋："青瓜，你干什么去？"

骆青遥衣袂飞扬，背对着她挥挥手："人有三急，小爷'开闸放水'去了！"

辛鹤脸上一红，却还是扬声喊道："小心点儿，速去速回！"

可惜这一去，骆青遥就老半天没回来，正当车里的辛鹤有些忐忑不安时，耳边忽然传来骆青遥的一声惊叫——

几人脸色大变，将手里的干粮一扔，立刻下了马车，直朝那声音传来的方向奔去。

辛鹤心跳如雷，第一反应就是当地人的那句："这镇子有点儿古怪，你们最好……也小心点儿。"

"青瓜！"她急得不行，却在气喘吁吁奔到树林深处时，陡然瞪大了一双眼，只看见了意想不到的一幕——

一棵郁郁葱葱的参天古木下，骆青遥摔在地上，怀里抱着一个衣衫不整、面貌姣好的姑娘，那姑娘发丝凌乱、满脸泪痕，端得一副楚楚可怜的样子，在骆青遥身上不住颤抖着，似乎被吓到了。

"乖乖，老遥，你这是什么个情况啊？"几人看得瞠目结舌，姬宛禾脱口而出地问道。

"我……我也想知道什么情况啊！"骆青遥被那美貌姑娘压在地上，手脚都不知该往哪儿放了，推又不好推，欲哭无泪，"小爷正要方便时，这姑娘她……她就从树上忽然掉下来！"

"从树上掉了下来？"姬宛禾一怔，忍不住扑哧一笑，目光揶揄道，"啧啧，你这艳福不浅啊，荒山野岭的都能从树上掉个姑娘下来，老遥，你最近开桃花了？"

"去你的，还不快把人扯开！"骆青遥满脸涨红道，两只手都不知该往哪儿放了，生怕碰到那姑娘一下。

那姑娘似乎吓傻了，跌在骆青遥怀里，身子不住颤抖着，一张苍白的脸上还挂着泪痕，睫毛扑闪着，我见犹怜。

"咔嚓"一声，长空下的辛鹤两只手骤然握成了拳头。

骆青遥扭头望见她一脸的杀气，不知怎么，心头莫名一跳，陡然升起一股做贼心虚的慌乱感："小鸟，不……不是这样的，你听我解释！"

②湖仙娘娘

月悬如钩，树影婆娑，夜风掠过林间，一堆篝火熊熊燃起，众人围坐一圈，目光都注视着火堆旁的那个姑娘。

这正是白日从树上掉下来，跌在骆青遥身上的那朵"桃花"，姑娘名唤温若怜，乃那璃仙镇上的人。

月色之下，她坐在篝火旁，身上披着骆青遥的衣裳，一张秀美的小脸苍白如纸，没有一丝血色，眼角还挂着几行泪痕，肩头不住颤抖着，的确是人如其名，从头到脚，一副楚楚可怜的模样，让人忍不住就想要疼惜。

"其实……我原本是打算……打算在那棵神树上上吊自尽的……"

"自尽？"所有人目瞪口呆，却都没有骆青遥的反应大，他双唇颤动着："我的天，你是去上吊，在树上不小心踩空掉下来的？"

那张楚楚可怜的小脸在火光映照下点了点头，细声细气道："本来准备套绳子了，结果听到树下有声响，我低头一看，正见到公子……见到公子在解裤腰带……"

骆青遥猝不及防，脸上腾地一红，旁边的辛鹤拧起眉头来，重重咳嗽了两声，径直打断了温若怜："所以你就被吓到了，从树上掉了下来？"

温若怜在火光下偷偷抬眸，望了一眼骆青遥，不知想到了什么，脸上绯红了一片，又点了点头。

骆青遥对着那双含羞带怯的眼眸干干一笑，一时间被瞅得浑身不自在，既尴尬又觉得神奇，自己这是何等的运气啊，不过去树下放个"水"，竟还阴差阳错的救了条人命回来？

辛鹤在一边看着他们"眉来眼去"，双眉蹙得更厉害了，冷不丁问道："温姑娘，我说你年纪轻轻的，干吗想要寻死啊？"

温若怜身子一颤，似乎吓了一跳，这才将目光从骆青遥身上挪开，望向众人投来的好奇眼神，抿了抿唇，眸含泪光道："我……我实在是没有办法了……"

倘若不是绝望入骨，走投无路，她也不会生出这寻死之心。

"我……我今年被选中了，要成为镇上的'湖仙娘娘'，送到那长生庙去，沉入湖底，换取圣水……"

温若怜生在璃仙镇上的一个小户人家中，父母平素卖点儿檀香纸钱，做点儿小本生意，勉强营生。

温若怜一直帮家里做点儿事，原本风平浪静，只等过几年，再说上一门亲事，就嫁人生子，平平淡淡，安度一生。

可惜，万万没料到，她今年竟会被选中为这璃仙镇上的"湖仙娘娘"。

璃仙镇里有一片仙人湖，一望无际，清澈见底，传闻那湖水之中有一位貌美的湖仙守护着，名唤璃珠，这也是璃仙镇的名字由来。那湖面中央有一座庙宇，叫作长生庙，不知何朝何年建造的，总之受到整个镇子的供奉，香火不断，人人皆为庙中圣徒，更是将那庙中的伽兰天师奉若神明。那伽兰天师坐镇长生庙，平日轻易不会现身于人前，只是在进行一系列送"湖仙娘娘"的仪式中，才会露脸施法，庇佑镇上子民。

这伽兰天师十分神秘，据说法力通天，可与湖仙璃珠梦中对话，传达各种指示给镇上居民，保佑璃仙镇风调雨顺，百姓安乐无忧。

他也不知是哪一年来到璃仙镇的，约莫也有十来年了，送湖仙娘娘的仪式就是从他来的那一年开始的。

据闻那一年，镇上许多人都生了一场怪病，身上长满红疹，头晕眼花，上吐下泻，没几天就倒下了，眼眶深深地凹陷进去，精气神就像被鬼魅吸走了一般。

伽兰天师就是这个时候，带着一群弟子，犹如神祇般降临在璃仙镇，化解了这一场天大的劫难。他说镇上的这场怪病并不是什么瘟疫，也不是邪祟作怪，而是诅咒——湖仙璃珠的诅咒。他说那片仙人湖长久以来都是镇上的守护神，而湖中的璃珠仙子更是曾经在千百年前与湖中巨兽生死相搏，用自己的神躯生生世世镇住了那湖中巨兽，方保下了一镇居民。

原本湖仙璃珠一直都在庇佑着镇上居民，但随着年月流转，镇上世世代代的居民越来越不知感恩戴德，对湖仙璃珠毫无敬重之意，甚至湖中央那间长生庙里，供奉的都不是湖仙璃珠，而是不知哪里来的野路菩萨。

这些不敬的行径实实在在地触怒了湖仙，这才会对镇上居民施以诅咒。

化解这诅咒的唯一方法，就是饮下湖仙璃珠的宽恕之泪，这眼泪被居民们称为圣水，而要求得这圣水，必须做两件事——

一是在湖中央的长生庙中打造湖仙璃珠的神像，日日夜夜以香火供奉她。

二是每年在镇上选出一位湖仙娘娘，送入那仙人湖里，充盈湖底璃珠日渐枯朽的神躯，相当于她的分身一般，与她一同镇压那湖中巨兽，庇佑镇上居民。

原本这伽兰天师说的话，镇上居民还半信半疑，但他当夜就在梦中请到了湖仙璃珠，与之对话，求来了一荷叶的宽恕之泪。

第二日，伽兰天师就将这一荷叶的宽恕之泪分成了十小份，施给了镇上十个染了怪病的居民。简直神奇得令人不敢相信，那些身染怪病的居民饮下圣水后，居然当真迅速好了起来，红疹尽消、头脑清明，也不再上吐下泻、夜夜难眠了，一切症状都烟消云散，仿佛诅咒当真解开了，他们又重获新生了一般。一时间，伽兰天师的威名响彻璃仙镇，人人再也不敢怀疑他，个个都对他深信不疑，奉若神明。

镇上的居民们一夜之间狂热起来，赶走了原来长生庙中的方丈与弟子，将伽兰天师同他的一众门生恭恭敬敬地请进了那间长生庙。

而那一年，还在伽兰天师的主持下，选出了璃仙镇上的第一位湖仙娘娘。

这选湖仙娘娘的方法也十分奇特，据说是让湖仙璃珠的使者来选，叫作神鱼指路。

镇上所有的姑娘都要先去长生庙里跪拜伽兰天师，让伽兰天师手持金瓶，按照湖仙璃珠梦中的指引，以柳叶蘸上圣水，点上一滴在相中的姑娘们额头上。

圣水落地，这便等于那位姑娘，成了湖仙娘娘的候选人之一。

一般被选中的人都是一些面貌姣好、正值豆蔻年华的少女，因这样才与湖仙璃珠的形象更为贴近，能有资格成为她的分身。

而这些成为候选人的姑娘们，将会在正式选湖仙娘娘的那一天，在仙人湖边站上一圈，人人手里拿着自己亲手缝制的一块绣帕，伸出一只玉臂来，在风中静等湖仙璃珠的使者出现。

那使者不是旁的东西，而是一尾彩色的神鱼，每到选湖仙娘娘的这一天，它都会摆动鱼尾，从水里游出来，执行湖仙璃珠的意旨。只要它游向了谁，在谁的脚边冒出了脑袋，那就代表着那位姑娘被湖仙璃珠看中了，有资格做她的分身，要成为镇上新一任的湖仙娘娘了。再接下来就是一场盛大的送神仪式，要将湖仙娘娘送下水了。

　　那一天，被选中的湖仙娘娘将要盛装打扮，扮作湖仙璃珠的模样，站在撒满鲜花的香车上，穿街而过，接受全镇居民的欢送。

　　大家都会围在街道两旁，往香车上抛掷各种值钱物什，这相当于一份供奉湖仙璃珠的香火钱，谁扔的钱越多，新的一年受到的庇佑就会越多。

　　等这一轮欢送结束后，香车上的湖仙娘娘会被送到长生庙里，得到伽兰天师的亲自点化，神力加持，以男女双修的方式，将神力贯入湖仙娘娘体内，使她正式成为湖仙璃珠的分身，拥有神力去镇压湖底的巨兽。

　　这个步骤完毕后，就是最后一步了，湖仙娘娘会躺在小船上，船身绑上石头，沉入湖底，陪伴湖水下的璃珠仙子，与她一同镇压巨兽，庇佑镇上居民。

　　湖仙娘娘送走后，璃珠仙子就会暂时平息怒火，再次流下宽恕之泪，托付给伽兰天师，伽兰天师由此换得了新一年的圣水，就能分发给全镇居民，保他们安然无恙。

　　这圣水每年都必须饮下一次，镇上每个居民都不能免掉，只有这样，方可一年又一年地压制住他们身上的诅咒。若是哪一年没有送湖仙娘娘去陪璃珠仙子，叫她不肯流下宽恕之泪，断掉了这圣水，那么整个璃仙镇上的居民都要遭殃了。

　　这诅咒是世世代代跟随他们的，谁也逃不掉，它深深刻入他们的骨髓血液之中，即便离开了璃仙镇，远走天涯，他们也依然无法摆脱这诅咒，反而会因为没有及时饮下圣水，而被诅咒吞噬生命，凄惨而死。

　　"早些年，镇上也有些胆大的不信邪，收拾包裹，满不在乎地离开了璃仙镇，却在半年之后，又全身腐烂，痛苦绝望地回来了……"树林里，熊熊燃烧的篝火旁，温若怜说到这里，不由紧紧抱住了膝头，披着骆青遥的外袍，身子战栗不止，苍白的脸上没有一丝血色，在月下露出了满满的惊恐之色，"那人，那人回来后，简直看不出一个人样了，全身都要烂透了，苦苦地趴在地上，去求伽兰天师救一救他，说他错了，不该忤逆湖仙璃珠，离开镇子……"

　　只可惜，为时已晚，即便再如何悔悟，这诅咒也解不开了。

　　伽兰天师一声叹息，说那一年的圣水已经分发完了，自己也无力回天了，不管怎样都救不回那个人了。

　　满镇居民就这样看着那个人在地上慢慢腐烂，痛苦不堪，彻底死去，个个都不寒而栗，从此之后再也没有人敢随意离开璃仙镇了。

　　"所以我就连寻死，都不敢死在外头，只敢吊死在神树上，怕诅咒跟着我入轮回，下辈子我依然逃不过这可怕的诅咒……"

　　少女的声音里饱含着无尽的凄楚悲凉，她衣袂飞扬，头上的乱发被夜风扬起，终是再也忍不住，瘦弱的双手捂着脸，泪如雨下。

骆青遥一行人听到这，目光交汇，复杂万分，终是明白过来为何之前那个带路的人只敢将他们带到这树林外，就再不敢往前进一步了。

"这镇子有点儿古怪，外人不好进，我就带路到这里了，你们最好……也小心点儿。"

这镇子何止是有点儿古怪，根本就是一座诅咒之镇，稍不留神，就会死无葬身之地啊！

辛鹤坐在篝火旁，眉心紧蹙，听了这一番原委后，越想越觉得不对劲，对着夜风中绝望哭泣的温若怜，开口道："温姑娘，先别哭了，听你这么说，我怎么觉得你们镇子里，不是有什么诅咒，而是有人在装神弄鬼呢？"

骆青遥也点头道："我跟小鸟想一块儿去了，世上哪有那么多鬼神诅咒，玄之又玄的，这听起来更像是人为所致！"

"对，我也是这么认为的。"一直在旁边沉默不语，听到现在的陶泠西，也总算抬起了头，目光在月下沉静无比，一字一句清晰地飘入风中，"而且那个装神弄鬼的人很可能就是你们一直尊崇的那位伽兰天师。"

"天师？"温若怜怔怔地抬起一张苍白如纸，布满泪痕的脸，眼里写满了不可置信，"怎么……怎么会是伽兰天师呢？是他救了我们全镇子，他是我们的再生父母啊……"

"这可不一定。"月下，一直没有说话的喻剪夏也在篝火旁，轻轻开口了，她看向那夜风中楚楚可怜的温若怜，清声道，"温姑娘，我听你描述的那些症状，并不像是什么诅咒，而更像是你们全镇上下都中了一种奇毒。"

"中毒？"温若怜一双泪眼瞪得更大了，整个人在月下震惊莫名。

"对。"喻剪夏平静地目视着她，逐字逐句道，"那圣水或许也不是什么宽恕之泪，以我的猜测，更准确地来说，应该可以理解为——解药。"

"解药？你是说，我们每年喝的圣水其实只是解毒的药而已……"温若怜脑子一转，立刻明白过来喻剪夏所说的意思，整个人更加陷入一种颠覆过往认知，全然不敢置信的地步。

喻剪夏点了点头，取下了肩上的药箱，在夜风中打开，声音轻柔地传入了温若怜耳中："若想验证我的一番猜测，可能要烦请温姑娘伸出一只手来，让我为你扎针验血，那么一切便能真相大白了，温姑娘，可以吗？"

③冤家路窄

月悬如钩，夜风呼啸，海浪翻涌不止。

苏萤的密信再次传到琅岐岛上的那一晚，小越在寂静的石室中做了一个梦。

他已经有许多年没有做过梦了，那种虚无缥缈的东西对他而言无异于一种镜花水月般的奢侈，他早已没有资格做梦。

因为置身在冰冷的现实之中，那梦里的一点儿慰藉与甜头都会如毒药一般令他饮鸩止渴，在清醒过来后带来更多痛苦与绝望。

可是这一次，他又做梦了，阔别多年后再一次陷入了梦境之中。

耳边依旧是那个温柔如水的声音，像羽毛一样轻轻拂过他心尖，这么多年来萦绕在他身侧，一直支撑着他咬牙走下去。

"阿越，好孩子，不管怎么样，你都要活下去，祖母会在天上看着你，不要害怕，黑夜再漫长，也会有熬过去的一天……"

泪水打湿了整片天地，孩童孱弱的身躯、颠倒的黑夜白昼、支离破碎的国土、血渍斑驳的一颗心，到底什么时候才会有天亮的一日？

这么多年他如履薄冰、殚精竭虑，每一步都走得小心翼翼，地下的石室里那么冷，冷得刺骨，他苟延存活，忍住满腔恨意，只有心中一团火热的信念支撑着他。

祖母的双手曾经那样温暖地抱过他，跟他说："阿越，坚持下去，为了曾经童鹿那片美丽的星空，不管前方的路有多么漫长黑暗，都要坚持下去……"

冷风猎猎，拂过祖母满是泪水的容颜，不过刹那的温暖之后，那道身影便在天边消散如烟，他又惊又怕，跌跌撞撞地向着那团云烟追去，却怎么也触碰不到渐渐消失的祖母，伸出的一只手穿透的只有冷风与乌云，他心头大骇，终是放声大哭——

"祖母，不要走，不要扔下我，不要扔下阿越！"

身子疾速坠落下去，衣袂随风飞扬，睁开眼，又回到了那个冰冷的石室中，纷纷乱乱的梦境中，一仰头，只见到洞口边，月光皎洁，少女探出一张笑靥如花的脸庞，对他眨眼道："小越哥哥，今天就是你说的中秋之日吗？"

琅岐岛上是不过这个节日的，只因这是一个会让人对着月亮思念家乡的节日。

可琅岐岛上的人都不会再有家乡了，也不允许再有。

辛鹤从小越那里得知了这中秋之节，还按照小越所描述的做了好些月饼，用篮子吊着，从那洞口处歪歪扭扭地送了下去。

"小越哥哥，你说中秋节都要吃月饼对吗？团团圆圆，年年岁岁，你尝一尝我做的月饼，看看是你曾经吃过的味道吗？它能够令你想起家乡吗？"

少女天真又充满善意的话语中，那吊篮终是落在了小越眼前，一股香味扑鼻而来，他掀开锦帕，一团热气氤氲而上，定睛瞧去，只看见篮中整整齐齐放了四个月饼——

却是个个形状古怪，馅料四溢，倘若不加以说明，压根儿不会将之与月饼联系起来。

但这已经是少女能做到的最好的程度了，小越几乎可以想见，平日从未下过厨，骑着小豹子到处乱跑的野丫头，是怎样笨手笨脚，却又费尽心思，为了他将这些月饼千辛万苦地捣鼓出来。

他拿起那还冒着热气的月饼，轻轻咬了一口，百般滋味瞬时涌上心头。

洞口处的少女探着脑袋满心期待地问道："小越哥哥，好吃吗？你喜不喜欢？是你记忆中月饼的味道吗？"

小越抬起头，对上少女粲然若星的一双眼眸，不知怎么，心中柔软了一片，缓缓扬起唇角，一字一句道："好吃，是家乡的味道，我很喜欢。"

于是少女一双弯弯的笑眼在月下更加明亮了。

事实上，这些奇形怪状的月饼自然是比不上小越记忆中祖母的手艺，但不知为何，吃入腹中，温温热热的，一股暖流淌遍全身，竟也别有一番风味，甚至在某一个瞬间，让他有一种想要流泪的冲动。

或许是太久没有人为他做过这些事情，熨帖他一颗冰冷的心了。

"小越哥哥，你慢慢吃，那我走了，明年的中秋节我再回来看你，好不好？"

少女的声音忽然传来，小越心中一惊，抬起头，却只见月光幽幽，头顶那方洞口冷风乍起，少女长发飞扬，纤秀的身影越发缥缈，竟像曾经的祖母那样渐渐消散如烟……

"不，你别走，辛鹤你别走！"

小越心中越发惊骇，伸出手，那道身影却缥缈似云烟，一转眼就彻底消失不见，夜风猎猎间，他什么也握不住，抓不着，一切支离破碎——

"不，不要走，不要离开我！"

石室中，小越猛地从梦魇中惊醒，整个人已出了一身冷汗，睁开眼只见到白翁关切的一张脸。

"主子，主子，您总算醒来了，您没事吧？"

小越呼吸急促，脸颊苍白，失神地望了白翁许久，才分清了梦境与现实。

他摇摇头，目光又回到了案前，手边的佛经已抄了数十遍，却依然难还他一份心安，他脑中满满都是少女那道纤秀明朗的身影。

不知不觉间，原来……她竟已离开了这么长时间。

白翁在石室中又跪了下去，从怀中取出了一封信函，恭敬地递给小越："主子，那前方的风哨子又传回了密信，将主子的问题一一回答了，主子现在要看一看吗？"

小越一怔，扭过头，指尖一动，终是接过了那封密信。

柔光笼罩的石室中，少年坐在案前，看了信久久未动，一双眸冰冷阴沉，五指不觉间都捏得有些发青了，嘴里念叨着一个陌生的名字："骆青遥。"

白翁在地上抬起头，显然也看出少年的异常，有些欲言又止："主子，那丫头就是跟这人几番出生入死，如今又带着《妙姝茶经》不知去向，您说，她的心是不是已经野了？为了别人要背叛主子，不再受主子的掌控了？"

白翁的话还没落音，小越已在桌上一拍，周身寒气陡然迸发，少年咬紧牙关，一字一句从唇齿间溢出："找！传令下去，无论如何也要找到他们，一旦发现了行踪，不管是人还是茶经，统统都给我带回琅岐岛来！"

白翁吓得呼吸一颤，还从未见过自家主子这般动怒过，忙埋头道："是，属下这便安排下去，主子宽心！"

小越胸膛起伏着，闭上眼眸，耳畔不知为何，竟回荡起自己曾经说过的一番话——

"不管那木偶做得有多么精致，多么栩栩如生，线却始终在那牵着的人手中，一举一动，一步一行，身心皆由不得自己。

"我把她一手教了出来，她就是我，执行我的意志，听从我的命令，替我去做一些我无法做到的事情……这难道不有趣吗？"

是从什么时候起，那个对他言听计从，在他手中的牵线木偶竟也渐渐脱离他的掌控，要离他……而去了呢？

"说好的年年岁岁，你竟是要食言吗？"

白翁离去后，石室中一片悄寂，少年坐在案前，忽然一把将桌上的经文拂落在地，那些笔墨砚台纷纷扬扬地落在了地上，抄写的佛经之中，最上面一张，正赫然浮现着那一句——

"爱欲之人，犹如执炬，逆风而行，必有烧手之患。"

晨风掠过长空，白雾缭绕，璃仙镇上，几声鸡鸣划破天边，不少居民却还在睡梦之中，只有些许店铺开门营生。

骆青遥一行人选在这一大早悄无声息地跟着温若怜进入璃仙镇，就是不想太引人注目，好悄然行事。却未料到，一行人才进璃仙镇，抬眼就瞧见一群天师装束的人迎面而来，领头的那个身材精瘦，面貌有些黝黑，眉宇间带了几分阴鸷之色，竟是一个意想不到的老熟人！

辛鹤目光一惊，陡然变了脸色："怎么会是他？！"

她还来不及多想，已经一把扯过身旁的骆青遥，大家反应都奇快，一行人闪身迅速躲进了旁边的小巷中。那温若怜还摸不清状况，瞪着一双柔美的眼睛问道："怎……怎么了？"

骆青遥微微探出脑袋，看向远处那道身影，有些不敢相信，压低了声音道："碰见个'老对头'，真是冤家路窄啊！"

那神气活现领着一群人迎面走来的不正是曾经在宫学里，以卑劣手段陷害辛鹤，将她骗入一线天，后又被逐出宫学，不知所踪的徐坤吗？

"他怎么会在这里？"裴云朔与喻剪夏也是万万没想到，自从徐坤被赶走后，就再也没人听过他的音讯了，原来他竟是来到了这璃仙镇！

"你们是说他？"温若怜也小心翼翼地向外望去，低声道，"他是伽兰天师不久前收的关门弟子，我们都叫他小徐师父，他做事很麻利，十分得天师器重，这里的人都不敢得罪他……"

"关门弟子？"骆青遥、辛鹤、裴云朔几人交换了下眼神，个个都难掩惊讶。

"对，伽兰天师很喜欢他，说他有灵根，悟性高，所以很多事情都交给他去办……今年选湖仙娘娘也是他出力最多，可是……"

温若怜说到这里，声音小了下去，脸上多了几分羞愤之色："可是这人是个流氓，喜欢对人动手动脚，之前私下还找过我，想让我给他绣些香包什么的，其实就是想趁机多占些便宜，我没答应他，他就说今年让我当一次湖仙娘娘，看我还怎么摆架子，我原本以为只是他随口威胁两句的,并未放在心上,结果没想到,今年竟真的选中了我,要去做那湖仙娘娘……"

温若怜一番话传入众人耳中,听得大家都愤愤不已,尤其是辛鹤,盯着远处那张黝黑的面孔,咬牙道:"这厮真是下作,到哪儿都改不了一身卑劣德行!"

那徐坤领着长生庙一群弟子,穿街走巷,正一家一家店铺地在"作法",一派"高人"模样,架势端得十足,手里还摇着铃铛,看上去十分唬人。

"他们在干什么?"姬宛禾也微微探出了脑袋,小声问道。

温若怜道:"在驱邪呢。"

"驱邪?"

"对,每年送湖仙娘娘之前,整个镇上都会有一次驱邪的活动,往年都是由伽兰天师的大弟子领人来做,今年就换成了这小徐师父,大家都说,伽兰天师果然器重他……"

不远处,那徐坤正领着人,在那煞有介事地作法念咒:"邪祟莫近,湖仙庇佑。三界内外,金光照耀。视之不见,听之不闻。包罗天地,养育群生。鬼妖丧胆,精怪忘形……"

他一边摇着铃铛,一边念着,身后一人同时往店铺中撒着米粒、黄豆等东西,另外还有一个人,手里端着一个晶莹剔透的玉盘,驱邪完毕后,那店家便恭恭敬敬地上前来,掏出不少银钱,放在那玉盘之上,对着徐坤一行人点头哈腰,一脸虔诚无比的态度。

辛鹤越看越怒,忍不住啐道:"呸!一群神棍,招摇撞骗,混吃混喝!"

温若怜却是脸色一变,吓得一哆嗦:"不好,他们过来了!"

晨风中,一缕阳光洒下,落在那徐坤黝黑精瘦的面庞上,他大摇大摆领着一群人,正朝骆青遥他们这一处而来。藏在巷中的几个人立时都变了脸色,说起来,这家伙跟他们几个人或多或少都结了梁子!骆青遥与辛鹤就不必说了,姬宛禾当时在一线天外,也是为了骆青遥狠狠甩过那徐坤耳光的:"要是老遥出不来了,你也别想活着了!"

那徐坤当时都被打蒙了,抱着脑袋狠狠不已,脸上的神情更是扭曲至极,必然对姬宛禾怀恨在心。如今狭路相逢,若是他们落在这种睚眦必报的小人手里,不说被赶出璃仙镇,万一被倒打一耙,诬陷为什么邪祟妖人,那可就糟了!

眼见那群人一步步走近,马上就要过来时,骆青遥一行人心都提到了嗓子眼上,那温若怜却是目光一紧,咬了咬唇,从巷子后直接走了出去,正挡在了那徐坤面前。

她美眸一抬,解下腰间一物,递给那徐坤,笑吟吟道:"徐大哥,你上回要我做的香囊,我都已经做好了,你瞧一瞧,看看满不满意?"

第四章・骆老大

①骆老大归来

　　晨光微醺，长风万里，付远之从皇宫里出来时，白雾笼罩着天地间，一片静谧。

　　他才与梁帝彻谈一宿，此刻终于可以出宫，坐上马车回相府歇息了。

　　守在车旁的侍卫一边扶他上车，一边向他禀告道："付大人，仍是没有骆公子与姬小姐他们的消息，属下们还在全力找寻，有任何蛛丝马迹都会第一时间告知大人！"

　　付远之点点头，按了按额角，清俊温雅的一张脸上挂着些许疲惫的神情："青遥和阿宛那帮孩子啊，还当真去闯什么江湖了吗？焉不知江湖浩大，人心险恶，他们心思单纯，哪里招架得住？我真怕他们出什么意外……"

　　正连声叹气间，付远之忽然又想到了什么，抬头问道："那东夷侯呢，可有他的消息了？"

　　那侍卫一怔，显然被问住了，脸上陡然现出为难之色："这……这东夷侯行踪可就更加神秘了，请大人恕罪，属下们实在惭愧，连东夷侯一根毛都摸不着……"

　　这回答倒也在付远之意料之中，他挥挥手，有些心累地打断了侍卫："行了，我知道了。"

　　晨光熹微，凉风扬起付远之的衣袂，他忧心忡忡地上了马车，闭着双眸，按着太阳穴，喃喃道："骆秋迟啊，你们这父子俩真够可以的，天南地北地跑出去，也没个半点儿音讯，可别在这什么江湖上碰到了……"

　　说起来简直滑稽荒谬，这一家人也太潇洒不羁了，爹拐着娘跑不见了，儿子索性也带一群同窗玩失踪，这如出一辙的行事风格真叫人哭笑不得，难怪说"不是一家人，不进一家门"。

只可怜付远之身在皇城，简直操碎了一颗心。

璃仙镇里，风掠长空，树影斑驳，长阳笼罩着一间檀香铺，门前两个灯笼随风摇曳着，那匾额上赫然刻着四个字——

温记香铺。

一片悄寂的后院中，房里门窗紧闭，温若怜将家人们带到了骆青遥几人跟前，细声细气道："这便是我父母，还有我两个弟弟，喻姑娘，你确定也要给他们扎针验血吗？"

房里的骆青遥一行人屏气凝神，喻剪夏背着药箱，站在中央，目光缓缓从温家老小脸上扫过，心中有了计量，目视着温若怜，点了点头。

"要，温姑娘，你父母与弟弟面色青白、眼眶深陷、肌体枯瘦，也是中毒的症状，若我没猜错，你们镇上的所有人都不是身中诅咒，而是身中奇毒。"

他们之前藏在那小巷中，温若怜将那徐坤引开后，待到无人注意时，便将他们一行人悄悄带回了温家。

温家父母早将店铺关了，在家中以泪洗面，见到女儿带了一群少年回来后，还说能救她性命，心头又陡然升起了一股希望。

房中，喻剪夏一番扎针验血后，总算彻底确定了自己的判断，目视着温家上下道："没有错了，你们都是中了一样的毒，这所谓的湖仙璃珠之诅咒根本就是一个骗局，你们都被那伽兰天师骗了，他不是你们的救世主，而是整个璃仙镇的幕后'毒手'。"

温家父母连同温若怜的两个弟弟都震惊得说不出话来，喻剪夏又接着道："那所谓的宽恕之泪也应当就是这种奇毒的解药，只是每一年那伽兰天师都控制好了分量，不将你们身上的毒完全解开，而是让余毒一直留在你们体内，让你们以为只是将诅咒暂时压制下去，而新的一年又必须饮下圣水才能确保自身无恙。

"就这样，你们不得不每一年都依靠那圣水，听从那伽兰天师的话，为他送去所谓的湖仙娘娘以及大量的金银财宝……这伽兰天师根本就是一个彻头彻尾的骗子，你们全镇上下这十几年都被蒙蔽了。"

喻剪夏一番话解释得再清楚不过了，辛鹤在一旁义愤填膺道："这妖道简直丧尽天良！"

那温若怜也在旁边拭着泪水道："喻神医，可否救一救我一家老小，我倒也罢了，我两个弟弟都还年幼……"

她哭得凄楚，辛鹤不由看向喻剪夏："夏夏，你能配制出解药来吗？"

喻剪夏点了点头，却又迟疑了下，斟酌道："解药可以配制，但必须取到一份圣水，才能试出这药方来，到时可以分给全镇的居民，让大家身上的残毒一次肃清……"

"那咱们就去夺圣水，砸了那长生庙，拆穿那妖道！"辛鹤一想到全镇居民被那伽兰天师残害多年，无数少女更是丧命湖底，心中就恨得咬牙切齿。

一旁轮椅上一直没说话的陶泠西却在这时抬起头，沉静道："不行，不可这般冲动，我们毕竟势单力薄，那伽兰天师却是带着一众弟子在璃仙镇多年，威望不容置疑，他那套湖仙诅咒的说法也早已深入人心，倘若我们莽莽撞撞，贸贸然直接跳出来拆穿他，恐怕璃仙镇上除了温家以外，没有一个人会相信我们，我们不仅会百口莫辩，反而还有可能被那群妖道倒打一耙，污蔑陷害，所以一切还得从长计议才是……"

"但时间已经来不及了，明日就是送湖仙娘娘的日子了，再不想到法子，温姑娘就要送去被那妖道糟蹋，沉尸湖底了！"辛鹤依旧急得团团转。

温若怜在一边以帕拭泪，哭得更加梨花带雨了，正因时间紧迫，生机难觅，眼见毫无转圜的余地，所以她才会心如死灰，在树林里绝望寻死。

温家上下也一片凄楚，那对老实巴交的夫妻对着骆青遥几人不住抹眼泪，哀求道："求求各位少侠、侠女们，救救我们家怜儿吧，明天她就要被送到长生庙去了，她才这么小，我们实在不忍心看她沉尸湖底啊……"

"我倒有一计！"屋中，姬宛禾忽地双眸一亮，想到什么般，对着众人投来的视线，兴奋道，"明日由我来替代温姑娘，扮作那湖仙娘娘，你们就混在那香车上，随我一同神不知鬼不觉地进入长生庙，再分头行事，阿朔陪夏夏去取圣水，老遥跟小鸟就藏在我身旁，以我为饵，趁那妖道心神松懈之时将他一举擒获！这样既能救下温姑娘，又能抓住那妖道，取到了圣水后，就能配出解药来，彻底除了全镇居民身上的余毒，这什么湖仙诅咒的说法不就不攻而破了吗？"

"不行，绝不行！"姬宛禾才将自己这法子一说完，轮椅上的陶泠西就身子一颤，神情激动道，"这太危险了，阿宛，绝不能这样，若你去扮那什么湖仙娘娘，岂不是救了温姑娘，又将你搭了进去吗？"

"可我多少会点儿拳脚功夫啊，老遥跟小鸟也会护我周全的，不会有事的。"姬宛禾知道陶泠西在担心什么，望着他的眼眸，极力劝说道，"呆木头，已经迫在眉睫了，如今还有更好的法子吗？你就让我去吧，不入虎穴，焉得虎子？你信我这一回好吗？"

"不是我不信你，而是这法子太过凶险，你有没有想过，万一长生庙里机关重重，高手如云，遥哥他们自己都无法脱身，该怎么去救你？难道你真要被那伽兰天师……总之就是不行，说什么也不行！"

陶泠西坐在轮椅上，头一回争得呼吸急促，面红耳赤，他鲜少有这般情绪激动的时候，一直在队伍里都是最沉着冷静的，此刻急成这样，可见姬宛禾的安危对他而言有多么重要。

"小陶子说得没错，宛姐你再怎么彪悍，总归也是个姑娘家，这心也够大的，我也不赞同，小爷可不想看你出一丁点儿事！"骆青遥双手抱肩，也在一旁断然拒绝了这个提议。

姬宛禾站在屋中，被他们俩这么一否决，也急了起来："那该怎么办？总不能眼睁睁看着温姑娘去送死吧？"

她咬了咬唇，目光在屋里的几人身上转了一圈，忽然想到了什么，欣喜道："我知道了！

谁说一定要女的来扮湖仙娘娘呢？"

这话一出，骆青遥嘴角抽搐了一下，立时明白过来："宛姐，你该不会是想说……"

"没错！"姬宛禾眼神如狼似虎地扫过他与裴云朔、辛鹤，两眼放光道："这屋里不就有三个现成的湖仙娘娘吗？你们三个武功个顶个的高，随便哪一个替代温姑娘，扮作湖仙娘娘都可以，这样计划不就照样可以进行，又没有危险了吗？那妖道再饥不择食，也不会对男的下手吧？"

姬宛禾的话在屋中一响起，陶泠西便点头赞同道："这样倒是可行，总之阿宛跟夏夏两个姑娘，绝不能涉险。"

"我的妈呀，这是让我们男扮女装啊？确定不会被认出来吗？"骆青遥听得有些哭笑不得，旁边的辛鹤却是目光一动，不自觉地扯了扯身上的衣裳。

姬宛禾兴冲冲地点头道："一定不会被识破的，温姑娘也说了，扮湖仙娘娘，会有特殊的妆容与装束，到时候一打扮下来，保准谁也瞧不出，一定可以蒙混过关！"

她的目光又在骆青遥三人脸上转了一圈，长眉一挑，促狭笑道："再说了，你们三个脸长得又白又俊俏，尤其是小鸟，五官这么秀气，扮成女人还不是小菜一碟？"

"来来来，别浪费时间了，现在就给你们三个梳妆打扮一番，看看谁最像女人，最适合替代温姑娘，明日就由他来扮这湖仙娘娘！"

姬宛禾是个风风火火的姑娘，想到什么就要立刻去做，她话音才落，屋里的裴云朔身子已经一僵，不易察觉地向后退了一步。

"我……我也要扮女人？"

云梦泽，烟波浩渺、天地一色，山峦之间清风徐徐、浮云缭绕，不胜惬意，美不胜收。

湖面之上，水雾缭绕，一叶兰舟悠悠荡荡，舟头坐着一人，白衣胜雪、俊逸出尘，正在悠然垂钓。

山风拂过他的衣袂，阳光洒在他身上，为他的眉目镀了层金边，他微扬的唇角挂着一丝笑意，一双黑漆漆的眸子粲然若星，如山水画中最明亮的一笔。

"骆兄弟，这鱼钓上来没有？"船里一人探身出来，站到那垂钓之人身后，笑声问道。

这在湖中央悠闲垂钓之人，正是消失已久、令付远之遍寻无踪头疼不已的骆青遥的父亲——东夷侯，骆秋迟。

他扭头看向那身后之人，粲然一笑："鹿前辈。"

这位气度不凡的老者乃是骆青遥的外婆眉娘昔年在江湖上的挚交好友，破军楼之主，鹿行云。

骆青遥一家子都离开皇城，就是去破军楼找这鹿行云，一路游历江湖，走山望水，好不快哉。

他们一路南行，走走停停，顺水来到了云梦泽，一赏这烟波浩渺的风光。

只不过骆青遥的外婆外公，那眉娘与老奉国公，在这云梦泽便与他们分开了，单独上了官道，说要去豫州的千石峰看一看奇石风光。

　　其实哪里是看什么奇石风光？只不过是因为鹿行云早年间情系眉娘，多年来也一直未娶，老奉国公一直说他居心叵测，看他不顺眼，这一路上鹿行云也对眉娘照顾有加，老奉国公瞧了更加胸闷了，每天都在吃干醋，到了这云梦泽，实在忍不下，好说歹说将眉娘拖走了，死也不愿再跟鹿行云一路同行了。

　　剩下骆秋迟夫妻与这鹿前辈，三人一同在云梦泽泛舟赏景，倒也算悠闲自在。

　　"骆兄弟，听说这湖里的鱼个个都成了精，还有湖仙庇佑，我瞧你一时半会儿可不容易钓上来啊！"鹿行云在舟头负手而立，对着垂钓的那身白衣笑道，骆秋迟摇了摇头，俊逸的脸上挂着几分慵懒之色，唇角一扬，在长阳下微眯了眼眸道："不急，不急，这姜太公钓鱼，愿者上钩，我就在这儿慢慢等，总有一两个不开眼，没成精的傻鱼儿愿意咬我的钩，被我钓上来，那今晚咱们就能炖上一锅香喷喷的云梦泽鱼汤了。"

　　鹿行云闻言一笑："你倒是好心态，这么多年性子都没变过，老夫对你还真没看走眼，话说，你真不考虑来我破军楼里任个堂主之类的？"

　　"堂主就免了，鹿前辈，您也说了，我这人野性惯了，哪里能在一个地方待得住啊？"骆秋迟握着鱼竿，盯着那水波粼粼的湖面，白衣在风中飞扬着，眸中笑意愈深，"我嘛，就只想带着阿隽到处看看，游山玩水，再给我家那位小兔崽子寻个顺眼的儿媳妇，早日抱个大胖孙子，这辈子也就足够了。"

　　"遥哥儿年纪还这般小，你就开始惦记着给他找媳妇了？"鹿行云忍俊不禁，摇了摇头，双手负在身后，站在舟头笑道，"也是，你前半生波澜壮阔，生生死死、大风大浪，什么该经历过的也都经历过了，这下半辈子也合该游历四方、寄情山水了。"

　　他望向湛蓝的天空，正感叹间，忽然想到什么，扭过头，遥望岸边："阿隽丫头怎么还没回来？说是去买点儿当地的小吃，怎么去了这么久？"

　　长风掠过树林，一个清隽美貌的妇人，正脚步慌乱，直往湖边逃来，她连手里买的吃食都抱不住了，掉落了一地，却头也不敢回，只是越奔越快，只因——

　　身后一群天师装束的人，嘴里流氓地吹着口哨，一边追着她，一边调笑道："夫人别跑啊，我们又不是老虎，不会吃了你的，只是想让夫人陪我们兄弟玩一玩，别这么害怕嘛……"

　　那为首之人面目黝黑，身材精瘦，眸光阴鸷，语气下流无比，不是那徐坤还是何人？

　　说来也巧，他才在璃仙镇里驱完邪，收了一圈钱，带着一帮人出了镇子，准备到这外头大吃大喝，风流快活一番，却没想到在树林里竟会撞到这般美貌的一个妇人，简直是天上掉馅饼下来，他说什么也得咬一口，绝不能放过！

　　徐坤领着一帮人，一边追着前方那道纤秀身影，一边流里流气地笑道："看夫人生得这般貌美动人，气质高贵不凡，恐怕不是这云梦泽本地人吧？不如留下来日后天天与我们兄弟快活……"

湖面之上，站在舟头，遥望岸边的鹿行云，忽地瞳孔一紧："骆兄弟你快看，那不是阿隽吗？"

骆秋迟回头一看，脸色陡变："是阿隽！"

他霍然将鱼竿一扔，站起身来，双眸一狠，精光迸射，一句粗话破口而出："他娘的，哪儿来的一群小流氓，竟敢欺到老子女人身上来了！"

②惊艳

"我……我一定要扮女人吗？"

温记檀香铺里，裴云朔一脸绝望，望着姬宛禾手里拎的几件红红绿绿的衣裳，面如死灰，仿佛吃了苍蝇一般，全身每一处都写着抗拒两个字。

"当然了，别扭扭捏捏的了，不还有老遥和小鸟陪你吗？"姬宛禾干脆利落道，随手抛了一件衣裳给喻剪夏，分配道："来，夏夏，你帮阿朔梳妆打扮，记得多抹点儿胭脂，他皮肤太白了，没有小姑娘那种红彤彤的感觉，嘴唇也要抹红一点儿，不然瞧起来冷冰冰的，听明白了吗？"

姬宛禾每多说一句，裴云朔的脸色就多白上一分，眼神中透着从未有过的惊惶与绝望。

姬宛禾却还在那自顾自地分配着："我就替老遥梳妆打扮，温姑娘负责帮小鸟，我们三个分头行动，赶紧开始吧，不要再耽搁时间了，这天转眼就要黑下来了……"

"等等，我……我来帮小鸟梳妆打扮吧。"喻剪夏忽然犹疑着开口道，她抱着手里那件水红色的纱裙，与身旁的辛鹤对视了一眼，两人眸中俱有什么一闪而过，心照不宣。

若是让别人替辛鹤打扮，岂不就会发现她的女儿身了吗？

可惜姬宛禾却不知喻剪夏所想，只是听了她的要求，有些奇怪道："为什么啊？他们三个人里，你最熟悉的一张脸不应该是阿朔的吗？"

"就是因为太熟了……"喻剪夏抿了抿唇，看了一眼裴云朔，一本正经地编着瞎话道，"如果让我来帮哥哥梳妆打扮，将他弄成一副女人的模样，我一定会憋不住笑的，根本没办法好好替他打扮……"

"对哦，你不说我还没想到！"姬宛禾恍然大悟，也跟着道，"那我也不能替老遥打扮了，我肯定笑得比你还厉害呢！"

她目光在屋里转了转，忽然一把扯过僵硬的裴云朔，重新分配道："那这样吧，我来替阿朔梳妆打扮，夏夏帮小鸟，温姑娘就替老遥，怎么样？"

这番分配倒是合情合理，时间紧迫，骆青遥也顾不上许多，接过姬宛禾手里的衣裳，对屋里的温若怜道："那就有劳你了，温姑娘。"

温若怜长睫一颤，抬眸望了一眼少年俊秀含笑的面容，脸上忽地一红，连忙羞赧低头道："哪里，骆公子不嫌奴家的手艺才是。"

喻剪夏也拉着辛鹤进了房中，只剩裴云朔还站在原地垂死挣扎，煞白着脸后退道："我……我能不能不参与……"

"不能！"姬宛禾一把拉过他，不由分说地将他推进了另一间房里，兴奋道，"进去吧，小白毛，相信你宛姐的手艺，保准把你扮得漂漂亮亮！"

三组候选的"湖仙娘娘"转眼都进了房中，这便各自开始梳妆打扮起来。

陶泠西与温家其他人等在外头，心里七上八下的，盯着那几扇房门，又紧张又期待，也不知这法子到底可不可行，万一三个人扮起女装来都不伦不类，一眼就能被识破，没办法替代温姑娘，那可怎么办？

"希望一切顺利，至少能出一个湖仙娘娘……"陶泠西坐在轮椅上，闭上眼眸，在心中暗自祈祷着。

房门一关，喻剪夏就拉住辛鹤的手，神情焦急道："小鸟，这……这可怎么办啊？"

她咬住唇，眉心紧锁："我要故意帮你，帮你打扮得夸张怪异一些吗？这样应该就看不出你的女儿身了吧？"

"夏夏，别急。"辛鹤拍了拍她的手，深吸口气，压低了声，定定道，"你就照常帮我梳妆打扮吧，不用刻意夸张古怪，我其实已经做好决定了。"

"什么决定？"喻剪夏一愣。

辛鹤望着她的眼眸，一字一句道："明日就由我来替代温姑娘，扮作湖仙娘娘，混进那长生庙吧！"

"小鸟，你，你要扮湖仙娘娘？"喻剪夏脸色一变，眸中写满了惊愕。

"不然呢？还有比我更适合的选择吗？"辛鹤攥住她双眸，冷静分析道，"夏夏，你也清楚，他们两个人毕竟是男子，真要扮作女人，不管怎么样，总是会有破绽的，可我不一样，我是实打实的女儿身，身材也跟那温姑娘颇为相似，由我来替代她再适合不过，计划就能顺利进行，一定不会被人瞧出来的！"

"但是……正因为你是个姑娘，你才不能去替代那温姑娘啊，这对你来说不是太危险了吗？"喻剪夏仍摇着头，忧心不已道。

"我哪儿有那么柔弱啊？"辛鹤按住喻剪夏肩头，定定盯着她，呼吸急促道，"夏夏，你忘了我的身手吗？我跟温姑娘不一样，我有自保的能力，你放心，那妖道动不了我的，我一定不会有事的！"

"可……可万一真像小陶子所说，长生庙里机关重重、高手如云，那你……"

"管不了那么多了，为今之计，只能冒险一搏了！"辛鹤果决地打断了喻剪夏，径直坐在了那梳妆镜前，深吸口气，下定决心道，"来吧，夏夏，不要再犹豫了，一切迫在眉睫，没有时间再拖了，明日就让我来扮这湖仙娘娘吧！"

风掠长空，天色一点点暗了下来，璃仙镇外，一轮明月挂在树梢上，林中弥漫着一股烤鱼的香味。

骆秋迟一袭白衣,月下俊逸出尘,席地而坐,一边烤着鱼,一边对着树下的鹿行云笑道:"鹿前辈,我没说错吧,总有几尾傻鱼会上钩,您瞧,这不就给咱们加餐了吗?"

鹿行云听出他话中有话,抚须而笑,点头道:"是啊,何止水里的鱼,树上还挂了一片呢,今日的确收获颇丰,骆兄弟,你好久没这般过瘾了吧?"

鹿行云说的自然不是钓鱼的瘾,那月光之下,高大茂密的树上,七七八八地捆了一片人,吊在半空中,个个被揍得鼻青脸肿,在夜风里哭爹喊娘地求饶着:"大侠,大贵人,我们错了,求求你,快放了我们吧!都是我们有眼不识泰山,不该冒犯令夫人,我们以后再也不敢了……"

那被吊在树上的一群人正是徐坤带着的那帮神棍小子,他们平日横行霸道、无所顾忌,今日却是撞到铁板上了,惹了不该惹的人,百般求饶都没用。

明日一早,骆秋迟就会将他们送到官府去,通通丢进大牢里,叫他们自生自灭,尝尝阶下囚的味道。

原本徐坤一众人还硬气至极,恶狠狠地在树上道:"你知道我们是谁吗?也不去打听打听,看看云梦泽哪间官府大牢敢关我们?"

却哪知骆秋迟听了只是扬唇一笑,一边烤着鱼,一边漫不经心道:"是吗?我倒真要瞧一瞧了,若这云梦泽的知府不敢收你们,那就让他也一并入大牢去陪你们尝尝牢饭的滋味,怎么样?"

这般疏狂不羁的语气,仿佛将那知府摘了官帽打入牢狱里只是动动手指的事情,再简单不过。

徐坤一众人这才脸色大变,知道他们闯大祸了,得罪了身份显赫、来头不小的人,个个顿时吓得面如土色,在树上求饶不已。

事实上,徐坤一见到骆秋迟,就有种隐隐眼熟的感觉,总觉得很像他认识的一个人,依稀间似乎也给他吃过不少苦头,叫他又怕又恨,他一时却想不起来,更不敢去深想。

月夜下,树上一群人还吊在风中,不住求饶着,树下的那身白衣却充耳不闻,只是抓起那烤鱼,深深嗅了一口,啧啧道:"真香啊,傻鱼啊傻鱼,别怪老子吃了你们,怪就怪你们没脑子,偏要自个儿撞上来,老子不吃白不吃啊!"

他旁边的美貌妇人忍俊不禁,掩唇一笑,眉眼间流转着一股天然神韵,灵秀动人,正是骆青遥的母亲,奉国公府曾经的五小姐,闻人隽。

骆秋迟举起那烤好的鱼,撕下最嫩的一块,往她眼前一递,柔声道:"来,小猴子,快尝一尝,看看好不好吃?"

闻人隽张开嘴,叫骆秋迟喂下了一块鱼肉,唇齿留香间,双眸在月下含笑道:"自然好吃了,这云梦泽的鱼肉还真是鲜美异常,不负虚名。"

"你喜欢吃就好,我继续帮你烤。"

他夫妻二人在那恩恩爱爱，旁若无人，看得一旁的鹿行云都觉得自己是多余的了，他不禁摇头一笑，自觉拿起了另一条烤鱼，故意调侃道："可惜没有好郎君帮老夫烤，老夫还是亲力亲为吧，也来尝一尝这云梦泽'仙鱼'的味道。"

三人吃得香气四溢，那吊在半空中的一群人却是饥肠辘辘，浑身又累又疼，苦不堪言。

那徐坤被逼到这般地步，眸中陡然升起一股戾气，终是彻底豁了出去，也不怕丢伽兰天师的脸了，将他都搬了出来，恶狠狠地道："你……你们知不知道我师父是谁？听说过伽兰天师的威名吗？他在江湖上的名号可是响当当的，兄弟豪杰一大堆，五湖四海，各座山头都有他的势力，你们就算是官家的人，行走江湖也该知晓几分规矩吧，不要将事情做绝了，否则没有好果子吃的！"

他这话的意思再明显不过，即便是"白道"的人，行走江湖，也总该给"黑道"几分面子，多些畏惧忌惮，否则刀剑无眼，防不胜防，谁知道哪一天就身遭不测呢？

这番威胁的话一放出来，骆秋迟与鹿行云听得一愣，两人月下抬头，久久对视间，忽然放声大笑，仿佛听到了世间最好笑的笑话般。

"鹿前辈，我没听错吧，他们在您面前谈江湖二字？"骆秋迟笑得白衣乱颤，简直眼泪都要出来了，指着吊着的徐坤一众人，不可思议道："这群小娃娃是没听说过破军楼吗？"

"破军楼"三字一出，半空中的徐坤就一怔，还没回过神时，一个鱼骨头已横空打来，砸在他脸上。

"还兄弟豪杰，五湖四海呢，跟我提山头？"骆秋迟霍然站起身来，目光一凛，月下白衣飞扬，冷冷一笑，匪气冲天，"老子当年占山为王，当土匪打天下，统领十八座寨子的时候，你们那什么狗屁师父还不知缩在哪个犄角旮旯里玩泥巴呢！"

徐坤被那鱼骨头打蒙了，脸上霍然现出一个红印子，在夜风中震惊难言。

这人不是官家的人吗？怎么又变成土匪头子了，他到底什么路数？竟黑白两道通吃不成？

徐坤目光几个变幻，终是脸色大变，瞪着月下那身匪气四溢的白衣，满心的惊骇绝望，叫苦不迭，暗自懊悔不已。

树下的闻人隽却仿佛想到了什么，抬起头，对着那身白衣开口道："老大，这伽兰天师，我在买吃食时，还真听当地人提到了，说起来十分玄乎，跟什么湖仙有关……"

风掠四野，夜色萧萧，骆秋迟白衣一拂，修长的手指夹着一把匕首，也没看清楚他是如何出手的，月下只是寒光一闪，那吊住徐坤的绳子便陡然被割断，他"哎哟"一声，鼻青脸肿地摔在了地上。

骆秋迟走上前，一脚踹去，长发飞扬间，满身寒气凛冽，目光冷冷道："来，好好跟我说一说，你们那位狗屁师父打着湖仙的幌子，是如何坑蒙拐骗、祸害璃仙镇百姓的？记住了，一五一十都给我交代清楚了，要是敢有一个字是假的，可别怪我手里这把刀子不长眼，在你身上戳几个血窟窿出来！"

璃仙镇，月光幽幽，笼罩着温记檀香铺，门前两个灯笼随风摇曳，天地一片静寂。

院子中静悄悄的，那门窗紧闭的房里却是灯火通明，一行人正死死憋着笑，生怕发出一点儿声音来——

屋中央，灯光下，站着两道穿红戴绿、脂粉味满身、脸蛋红扑扑、明明做出娇美的模样却高高大大、诡异无比的身影。

裴云朔两个眼睛被涂得乌黑，眉毛被画得快飞出脸上了，一头白发被梳成了繁复无比的发髻，远远望去，就像顶着一坨大白萝卜在脑袋上，脸上更是被脂粉盖得看不出原来的模样了，只能望见一双触目惊心的烈焰红唇，再加上他一脸阴沉得要滴水、世人欠他三千金元宝的表情，整个组合起来效果简直惊人，活像一个身处地府千年、满身煞气、到处勾魂夺命、令人闻风丧胆的女罗刹！

相比之下，他旁边的骆青遥，一脸妆容就要婉约许多了，只是效果依旧惊天泣地，眉宇之间染着大片桃红之色，原本是为了增添几分楚楚可怜的风情，却看起来像是被蜜蜂蜇残了一样，配合着厚厚涂抹，放大了数圈的嘴唇，更加让人感到一阵疼痛，再加上那含情脉脉、故作娇羞的眼神，简直令人作呕，就像一个摔坏了脑袋，成天躲在花丛里，一边流口水痴笑，一边偷看男人的深闺傻姑。

女罗刹和傻姑站在一起，画面实在太具有冲击力，屋里所有人憋笑憋得快要疯了，姬宛禾更是在一边笑得将肚子都捂住了，差点儿就要跌在陶泠西的轮椅上。

裴云朔冷冷扫了她一眼，语气有些哀怨道："你不是说你手艺好吗？"

姬宛禾伸手抹去眼泪，笑得上气不接下气道："我是手艺好，但是在你身上好像没有用武之地啊……"

身旁的骆青遥也往自己脸上摸去，望向众人道："有……有那么好笑吗？我怎么觉得挺娇美的，很是楚楚动人啊，毕竟小爷天生丽质，怎么打扮都……"

"完了！"姬宛禾一声打断道，指着骆青遥，惊道，"老遥，完了，你这妆容果然'有毒'，把你眼睛都毒瞎了！"

她一说完，整个人又狂笑不止，这回真倒在了陶泠西身上。

两个湖仙娘娘就这样出局了，如今只剩下一个辛鹤了，但估计效果也好不到哪去，众人一时也没在心中抱太多希望了。

看来男人扮女人，还真不是那么容易的一件事，这条路可能走不通了，他们得赶紧想别的法子才是了。

"我们弄好了。"

大家正在心中暗自思量时，耳边忽然传来喻剪夏的声音，她推开房门，如释重负地走了出来，所有人扭头望去。

一只纤纤玉手在她身后，掀开了帘子，在众人的目光中，缓缓抬起了头——

少女一袭雪青纱裙，眸含秋水、眉若远山，漆黑的长发散落腰间，露出一根银色丝带，衬得纤腰曼曼，额上还点上了精致的扇形花钿，肤色雪白、灵气出尘，浑身上下仿佛染了一层柔和的月光般，环佩清响、仙气飘飘、如梦如画，绝美不可方物。

所有人都呆住了，心神震撼，在原地久久没有动弹。

姬宛禾更是张大了嘴，被惊艳得话都不会说了："小鸟，你……你好美啊！你真的……是辛鹤吗？"

骆青遥呆呆地站在屋中央，仿佛周遭万物尽然消失，他一双眼眸中，只有那一道秋水摇曳，宛若琼宫仙子的身影。

他脑中像有无数烟花炸裂，身子微颤间，彻底失去了思考的能力，眼里心里，都只有那一个人，千山万水，扑面而来，连呼吸都为之停止。

屋中，姬宛禾忽然一声惊叫："老遥，你……你怎么流鼻血了？！"

③同床绮念

夜风微拂，万籁俱静，月光笼罩着宫学，洛水园里，一片花海随风摇曳，清光流淌，美如梦境。

付远之来到洛水园时，怀里正揣着一整包甘甜的蜜饯。

他今日从皇宫出来后，原本马车要驶回相府了，他却在长街上透过车窗看到有小贩推着车，正在吆喝着卖蜜饯，那颜色红彤彤的，煞是喜人，他忽地心念一动："停车。"

那推车上放满了大大小小的陶罐，里面颗颗蜜饯鲜红饱满、晶莹欲滴，看了便引人垂涎，付远之向来是不喜甜食的，但洛水园中的那位却不一定。

苏萤近来还在吃药，那药有点儿苦，虽然她每次都没说什么，但付远之想，应该没有哪个小姑娘会喜欢苦涩的味道吧？

他便从小贩手里买了一包蜜饯，鬼使神差地让马车掉头，准备到洛水园里送给苏萤。

夜风拂过付远之的衣袂发梢，他清俊的一张脸在月下熠熠发光，一想到苏萤那双干净清透的眸子，唇角便不知怎么，无意识地扬了起来。

"小苏姑娘，你睡了吗？"

付远之才一推开门，却未料到，屋里一道黑影一闪而过，跃窗而出，他心头一紧，一声喝道："谁？"

房中的苏萤吓了一跳，她手中正在烧着一封密信，付远之瞳孔骤缩，想也未想地几步跨上前，一把扣住苏萤的手："你在烧什么？"

苏萤脸色煞白，手中的信函却早已烧成了灰烬，付远之终是来晚一步，他呼吸急促，攥住苏萤的双眸，霍然问道："你到底是谁？听命于何人？"

他何等聪明，短短瞬间就判断出来了，苏萤一张脸更白了，她做梦也没想到付远之会在今夜意外前来！

她烧掉的那封密信正是从琅岐岛上传来的，如今皇城中所有的风哨子都已经接到了主子的命令，所有人如今都只有一个最主要的任务——尽快找到辛鹤与那本《妙姝茶经》的下落，将他们一并带回琅岐岛！

可这些密函上的内容苏萤怎么能够跟付远之说呢？

夜风拍打着窗棂，房里烛火摇曳着，两人之间进行着一场漫长无声的僵持与对峙。

"你还是不愿意说吗？"付远之深吸口气，终于再也按捺不住，望着眼前那道沉默的身影。

苏萤眉眼低垂，如一尊坐化的石像，无论付远之问她什么，她始终缄默不语，这态度终是微微惹恼了付远之。

"小苏姑娘，你如果有什么苦衷，可以告诉我，我或许可以帮你……从你为之卖命的那个地方将你解救出来，但你什么都不说，我该怎样去做？如果你执意不肯开口，难道真要我将你交给刑部大牢发落吗？"

最后一句话中已带了几分震慑之意，苏萤长睫一颤，终是在灯下抬起头，望向付远之，她一张苍白的脸上无悲亦无喜，只是抿了抿唇，每个字都极轻又极缓："没有人逼我，我也没有任何苦衷，我所做的一切……都是心甘情愿的，对不起，付大人，如果让你为难了，你便将我送到刑部大牢去吧。"

"你！"付远之脸色一变，生平还没遇到过这样油盐不进的小姑娘，他原本只是吓唬吓唬她，却未料到她竟决绝至此。

"心甘情愿？你到底是什么身份来历，替谁在效命？你知不知道自己在做些什么？"付远之看着那双漆黑幽深的眼眸，心里越发急切。

"我知道。"苏萤定定地望着他，一字一句，声音里忽然带了些沉重的哀伤，"付大人，我和你是不一样的，或许你觉得我很荒谬可笑，可我有自己的使命，我要做的那些事情，哪怕付出我的性命我也在所不惜……"

这没头没脑的一番话叫付远之愣住了，苏萤却望着他说了更加令他如坠云雾的一句话："这世上本来就有一些人，生来就要走一条很艰难的路，这是命中注定的，谁也不想永远活在黑暗之中，即便要付出很大的代价，如同蚍蜉撼树，那些人也会百死无悔，向光而生。"

那张苍白秀美的脸庞，在灯下坚定决绝，一字一句道，眸中闪烁着动人的波光。

她耳畔似乎又回荡起了白翁曾对她说过的一番话："这条路还很长呢，想想主子吃的苦头，我们做的这些还不算什么，不管怎样艰难，都要咬牙走下去，总有一日一定能夺回属于我们的那些东西，知道吗？"

房中，付远之却是呼吸急促道："使命？什么使命？你到底在说什么？"

他看着苏萤眸中的泪光，心头被什么刺到一般，从没有这么慌过，似乎他再不伸出手将她抓住，她就会坠入万劫不复的深渊之中。

苏萤却深吸口气，握紧了双手，轻轻扬起唇角，对着付远之苍白一笑，水雾模糊了视线:"付大人,其实我跟你从来就不是一条路上的人,你又何必浪费时间在我身上呢?"

夜风飒飒,花海浮沉,一轮明月清冷寂寂。

付远之离去时,取出怀里那包蜜饯,放在了桌上,只低低说了一句:"我会等到……你愿意开口的那一天。"

摇曳的烛火下,苏萤颤抖着手拿起了那包蜜饯,泪眼蒙眬……原来他今夜前来是特意来为她送这个的?

虽然她每天喝药时从未说过,但或许那微微蹙起的眉心依然令他察觉到了,他本来就是那样心细如尘,又那样……温柔体贴的人。

可惜自己到底辜负了……他一片好意,配不上这份甘甜。

苏萤捧着那包蜜饯,指尖颤动着拈起一颗,慢慢放进了嘴中,咀嚼起来。

泪水无声滑过脸颊,她在这无边清寒的夜里,倏然发现,嘴中的蜜饯……竟是苦涩的。

她生平,从未吃过这样苦的蜜饯——

比她每天喝的一碗药,还要苦上千百倍。

夜色幽幽,月光笼罩着温记檀香铺,院中洒下一片片清辉,树影摇曳,风声飒飒。

骆青遥一通鼻血流的,众人到夜间睡觉时都还在笑,尤其是姬宛禾,一个劲儿挤眉弄眼道:"老遥,你今晚跟小鸟睡一块儿,可不要又流鼻血了啊!"

温家不大不小,刚好能分出三间房来给他们几个睡,裴云朔便跟陶泠西睡一屋,姬宛禾同喻剪夏睡一块儿,骆青遥自然就是跟辛鹤一起睡了。

明日香车游街,辛鹤会替代温姑娘扮作那湖仙娘娘,说起来,她的女装着实是让众人狠狠惊艳了一番,也不怪骆青遥都被美到流鼻血了。

明天香车游街时,他与裴云朔、喻剪夏三人会藏在香车上,跟着神不知鬼不觉地一起混进长生庙中,取圣水,擒妖道。

姬宛禾与陶泠西则会等在湖边,若在约定好的时辰内,长生庙里的几人还是没有出来,他们就会在庙外放火,制造混乱,为骆青遥他们争取生机。

明日必有一场激烈大战,少年们既兴奋又紧张,今夜大家都要好好休息,养精蓄锐才行。

可骆青遥如何睡得着?

月光透过窗棂洒入屋中,少年仰面朝上,压抑着呼吸,一闭上眼,脑中却还是那道仙气四溢的身影。

漆黑的长发散落腰间、秋水般的眼眸、远山似的长眉、水红的双唇……全身每一处地方都在强烈吸引着他,让他如同中了蛊一般,无法自拔。

恍惚中,眼前又浮现出面具夜宴那一晚,那个戴着狐狸面具与他擦肩而过、一缕长发飘飞起来拂过他脸颊、一清香扑面而来的灵秀少女,不知怎么,那道身影竟与今夜的辛鹤重叠了起来……满满占据着他的心扉,怎样也挥之不去。

完了完了，骆青遥，你真的要完了！

少年深吸口气，在被中攥紧双手，浑身燥热难安，苦不堪言，简直不知这漫漫长夜该如何熬过去。

辛鹤就躺在他旁边，这张床可比宫学里的小多了，他们中间只隔了半人的距离，他一翻身就能触碰到她，鼻尖更是萦绕着她身上那股清透的香气，如同醉人的佳酿，丝丝缕缕直往他心里头钻，让他整个人晕晕乎乎的，完全无法思考。

老天爷啊，为什么要这样考验他！

简直疯魔了般，虽然从前在惊蛰楼里，他们天天睡在一起，但没有一次让他像今夜这般躁动，心里满满都是一股异样至极的感觉，似乎，似乎——

他不是跟一个男人同睡一床，而是跟一个女人，还是一个灵秀绝美，一颦一笑、一举一动、一缕发丝都能触动他心弦，撩拨得他不能自已的……女人。

骆青遥咬住牙关，双手攥得更紧，一身已全是汗了。

屋里静悄悄的，辛鹤仿佛已沉沉睡去，呼吸细微而均匀，纤秀的身影在黑暗中一动也不动，只留骆青遥一人在床上饱受煎熬。

可事实上，骆青遥哪里会知，今夜的辛鹤也根本一刻也没睡着过！

她耳边听着骆青遥粗重灼热的呼吸，感受到他那份躁动，一颗心也跳动不停，下意识咬住了唇，心中暗道：青瓜怎么还没睡？

想到他流的那行惊天动地的鼻血，她脸上也一时有些红热，却半点儿也不敢转动身子，偷偷看一眼骆青遥，只在心间升起一股从未有过的异样感觉。

夜里那么静，两个人的心都怦怦直跳，但都屏住呼吸，睫毛微微颤抖着。

终于，月光下，少年微红着一张脸睁开眼，吞咽了一下口水，轻轻扭过了头，浑身燥热下，再也按捺不住，一只手悄悄地从被中伸出，一点一点地往辛鹤那边挪去。

他指尖发热，鬼使神差地缠绕上那柔软的发丝，清香扑面萦绕而来，心里一阵酥麻。

曾经做的一方旖旎梦境又浮现眼前，烟花当空绽放，他们擦肩而过，不尽缱绻的夜风中，他终是追上了那狐狸少女，一把掀开了她的面具。

面具下的她明眸皓齿，灵秀动人，浅笑盈盈地站在风中，环佩清响，身上笼了一层柔和的月光，就像今夜的辛鹤一般，绝美不可方物。

少年眸光越发灼灼，身子也跟着挪了过去，指尖缠起更多发丝，浑身热血翻腾，口干舌燥，像之前在惊蛰楼那一夜一样，受到无尽的牵引与蛊惑，忍不住一点点凑上前，深深嗅了一下那清香的发丝。

一直装睡的辛鹤顿时呼吸一窒，头皮瞬间发麻，一颗心都快跳了出来！

青瓜，青瓜你在干什么？！心里似有个小人尖声叫着，辛鹤揪紧被子，死死咬住牙关，害怕自己下一刻就要从床上弹起来。

少年身上清冽的气息包围着她，她面红耳赤之下，心中狂跳不止，却不想那只修长的手竟慢慢摸了过来！

　　月光透过窗棂洒在床上，骆青遥一双眼眸越发红热，如同受了蛊惑般，整个人一点点凑向辛鹤，指尖微微颤动着，小心翼翼地触碰上了辛鹤的脸颊。

　　冰凉光滑，雪肤如玉。骆青遥的心弦都为之一颤。

　　辛鹤脑中都快要炸了，感觉到那只手在自己脸上慢慢游走，却一动也不敢动，只是那个小人在耳边尖叫得更厉害了。

　　少年慢慢俯下身来，呼吸急促，目光灼热，借着窗外洒入的月光，一只手竟是从辛鹤脸颊上，一点点移到了她那水红清透的双唇上。

　　指尖发烫，揉住那唇瓣，轻轻摩挲起来，呼吸愈来愈急，眸色也愈来愈深，少年如受蛊惑般，再也难以自持，脑袋慢慢探了下来。

　　辛鹤的双唇被那只手抚摸着，感受到那股灼热的气息越来越近，心都提到了嗓子眼上，似有狂风暴雨袭来，她在海面上浮浮沉沉，头晕目眩，终于再也装不下去，就在少年即将吻上她双唇之际，猛地睁开了眼眸——

　　空气瞬间凝滞了，少年的身影僵在了辛鹤上方，咫尺之间，两人四目交接，鼻息相对，月光幽幽洒下，天地万物都静止了一般。

　　夜风拍打着窗棂，两人一上一下，久久未动。

　　少年身子忽然一颤，如梦初醒般，一张俊逸的脸庞腾的一下红透，霍然捂住了自己的鼻子，一阵天旋地转下，一股热流忍不住又要喷薄而出。

　　辛鹤还没来得及看清时，少年已经一个翻身下了床，鞋子都没穿，风一样地夺门而出。

　　院里只传来"扑通"一声，辛鹤猛地坐起，望向了窗外，脸色大变——

　　"不好了，青瓜跳井了！"

第五章·长生庙大战

①香车游街

　　天蒙蒙亮起,薄雾缭绕,早上的风中还带着些微的凉意,璃仙镇已有不少店铺开了门,今天是个特殊的日子,许多人一大早就起来了,激动地等待着上午的香车游街。

　　每年都会有这样一场盛大的送神仪式,被选中的湖仙娘娘将要盛装打扮,站在撒满鲜花的香车上穿街而过,接受全镇居民的欢送。

　　大家还会往香车上抛掷各种值钱物什,许多人勤勤恳恳攒了一年的积蓄,或许在这次送湖仙娘娘中就会扔去大半,毕竟这是供奉给湖仙璃珠的一份香火钱,谁付出得越多,证明一颗心就越虔诚,身上的诅咒便会愈发减轻,新的一年也将得到湖仙璃珠更多的庇佑。

　　"你们那什么送神仪式几时开始啊?也亏得你们那狗屁师父,能想出这套敛财骗术,简直丧尽天良,活剐了都不为过!"

　　长街中央的一间小酒馆里,二楼隔间靠窗的位置处,坐着一道俊逸的身影,第一缕晨光洒在他脸颊上,染了一层熠熠金边,乌发飞扬间,宛若谪仙。

　　他一边抿着酒,一边对着桌前那道鼻青脸肿的身影道,话里话外快将伽兰天师骂透了。

　　那坐在对面的人哭丧着脸,却又不敢反驳,只是颤巍巍道:"大侠,你……你到底想干什么啊?"

　　白衣一拂,那双俊逸的眼眸一睐,精光迸射,拈起一粒花生米就砸在那人脑袋上,哼哼道："怎么，我不能来凑凑这热闹吗？"

"能能能，大侠你随意！"那人捂住脑袋，吓得不轻，再不敢多说一个字。

这坐在酒馆二楼窗边的两人正是骆秋迟与那徐坤，他们一大早就进了璃仙镇，鹿行云与闻人隽却没有跟来，而是分头行事。

鹿行云将林中剩下吊着的那些人统统往当地官府送去，手里还拿了骆秋迟的一块贴身令牌，好命令那知府配合，把"小虾米"关进大牢后，再派兵到璃仙镇，将那群湖里的妖魔鬼怪一网打尽。

骆秋迟这边则是扭着徐坤，一大早进了璃仙镇，先来打头阵，不能错过今日的送神仪式，否则又得有一条无辜的少女性命葬身湖底了。

闻人隽本来也要跟着骆秋迟来璃仙镇，骆秋迟却到底放心不下，怕她遇到什么危险，让她跟着鹿行云去了官府。

毕竟璃仙镇里伽兰天师的势力太大了，这里完全是他这个"土皇帝"的地盘，骆秋迟怎么敢让阿隽来涉险？

不怕一万就怕万一啊，他自己一个人来探虎穴，反而可以毫无顾忌，放开手脚，痛痛快快干一场了！

晨风微拂，天色越来越亮，掌柜跑上楼来送酒时，看到鼻青脸肿的徐坤，到底没忍住，小心翼翼地问道："小徐师父，你……这是怎么了？"

徐坤提心吊胆地看了眼对面，那身白衣正在漫不经心地吃花生米，他咽了咽口水，对掌柜小声道："摔了，不小心摔了一下，不碍事的……"

"那……那今日的送神仪式，你不参加了吗？"掌柜的又问道。

"我……我身子不舒服，今日就不参加了，送神仪式交给大师兄负责了，他来主引……"

徐坤嘴里虽这样说道，却又偷偷看了眼对面，见那身白衣没注意，忙伸手遮住半边脸，不断向那掌柜的使眼色，希望他能听出自己的言不由衷，赶紧去长生庙通风报信，找到他师父来救他。

奈何徐坤这一双"老鼠眼"实在生得太小了，挤了老半天，想要传递的东西却一丝半点儿也没传出去，那掌柜一个字也没瞅出来，反而凑近了脑袋，忧心疑惑道："小徐师父，你……你眼睛怎么了？"

"长针眼了，不舒服着呢，掌柜你别凑近了，万一传染给你就不好了。"窗边那身白衣忽然开口道，仍旧用筷子夹着花生米，一脸的漫不经心。

徐坤吓得一哆嗦，魂儿都没了，那掌柜却望向窗边那袭白衣，微微一愣："这……这位是？"

那身白衣抬起头，唇角一扬，粲然而笑："他表叔，来璃仙镇看一看，玩一玩，久闻这里湖光山色，钟灵毓秀，还有湖仙守护，特地来长长见识。"

一听说是徐坤的表叔，那掌柜双眸一亮，忙不迭拍起马屁来："难怪了，我就说客官仪表堂堂，气度不凡，一见就是人中龙凤，原来竟是小徐师父的表叔，还生得这般年轻，说是表哥我都信呢！今日正好有送神仪式，表叔可以好好瞧一瞧热闹了，这回来了咱们璃仙镇，就不要急着走了，一定要多住一段时日啊，让咱们好好招待你一番，今日这些酒水饭菜，就不用付钱了，表叔一来，我这小酒馆都蓬荜生辉了，合该表示一下心意！"

"那怎么行呢，掌柜也太客气了，哪能白吃白喝呢，店里有什么好酒好菜尽管端上来，统统算在我这位大侄子头上，我难得来一回，也该让他尽尽孝心不是？"

骆秋迟一脸笑眯眯的，跟那掌柜热情客套着，对面的徐坤却哭丧着一张脸，想死的心都有了，哪知骆秋迟仍不放过他，桌子底下，一脚踹了过来："对吧，大侄子？"

徐坤生生挨了一脚，吃疼得吸气不已，忙点头道："对对对，孝敬表叔都是应该的。"

"那还愣着干什么，快给钱啊！"骆秋迟又在桌子底下踹了一脚。

徐坤咬住牙，拿钱袋的手都哆嗦起来了，前儿个才以驱邪为名义搜刮的银两，这回又要吐了出来，他简直肉疼不已。

见他慢悠悠地在那儿掏钱，骆秋迟不耐烦了，一把夺过那钱袋，往桌子上一倒，瞬间银光闪闪，徐坤一张脸都白掉了。

"数什么数，请表叔吃饭还这么小气吗？"

骆秋迟一抬手，将那些钱一股脑儿地推给了那掌柜，笑眯眯道："这一层楼我们就包了，别再让其他人上来了，我喜欢清静，想跟我这位大侄子好好叙叙旧，行吗？"

"不……不用这么多……"

"你不收就是不给我面子，不给我面子，就是不给我大侄子面子……"

"好好好，表叔实在豪气，今日正好是送神仪式，大家都会围到街上去看热闹，也没几个人会光顾我这小酒馆，表叔你们就好好在这里叙旧，绝不会有人上来打扰你们的！"

摸了那堆银钱，掌柜欢天喜地地下了楼，桌边的徐坤一张脸却都绿了，简直快要晕厥过去了。

"大侠，你……你到底要干什么啊？"

"干你们这群湖怪啊，不然真以为我浪费时间在这儿跟你叙旧啊，大侄子！"

桌下又是一脚踹去，徐坤疼得浑身一颤，眼里当真冒出泪花来了。

他这辈子从没有这样后悔过，自己当初为什么要色迷心窍，想不开去调戏那美貌夫人？！

鞭炮一声炸起，温记檀香铺前，湖仙娘娘的香车正式出发了，一路锣鼓喧天，璃仙镇居民纷纷涌出，人头攒动地挤在街道两边，欢呼雀跃。

"请湖仙！"

风掠长空，阳光照耀下，那道盛装打扮、宛若天仙的身影站在香车高处，长发绾起、粉妆玉琢，倾国倾城，长阳洒在她每一寸发梢上，清光流淌，每一个眼神都动人心魄，绝美得不可方物，当真就像那传说中的湖仙娘娘，光芒四射、高高在上、不容亵渎。

所有人都被惊艳得挪不开目光，没想到这温若怜平日里容貌只是小家碧玉，盛装打扮后，竟会是这样的仙姿玉色！

事实上，站在香车高处的辛鹤挺直了纤秀的背脊，极力端着一副清冷不可亵渎的表情，此刻内心却是紧张不已，唯恐被瞧出破绽来，还好她脸上妆容厚重，在香车上又站得高，穿街而过时，也不会一直停留在某处，对璃仙镇众人而言，只算得上惊鸿一瞥，却不会瞧得那般仔细。

锣鼓喧天，阳光洒满一路，花瓣飞扬，不断有人往香车上抛掷着金银珠宝，整座璃仙镇都陷在一种狂热的气氛中。

不仅站在高处的辛鹤切身感受到这份如火一般的热情，藏在香车上的骆青遥、裴云朔、喻剪夏三人也都暗自有些吃惊，个个屏气凝神间，内心愈发紧张，只祈祷一切顺利，千万不要出任何岔子。

若是他们在这样狂热的送神仪式上露出马脚，被揪了出来，恐怕会当场被这群璃仙镇的居民撕碎！

透过香车上的帘子缝隙，骆青遥往外望去，看着阳光下那道宛若天仙的身影，汗水滑过睫毛，他心弦紧绷下，耳边又回荡起香车出发前，自己与辛鹤的一番对话。

"小鸟，你收好这个箭匣防身，这是小陶子自己做的，你放心，我……我们绝不会让你出事的！"

陶泠西擅长机关偃甲，身边带了个百宝箱，里面全是他自己做的一些精巧玩意儿，今日出发前，他将可以用作武器的一些东西，分发给了骆青遥与辛鹤他们。

其中有个箭匣是最厉害的，小巧精密，能藏在袖中，一触动机关，就会飞出箭矢，令敌人防不胜防、避无可避，必要时还能给予敌人致命一击。

骆青遥想也未想地将这箭匣塞给了辛鹤，还对她千叮万嘱，语气透露着满满的担心，简直已经把辛鹤当作了一个女人，唯恐她被那伽兰天师欺负了去。

辛鹤听得一阵心虚，故意粗声粗气道："我……我能出什么事？我又不是真的姑娘家，那伽兰天师还能……还能把我怎么着了不成？"

话是这么说，收下那箭匣时，辛鹤望着骆青遥紧张关切的眼神，心里仍是一片柔软，暖意流淌过全身。

如今香车游街，他们的计划进展得十分顺利，只等混入长生庙后，取圣水，擒妖道！

"一切可千万要顺利啊……"骆青遥藏在香车的帘子后，目光透过那缝隙，望着高处那道熠熠发光的身影，喃喃自语道，"小鸟，我不会让你出任何事的……"

小酒馆前，无数身影挤满了两边街道，人人兴奋等待着，忽然，那掌柜在门前一声欣喜喊道——

"来了来了，湖仙娘娘来了！"

鞭炮炸裂在风中，载满鲜花的香车在人们的欢呼下一路而来，无数金银珠宝被扔向那香车上，人人争先恐后，激动万分，脸上满是狂热的神情。

二楼的骆秋迟也霍然站起了身，探出脑袋，从窗边望去——

却见阳光下，香车高处，站着一道玉骨仙姿的身影，雪肤乌发，气质清冷，绝美不可方物。

他看得一愣，情不自禁喃喃道："这姑娘生得倒是水灵，没想到这小小璃仙镇上居然还会有这样的绝色佳人，竟要被送去沉尸湖底，真是天妒红颜，我说什么也要将人救下，若是这姑娘感恩于心，给我家那傻小子做媳妇可就十分妙了！"

②双姝遇险

锣鼓喧天，长阳之下，湖仙娘娘高高站在香车上，接受着众人的供奉，金银珠宝如雨降落，转眼就在车上堆成了一座小山。

姬宛禾推着陶泠西的轮椅，也随着人潮移动着，紧张地望着站在高处的那道身影，暗自祈祷一切顺利。

他们看完香车游街后，就要去湖边等待了，直到目前为止，计划都还算有条不紊地进行着，只是这璃仙镇的百姓远比他们想象中还要狂热。

正当姬宛禾与陶泠西在心中暗自感慨时，人头攒动的街道上，忽然比之前还要骚动起来，不知谁高声喊了一句——

"伽兰天师来了！"

像一颗石子投入湖面，整条街道彻底沸腾了，姬宛禾与陶泠西回头望去，只见一身随风飞扬的道袍，领着长生庙一众弟子，大步走来，人群自发分开了一条道路，人人目光激动不已。

香车上的辛鹤却是心头一紧，望向那道向她走来的身影，紧张地瞬间屏住了呼吸，将背脊绷得更直了，唯恐被瞧出什么破绽。

而躲在香车帘子之后的骆青遥三人也是霍然握紧了手心，透过那缝隙，看着那群浩浩荡荡的人马。

比他们反应还要大的一人，却在那小酒馆的二楼上，窗边的徐坤几乎是身子瞬间弹起，急切地就想要将脑袋探出去，却有一把短刀寒光一闪，逼得他半截身子陡然僵住了。

"怎么？想向你师父求救？那要看看是你的动作快还是我手里这把飞刀快了，大侄子，你要不要试一试？"

窗边的那身白衣冷冷一笑，周身杀气凛冽，徐坤身子一哆嗦，猛地坐了回去，冷汗涔涔，吓得再不敢有任何动作。

骆秋迟这才冷哼了声，扭过头继续望向窗外，长风之下，阳光正好照在那身道袍上。

出乎意料的是，这位传说中神通广大的伽兰天师却与想象中的截然不同。

那是一张十分阴柔清瘦的脸，白皙无须，双眸狭长，嘴唇也生得极薄，瞧不出具体年纪，却从头到脚根本不像一个得道天师，倒更像一个宫里的太监。

　　"就是这样一个龟孙子唬住了这么多人？"

　　窗边的骆秋迟正纳闷之际，周遭百姓却忽然齐刷刷地跪了下来，高声呼喊道："拜见天师大人，天师法力无边，仙福永享，寿与天齐！"

　　那喊声震天动地，人群里的姬宛禾与陶泠西都惊住了，不知所措地望着身边跪了一片的人，难以置信。

　　姬宛禾却来不及想太多，也赶紧跟着跪了下来，挡在了陶泠西的轮椅前。

　　"奶奶的，居然叫我给这种人下跪，这辈子都没这么窝囊过！"姬宛禾跪在人群里，心里恨得咬牙切齿。

　　高高站在香车上的辛鹤也被这架势惊呆了，极力才抑制住自己的震愕，没有叫面上清冷的神情有丝毫裂缝，躲在暗处的骆青遥几人也是满眼的不可思议。

　　就连窗边的骆秋迟，大风大浪都看遍了，此刻也是一愣："这家伙还真在这里当起了土皇帝？"

　　整个璃仙镇上的百姓好像都中了魔一样，没有一个正常人，完全将那伽兰天师视作了神明，尊崇到了一种近乎疯狂的地步。

　　骆秋迟盯紧那身随风扬起的道袍，目光变幻不定，原本他还想在街上拦截香车，直接动手劫人，救下那位可怜的湖仙姑娘，却哪知镇上会是这样的局面。

　　看这架势，恐怕只要他一现身救人，都不用伽兰天师动手了，周围那群盛怒的百姓就会一拥而上，将他生吞活剥、挫骨扬灰。

　　这里的情况远比他想象得要棘手许多，伽兰天师的威望已经到了一种可怕的地步，看来不能硬碰硬，只能潜入长生庙里，避开百姓再来动手。

　　"请天师上车，诵读驱邪咒文！"

　　这也是香车游街其中的一个环节，需要伽兰天师登上香车，同湖仙娘娘一同接受百姓的跪拜，诵读完驱邪咒文后，就可以下了香车，回到长生庙中等待。湖仙娘娘后半程游完街后，就会被送往庙中，与伽兰天师同房双修，进行神力贯注的一步，最后就是沉湖了。

　　长风拂过辛鹤的纱衣发丝，她心头一紧，看着那身道袍，踩在一个弟子的背上，登上了香车，一步步向她而来。

　　她一颗心不可抑制地狂跳起来，万分紧张中，面上却死死撑住了，一点儿也未显露出来。

　　那伽兰天师终是站了上来，却才一靠近她身侧，一股发腻的香味就传了过来，除了夹带着庙中的檀香之外，竟还有几分像是……女子的脂粉味？

　　辛鹤忍不住用余光瞥去，一瞬间，惊愕难言，因为她竟发现这伽兰天师脸上也擦了细细的白粉，双唇还抹了红脂！

　　那张阴柔瘦长的脸在近处一看，活脱脱像一个太监！

辛鹤全身的鸡皮疙瘩都起来了，心头大骇间，站在明晃晃的阳光下不寒而栗，只觉这伽兰天师处处怪异，阴诡至极。

而更可怕的是，那只冰凉的手伸了过来，竟想要牵起她的手，辛鹤身子一颤，手下意识地往后一躲。

这一幕被藏在帘子后的骆青遥瞧得真真切切，瞳孔骤缩，呼吸一窒间恨不能现在就冲出来将这王八蛋掀翻在地，叫他离辛鹤远远的，不要触碰她一丝一毫。

香车之上，那伽兰天师却也敏锐地发现了辛鹤的躲闪，有些疑惑地蹙起了眉头，辛鹤一激灵，赶紧把手伸了过来，让那伽兰天师牵住了。

香车帘子后的骆青遥一口银牙顿时都要咬碎了。

而伽兰天师却是眼眸一动，状似不经意地往辛鹤手腕内侧瞥去，这一瞥，他却心中腾地一下警觉起来——

那只白皙纤细的手腕上，并没有一条隐隐的红线，光滑无比，这代表着，眼前这个少女根本没有中毒，换句话说就是，她根本就不是璃仙镇上的人！

伽兰天师给全镇居民下的那种毒，会有个极其细微的特征，就是手腕内侧之处，会隐隐约约浮现出一条短浅的红线，与手上的青筋融为一体，不仔细瞧根本瞧不出来。

温若怜在百密之中疏漏了这一点，或者说，她根本就同璃仙镇上的其他人一样，平日里都没有注意过这个细微的地方，根本没有察觉自己手腕上，还会有这样一条若隐若现的红丝。

而这一点，却恰恰给了伽兰天师至关重要的提示！

他不动声色地抬起头，看了眼身旁的湖仙娘娘，敏锐捕捉到她那股极力抑制的紧张，正暗自思量间，身后忽然又传来一点儿细微声响。

是骆青遥紧张辛鹤，躲在帘子后，双眸灼灼，身子往前倾了太多，发出了一点儿声响。

伽兰天师余光一瞥，正发现那香车帘幔处，一片雪白的衣角露了出来，他瞳孔骤缩，脑中有什么一闪而过，霍然明白过来！

有外人混进了璃仙镇，要破坏这送神仪式！

难怪徐坤跟一群弟子至今还未回来，他清晨收到座下大弟子来报，说徐坤他们失踪了，璃仙镇到处都找遍了也没发现，送神仪式只能临时换人来主引了。

他那时心中恼怒，还只道是徐坤那群混账小子贪了驱邪的钱，出了璃仙镇，到外头花天酒地了，没能及时赶回来。

他贻误了这等大事，等他回来后，少不了有一顿惩戒，可如今看来，徐坤他们不是出去花天酒地，彻夜未回，而是……出事了！

伽兰天师按捺住紊乱的呼吸，强自压下内心的惊涛骇浪，不动声色，牵起身旁湖仙娘娘的手，对着跪拜一地的百姓，开始诵读起驱邪咒文："天地玄宗，万气本根。广修亿劫，证吾神通。邪崇莫近，湖仙庇佑。三界内外，惟道独尊。体有金光，覆映吾身。视之不见，听之不闻。包罗天地，养育群生。受持万遍，身有光明。三界侍卫，五帝司迎。万神朝礼，役使雷霆……"

他面上镇定自若，丝毫异样也未显露出来，心中却开始急速盘算起来，阴冷一笑——哪里来的一帮小兔崽子，竟想在本大师的地盘上闹事，让你们吃不了兜着走！

微风拂过水面，阳光照耀下，湖面波光粼粼，泛起层层涟漪。
璃仙镇上的这片仙人湖的确美不胜收，却不知埋葬了多少无辜性命。
仙湖本无罪，人心生魑魅。
"呆木头，你说老遥他们会不会出事啊？"姬宛禾站在湖边，长发衣袂随风飞扬，望向湖中央那座长生庙，满脸忧色，忐忑万分。
香车游街快要结束了，湖仙娘娘即将往长生庙里送去，姬宛禾推着陶泠西的轮椅，也提前来到了这仙人湖边等候。
"不知道为什么，我这心里总是七上八下的，老有种不好的预感，万一……万一老遥他们被发现了……"
"阿宛，冷静点儿，别着急。"陶泠西拍了拍姬宛禾的手，满带安抚道，"计划应当不会出错，每个环节我们都对过许多遍，除非有哪里漏掉了，否则绝不会有问题的，你放心吧，遥哥他们也吉人自有天相，一定不会出事的。"
"希望如此吧……"姬宛禾握住了陶泠西的手，望向湖面中央阳光照耀下的那座长生庙，喃喃自语着。

小酒馆的二楼，骆秋迟将最后一杯酒仰头饮尽后，一把拽过那鼻青脸肿的徐坤："来吧，大侄子，咱们走一趟！"
"去……去哪儿？"徐坤吓得浑身又一哆嗦。
"带表叔去你们那庙里逛逛啊，跟你师父见个面，问候他老人家一下，你说好不好？"
徐坤看着骆秋迟笑眯眯的一张脸，忽地福至心灵，身子一颤，陡然明白过来骆秋迟的意图，吓得眼神都变了："你……你是要去长生庙里捣乱，阻止那送神仪式？"徐坤一哆嗦，猛地摇起头来，面无人色，"不……不行的，我不能把你带进去，师父会杀了我的，大侠求求你……"他一番号哭还未完，一把短刀已是寒光一闪，霍然架在了他脖子上，徐坤身子瞬间僵住了。
骆秋迟眼眸一抬，勾起嘴角，懒洋洋地道："少啰唆了，不带路你现在就会没命，还轮得到你师父来处置你？"
徐坤如坠冰窟，一颗心从里到外，终是彻底绝望了。
"来吧，大侄子，去你们庙里吃鱼去！"
斜阳西沉，风掠长空，香车游街终于结束时，已是黄昏时刻，夕阳笼罩着天地，一片金光耀耀。

辛鹤高高站在香车上，看着"长生庙"三个字越来越大，那扇门就近在眼前了，她呼吸也越来越急促，双手都不由紧张地握住了，不仅仅是因为送神仪式，还因为——

辛玄笛，云梦泽璃仙镇，长生庙。

那本《妙姝茶经》上记载的秘密终是近在眼前，离她越来越近了，她终于来到了爷爷曾经踏过的这一处地方，能追寻挖掘出这里被岁月所掩埋的真相。

香车之上，藏在帘子后的骆青遥三人亦是屏气凝神，心弦绷紧了起来。

他们却不知，一场埋伏早在大门之内等候他们已久了。

香车缓缓驶入长生庙，阳光照在那道娉婷而立、清冷绝美的身影上。

伽兰天师站在长空下，道袍飞扬，抬头望向眼前的湖仙娘娘，阴恻恻地一笑："小美人，你胆子可真大啊，我已经在这里等你很久了。"

香车上的辛鹤一瞬间猛然觉察到不对，瞳孔骤缩，还尚未来得及反应时，却已听到伽兰天师一声暴喝道："来人，布阵！"

一刹那间，劲风猎猎，四周涌出无数道身影，手持刀剑，将香车团团包围住。

"出来吧，我早就发现了你们！"

香车上的辛鹤与帘子后的骆青遥几人霍然瞪大了眼睛，不敢置信，完全没想到才刚进长生庙就被发现了，简直不可思议，他们到底是哪里露出了破绽？

恐怕他们打破脑袋也想不到，其实早在香车游街时，他们就已经彻底暴露了，那伽兰天师老奸巨猾，却没有表露出来，而是回到了长生庙，准备这场埋伏，守株待兔，等着他们自投罗网，来个瓮中捉鳖！

庙中机关一触即发，冷箭如雨，直朝香车上的帘幔射去，躲在里面的骆青遥与裴云朔瞳孔一紧，来不及多想，闪身躲过，护住喻剪夏，从香车中霍然飞出。

辛鹤亦是呼吸灼灼，一把扯过头上的白纱，从香车高处飞跃而下，四人并肩站在了一块儿，大风猎猎间，被伽兰天师那群弟子团团包围在了中央。

残阳如血，伽兰天师道袍飞扬，上前一步，望向困在阵中的几人，阴笑道："真是没想到，原来这香车里竟还藏了个小美人！"

③父子相见

"没想到，今日本天师倒是福气不浅，能遇上这样两个小美人，既然你们自己撞上门来了，我可要好好享用一番才是！"

长空下，那伽兰天师一脸淫邪的笑容，眼神直往辛鹤与喻剪夏身上打转，似要将她们活吞了一般，那张擦了白粉的脸在斜阳中令人作呕，浑身鸡皮疙瘩都起来了。

喻剪夏呼吸一颤，按住肩上的药箱，下意识地后退一步，身旁的裴云朔大手将她一拉，护到了自己身后："夏夏别怕，有我在。"

辛鹤与骆青遥亦是后背相抵，全神戒备，骆青遥昂首望向那伽兰天师，咬牙切齿道："老畜生，够胆子就上来试试，怕你没命消受！"

"大言不惭，死到临头了还嘴硬呢！"那伽兰天师道袍飞扬，在风中冷冷一哼，"美人送到我房里，你们这两个臭小子就给我留下来试丹药吧，敢闯我的地盘，叫你们生不如死！"

他话音一落，庙中机关霍然启动，冷箭如雨，团团包围的弟子们群起而攻，刀光剑影一触即发。

劲风猎猎，裴云朔白发扬起，铁钩杀意冷冽，将那些袭来的暗箭一把击开，挡在喻剪夏身前，铁钩狠狠朝一个逼近的弟子挥去，那人顿时惨叫着摔出了半空，几丝鲜血溅上裴云朔的脸颊，他眸中是从未有过的狠绝。

喻剪夏吓得脸色一白，肩头发颤，叫了一声："哥哥！"

裴云朔一脸冷峻肃杀，大手直接将喻剪夏眼睛一捂："夏夏，不要看！"

骆青遥也将腰间缠住的那柄软剑一抖，在风中舞如蛟龙，将靠近辛鹤的几个人齐齐打飞出去。

"青瓜，小心！"辛鹤却也是目光一紧，一把拉过骆青遥，想也不想地一脚抬起，将他背后偷袭的一个弟子狠狠踹了出去。

两人在风中后背贴着后背，望向四周阵势，出手又快又狠，配合亦是愈发默契，抵挡住了一轮又一轮袭来的攻势。

他们早已不是第一回并肩作战了，只是这一回，情况凶猛至极，当真如同陶泠西所言，机关重重，危险万分！

喻剪夏被三人保护在中央，看着他们与那群弟子打得不可开交，激烈无比，却为她筑起了铜墙铁壁，叫那些人一点儿也无法靠近她，伤她半分。

她眼眶发热，心中热血翻涌，长发在风中飞扬着，双唇煞白："不要，不要……"

浑身颤抖间，她终是再也忍不住，霍然打开药箱，几把毒针握紧在她纤细白皙的指间，如血残阳中，她长裙猎猎，手中毒针飞射而出，双眸精光迸射："不要伤他们！"

那张秀美的脸上一扫柔弱之色，陡然升起一股狠绝的杀意，周遭不少袭来的弟子突然中招，猝不及防地倒了下去。

"夏夏好样的，今日跟这帮恶狼拼了，咱们杀出去！"骆青遥高声喊道，衣袂染血，一双眼也因激动而泛红了一圈。

四人破釜沉舟，放手一搏，在阵中配合默契，打得滴水不漏，竟是势如破竹，转眼间四周倒下一片，他们竟在层层包围中打出了一个缺口！

阵外的伽兰天师瞪大双眼，一时间看得难以置信，做梦也没想到这几个外来人竟会这样厉害，将他精心布下的埋伏打得溃不成军，眼见他们就要突围而出，逃出这长生庙了！

伽兰天师眸中闪过一丝狠厉的精光，掌中蓄起内力，忽然飞身掠入阵中，劈头袭去："哪里逃！"他掌风猎猎，出招狠辣，杀机毕现，骆青遥几人瞳孔骤缩，闪身向后避去，却哪知这伽兰天师是醉翁之意不在酒——

他道袍扬起，宽袖之中忽地飞出一片迷香粉末，朝骆青遥他们迎面袭去，骆青遥几人防不胜防，脚步踉跄后退，口鼻吸进了不少迷香粉末，霎时头昏脑涨，身子乏软，猝不及防间竟是遭了暗算！

"妖道卑鄙！"

骆青遥咬牙切齿，手中软剑颤抖得厉害，四人退到一处，浑身乏软下皆无力支撑，周遭击退的弟子立刻趁机又围了上来，先前好不容易打开的一丝缺口瞬间又合拢了，再难寻出一条生路来！

"你们不是很能打，很厉害吗？"

伽兰天师阴狠毒辣地一笑，道袍飞扬，步步上前，一张涂满白粉的阴柔面孔得意无比，如邪魔一般，在如血残阳中走近受困的骆青遥四人。

"再逃啊，再接着挣扎啊，看看还有没有力气动弹，不知天高地厚，想跟我斗，简直是做梦！"

骆青遥四人愤恨交加，死死抬眸望着那身走近的道袍，浑身颤抖着，眸欲滴血。

他们初次涉身江湖，毕竟心思单纯，都只是一群初出茅庐的少年，只凭着一腔热血，满胸正义，却毫无江湖经验，果真就如付远之所担忧的那般，不知人心险恶，终究还是着了这等奸邪之人的道！

"美人不愧是美人，狼狈落魄也惹人怜爱，别着急，本天师这便将你们带入房中，好好疼惜一番。"

伽兰天师一脸淫邪之笑，如猫戏老鼠般，慢慢走近夕阳中那两道无力支撑的纤秀身影。

"妖道，滚开，不要靠近她们！"

骆青遥与裴云朔急得满脸通红，热血翻腾，却被庙中弟子牢牢制住，动眼不得。

辛鹤头脑发晕，呼吸紊乱，冷汗涔涔间，身子摇摇欲坠，却仍是咬紧牙关，下意识地拦在喻剪夏身前。

"别过来，你别过来……"

她发梢被汗水打湿，护着喻剪夏步步后退，一只手不易察觉地摸到了袖中，那藏着的箭匣成了她此刻最后的一线希望。

残阳如血，风掠四野，院中草木摇曳，金色的薄光笼罩在少年们的身上，刀剑喑哑，归鸟悲鸣，天地间一片肃杀。

"两个小美人，别害怕，本天师会好好疼你们的……"

湖水波光粼粼，暮色四合，鼻青脸肿的徐坤终是不情不愿地带着那身白衣到了长生庙前。

"坤哥，你去哪儿了，怎么才回来？谁把你打成这样了？"

那门前看守之人见到徐坤，吓了一跳，徐坤却摆摆手，嘴里含糊道："没什么，怎么将门关了，今日不是送神仪式吗？"

那看守之人左右望望，凑上前压低了声道："坤哥你不知道，庙里出大事了，有几个外来人扮作了湖仙娘娘，潜在香车之上，要破坏送神仪式，还好被师父发现了，正在院里布了阵捉他们呢！"

徐坤听得一愣，身旁的骆秋迟更是暗自惊奇，心中一时间感叹不已。

原来那姑娘不是这璃仙镇上的人，而是混进来破坏送神仪式的，目的竟然也与他一样，着实令人没有想到，这样一个美若天仙的小姑娘竟还有这般胆魄，真是让人钦佩万分！

刹那间，各番词语涌入骆秋迟脑海中，什么路见不平、侠肝义胆、豪情万丈、江湖儿女……他百感交集间，又隐隐浮起一股担忧。

"这样胆识过人的侠女万一看不上我家那傻小子怎么办？人家已经出来闯江湖，管天下不平事了，他还在皇城里读书玩泥巴呢！"

一时间，骆秋迟在斜阳晚风中，升起一颗从未有过的慈父之心，为不争气的骆青遥憾恨不已。

夕阳漫天，院里长风掠过，金色的薄光笼罩着辛鹤纤秀的身影，她满头冷汗，屏住呼吸，死死盯着那一步步上前的伽兰天师。

"两个小美人，跟我走吧！"就在那伽兰天师只有几步之距，一只手便要伸上前来时，辛鹤长睫一颤，说时迟那时快，捏紧袖中箭匣，瞅准时机，按动机关，箭矢飞射而出！

伽兰天师脸色一变，这么近的距离里，他原本避无可避，奈何辛鹤身中迷药，内力难以提起，手间颤抖着，竟然射偏了三分，只堪堪擦过那天师扬起的道袍，没能一击即中！

"哐当"一声，那伽兰天师眼疾手快，踢起一个石子，猛地将辛鹤手里的箭匣打落在地。

辛鹤手上吃疼，倒吸了口冷气，脸色瞬间惨白一片，汗水涔涔间，再没有力气挣扎了。

她如坠深渊，心中一片绝望。

"小鸟！"旁边的骆青遥嘶声喊道。

"没想到你竟还留了一手！"那伽兰天师躲过一箭，冷冷一笑，看向斜阳中的辛鹤，啧啧道，"好烈性的美人啊，待会儿到了床上，你可千万也要这般才是啊，老夫最讨厌死鱼一样的女人了，会动会挣扎才有趣呢！"

这伽兰天师一脸狞笑，各种淫言秽语不堪入耳，骆青遥几乎是目眦欲裂："老畜生，我要杀了你！"

裴云朔一头白发随风飞扬，也是拼命挣扎着，血红了双眼，嘶吼道："滚开，不要过去！"

辛鹤与喻剪夏相互搀扶着，踉跄后退，脸色煞白，那伽兰天师一步步靠近她们，骆青遥与裴云朔心若滴血，声嘶力竭——

"小鸟!"

"夏夏!"

眼见那伽兰天师就要上前，伸手一把扣住辛鹤与喻剪夏肩头时，他身后忽然一阵疾风袭来，一把短刀寒光闪现，他脸色陡变，还来不及反应时，那股强劲的内力已猛地逼近，锋利的刀刃霍然架在了他脖子上，耳边响起一个疏狂不羁的笑声："老太监，也不撒泡尿照照自己，就你这副模样还想吃天鹅肉？"

一袭白衣从天而降，翩然飞扬在风中，那张俊逸的脸庞在夕阳的照耀下，镀了一层金边般，光芒万丈，犹如神祇。

"你……你是何人，怎么进来的？"那伽兰天师被那刀子架住，脖子上陡然现出血痕来，吓得魂不附体，动也不敢动。

那身白衣还不及回答时，院里已响起少年难以置信的声音，一记呼喊划破长空——

"爹！"骆青遥在夕阳里瞪大了双眼，呼吸急促不已，望着那身飞扬的白衣，不敢相信自己的眼睛，整个人震惊得像在梦里一样。

"瑶瑶？"骆秋迟一怔，他一颗心都只在那湖仙娘娘身上，进了院里就只顾得上救人，此刻乍然听到这个熟悉的少年声音时，才将脑袋一偏，隔着漫天夕阳，看到了那个阔别多时、被他扔在皇城里久久未曾管过的儿子。

长空下，父子相见，大眼瞪小眼，俱是惊愕万分。

"瑶瑶，你怎么在这里？你不是在宫学里念书吗？"

因为骆秋迟一直想要个女儿，在闻人隽怀孕时，便替她腹中的孩子取了个小名，叫作瑶瑶，等到孩子生下来时，才发现是个儿子，骆秋迟失落极了，却改不了口，仍旧习惯地喊着"瑶瑶"，还拉着闻人隽一道喊，似乎这样就能稍许弥补他没有女儿的遗憾。

骆青遥自然讨厌极了这样娘们儿兮兮的称呼，却从小到大，无论怎样抗议，爹娘也不肯改口，叫他又愤怒又憋屈，还好身边的兄弟们都叫他遥哥，这样血气方刚的称呼方显他男儿气概，叫他心理平衡不少。可哪里知道，久未逢面的老爹一见面竟又喊出了这个让他难堪的昵称，还是当着辛鹤他们的面！

骆青遥几乎是瞬间变了脸色，眼神慌乱间，向那身白衣示意道："爹，我是青遥啊！"

"是啊，瑶瑶，你怎么在这里？"骆秋迟还是一脸惊讶。

一大一小，两身白衣飞扬在风中，俊逸的面孔相似至极，只是成熟与青涩的区别，那徐坤愕然地望着这一幕，忽然一拍脑门儿，恍然大悟："原来这两个是父子！"

难怪他说那么眼熟呢，这真是做年遇闰月，背时到他姥姥家了！他因为儿子给赶出了宫学，又被老子揍得鼻青脸肿，耍得团团转，他上辈子是跟姓骆的这一家有仇吗！

"瑶瑶，这几个人是你朋友？"风里，骆秋迟却回过味来，隔着夕阳向少年问道。

骆青遥几乎欲哭无泪了，点点头："是啊，他们也是宫学里的弟子，我们一起游历江湖，到处看一看，宛姐和小陶子也来了，在外面等我们呢……"

骆秋迟越听越惊，忽然一扭头，回眸望向长空之下那位同样一脸震惊的湖仙娘娘。

他目光几个变幻，不知想到了什么，忽地眉飞色舞，俊逸的脸上绽开大大的笑容，简直是欣喜若狂："太好了，老天开眼，骆家先祖显灵了啊！"

④残酷的真相

云城官府，漫天夕阳笼罩，熠熠粲然如鎏金，风掠四野，天边一片火烧云，瑰丽至极。

那知府恭恭敬敬地跟在一位美貌妇人身旁，仍在苦苦劝说着："夫人且缓一缓吧，何必如此心急？这一路风尘仆仆，已是疲惫不堪，如今天色已晚，不若先在下官府中歇息一夜，明日一早再随官兵去那璃仙镇……"

"不行，周大人，现在就派官兵出发吧，一刻也耽误不得，那璃仙镇里还不知道是什么情况呢，东夷侯一人孤身涉险，我实在放心不下……"

那坚持现在派兵的美貌妇人正是随鹿行云来到云城官府的闻人隽，他们一路风尘仆仆赶来，才将那群混子送入大牢，还来不及喘口气，闻人隽便又急着让知府派兵，赶紧出发去璃仙镇救人。

"阿隽，你真的不要歇息一夜吗？身子吃得消吗？"府衙门前，鹿行云负手而立，也关切地问道。

"鹿叔叔，我不要紧的，咱们快出发吧，那里毕竟是那帮魑魅魍魉的地盘，我担心老大万一出什么事……"闻人隽尽管疲累不已，却仍是坚持立刻出发，且冥冥之中，她不知为何，总觉得那璃仙镇里有牵引着她的东西，无论如何她都想尽快赶去。

那云城知府见闻人隽如此坚定，也不再多说，低头恭敬道："好，那下官这便去安排，立刻派兵去璃仙镇抓人！"他转身进了府衙大门，却忽然又想到什么，跟身旁的师爷道："对了，你赶紧写封信回皇城，告知付相大人，就说找到东夷侯与夫人的行踪了……"

付远之一直在找骆秋迟的踪迹，从皇城到地方，各处大小官员都接令知晓，并纷纷留心东夷侯是否到了自己管辖的区域，这云城知府也没想到，竟让自己遇到了，原来东夷侯与夫人竟到了云梦泽来。

残阳如血、薄光笼罩，长生庙里，因那身白衣的从天而降，局势陡然扭转。

伽兰天师被刀子架在脖子上，扭头看向长空下鼻青脸肿的徐坤，霍然握紧了手心，咬牙切齿，恨之入骨道："孽徒，是你将人带进来的？你竟敢背叛我？"

那徐坤顿时吓得面如土色，"扑通"一声跪了下来，浑身哆嗦着道："师父，不，不是的，徒儿没有背叛师父，徒儿是被他胁迫的，徒儿对师父绝没有二心，绝不敢……"

"大侄子，你还求他呢？"骆秋迟忽地挑眉一笑，冷不丁打断了徐坤，一边握紧手中刀刃，一边扬声道，"你那帮兄弟已经被送进云城大牢了，官府立刻就会派兵来璃仙镇拿人，这长生庙里的一个都跑不掉，你这师父自身都不保了，你还给他下跪，当孙子呢？不如早些想想还有什么要交代的，争取将功抵罪，从轻发落，给自己找一条退路，明白吗？"

骆秋迟这话中意思再清楚不过，旁边的喻剪夏也连忙道："对，圣水藏在哪里？你快带我们去取！"

"不能把圣水给他们，孽徒，为师还没有败，这里都是我们的人，整个璃仙镇百姓都将为师奉若神明，就算官兵来了又怎样，你看他们有没有命离开这里？！"

"老太监，还嘴硬呢，取了圣水，搜集了罪证，立马就能在百姓面前拆穿你的真面目，你就等着被他们剥皮拆骨吧，还真当自己是什么神明吗？"骆秋迟将手中刀子又往前一递，更多血珠汩汩流出，伽兰天师吃痛不已，却仍是狠狠咬牙道："哪里有罪证？拿到圣水，配了解药出来又如何？我若说那是毒药，你看璃仙镇百姓哪个敢喝？"伽兰天师双眸精光迸射，站在残阳中，道袍随风飞扬着，涂满白粉的一张脸上，挂着狠厉而笃定的神情，"我来到璃仙镇十多年，威名早已深入人心，你以为就凭你们三言两语便能够动摇这里的百姓对我的信奉吗？"

他这话一出来，骆秋迟几人倒是一怔，脑中同时闪过香车游街时，那群百姓下跪高呼，虔诚狂热的场景——"天师法力无边，仙福永享，寿与天齐！"

若一个人已经被当作了神，被十年如一日地供奉着，该要怎样确凿无比的罪证，才能够让他无从抵赖，在他那群信徒面前戳破他，将他彻底扳倒？一时间，骆秋迟握刀的手一动，辛鹤几人也是面面相觑，对视之间，纷纷露出复杂难言的神情。

残阳中，那徐坤却是呼吸急促，眼神变幻不定，他被骆秋迟一语惊醒，此刻正在挣扎之中，不知该倾向哪一边。骆秋迟眸光一瞥，倏忽间，敏锐发现了徐坤这份挣扎，连忙道："大侄子，你还知道些什么，统统说出来，我装了你一天表叔，总归有些情分在，若你能带我们找到确凿的罪证，准你将功补过，给你一条生路！"

"我……我……"徐坤头上冷汗不住流下，内心天人交战中。

"不能说，孽徒，你我同坐一船，将我供了出来，你也没有好下场！"伽兰天师看出徐坤似乎真要交代，脸色陡然一变，显而易见地慌乱起来。

"果然！"骆秋迟目光一亮，更加对徐坤鼓动道："大侄子，你快说，知道什么都说出来，这家伙的船都要翻了，你没必要给他殉葬，这可是你将功折罪的唯一机会了！我以东夷侯的身份来保你，给你一条生路，说到做到，绝不食言！你难道还真想一辈子窝在这种小地方，当神棍坑蒙拐骗吗！"

响彻长空的一番话终是彻底击溃了徐坤的心弦，他霍然明白，伽兰天师大势已去，自己此刻不弃暗投明，更待何时？

"我招，我什么都招！"那张黝黑的面孔跪在风中，急切不已道："我知道哪里有罪证！"

"孽徒！"伽兰天师两眼一黑，差点儿站不稳了。

"一切都不关我的事，全都是我师父……不，是这丧尽天良的畜生干的！"徐坤指向伽兰天师,目光灼灼,一字一句道,"在这长生庙的地窖里,地窖里还关了不少姑娘呢!她们全是这十多年来的湖仙娘娘,其实她们根本没有被沉湖,而是全部被关在了地窖之中,成为这个老畜生的玩物,供他玩弄,十多年来受尽折磨,不见天日!"

"这老畜生还是一个天残之人,算得上是半个太监!正因如此,他才这般扭曲变态,每日还涂脂抹粉,又将一切发泄在那些姑娘身上,将她们折磨得生不如死!"

恐怕璃仙镇上的人做梦也想不到,他们每年送出去的湖仙娘娘其实都没有被沉入湖底,而是被藏进了长生庙的地窖中,日复一日地饱受蹂躏与折磨。

真正沉湖的是从璃仙镇附近抓回来的一些乞丐、流浪儿,他们被抓回长生庙里,供伽兰天师试药,被当作卑贱至极的"药人",生不如死。

每年送神仪式上,进行到最后一步沉湖时,便会将那些药人割去舌头,替代真正的湖仙娘娘,换上湖仙的装束,蒙上面纱,绑在船上,投以巨石沉湖。

由于整个过程都是长生庙在主引操办,百姓们只是在湖边远远观望,所以并不知道沉湖之人其实早已被替换,那些面纱之下的"药人"全身被绑,惊恐地瞪大着双眼,绝望地感受着自己一点点没入湖心,却发不出一丝声音,只能痛苦无比地走向死亡!

而活下来的姑娘们并不比死要松快,或许她们更宁愿自己死在那湖底!

她们被困在地窖中,受尽折磨,痛不欲生,由于伽兰天师的先天缺憾,他比一般人都要凶残扭曲百倍,那些姑娘有好几个都疯了,困在黑暗中,披头散发如同鬼魅一般。

剩下来的也都被折磨得不成人形,每日都痴痴呆呆地念着:"回家,回家……"

可是这里本来就是她们的家,这是生养她们的一方土地,她们都是被自己的家人至亲亲手送入这魔窟的!

还有烈性的姑娘想过要逃跑,却连长生庙都没逃出,就被抓了回去,当夜就挑断了脚筋,鲜血将那地窖都染成了炼狱,所有姑娘都吓疯了,再没有人敢逃了。

就这样,日复一日,年复一年,璃仙镇里最温婉美丽、最灵秀动人的姑娘,一个个被送了进来,供那老畜生折磨亵玩,如堕地狱。

他是整个镇子的神明,只要活着一天,就一天能够为所欲为,那些将女儿送去做湖仙娘娘的人家,还毫不知情,以为女儿已位列仙班,每日受世人香火供奉,却不知她们受尽了怎样的痛苦折磨。镇上所有百姓都是帮凶,他们愚昧无比,可怜又可恨,被伽兰天师玩弄于股掌之中,还虔诚地看着他的马车穿街而过,跪在那身道袍脚下,高呼天师大人仙福永享,寿与天齐。而这其中,就有那些姑娘们的父母亲族——多么荒谬讽刺!

这残酷的真相终是被彻底揭晓出来,如血残阳中,莫说骆青遥那几个少年了,就连骆秋迟握刀的手都骤然一紧,看向伽兰天师那涂抹白粉的一张脸,眦欲滴血,杀了这厮也难消心头之恨。

此番若不是机缘巧合,他及时出现救下了辛鹤与喻剪夏,她们的下场简直不敢设想。

一想到这里，骆青遥与裴云朔几乎就克制不住满腔怒火，灼灼目光望向那身道袍，恨不能将他千刀万剐！

漫天夕阳下，骆秋迟深吸口气，将手中刀子向前一递，厉声道："老畜生，走，带我们去地窖！"

阳光炙烤着大地，璃仙镇百姓纷纷挤上街道，看着官兵将长生庙那群人押解出来，各种烂菜叶子砸了过去，群情激愤中，甚至有人搬了石头狠狠砸去，那伽兰天师被打得头破血流，躲躲闪闪，狼狈不堪，哪还有半分往日的风光模样。

一切终是真相大白，困在地窖中的姑娘们也被放了出来，这场笼罩璃仙镇十多年的"湖仙骗局"彻底被戳破，百姓们这才醒悟过来，这么多年来，他们有多么愚昧，助纣为虐，害了多少无辜性命，简直悔不当初！

云城的官兵也赶来得及时，将长生庙里一干人一网打尽，这便要押回云城大牢了。

一片喊打喊杀的长街上，那伽兰天师吓得浑身发颤，甚至还催促着押解他的官兵道："快，快走，别留在这镇上了……"

多留一刻，那些狂怒的百姓们都可能会冲上来，将他生吞活剥、挫骨扬灰！

那官兵却毫不理会伽兰天师的请求，反而故意走得慢悠悠的，冷冷一哼："你以为出了镇子，被关进大牢就没事了？我可告诉你，上头有人交代了，你没办法痛快受死，这后半辈子都得在大牢里，日复一日地受尽折磨，求生不得，求死不能，你就慢慢熬着吧……"

长街上，一个清隽美貌的妇人忽地飞奔而来，扑进了那身白衣怀中。

正是随官兵一道赶来的闻人隽，她长舒口气："老大，你没事就好，没事就好……"

"我自然没事了……不，有事，一件喜事，待会儿跟你说。"

骆秋迟与闻人隽牵紧对方的手，站在人群里，遥望着那些官兵押解着伽兰天师一干人远去，唏嘘摇头。

阳光洒在他们衣袂发梢上，这璃仙镇上的事情，终于告一段落。

"那喜事究竟是什么？"闻人隽迫不及待问道。

长阳照在那张俊逸脸庞上，白衣随风飞扬，骆秋迟凑到闻人隽耳边，一阵低语。

闻人隽眼眸一亮，抬头间喜出望外，问道："真的吗？"

那身白衣扬起唇角，眉宇间的笑意都掩不住了："是啊，那帮孩子正在长生庙里配制解药呢，我这便带你去瞧瞧……保准你一眼就会喜欢上！"

第六章·情不知何起

①识破女儿身

乌云散尽，金色的阳光洒在湖面上，清风拂过，湖水波光粼粼，泛起层层涟漪。

这片美丽的仙人湖总算洗去了十几年的罪恶与污名，重回了昔日的安宁与太平。

骆秋迟与闻人隽来到长生庙时，阳光透过枝叶间的缝隙斑驳洒下，两道身影正背对着他们，坐在院里捣着药材。

喻剪夏得到了圣水，配出了药方，正在调剂量，熬制解药，准备将璃仙镇百姓身上的毒一次性肃清，让大家不再被所谓的湖仙诅咒所困扰，能够开始一番新的生活。

由于解药需求量极大，众人都跟着一起帮忙，分工合作，每天忙得热火朝天。

裴云朔就负责帮喻剪夏打下手，一同熬药，姬宛禾与陶泠西则到了温记檀香铺，在铺子门前设了一个施药摊，将最新熬出来的药丸逐一分发给了璃仙镇的居民们，温家老小也跟在一旁帮忙。此番温若怜能逃脱一劫，安然无恙，他们实在感激不尽。

而骆青遥与辛鹤则留在了长生庙里，马不停蹄地捣着药材，做各种粗重累活，一边也在庙里搜寻着跟《妙姝茶经》有关的线索。

据那茶经上记载，辛鹤的爷爷辛玄笛应该是来过这里的，肯定留下过什么痕迹，但是一时之间他们毫无头绪，完全不知从何找起。

所幸有一个人尚活在世上，应当是知晓一些陈年往事的，那便是这间长生庙里曾经的老方丈。

璃仙镇百姓在十多年前将他与一帮弟子赶出去后，他们就流落在了镇子外一处荒废的破庙中，艰难度日。这一回，那丧尽天良的妖道被抓走了，长生庙又空了出来，璃仙镇的百姓们大彻大悟，又准备将曾经的老方丈与弟子们请回来。

大概不出一两日，老方丈就会重回长生庙，辛鹤按捺下满心激动，一边帮喻剪夏配制着解药，一边等候在长生庙里，想亲眼见到老方丈，当面问个清楚！

许多年前，她的爷爷辛玄笛是否来过这里，老方丈有没有见过他，她的爷爷又是否在这留下了些什么痕迹？太多疑问压在辛鹤脑中，一日不解开，便一日让她如身处迷雾之中，不得心安。

"小鸟，你别急，等那方丈回来了，咱们一起好好问一问，多多少少总能问出些东西来，你说是不是？"

院落里，长阳笼罩着两人的身影，衣袂随风扬起，辛鹤深吸一口气，点点头，不再去想，却是握着捣药杵，忽地一偏脑袋，看向身边的骆青遥。

她似乎想起了什么，眸中起了促狭之意，唇角一勾，在骆青遥耳边轻轻吹了口气，倏然间不怀好意地笑道："瑶瑶，你的药材捣好了吗？"

"瑶瑶"两个字一出来，如同晴天霹雳，叫骆青遥身子猛地一僵。

少年扭过头，阳光下，俊逸的一张脸绯红一片，对着满眼促狭的辛鹤羞恼不已："说了不要这样叫我！"

"为什么啊？明明很好听啊，瑶瑶，瑶瑶，你不觉得吗？"辛鹤瞪大眼睛，一副认真模样，眼里的坏笑却都快憋不住了。

骆青遥俊逸的一张脸更加涨红了，拿起那捣药杵就想往辛鹤脑门上敲去："去你的！我宁愿你叫我青瓜！"

"青瓜哪有瑶瑶好听啊？"辛鹤笑不可抑，嘴里仍旧一个劲地喊着，"瑶瑶，瑶瑶，你跟夏夏是不是好姐妹啊？"

"姐妹你个头，你还叫上瘾了是不是！"

骆青遥愈发羞恼，握着那捣药杵，却始终是没敲到辛鹤脑门上，径直往红陶药钵里一扔，腾出双手来就去挠辛鹤的痒。

"我让你叫，我让你叫！"

辛鹤急忙躲闪，笑得眼泪都要飞出来了，上气不接下气间终是求饶道："好了好了，我不叫了，不叫了，做人何必这么小气嘛，人家阿朔天天被宛姐叫成白毛都没事呢……"

"白毛跟瑶瑶能比吗？那你叫我青毛也没关系啊，随便你喊，就是别再让我听到那两个字了……"骆青遥气恼的一番话还没说完，身后已忽然传来一个温柔熟悉的女子声音，带着无尽的欣喜，激动喊道："瑶瑶！"

骆青遥身子又是一僵，坐在长空下，似乎不敢相信自己的耳朵。

他霍然站起身，扭过头，望向风中那张清隽柔美的面孔，不可置信道："娘……娘！"

鼻头骤然一酸，少年双眸中泪光涌起，心潮起伏下再也忍不住，猛地朝那美貌夫人飞奔而去，一下扑入了她怀中："娘！"

"臭小子，悠着点儿，别把你娘摔坏了！"旁边的骆秋迟白衣飞扬，嘴上嫌弃地哼哼道，却是望着相拥的母子俩，唇角也不知不觉微微扬了起来。

长空下，辛鹤怔怔地站了起来，望着这一幕不知所措，双眼瞪大间，手脚都不知该往哪儿放了。

"见过见过伯父、伯母……我是骆青遥的同窗……辛……辛鹤。"

她嘴皮子一向溜得很，难得这样结巴一回，这次也不知怎么了，见到骆青遥的父母，自己心里竟是有一股说不出来的紧张。

事实上，骆青遥的父亲她之前已经见过了，但因为情况危急，那时自己又顶着厚重繁杂的妆容和装束，扮着湖仙娘娘，就好似隔了一张面具，将她的紧张情绪都极好地掩饰住了。

可这一回，自己素面朝天，彻彻底底地暴露了出来，不仅见到了他爹，连他娘都来了，这应该算得上她第一次……见他的父母吧？

汗水滑过辛鹤的脸颊脖颈，她站在阳光下，心里忽然有些无来由的懊恼。

自己在这里忙了一上午了，一身大汗淋漓的，衣裳凌乱，头发也没怎么好好梳过，还混着一股子药材味，不用想都知道，她现在这副模样一定是蓬头垢面，十分惊人！

正在心中懊恼时，那美貌夫人果然朝她望了过来，辛鹤一激灵，立马挺直背脊，规规矩矩地站好。哪知那夫人目光古怪，眉心微蹙，脸上似乎带了几分疑惑之色。辛鹤一颗心更加揪了起来，正咬住唇，局促不安间，却见那美貌夫人竟是凑到了骆青遥父亲的耳边，一边偷眼看她，一边不时在说些什么。

辛鹤呼吸紊乱，忐忑不安着，汗水流得更厉害了，脑中莫名闪过一个念头——是不是骆青遥的娘亲对她第一眼的印象……不太好？

其实她哪里知道，阳光下的闻人隽只是凑在骆秋迟耳边，压低着声问道："老大，你不是说是个……姑娘吗？"

骆秋迟双手背在身后，白衣随风飞扬，望着不远处那道纤秀的"少年"身影，微眯了双眼，又暗暗打量了一番后，唇边笑意不变，只轻轻说了一句话："的确，是一个很特别的'姑娘'啊。"

阳光透过窗棂洒入屋内，檀香缭绕，辛鹤踏入房中时，看着对她露出笑脸的骆青遥父母，人还有些发蒙："伯父伯母，不知叫我来，是为了何事？"

他们说有点儿事想单独请教她，将她叫入了房中，反而将自家儿子骆青遥关在了门外。

院落里，骆青遥站在外面，看着那扇紧闭的门，心里一片紧张忐忑。

"怎么……怎么把小鸟叫了进去？他们想干什么？难道，难道爹娘瞧出了什么？"骆青遥自个儿心中有鬼，便越想越慌，在长廊上来回踱着步子，心里七上八下，唯恐他爹娘跟辛鹤说什么不该说的东西。

"不应该啊，我虽然对小鸟有……那什么念头，可是向来掩饰得很好啊，从未表露出来过，白毛、夏夏、宛姐、小陶子他们应该也都不知道啊，更别说我爹娘了……"骆青遥一边在心里自言自语着，一边胡思乱想着，越想越觉得就是这个方向。

他心乱如麻，紧张万分，控制不住地就开始担心起来："若是爹娘当真知道了，会不会不让小鸟待在我身边了？毕竟这种事情，没有哪个父母能够接受的……"

是了，爹娘一定会觉得是小鸟蛊惑了他，让他鬼迷心窍，走了歪路……可……可这并不是小鸟的错啊！一时间，骆青遥越想越笃定，各种场景在他脑海中呈现着，他一身热血都翻腾起来："若是爹娘执意要赶走小鸟，我也一定要陪小鸟而去，绝不会扔下她的！日后岁月漫漫，爹娘总有一天会想通，接受小鸟的！"

直到这时，他才发现，原来那道纤秀的身影在他心中早已占据了这般重要的地位。

那只会说会笑、能吃能打、重情重义，又总在深夜时莫名撩动他心扉的小鸟，原来早就叫他离不开了，早已融入他的生命中，密不可分。

那时在灵犀山，漫天星光下，他就说过："小鸟，我想跟你一起好好活下去，活得很久很久，看遍四时风景，走遍万里山河，吃遍天下美食，永远……永远也不要分离，好不好？"

此心已定，此生不变。

那是他的小鸟，是属于他一个人的小鸟，不管别人怎么阻拦，用如何异样的眼光看待他，他也不会放手的！

房里，檀香缭绕，骆秋迟抬手倒了杯茶，递给辛鹤，笑道："忙了一上午，累坏了吧，先坐下，喝杯茶，润润嗓子。"

辛鹤诚惶诚恐地接了过来，连忙低头道："伯父……伯父太客气了，我……我自己来就行了。"

"别紧张。"骆秋迟眼眸含笑，轻轻吐出三个字，"辛姑娘。"

辛鹤霍然抬头，脸色一变，难以置信。

"喝茶啊，辛姑娘。"那身白衣依旧满眼笑意。

辛鹤呼吸急促间，腾的一下站起，差点儿将手里的茶杯打翻在地："不，不是的，伯父，您是不是误会了？我之前的确是扮作了那湖仙娘娘，但其实那是……"

"男扮女装"四个字还未说出口，那身白衣已经气定神闲地笑道："其实你一直是女扮男装嘛，我明白的。"

辛鹤脸色陡然一变，不敢相信自己的耳朵，骆秋迟唇边的笑意却愈深，声音在屋中一字一句地响起："辛姑娘，我那儿子傻，我可不傻，走南闯北那么多年，什么风风雨雨没经历过，若是这点儿眼力都没有，还瞧不出你是男是女，那可真是白活到这个岁数了，你说呢？"

辛鹤额上冒出冷汗来，脸色微微发白，一时像踩在海水之中，浮浮沉沉，摇摇欲坠。

闻人隽坐在骆秋迟身旁，见到她这反应，眼眸一亮，不禁道："辛姑娘，你真是女扮男装啊？"

她似乎有些喜不自胜，脱口而出道："这可真是太好了，我就说嘛，辛姑娘，你生得明眸皓齿，五官多秀气啊，一定是个小姑娘没错的，听说你还会武功呢，简直是女中豪杰，令人钦佩不已……"

喋喋不休的夸赞实在是热情过了头，意图太明显了，旁边的骆秋迟连忙拉了拉兴奋的闻人隽，咳嗽两声，冲她使着眼色，小声道："矜持点儿，别吓到人家了。"

他们这番没头没脑的话叫辛鹤一时愣住了，却又是目光变幻不定，心中只道"姜果然还是老的辣"，她知道自己终究是暴露了，在骆青遥父母面前藏不住了。

咬了咬唇，她忽然弯下腰，对着座上的两人深深鞠了一躬："对不起，伯父伯母，我不是故意要隐瞒的……"

事实上，走到今天这一步，辛鹤是当真不知该如何坦白自己的身份了。

她原本女扮男装，只是为了混入宫学中，寻找茶经的下落，结识骆青遥只是个意外，但这意外却反而越来越……融入她的生命之中，与她不可分割。

有什么东西在朝夕相处间不知不觉就发生了改变。

她不知该如何向他坦承身份，或者说，还没想清楚，不知道该怎样去面对他，毕竟，就连她自己都不知道——

她对他到底是一种什么样的情感。

朋友？兄弟？生死之交？还是……别的什么？

那些说不清、道不明的东西太过于微妙，太过于复杂，辛鹤一时之间根本没有想好怎么去面对，也不敢去面对，所以只能一直隐瞒下去，隐瞒到……她想清楚的一天吧？

"不打紧的，辛姑娘，你或许有什么难言的苦衷，我们都能理解的，毕竟行走江湖，扮作男装的确要方便许多。"

屋里，骆秋迟善解人意地道，他与闻人隽对视一眼，两人心照不宣间，眼角眉梢的笑意都藏不住了："你放心，只要你自己还未想好，我们都不会说出去的，一定会替你隐瞒身份，尊重你的意愿。"

院里微风轻拂，在长廊上来回踱着步子，心乱如麻的骆青遥，忽听到"吱呀"一声，那扇紧闭的门竟然打开了。

"小鸟！"他惊喜回头，看到出来的辛鹤时，却一下又有些怂了，忐忑地问道，"怎么在里面待了这么久，我爹娘都跟你说了些什么呀？"

辛鹤神情也有些慌乱，只看了骆青遥一眼，便连忙低下了头，目光闪躲间，含糊道："没什么，我……先去给夏夏送药了……"她匆匆忙忙地转身就走，骆青遥叫都没叫住，这一下，可叫少年脸色陡变，一颗心彻底沉了下去。

"完了完了，爹娘果真挑明了，现在小鸟都开始躲着我了，她心里一定觉得我很恶心，很变态吧？"骆青遥霍然握紧了双手，心乱如麻间，欲哭无泪，"我不是，不是……我只是对你一个人而已！"

一轮明月挂在树梢，柔和的光芒照着湖面，层层涟漪泛起，一片波光粼粼。

夜色之中的长生庙比白日里更添了几分清幽与静谧，骆青遥把闻人隽叫出来时，喝得醉醺醺的，满脸通红，像头无家可归、被人抛弃荒野的小兽。

"娘，我睡不着，你陪我说说话吧。"

他夜里本来还是想像往常一样去找辛鹤一同睡觉，却哪知被她推了出来，她闪烁其词，只说这长生庙大得很，房间到处都是，两个人没必要挤在一起睡，夏夜炎炎，怪闷热的。

骆青遥如遭五雷，一颗心碎得不能再碎了，独自回房后，辗转反侧，怎么都睡不着，索性爬起来借酒消愁。

"娘，你们白日里到底跟小鸟说了些什么啊？"

院里清光流淌，树影斑驳，一地摇曳如水。

骆青遥俊逸的一张脸通红着，越想越觉得难受，委屈不已的少年，到底在母亲面前没能忍住，红了眼眶："其实……其实都是我的错，你们不要为难她，她根本毫不知情，一切都是我一厢情愿，是我在……我也不知道自己为什么会变成这样，就是满脑子都是她，一天看不到就会心里发慌，老想对她好，看她笑，帮她去做她想做的事情，无论如何也不想跟他分开……娘，你说，我是不是……得病了啊？"少年喝得醉醺醺的，睫毛颤动着，嘴里不住说着胡话，"可是我对别的……别的人都没有这种感觉，只是对她，只是对她一个人，我也知道自己不应该这样，大错特错，是骆家的不肖子孙，日后都可能没办法给家族传宗接代了，可是我真的……真的喜欢她啊，不管她是男的也好，是女的也好，我都喜欢她……"

一声声"喜欢"飘在夜风之中，带着少年一番不管不顾的决绝，让闻人隽听得心中一喜，眼睛越发放光了。她搀扶着跟跟跄跄的少年，看着他醉醺醺，一副伤心难受的模样，一时间，不知是该心疼，还是该觉好笑了。

她在月下，几番欲言又止，却终究没有开口，只是在心里长长一叹："我的傻儿子啊，你根本没有病啊！"

②羊皮鼓

月光幽幽，夜风掠过海水，浪花拍打着礁石，琅岐岛上的后海树林中，树影婆娑，日复一日的寂静与清冷。

深不见底的石室中，明珠光芒流转，照亮了少年苍白的脸颊，几缕乌发垂下，更显清瘦憔悴。

若是辛鹤此时回来瞧见少年的模样，定会大吃一惊，因为他比她离开之时，已经消瘦了太多，下颌轮廓都尖了一圈，更显得一双眼眸大了许多，漆黑冷幽，如暗夜中两簇闪动的灵火，腰身亦是空荡荡的，肩上的两片锁骨雪白如玉，突出得像两弯月牙儿，伸手轻轻一触都能感受到刺骨的寒意。

散下的长发包裹住少年全身，他整个人坐在案前，明珠笼罩着他，清光流淌下，用六个字足以概括——瘦削、苍白、诡魅。

白翁跪在少年脚边，心疼得眸含泪光，仍在苦苦劝道："主子，多少吃点儿东西吧，你这样下去不是法子啊，老奴实在担心您把身体熬坏了，您放心，我已经让他们在加紧寻找了，该回来的，总有一天……会回来的。"

白翁的话中没有点明，但其实，这"该回来"的一番所指中，不仅仅包括了那本《妙姝茶经》，更包括了……那个人。

少年依旧冷冰冰地坐在那儿，没有动弹，只是长睫微微一颤，忽然喃喃道："中秋节快到了……"

白翁一愣，不明所以："还……还早着呢，主子，现在才是夏时，都还没入秋……"

少年似乎对白翁的话充耳未闻，只是盯着虚空，不知想到了什么，倏然冷笑了声，闭上眼眸，低沉的声音从唇齿间溢出："骗子。"

那一年，少女清脆的声音似乎还回荡在耳畔："小越哥哥，以后每年中秋我都陪你一起过，给你送月饼吃，团团圆圆，年年岁岁，我都陪着你一起看月亮，好不好？"

他早已没有了家乡，却在吃下她送来的月饼时被那股温暖熨帖了整颗心。

直到那时，他才明白，原来吾心归处真的便是吾乡。

心有所系所念之人，身处在这方阴冷昏暗的地下石室中，似乎也没那么难熬了，至少每时每刻都还能有那么一些……盼头。天上的月亮静静地照着这方洞穴，他也静静地等待着，她每一次到来都让他的心弦为之一颤。即使这么多年来，他从未表露出来过，但那一点儿细微的喜悦与温暖的确支撑了他许多个日日夜夜，令他不至于在冰冷昏暗的地下孤独得发疯。

或许早在不知不觉间，就不是他在提着那木偶的线操控着她的一言一行了，而是她在经年累月里不觉牵引住了他，悄然操控住了他的喜怒哀乐。

但现在这根线断了，她不愿回来了，彻底将他……丢弃了。

少年苍白的脸上忽然又浮现出一丝冷笑，声音在石室里一字一句地响起："如果中秋节之前，人和茶经还是没有找到，就将计划……提前吧。"

"什……什么？"白翁一愣，似乎没有听明白。

少年眸中却带了几丝残忍的快意，仿佛要施加报复一般，声如鬼魅："在那样一个合家团聚的日子里，若是颠覆了琅岐岛上的势力，令辛家一夜之间沦为阶下囚，受尽折磨，偿还血债，叫他们求生不得，求死不能。你说，琅岐岛之外的……她，会不会心有感应，回来收下我送的这份大礼？"

洛水园，明月宛宛，万籁俱静，一片花海随风摇曳，清光如许，月下花香缭绕，美不胜收。

丞相府的下人急忙赶来送信时，付远之正在花圃旁打理着一片羽衣甘蓝花，苏萤就在一边静静看着，一言未发，只是不时会默默浇上一勺水，看着那剔透的花瓣在月下泛着晶莹的水珠，纯净无瑕。

羽衣甘蓝的花语是坦诚真实，无所隐瞒，像一片清澈见底的湖水摇曳在心尖之上。

苏萤比谁都懂，付远之种下这片羽衣甘蓝的意图，但她不能懂，只能一次次装傻沉默，付远之也从不拆穿她，只是时常过来打理这片羽衣甘蓝。

他们就这样默契配合着，在一个个微风拂过的月夜下，各自心照不宣、缄口不言，仿佛在打一场旷日持久的拉锯战。

付远之的耐心比谁都要好，一如他温润如玉的性子，从不会咄咄相逼，却有着水滴石穿的柔韧与威力，苏萤始终在苦苦支撑着，难以招架。

她实在害怕自己有一天会抵挡不住，彻底被那道花间清俊的身影动摇，她甚至有过一个荒谬的念头，希望自己当真是一个……哑巴。

夜风拂过两人的衣袂，月光将他们的身影拉得很长很长，花海之中，这静谧的一刻竟也有了些许天长地久的味道。

苏萤凝视着那张清俊的侧颜，心神正恍惚间，花道之上，却忽然传来一个匆忙急切的脚步声。

"大人，来信了，骆夫人来信了！"

"阿隽？"付远之霍然站起，目光一亮，脸上是苏萤从未见过的神情。

她一怔，脑中莫名闪过从前还在仁安堂时，她穿上那袭杏黄色的衣裙时，他也对着她这样喊过："阿隽。"

像是带有魔力的两个字，总能让他心弦颤动，无法自持。

苏萤长睫一颤，站在夜风之中，心底似乎隐隐明白了什么，脸色微微一白。

或许，她知道付远之一生不娶，至如今仍是孑然一人的……原因了。

那信是从云梦泽而来，当时云城知府把消息送回皇城后，付远之大喜，立刻给闻人隽写了一封信，询问她与骆秋迟的近况，没想到回信这么快就来了。

付远之展开那信笺，欣喜之色溢于言表，苏萤站在一边默默瞧着，夜风拂过她的长发，她嘴里不知怎么竟涌起了一股药汤的苦涩。

明明已经很久没有喝药了，竟还会记得……那股清苦的味道？

果然，比起稍纵即逝的甜蜜，人更能记住的是苦涩的味道，因为这具有提醒的作用，能将人从不切实际的幻想中拉回来，再也莫去奢想那份不属于自己的甘甜。

月下，付远之将信看完后，唇边笑意愈深，几乎是喜出望外道："太好了，原来青遥那帮孩子也在云梦泽，他们竟跑了那么远，还在璃仙镇里行侠仗义，做了一番大好事，这一对父子俩啊果真是一样的性情，没想到还真在江湖上遇到了，世上事兜兜转转，实在是无巧不成书……"

他感慨之间，全然没有注意到旁边的苏萤目光一动，忽然抬起头来，似乎在只言片语中，捕捉到了什么关键的字眼。

闻人隽在信里说得清楚明白，不仅将璃仙镇上发生的事情一五一十写下，还告诉付远之，让他不用担心，等那解药配好，除去璃仙镇所有百姓身上的余毒后，她就会把那帮孩子带回来，让他们回到宫学念书，不再闯荡什么江湖，流落在外。

毕竟江湖之大，凶险难料，这一回能遇到骆秋迟及时出现相救，下一回呢？

这帮孩子涉世未深，心思单纯，怎知江湖险恶？

闻人隽委实放心不下，即便他们不愿意跟她回皇城，她也少不得要做一回恶人，逼他们就范了。

这倒与付远之的想法不谋而合，他也是担心骆青遥那帮孩子流落在外，不知吉凶，希望他们能尽早回到宫学里念书，不再胡闹。

月夜下，他紧绷已久的心弦总算稍稍放松了些，长吁了口气，却没有发现，风中花圃旁的苏萤，眉眼低垂，一直在心底默念着那六个字：云梦泽璃仙镇。

她双眸之中，闪过一抹异色，恐怕骆青遥他们无法如付远之所希望的那般再回到宫学了。

璃仙镇，阳光照在仙人湖上，湖水波光粼粼，那老方丈在十多年后总算又再一次踏入了长生庙里。他步履蹒跚，扫过那些熟悉的佛像灯台，领着众弟子，一时间热泪盈眶。庙里却有一个人比他还要激动百倍，辛鹤放下那捣药杵，满头大汗都来不及擦，飞奔而来。

她在门边一见到那老方丈，双眸就立刻放光，心潮澎湃下，仿佛见到了自己亲爷爷一般！

待到老方丈用过晚膳后，辛鹤几人就迫不及待地拉过他，神神秘秘地在佛像下不知说些什么，还将门都关了。

这几个少年的举动自然逃不过骆秋迟的眼睛，只是他们闪烁其词，并不正面回答，只说辛鹤的爷爷曾来过这间长生庙，他们只是找老方丈打探些陈年旧事。

孩子们这么一说，骆秋迟也不好逼问了，只多留了个心眼，暗中观察起来。

夜风拂过庙宇，轻轻拍打着窗棂，佛像之下，烛火摇曳，那老方丈虽然年事已高，头脑却十分清醒。

他望着骆青遥与辛鹤几人期盼的眼神，缓缓地点了点头："那一年，辛施主的确来到我们庙中，那时的方丈还是我师父，我对辛施主印象极其深刻，大概因为他虽风尘仆仆而来，衣襟上还染了些血污，但目光却平和坚定，跪在佛像之下，收敛了一身杀气，眉目间还流露出一份对和平安宁的无尽向往……"

当年的辛玄笛与老方丈年纪相仿，不过二十来岁的模样，来到长生庙时，带着一把剑，身上染了点儿鲜血，长发也有些散乱，面上却带着温和的笑意，气度不凡，彬彬有礼，并未吓到庙中僧人。

他的来意极为简单，只是向庙中捐了一笔香火钱，并且留下了一面羊皮鼓，希望能置于佛座之下，日日夜夜浸染佛祖的气息，得到香火的供奉。

　　"我师兄问他缘由，他笑了笑，眼神却有些难过，说自己家乡正在遭遇一场劫难，这面羊皮鼓就如同他家乡一般，希望能被供奉在庙里，得到佛祖庇佑，保佑他的家乡度过这场浩劫。

　　"出家人慈悲为怀，我师兄自然点头答允了，只是又有些奇怪，问辛施主为何要选择来到璃仙镇，供奉在这样偏僻的一间长生庙里，而不是去云城找些大一点儿的庙宇。那香火不是更加旺盛，佛气不是更加充盈吗？

　　"辛施主又笑了笑，低声说了一句话，我师兄却没听清，辛施主也没有再重复，只说长生庙外的那片仙人湖很美，湛蓝清澈，月光照在水面上，十分安宁，就像他的家乡一样。

　　"他将这面羊皮鼓放在这里，就是希望他家乡的那轮明月能够安宁如初，照在他们那片土地上，就像平静的仙人湖一般，重回昔日的美好。"

　　老方丈回忆到这里，白发苍苍的一张脸上忽然露出了一丝笑意，迎向骆青遥与辛鹤几人的目光，在灯下幽幽道："但其实辛施主说的第一句话，我听见了。"

　　辛鹤几人微微一惊，那老方丈眯了双眼望向虚空，缓缓道："我当时就在他身侧，他虽然说得很小声，可我听得清清楚楚，他说的是——偏僻一点儿好，那样才没人找得到。

　　"也不知为什么，这句话我记了很多年，在辛施主走后，一直对那面羊皮鼓颇为上心，每日照看着，像是守着对辛施主的一个承诺般，不敢大意，因为我知道，那面羊皮鼓在辛施主心中一定万般重要，更是对他的家乡有着非凡的意义。

　　"我在心里祈祷着他家乡的那场浩劫能够早些过去，他能够在某一天再一次来到我们长生庙，告诉我们这个好消息，让我们知道佛祖真的庇佑了他们，他家乡的那轮明月又安宁地照在了他们那片土地上。

　　"只是，日复一日，年复一年，辛施主再也没有回来过，我守着他留下的羊皮鼓，时常望着长生庙外的那片仙人湖出神地想着，辛施主的家乡如今还好吗？那场浩劫有没有度过，他的家乡如今又是怎样一番模样呢？"

　　老方丈沉重地叹了一声，佛像之下，一时谁也没有开口说话，庙里静寂无声，只有窗外的夜风呜咽呼啸着，像有人在月下哭泣一般。

　　辛鹤呼吸紊乱，浑身颤抖着，双眸早已被泪水模糊了，她隐隐间彻底明白了什么，无数画面闪过她的脑海之中——

　　章怀太子的画像、被铁骑攻破的童鹿、尸横遍野的子民……最后停留在琅岐岛上，那间地下石室里少年苍白瘦削的身影。

　　"茶是会令人想起故乡的东西。"

　　"诗是能令人暂时放下世间怨尤的东西。"

　　"同是家乡人罢了。"

"你做的月饼是家乡的味道,我很喜欢。"

……

那些当时听起来不以为意的话语如今再次回荡在耳畔,简直字字泣血,敲击在辛鹤心头,令她一瞬间疼痛得无法呼吸。

她被一股铺天盖地的悲怆淹没,双唇发白间,望着老方丈,红着双眼,一字一句道:"当年那位辛施主已经没有家乡了,他渴盼的和平安宁最终还是没有到来,他的家乡彻底消失在了战火硝烟中,那轮皎洁的明月再也见不到了。"

老方丈望着辛鹤的泪眼,久久未动,似乎明白了什么,双眸也泛起了泪光,低下头,转起了手里的念珠,轻声念起了佛经。佛像下的几个少年,双眼也不知不觉都红了一片,辛鹤听完那段佛经后,深吸口气,终是按捺住了满心悲痛。

她望向老方丈,颤声问道:"方丈,那面羊皮鼓如今还在长生庙里吗?"

③屋顶醉酒

"是啊,方丈,那羊皮鼓还在长生庙里吗?"偌大的佛堂中,烛火摇曳,映亮了骆青遥俊逸的眉眼,他看向眼眶泛红的辛鹤,心疼不已,只想赶紧替她找出全部真相。

他望向佛像下的老方丈,急切问道:"其实这段时日来,我们已经将长生庙里里外外都翻遍了,却都没有发现过有这样一面羊皮鼓,难道是被那伽兰天师带走了?"

他这话一出,众人脸色微微一变,这伽兰天师霸占长生庙十数年,一砖一瓦皆归他所有,或许他发现了这面羊皮鼓的特别之处,早将它藏了起来,占为己有?不然不可能翻遍了长生庙也找不到任何踪迹啊。

想到这里,辛鹤瞳孔骤缩,陡然握紧了双手,一颗心猛地提起。

还好佛像之下,那老方丈目视着他们,摇了摇头,直截了当道:"没有,羊皮鼓不会落到别人手中的,因为——老衲早在十几年前,就已经将它带出了长生庙,藏进了一尊文殊菩萨的肚子中。"

那时璃仙镇的百姓皆受到了伽兰天师的蛊惑,粗蛮地将长生庙里原本的僧人尽数赶走,老方丈在匆忙之中,还不忘带走了那面羊皮鼓,偷偷藏进怀里,带出了长生庙。

他之所以这么做,全然是因为守着一个承诺,不愿这羊皮鼓落入歹人之手,内心也无端端地坚信,总有一天这羊皮鼓的主人还会回来的,他必须将之守护好。

"当年,那面羊皮鼓被老衲带走前,原本就放在这座佛像下,一放就是许多年,鼓面却依旧雪白如新,不知是什么特殊工艺所制,与当年辛施主送来时一模一样,没有任何改变,我一见到那面羊皮鼓,就会想起当时辛施主跪在佛像前的眼神……"

回忆如潮水般尽数涌来,老方丈望向殿中宝相庄严的佛祖,一时间百感交集:"我这些年守着这面羊皮鼓,守到白发苍苍,却不曾想到没能等来辛施主,反而等来了他的后人,这冥冥之中也算是一种天意了罢……"

老方丈长长一叹，转过身来，望向辛鹤几人，如释重负道："那尊文殊菩萨就在镇子外，我这些年与弟子们落脚的一间荒废破庙里，你们放心，明日一早我就会派弟子前去取来，原物奉还，这么多年了，老衲肩上的担子也可以卸下来了……"

夜凉如水，院里树影斑驳，明月照在屋顶之上，一片清光流淌。

坐在这里，抬眼望去，就能将那片波光粼粼的仙人湖一览无余，不知道当年那道衣襟带血的身影踏过千山万水而来，是否也曾坐在这方屋顶上，看过明月夜下的这片仙人湖？又是怀着一番怎样的心境呢？

微风掠起辛鹤的衣袂长发，她抱着酒坛，喝得酩酊大醉，痴痴望着夜色下的仙人湖，身影伶仃，瘦削的肩头在风中说不出的单薄。

月下，一只手却是忽然伸了过来，一把夺过她怀里的酒坛，少年熟悉的声音在她耳边响起："小鸟，别喝了，再喝下去你身子会受不住的。"

辛鹤一回头，只望见那张满带关切，清逸俊秀的脸庞，她醉眼蒙眬，两颊绯红，忽地扬唇一笑，酒气喷薄道："瑶瑶，你来了……"

骆青遥脸色一僵，无奈地叹了一声，却也没法子跟醉酒之人多计较，只是一屁股在辛鹤旁边坐了下来，递了一个青竹筒给她。

"夏夏熬的醒酒汤，我把它灌进了竹筒里，你快喝了吧，我带你回房歇息。"

辛鹤醉醺醺地摇了摇头，不去接那醒酒汤，只是抬手指向波光粼粼的湖面，在夜风中痴痴笑道："瑶瑶，你看，这片仙人湖真的很安宁、很美好啊……

"你知道吗？我刚刚坐在这里，有个声音一直在我耳边回荡着，好多从前不在意的事情，全都一下子想了起来，我才知道，原来我不是看戏的人，我就身在那出戏里啊……"

她耳边一直回荡着的正是章怀太子曾说过的那番话："美丽的东西都是有灵性的，不应该被占有，而应该被欣赏，自在存于天地间。"

永远温柔笑着、一身纤尘不染的章怀太子，故国被无情践踏，子民被残忍屠杀，自己的尸身也被悬于城楼，鲜血淋漓。

一切美丽都被摧毁得彻彻底底，就像一地破碎的花瓣，因世人的贪婪与残酷，再也不复昔日的粲然美好。

她那时在听到章怀太子战败身死，童鹿亡国，大半子民被屠杀时，忽然难受得说不出话来，好像那是自己的同胞，自己的家国一样——

可原来，那当真是她的同胞、她的家国啊！

她的爷爷风尘仆仆而来，将羊皮鼓置于佛座之下，浸染佛气与香火，祈祷的正是童鹿的一方安宁，但现实多么残酷，童鹿到底还是……没能度过那场浩劫。

她一直坐在台下，看着童鹿这出悲惨的亡国之戏，牵出越来越多的人与事，唏嘘感叹，为之难过，却原来自己根本也是这戏中人！

泪水滑过脸颊，夜风迎面而来，拂过辛鹤的发梢，她被湖风这样一吹，整个人像是清醒了许多，只是眼底那抹化不开的哀伤愈发浓重了。

童鹿是她的故国，她跟小越有着同样的家乡，那本《妙姝茶经》也与她有着千丝万缕的关联，一路追寻真相，迷雾却越来越多，她被卷入其中，越陷越深。

一切像是做梦一般，太多的冲击纷沓而来，不可思议，又令她茫然无措、痛彻心扉，泪水模糊的视线里，根本看不清前方的路。

小越哥哥当时让她离开琅岐岛，去寻找这本《妙姝茶经》，其实从一开始，就是在骗她吧？

"你若能带回这本《妙姝茶经》，我可以为你一试，让你姑姑冰封在棺中的那位爱人复活过来，你愿意吗？"

《妙姝茶经》里哪有什么能令人起死回生的秘术呢？分明是越探寻下去，便越扑朔迷离的疑团、越令人心惊的真相，抽丝剥茧间，她似乎已离那个终点越来越近，只是一颗心也越来越往下沉去。

最初单纯的目的变得出人意料、错综复杂，雾里看花、水中望月间，那个坐在石室里苍白瘦削的少年似乎也离她越来越远，熟悉的面目越发模糊难辨。

他就像一片望不见底的深渊，令她捉摸不透，他的身份、他的企图、他的心机……他真正想要的到底是什么呢？

辛鹤不傻，隐隐之中已经猜到了许多东西，却不愿意去相信，不愿意相信小越哥哥，其实从一开始就利用了她。

夜风猎猎，拂过辛鹤泛红的眼眶，她一双手冰冷至极，在月下不由自主地颤抖起来，旁边的少年却忽然将她的手紧紧一按。

"小鸟，别再去想了，等明日那羊皮鼓取来了，我们说不定又会在里面发现新的线索，最终的谜团一定能解开，你想知道的一切都会有答案……总之，不管前方是什么，有多少凶险难料的东西，我都会跟你一起去面对，陪在你身边，永不离弃。"

灼热的呼吸萦绕在耳畔，辛鹤一点点回过头，水雾弥漫的视线中，少年的面目在月光之下，却不知为何看得异常清晰，令她呼吸一颤，心中升起一股难以言喻的感觉。

或许他的脸庞早就深深刻在了她的心底。

这个赤诚明朗的少年如一团温暖的火光，永远照耀着她，陪在她身旁，没有欺骗，没有利用，风雨前行，生死与共，不知不觉就已融入她的生命之中，再也不能分割出去。

辛鹤眼中的泪水越来越多，衣袂飞扬间，少年却在风中紧紧握住了她的手，目光定定，一字一句——

"小鸟，你还记得我曾经跟你说过的话吗？我想跟你一起好好活下去，活得很久很久，看遍四时风景，走遍万里山河，吃遍天下美食，永远也不要分离……其实这不是一句玩笑话。"

这是我毫不作伪、尽数捧在你眼前全部的……真心。

天地浩大，繁花万千，我却只要一人为伴，策马扬鞭，情意深笃，不负此生。

老方丈没有骗人，那面跨过了浮沉岁月、意义非凡的羊皮鼓，在第二日傍晚时便到了辛鹤他们手中。

月照庭院，房门紧闭，几个少年围在桌前，端详着那面依然雪白如初的羊皮鼓，看了好半天，也没找到任何玄机。

灯下，那面花纹古朴、造型奇特的羊皮鼓，仿佛带着一股说不出的魔力般，令人越是捉摸不透，就越想要去探究。

某种意义上，这也算得上是辛鹤爷爷留下来的遗物了，她轻轻摩挲上那光滑的鼓面，一时心潮起伏，胸中涌起一阵难以言喻的奇妙感受。

桌前，上上下下瞅了老半天，眼睛都酸掉的姬宛禾，却是忍不住道："你们说，会不会这就是一面普通的鼓，什么玄机都没有呢？"

"不会，一定藏了什么玄机与秘密，不然小鸟的爷爷干吗要风尘仆仆，大费周章地将它送来？还说'偏僻一点儿好，那样才没人找得到'这种话，而且这地址是记载在了《妙姝茶经》上的，一定是对章怀太子，甚至对整个童鹿都至关重要的东西！"骆青遥斩钉截铁地道，辛鹤望向他，心中不知怎么，莫名涌起一阵暖流，那种被人坚信不疑，再荒谬也会支持到底的感觉，实在是……难以形容的好。

桌前的陶泠西却在这时忽然目光一亮，惊喜道："我知道了，你们快看！"

几人齐齐望去，陶泠西将灯盏又挪近了些，指向那雪白的羊皮鼓面，欣喜道："你们看，这羊皮鼓里面是不是画了些什么东西？"

辛鹤他们一愣，定睛望去，果不其然，那面雪白的鼓皮之下，似乎浮现出一片蜿蜒的纹路，在灯下若隐若现，极难瞧见，若不是陶泠西心细如尘，寻常人根本不会发觉的。

"难道玄机藏在这鼓皮的背面？"

桌前，几人又惊又喜间，却又忽然意识到了一个问题，面面相觑，最终看向了灯下的辛鹤——

若要知道鼓皮背面到底画了些什么，就必须将这张鼓皮完整地分割下来，可这样，这面羊皮鼓就会被彻底毁掉了，但这到底是辛鹤祖辈留下来的东西，难道好不容易才一拿到手里，就要将其毁掉吗？

灯火摇曳下，辛鹤抚摸上那雪白光滑的鼓皮，呼吸微急，似乎犹豫挣扎了一番，却终是咬了咬牙，坚定道："顾不上那么多了，我这便将这羊皮鼓割开看一看，无论如何我都要知道真相究竟是什么。"

她当机立断，掏出了一把匕首，寒光毕现间，沿着那鼓面的边缘，小心翼翼地将鼓皮一点点割开。

众人屏气凝神，围在桌前，目不转睛地望着辛鹤割开那鼓面，一颗心都不由提了起来。

夜风轻轻拍打着窗棂,房里一时安静至极,在所有目光的注视下,那张光滑雪白的鼓皮,终是被完整地割裂了下来!

　　辛鹤手心都出了不少汗,微微颤抖着指尖,捏住那鼓皮,只要将它翻过来就能知道背面到底画了些什么了。

　　她一时之间又是紧张又是期待,却又有些说不出的怯意,不由自主地抬头看了一眼骆青遥,少年看出她心中所惧,向她点点头,眼神中传递出无声的鼓励,仿佛让她耳边又响起那句:"不管前方是什么,我都会跟你一起去面对,陪在你身边,永不离弃。"

　　辛鹤深吸口气,按捺下紧张的情绪,终是在所有目光的注视下,一点一点,缓缓地翻开了那张柔软光滑的鼓皮。

　　灯火映照下,那纹路彻底显现出来,几个少年忙将脑袋凑了上来,紧张忐忑地望去,屋里很快响起一阵惊叹之声,每个人都不可置信,脸上露出激动无比的神情——

　　"背面果然有东西,玄机原来真的就藏在这里!"

　　他们喜出望外,兴奋得不知如何是好,却全然没有注意到,屋外夜风之中,一道身影站在窗下,衣袂飞扬,月光洒在那张俊逸的脸庞上,若有所思。

④分道扬镳

　　"这看起来好像……是一张地图?"

　　屋里烛火摇曳,映亮了每个人的脸庞,陶泠西仔细盯着那张雪白的鼓皮,只见上面线路蜿蜒,纵横交错,看起来分明是一张地图,却又有哪里带着说不出来的怪异。

　　"你们瞧,这地图是不是……不完整?"

　　骆青遥自小熟读兵书,各种作战图也见过不少,当下望着那张柔滑的鼓皮,也瞧出不对了。

　　旁边的辛鹤目光紧锁,屏气凝神间,忽地福至心灵,霍然发现了什么,一声兴奋道:"我知道了,十分之一,这是十分之一!"

　　"什么十分之一?"灯下其他人扭头望向她,俱是一愣。

　　辛鹤激动得双手都微微颤抖起来,按住那张雪白的鼓皮,呼吸急促道:"这的确是一张残缺的地图,确切地说,只是十分之一张地图!"

　　万千思绪在辛鹤脑中飞速转动着,她眼前又浮现出当时《妙姝茶经》上那十处庙宇的记载——

　　白清砚,栎阳襄城,昭和庙。

　　吕启德,荆州太白顶,六银庙。

　　杜凤年,豫州千石峰,东鸣寺。

　　蓝西亭,武都汀州镇,金沙寺。

辛玄笛，云梦泽璃仙镇，长生庙。

……

章怀太子在《妙姝茶经》上一共记载了十个人、十处地方、十座庙宇，原本辛鹤对这些记载不明所以，如同丈二和尚摸不着头脑般，只是奔着她爷爷的名字来到了云梦泽这里查个究竟。但如今，她看到这张割裂下来的鼓皮隐藏在背面的那份残缺地图后，终于恍然大悟，彻底明白了过来："如果我没猜错，在章怀太子手中原本有一张完整的地图，却被切割成了十份，做成了十面这样的羊皮鼓，由茶经上记载的十个人分别送往了天南地北十个地方的十处庙宇中。那其他九个人也应该都像我爷爷一样，一路风尘仆仆，把羊皮鼓送到了其他九座寺庙中。那些羊皮鼓的背面也一定都隐藏着这样一份残缺的地图，只要集齐了这十面羊皮鼓，把鼓皮都割裂下来，就能拼出一张完整的地图来了！而这张地图，才是真正的"童鹿秘宝"，才是传闻中人人都想争夺的，那股强大而又神秘的……力量！

"这就是《妙姝茶经》的真正玄机了，意义不在于茶经本身，而在于它所指引的这十处地方，十面羊皮鼓里有十张隐藏的残缺地图——最终能够拼凑出来的那张完整地图！"

辛鹤的一番猜测在屋里久久回响着，桌前的几个少年都听得震惊不已，就连窗外的那身白衣也是神情一愣，眸光变幻不定。

"我觉得小鸟猜得没错，这或许就是《妙姝茶经》的真相了……"骆青遥凝视着桌上那张雪白的鼓皮，不由自主地喃喃道。

桌前的陶泠西也点头道："若想验证这'十分之一'是真的，只要再多去一个地方，多拿到一面羊皮鼓就行——倘若那里真有这样一面羊皮鼓的话。"

"我们还要离开璃仙镇，继续去下一个地方吗？"灯下，姬宛禾抬起眼眸，却是想到了什么，咬了咬唇，忽然道，"但隽姨已经说了，等配制分发完解药，将璃仙镇百姓身上的余毒全部肃清后，就要将我们带回盛都，重新回到宫学里念书，不能再在什么江湖上乱跑了，这可怎么办呢？"

姬宛禾这话一出，屋里瞬间沉默了下来，大家面面相觑，眉眼间皆露出了难色。

闻人隽将他们看管得很严，只等璃仙镇上的事情一了，就会立刻返程，将他们带回宫学。难道他们要在闻人隽与骆秋迟眼皮子底下偷偷逃跑吗？

事实上，闻人隽担忧的也没错，江湖凶险难料，他们在前方还会遇到些什么，谁也不知道，她实在是放心不下他们，也是为了他们的安危着想。

很显然，辛鹤立马想到了这一层，她望向屋中众人，深吸了一口气，倏然道："剩下九面羊皮鼓，我自己去找吧，你们不用去了。"

"不是，小鸟，我不是这个意思……"姬宛禾目光一变，连忙解释道，"我只是在想，我们应该怎样说服隽姨，或者干脆直接偷偷离开……"

"不，我是这个意思，我不想再让你们跟着我一道卷入前方未知的危险中了。"辛鹤仿佛下定了决心，在屋里扫过众人的面孔，眸中波光闪烁，一字一句道，"你们已经帮了我太多，能够遇上你们，实在是我前世修来的福气，我都不知道该怎么感激你们了。

"但天下无不散之筵席，这一路同行到这里也该结束了，你们没必要再卷进这场冒险了，我们就此分道扬镳吧，我继续上路，而你们跟着伯父伯母回到宫学里，好好念书，过回从前平静安然的生活。

"谢谢你们出现在我的生命中，陪我走过这一路，我从小到大其实都没什么朋友，能够结识你们，每一天都过得很快乐，这一路同甘共苦、生死与共，我必定铭刻在心，永远都不会忘记的……你们回盛都吧，好好珍重，山水有相逢，如果我能顺利找到真相，还能活着回来，一定会去宫学里看你们的。"

"小鸟，你在胡说些什么？"骆青遥忽然开口道，少年的眼眶骤然泛红，在灯下情绪有些激动，"你忘了我跟你说过的吗？不管前方是什么，我都会跟你一起去面对，陪在你身边，永不离弃的，你现在是要将我们所有人都扔下吗？"

"不是将你们扔下，而是因为在乎你们，才不想看着你们跟我一同涉险……我已经想清楚了，剩下的路我自己一个人来走！"

月光洒在庭院里，草木摇曳生姿，窗下的白衣似乎轻叹了声，一拂袖，来去无声，长发飞扬间，一眨眼就消失在了夜风之中。

辛鹤心意已决，无论骆青遥几人怎样劝说，她也不为所动，只是悄悄开始了她的"逃跑"计划。

这世上真心难得，一生能得几个至交好友？她被欺骗利用过，才更明白这份真心的可贵，心底只愿她所在意的人都能平安顺遂，而她也该独自出发，踏上她该走的路了。

辛鹤选中奔赴的下一处地方，是离云梦泽最近的豫州千石峰上的东鸣寺，那里据说有着奇石风光，景致独特瑰丽。

当年去往东鸣寺之人乃是杜凤年，也是琅岐岛上曾经十长老会中的一员，他如今虽已不在人世，但家中小辈却还在她爹身旁做护法，与她也多少有些交情。

她爹曾经还想过让她与杜家的小儿子定亲，只是她那时心中早已被石室里那个苍白瘦削的少年所牢牢占据，断然拒绝了她爹的提议……而如今更加是不可能了。

辛鹤暗中做下决定，就去这千石峰东鸣寺，只要再找到一面羊皮鼓，就能完全证实她的猜测了。

尽管再如何不舍，也终是到了分别的时刻，辛鹤面上不动声色，却在暗中准备着离去，而她也在这时，迎来了一个最恰当的时机。

璃仙镇上的毒终于全部肃清，困扰百姓们十多年的阴霾一朝散尽，镇里举办了一场庆典，庆贺所有人重获新生。而这一夜却正是辛鹤的告别之夜。

烟花漫天绽放，街上人头攒动，熙熙攘攘，每个人都笑逐颜开，处处欢喜热闹。

不少人聚集到了那仙人湖边，放起了花灯，许下一个个美好的愿望，看着那点粲然的光芒，带着他们的愿景在波光粼粼的湖面上越漂越远。

骆秋迟与闻人隽也一早上了街，原本闻人隽想带着几个孩子一道，却被骆秋迟不由分说地拉走了，他调侃道："才不想让那几个家伙来打扰我们，他们玩他们的去，我只想跟你一同上街看热闹放花灯，这般美好的夜晚，不就应该只有我们两个人在一起度过吗？"

一把年纪了，还这么肉麻，简直让骆青遥他们都起一身鸡皮疙瘩了，却正给了辛鹤难得的机会。

两边人分头离开了长生庙，辛鹤同骆青遥他们走在热闹的长街上，面上虽掩饰得极好，但一想到即将离去，心中就有万般不舍萦绕着。

行李已经收拾好了，长生庙的马厩里，她也已挑好了一匹骏马，喂好了水草，只要在这热闹拥挤的长街上找个时机偷偷溜走，再折回长生庙，就能取了行李，策马离开云梦泽了。

一路相伴，点点滴滴涌上心头，今夜过后，她就要一人独自前行了……辛鹤正心神恍惚间，耳边忽然响起姬宛禾的笑声："我们也去放花灯吧？"

一行人来到一个卖花灯的小摊前，各自选好了灯，拿起了笔，纷纷在灿烂的烟花下，写下自己的心愿。

"阿宛，别用手挡着了，我都瞧见了……你写的是希望我的腿快点儿好起来，对不对？"

"去去去，呆木头，不许偷看！"

同伴们的笑闹声在夜风中传来，辛鹤站在自己选好的那盏花灯前，拿着笔，鼻头却莫名一酸，一时难过到写不下一个字。

夜风掠过她的衣袂发梢，她看向身旁清逸俊秀的少年，忽然轻轻道："青瓜，你的心愿是什么？"

"你知道的。"少年扭过头，唇角一扬，"我始终没有变过……你呢？"

"我……我还要再挑选一下呢，我的心愿可太多了，这盏花灯太小了，写不下呢……"

嘴上慌忙玩笑道，辛鹤却将身子一侧，连忙掩住眸中升起的水雾。

她装作在那些各式各样的花灯里挑选着，余光却向旁边一瞥，看向月下那一道道鲜活的身影，百般不舍——

青瓜、夏夏、阿朔、宛姐、小陶子……再见了，相逢自有来日，我要走了，你们多保重。

一记烟花当空绽放，众人仰头望去，便趁这时，辛鹤借手中花灯一挡，一转身，混入了熙熙攘攘的人潮之中。

她越走越快，越走越急，身子颤抖间，眼眶瞬间红了一片，泪水再也忍不住，滚滚掉落下来。

挤在人群中，她回眸最后望了一眼，那道俊逸的身影站在夜风中，仰头望着漫天绽放的烟花，脸上光芒流转，画面定格在这一刹那，美好得如同一个梦境。

"再见了，青遥，其实我的心愿……同你一样。"

夜风猎猎，辛鹤走得极为顺利，一人悄无声息地离开了璃仙镇。

月光笼罩在她身上，她牵着马匹，步子却沉重无比，望着身后那片璀璨的烟花，几乎是一步三回头。

　　真的走到这一步，她才知道自己有多么难过，有多么……放不下。

　　前方就是那片来时穿过的树林了，只是那时她身边伙伴众多，大家打打闹闹，每日欢声笑语不断，一眨眼，到了这离开之际，却只有她一个人了。

　　辛鹤吸了吸鼻子，将眸中泪水忍了回去，在夜风中对自己道："离开了就莫再回头了，不要拖累他们，你不是小鸟吗？难道离开了同伴，就飞不起来了？"

　　"不是飞不起来，而是飞得形单影只，累了都不知道去哪儿落脚，你说对不对？"

　　四野之中，忽然响起一个熟悉万分的声音，辛鹤一惊，转头望去，一棵茂密的大树下，清逸俊秀的少年牵着马，缓缓走出，一抬头，与她四目相对，挑眉一笑："小鸟，你不声不响的，究竟想飞到哪里去呢？"

　　"青……青瓜……"辛鹤身子一颤，瞪大了双眼，惊愕得说不出话来，正难以置信间，那树后却又接连走出了几道熟悉的身影。

　　肩头背着药箱的喻剪夏在月下莞尔一笑，裙角飞扬，目光温柔如水；一头白发的裴云朔，虽然仍旧面色冷峻，唇角却不易察觉地上扬着，他那冰冷的轮廓都柔和了几分；红衣潋滟、明丽秀美的姬宛禾，也是推着陶泠西的轮椅，出现在月光之下，对着辛鹤俏生生一笑："对啊，还真想甩掉我们吗？"

　　辛鹤望着眼前忽然出现的几道身影，胸膛起伏着，骤然握紧了手心，不敢置信，眸中水雾陡然升起。

　　骆青遥隔着夜风，望向心潮起伏的她，扬唇笑道："行李都收拾好了，还偷偷跑到马厩里给马喂好水草，一晚上也心不在焉，你真以为我们傻，看不出你的意图吗？"

　　辛鹤红着眼眶，身子颤抖着，望向月下那一张张含笑的脸庞，心中激荡得难以自持，明明有千言万语想要说出，却一时间哽咽了喉头，一句话也说不出来："你们，你们竟……"

　　辛鹤正哽咽难言时，树上枝叶拂动，一身白衣随风扬起，从天而降，携着漫天星光，一个不羁的笑声传入了众人耳中："你们果真要逃了，也不跟我告个别吗？"

　　众人一惊，脸色一变，齐齐扭头望去，骆青遥看向那道乍然出现的白衣，震惊得不敢相信："爹！"

第七章·千石迷阵

①红衣眉娘

豫州有片千石峰，奇石林立、景致独特、千姿百态、旖旎秀丽，数千年来吸引了无数人前来探寻，更有诗文云——

石林和月俯清流，一点红尘不许留。青鸟岂传金母信，彩鸾应返玉皇楼。

这千石峰之所以如此出名，不仅在于这奇石风光，更在于一座古刹扎根于此，引得许多香客前来烧香拜佛，那便是豫州最独树一帜的庙宇，东鸣寺。

这东鸣寺最为奇特的地方就在于，它每个月只对外开放两天，那便是初一、十五这两个日子，过了这两天，神仙敲门也不开。

但尽管这规矩放了出去，却仍有不少香客慕名而来，东鸣寺长久以来，不堪其扰，不胜其烦。

终于，在几百年前，寺里有一群高僧想出了一个法子，那就是借助千石峰得天独厚的优势，在东鸣寺前的那片石林里，摆上石头阵，困住前来的香客们，外头也将之传为千石迷阵。

这可不是一般的阵法，据说利用了奇门遁甲之术，寻常人根本走不出来，如同层层绕绕的迷宫一般，更有传得玄乎其玄的说法，说是那些怪石下面都长了脚，自己会移动，人在阵法里走，石头也聪明得会不断移动阻断出路，简直是令人匪夷所思！

当那些妄图闯千石迷阵的人被困在其中一整天后，饥肠辘辘、疲惫不堪，得到了所谓的一番教训之后，寺里就会有高僧施施前来，解开阵法，放那些人离去。

从头到尾，那些人吃尽了苦头，却依然无法踏足东鸣寺一步，只能等到下个月的初一和十五，才能有机会进庙烧香，瞻仰佛光。

东鸣寺就像一个隐居世外、倨傲无比又特立独行的寡言高人般，才不管那些凡夫俗子如何在外头苦求闹腾，他连一眼都懒得瞥去，只清清静静地藏在石林后。

坐看八方人间景，听松睡觉满天秋，潇洒恣意得简直不像个佛门之地。

渐渐地，这千石迷阵的威名传开了，除了普通来拜佛的香客外，也吸引了一些江湖侠士，他们在好奇心与胜负欲的趋使下，或独自前来，或与人赌上彩头，或作为出师之考验，总之都将闯这千石迷阵当作了一项兴致盎然的挑战。

但几百年来，多少人信心满满而来，又灰头土脸而去，几乎没有几个挑战者能够成功破解阵法，从千石迷阵中走出来，最后都只能灰溜溜地困在阵中，等待庙里的高僧大发慈悲地前来放人。

照理说，这么多人在这千石迷阵里吃瘪碰壁，应当能让不少好奇之人打消这份心思了，可惜这世上总有人不信这个邪，偏要来闯一闯，譬如此刻这千石迷阵中——

一袭明艳红衣随风飞扬，长眉入鬓，人如其名的老夫人，明明该是做奶奶的岁数了，脸上却不见一丝皱纹，头上也不见一丝白发，反而瞧起来神采奕奕、双眸明亮，许是常年习武的缘故，身子骨竟比不少年轻人看起来还要健朗。

她旁边是一位青衫长袍、儒雅俊秀的老先生，虽不及自家夫人那般明艳，却也是看不大出年纪，只觉相貌温雅、长身玉立、气度不凡，同身旁那袭红衣一静一动、一雅一艳，般配至极。

两人被困在这乱如苍云的石阵中，头上脸上俱滑下不少汗水，那老先生一副冥思苦想的样子，似乎在心里飞速运算着什么，旁边的夫人是个急性子，站在炙热长阳下，不时催促道："怎么样，算出来没？"

那老先生眉心紧皱，在被自家夫人接连催了好几遍后，终是忍不住道："都让你给搅乱了，别问了，没见我正在算吗？"

他揉了揉眉心，一副万般无奈的样子："眉娘啊眉娘，你这争强好胜的性子什么时候能改改？都说了让你不要瞎闹，跑进这什么鬼石头阵里，现在好了，进来了就出不去了，还得老老实实等上一天，叫那些寺里的活菩萨过来放人，你说咱们两个这么大岁数了，丢不丢人？"

"你就想着丢人了，一点儿江湖儿女的斗志豪情都没有，万一真叫咱们闯出这石阵了呢？不觉得很厉害威风吗？想当年，我一对斩月双刀，风风火火，天底下哪里没闯过，还会怕一个小小的石头阵不成？"

那袭红衣在风中猎猎飞扬，振振有词地辩解着，那老先生听着都想发笑了，俊雅的脸上满带着不愿计较的神情。

"行行行，你威风，你厉害，你是大侠女，刀山火海都不怕，永远活在二十八，我是糟老头子，手无缚鸡之力，百无一用是书生，这总行了吧？"

"你！"那身红衣一恼，却也情知是自己将人拉了进来，多少理亏，只能按捺住怒火，一声喝道，"闻人靖，别给我在这里耍嘴皮子了，进都进来了，还能怎么办，倒是快点儿想办法出去啊！"

这一对困在石阵里争执不休，还像"小儿女"一般赌气斗嘴的老夫妻，不是别人，正是骆青遥的外公与外婆，奉国公闻人靖与他的夫人阮小眉。

他们本是随着骆秋迟与闻人隽一道游历江湖，踏遍山水，却因队伍里多了一个鹿行云，老奉国公成天见他对眉娘关怀备至，心中暗自不爽，吃些干醋，便索性拉着眉娘在那云梦泽同骆秋迟三人分开了，单独上了官道，来到了这豫州的千石峰，看一看奇石风光。

他们本是四处观赏，惬意自在，哪知阮小眉听说了这千石迷阵的威名，非要拉着奉国公闻人靖来闯一闯。

这一闯，可不就被困在了里面，大眼瞪小眼吗？

还好这闻人靖头脑聪慧，一生不仅饱读圣贤书，其他旁门左道的闲书看得也不少，博闻强识，见多识广，他被困在石阵里不久，冷静观察了一番后，就发现了这石阵的玄机所在——

难怪说千石迷阵里的石头都长了脚，是诡异的活物，可以移动呢，奥秘全在于这些巨石底部的石轮上！

这里的石头虽千奇百态，或如夸父逐日，或如牛蹲兽伏，静卧林间，但无一例外，都是经过人工打磨的，底部被磨成了车轮的形状，在用力推动下，就如棋盘上的棋子般，可以挪到四面八方，各个地方。

闻人靖在里面转了几圈后，还惊喜地发现，这千石迷阵竟是依照"奇门遁甲之术"所布下的，难怪层层绕绕，高深莫测，如同迷宫一般，叫寻常人难以出去！

他先前一番苦思冥想，在脑中飞速运算的，就是这奇门遁甲之术的解法，只要将这些石头挪到一一对应的正确位置，出路自然就会显现出来。

"怎么样，闻人靖，你算出来没？先挪动哪一块石头？"

长空下，一袭红衣的阮小眉将袖子高高挽起，掌心贯注内力，双目炯炯放光，一副打算大干一场的架势。

他们两人这边困在石阵里，正一个算，一个挪着，那边又有一批人，进了这千石迷阵，在太阳底下转晕了方向。

正是马不停蹄赶到这豫州千石峰，准备踏入东鸣寺找寻羊皮鼓的骆青遥与辛鹤几人。

当时月夜之下，骆秋迟忽然现身，还吓了他们一跳，以为骆老大是来抓他们回去的。

怎知那身白衣却在月下摇头一笑，望向一脸紧张的骆青遥，一字一句道："雏鹰长大了，总是要飞出去的，还能一直守在父母身边不成？更何况，谁无年少时，谁无轻狂日？天大地大，江湖那么广阔精彩，闯一闯又有何妨？"

这番话响荡在林间月下，简直叫骆青遥与辛鹤几人都惊呆了，万般不可置信间，那身白衣却走到骆青遥身前，饱含感慨地伸出手，轻轻抚上他的脑袋。

"我家瑶瑶……长大了，好像才一眨眼，明明我记忆中的你还在牙牙学语，骑在我脖子上兴奋地玩竹剑，现在却已经是个大小伙子了，有一帮肝胆相照、不离不弃的伙伴，意气飞扬、热血正义、锄强扶弱，说句实话，还真比你爹这个岁数的时候强，爹想了一辈子的女儿，到头来发现，其实生个皮糙肉厚、能摔能打的臭小子，也不赖嘛？"

骆青遥胸膛起伏着，眼眶泛红，听得又想哭又想笑，那身白衣却是深吸了口气，双眸也微微湿润，扬起唇角："走吧，瑶瑶，去外面的世界看一看，你不是总喜欢听爹跟你说年轻时的经历吗？羡慕爹身上有那么多故事，那么多传奇，可现在，属于你自己的路也摆在眼前了，你有什么好怕的？

"去吧，迈开步子，无所顾忌地去闯一闯，爹不会拦着你，爹等着你回来，把你的一番'传奇'也讲给爹听，好不好？"

"爹，我，我……"骆青遥望着那张熟悉的脸庞，鼻头一酸，心潮起伏间，终是再也忍不住，一头扎入了那身白衣怀中，泪如雨下。

父子俩在月光中久久相拥，终是到了分别的时刻，骆青遥几人驾马而去，在风中扭头回望，那身白衣站在月下挥手告别，眸中波光闪烁，却是忽然间想起什么，一激灵，赶忙追出几步，在风里大声喊道："对了，不要出卖你爹，回来时你娘问起，就说你们自己逃了，不关你老子的事啊！"

骆青遥本以为爹追上几步，还要叮嘱他些什么东西，却没想到听到的是这样一句话，猝不及防间，差点儿从马上跌了下来。

不过总算一番峰回路转，他们六个少年又携手结伴，斗志昂扬地重新上路了！

只是他们一行人马不停蹄，才一赶到这豫州千石峰，却发现他们来的时间实在不凑巧。

这初一、十五两个日子都过了，若是守着东鸣寺的规矩来，须得等到下个月的初一十五才能进寺，可他们风尘仆仆赶来，哪里还有耐心等得了？

姬宛禾是一群人中最果决的，望着那片千石迷阵，当机立断道："别想了，就闯一闯这石头阵吧，大不了被困在里面，叫那些僧人给放了，总不会少块肉吧？再说了，三个臭皮匠顶得一个诸葛亮，咱们这里有六个人，可足足顶得上两个呢，还就不信真拿这堆石头没办法了？"

本就是血气方刚的年纪，一群少年就这样抛下顾忌，毅然决然地踏入了这千石迷阵。

这一踏才发现，千石迷阵果真是名不虚传，他们在里面绕了好几圈，脑袋都晕了。

奇石如云，天穹开阔，层层绕绕，就像棋盘上散落的棋子，看似随意，却是悄然成北斗七星之势，将他们团团包围其中。

陶泠西坐在轮椅上，被推着转了几圈后，目光一亮，忽地指向一方巨石："你们瞧，这石头底下是不是有轮子，可以挪动的？"

　　他常年浸淫在偃甲机关之中，对这些门门道道最为清楚，当下领着众人围到奇石间，啧啧惊叹："好厉害的手艺，竟能磨出这样精妙的石轮来，这东鸣寺里实在是藏龙卧虎啊！"

　　他钦佩万分间，目光又在石阵里扫了一圈，皱眉思索下，忽地灵光一闪，恍然大悟道："我明白了，这是奇门遁甲之术！"

　　"奇门遁甲之术？"姬宛禾推着陶泠西的轮椅，疑惑问道。

　　陶泠西迎向众人好奇的目光，兴奋点头："对，学会奇门遁，不必问天公。"

　　"这奇门遁甲可是高深莫测，大有讲究。'奇'是指三奇，即乙、丙、丁，'门'是指八门，即开、休、生、伤、杜、景、死、惊，遁甲则指六甲旬首遁入六仪，即戊、己、庚、辛、壬、癸……"

　　"行了行了，别掉书袋了，说了我也听不懂，你就简单一点儿告诉我们，这什么奇门遁甲能够破解吗？咱们怎么出去？"姬宛禾不耐地一挥手，打断了陶泠西，陶泠西也不恼，只是望向众人期盼的目光，点点头，清秀的脸上浮现出一丝笑意。

　　"能够破解，但算法复杂，需要一些时间，我每算好一处方位后，就告诉你们，你们去将石头挪到对应的位置，只要全部挪对了，咱们就能出去了。"

　　长空下烈日灼灼，奇石如云，阮小眉满头大汗，衣袖卷得高高的，一身红衣已经沾了不少泥土，靠在一块巨石旁大口喘着气："怎么样，算出下一处方位没？我接下来要挪动哪块石头？"

　　闻人靖冥思苦想着，却越想越觉不对，皱紧眉头，几步走到石林偏僻处一块形如牛首的巨石旁，阮小眉也连忙跟了上去。

　　"是不是算出来了，挪动这一块？"

　　"挪什么挪啊，这些石头还真长了脚不成，你难道没发现吗？"

　　阮小眉一愣，看向那块巨石，满眼疑惑："发现什么？"

　　"糊涂啊你！"闻人靖伸手一点阮小眉的额头，急声道，"这块石头明明是最开始你挪动的那一块，我不是叫你挪到了西南方向吗？怎么又跑到了这里来？"

　　阮小眉一惊，定睛望去，果不其然，这形如牛首的巨石不就是她挪动的第一块石头吗？

　　霎时间，一股寒气从她脚底蹿起，她闯荡江湖那么多年，还真没遇到过这么奇怪的事情！

　　一时间，看着那块牛首巨石，阮小眉都有些结巴了："怎……怎么会呢？难道，难道这些石头还真成了精，自己会跑不成？"

　　"不应该，或许有别的玄机，先别挪了，让我想一想。"闻人靖站在巨石前，眉头紧锁，暗自思量着。

　　其实他们哪里知道,这不是"白日撞鬼"，而是一番阴差阳错、啼笑皆非的"人为"巧合！

　　千石迷阵里的另一帮人此刻也是满头雾水，百思不得其解呢！

辛鹤抹了一把头上的汗，脸都被晒得通红了，望着眼前的巨石，皱紧眉头，不可思议道："不对啊，这块石头我们先前不是明明挪到了那一边的吗？怎么又跑到这来了？"

"莫非传闻是真的，这千石迷阵里的石头当真长了脚，自己会跑？"姬宛禾也是难以置信，推着陶泠西的轮椅，望着眼前那方巨石惊愕万分。

"或许……"骆青遥叉着腰，俊逸的脸上汗水涔涔，仿佛有着某种心灵感应般，他忽然抬起头，望向众人沉声道，"或许不是石头自己会跑，而是还有一个可能，你们想过没？"

"什么可能？"

"这千石迷阵里，还困了另一帮人，他们也知道奇门遁甲之术，此时此刻也在跟我们一样，挪动着这些石头！"

两帮人都困在石阵里，互相不知道对方的存在，只是按照各自的解法，都埋头卖力地在挪动着石头，却阴差阳错间，动了对方挪过的石头，这才会出现石头自己长腿，到处乱跑的诡异之景！

当下，骆青遥与辛鹤一行人也不挪石头了，只是屏气凝神，小心翼翼地穿梭过石阵，开始找起另一帮人的踪影。

裴云朔白发飞扬，忽然眼尖地瞥见了什么，抬手一指："那边有人影，他们在那里！"

一行人风一般地飞奔而去，那边的人影也听到动静，拔腿往这边奔来，奇石如云间，两帮人就这样在一方巨石前迎面碰上。

骆青遥远远的，只见到一身红衣随风飞扬，明艳无比，耳边响起一个熟悉万分、喜不自胜的声音，又叫出了那两个他万般不想听到的字——

"瑶瑶！"

②无朽塔

"外……外婆？"

望着那身奔来的红衣，骆青遥傻眼了，旁边的辛鹤也是一愣，扭过头，难以置信："这……这是你外公外婆？"

姬宛禾与陶泠西看清那两道奔来的身影，也是又惊又喜，对辛鹤点头道："对啊，这是奉国公和眉夫人，老遥的外公外婆，不知道他们怎么也会在这千石峰……"

霎时间，辛鹤望向那两道奔来的身影，一颗心扑通扑通直跳，既莫名忐忑紧张，又有些哭笑不得，脑袋里只腾地冒出一个念头——

怎么哪里都能遇上青瓜的家人，他到底还有几个亲人散落在江湖上？

想当初，在一线天的冰室里，她还调侃过他，七大姑八大姨实在多，跟葫芦藤似的，一串串结得又多又密，不承想，今日总算见识到了！

长空下，那两道身影已经奔近，兴奋地揽过骆青遥，喜出望外："瑶瑶，你怎么在这里？

你不是在宫学里念书吗？"

骆秋迟曾与骆青遥相遇时的一问一答又原样不动地上演了一遍，骆青遥将辛鹤几人简单介绍了一番后，末了，对着奉国公与阮小眉道："总之一切说来话长，外公外婆，咱们还是先想办法破了这千石迷阵，出去再说吧！"

长阳炙热地照着大地，奇石林立，有了奉国公与陶泠西一同配合运算，破解这奇门遁甲之术就快了许多。

一群人大汗淋漓，顶着烈日，埋头奋力挪动着巨石，时间一点点过去，当最后一块石头也成功归位后，众人耳边只听到一声细微的"咔嚓"声，整个石阵活了过来般——

机关开启，一条出路赫然显现眼前！

"成功了，我们成功了！"

激动无比的声音响彻长空，几个少年欣喜若狂，轮椅上的陶泠西擦了把额上的细汗，暗暗松了口气，也露出了清浅的笑意。

姬宛禾在他身边蹲下，一边将水壶递给他，一边笑道："呆木头，还真有你的，这奇门遁甲什么的，回去你也好好教教我！"

一帮人欢欢喜喜，正准备沿着出路离开这石头阵时，天边却骤然袭来一阵烈烈劲风，一道颀长身影在半空中踏日而来，一记厉喝道："何人闯我千石迷阵？"

那人长须冷眼，衣袍飞扬，气度威严，头上几点戒疤在阳光下殷红夺目，显然正是东鸣寺中的高僧！

骆青遥几人齐齐一惊，那高僧拂袖落地，冷冰冰的目光扫过他们身后的石阵，神色一变，语气中带了几分不可思议："没想到你们竟能破了这千石迷阵！"

他在阳光下微眯了双眸，似乎想起了什么，如叹如喃："上一次破阵已然是几十年前的事情了……"

那道威严的身影仿佛陷入了陈年往事中，面上神情有了几分松动，辛鹤赶紧趁这机会，道："大师，我们既已将阵法破解，是不是就可以进入东鸣寺了？"

"谁说的？"那高僧一激灵，脸上又恢复了冷若冰霜的神情，厉声喝道，"今日既非初一，也非十五，即便你们一时侥幸，破了这千石迷阵，也不能进入东鸣寺，你们从哪儿来回哪儿去吧！"

"不，大师，我们千里迢迢，诚心而来，当真是有要紧之事才会……"

"每年想到东鸣寺求佛上香的人那么多，哪个没有要紧之事？求天求地求菩萨，怎不想着多求求自个儿？"那高僧毫不客气地喝道，骆青遥与辛鹤他们一愣，万万没想到竟能从一个出家人嘴中听到这样别开生面的话，难道他不是佛门中人吗？都不怕冲撞了菩萨吗？

"快走吧，若再纠缠不休，休怪老衲不客气，叫你们吃更多苦头！"

这高僧一脸的凶相，看起来不像个慈悲为怀的和尚，倒像江湖上哪个帮派的帮主，同长生庙里的那位方丈简直是天差地别！

"不,大师,我们不是来求佛上香的,我们是来……"

"管你们来做什么,滚滚滚,这天气热死了,快些滚蛋,老衲还要回去打坐呢!"

那高僧不耐地一拂袖,强劲的掌风将辛鹤几人震得都退后几步,所有人脸色都一变,这高僧的内力之深厚,简直深不可测!

辛鹤急了,汗水涔涔下,满脸通红,眼看那高僧就要蛮横地将他们赶走,她顾不上许多,在长阳下扯着嗓子喊道:"大师,几十年前,有没有一个叫作杜凤年的人带着一面羊皮鼓来过这东鸣寺?"

"杜凤年?"那高僧瞳孔骤缩,神情倏然一变,猛地收回了手,又重复了一遍那三个字,"杜凤年?"

他冷冰冰的面容上,似乎终有了一丝裂缝,反应比辛鹤他们想象得还要激烈许多。

"是杜凤年让你们来的?"他目光变幻不定,似惊似疑,似喜似怒,还似乎有些压抑不住的翻涌情绪,他咬牙切齿,一字一句响彻石林上空——

"他自己为何没出现,他可还记得几十年前的那个承诺?可还记得无朽塔中有一个人等了他一辈子?"

琅岐岛上,月色朦胧,海浪拍打着礁石,天地间一片清光流淌,平静中却又隐藏着一股山雨欲来的态势,莫名的令人有些惴惴不安。

近段时日以来,琅岐岛上暗流涌动,几笔海上的生意都被人"搞鬼",不仅没能做成,还损失惨重,十长老会也是异动频繁,岛上的风言风语越来越多,岛主辛启啸几乎是焦头烂额,身子一日不如一日,咬牙撑着一口气在勉力维持着。

局面发展到了这个地步,一定是有幕后推手在掀起波澜,可这人究竟是谁呢?

辛如月还是没有打消自己的怀疑,一想到石室里那个苍白瘦削的少年,她就莫名不安,索性对辛启啸道:"大哥,干脆一不做二不休,让……那个人彻底消失吧!"她眸中精光迸射,恶狠狠地道,"让他活了这么多年,我们也算是仁至义尽了!"

"不行,绝对不行!"辛启啸断然喝道,目视着辛如月,压低了声道,"再怎么说,他也是我们的……你忘了爹留下来的遗言吗?"

"就是因为记得,这些年我才没有动过他,还好吃好喝地供着他,每回见他还得下跪磕头,他算老几?"辛如月越想越愤愤不平,咬牙道,"其实都已经亡国那么多年了,他就算有个龙子龙孙的身份,又有什么了不起的?琅岐岛早已不是他钟离……"

"闭嘴!"辛启啸忽地一声怒喝道,脸上的神情都变了,隐隐还带了几分慌乱之色,"阿月,这些大逆不道的话你以后都不要再说了,总之……哪怕我死了,也不能动他一根汗毛!"

辛如月望着自家大哥激动的反应,久久的才勾起唇角,嘲讽地一笑:"都已经把人囚了这么多年,做尽了大逆不道的事,嘴上却还不能说,自欺欺人很有意思吗?大哥,你这辈子活得累不累?"她霍然站起身,唇边那一抹冷笑更甚,"这些事情,我敢做,也敢说,我辛如月从来就不是一个怀有慈悲心的好人！"

她望着呼吸急促、脸色大变的辛启啸，冷冷笑道："这辈子，什么离经叛道的事情我没做过？在我心里，我什么都不在乎，什么都不怕，反正他已经死了，我活在世上，不过捱一日算一日。担什么恶名我都无惧，如今只有你跟辛鹤才是我最亲最近、心底最重要的人，为了你们，哪怕我手上沾满鲜血，死后打入无间地狱，永世不得超生，我也在所不惜！"

后海的树林里，几只飞鸟掠过夜空，一片清幽寂静。

乱石遮掩的洞口下，深不见底，夜明珠的柔光照亮了偌大的石室，少年苍白如雪，眉眼低垂，几缕乌发拂过脸颊，秀美昳丽，却又诡魅异常，如一簇鬼火般，静静地坐在桌前。

茶香缭绕间，他手里拿着几张羊皮地图，轻轻摩挲着，目光冰冷，却又暗暗隐藏着一丝灼热的光芒。

那正同辛鹤他们从羊皮鼓上割裂下来的地图一样，如今在小越手中，已有三张。

老者伏跪在地，恭恭敬敬道："主子放心，依据风哨子传回的密信，派出去的人已经摸到他们的行踪了，相信要不了多久，就能将人连同茶经一起带回来了！"

苏萤的密信一早就传回了琅岐岛，恐怕付远之做梦也想不到，他对她的一番信任却泄露了骆青遥他们的行踪，日后更导致他们历经了一场莫大的劫难。

石室里，少年摩挲着那柔滑的羊皮地图，幽幽问道："他们手里如今是不是已经拿到一张地图了？"

白翁在地上顿了顿，不甘道："是。"说完一抬头，赶紧道，"但不要紧，反正他们连同手里的地图，都会很快被带回来，重新回到主子手中！"

明珠光芒流转，映照着少年苍白的眉眼，他面无表情，忽然话锋一转，冷不丁道："辛家兄妹是不是有所察觉了？"

白翁愣了愣，低声道："近来我们暗中动作频繁，确实有点儿操之过急了，他们或许……"

"不。"少年冷冷打断他，眸底那簇光芒愈发燃起，话语中带了几丝狠厉之色，"动作再大一点儿，察觉便察觉吧，先下手为强，辛如月那样的性子，你以为还能给我们多少时间？"

"本来也就走到了棋盘上最后的几步，都忍了这么多年，不用再等下去了，他们欠下的债，要叫他们一一奉还！"

东鸣寺里，一轮明月挂在树梢，寺中上下静悄悄的，只有夜风轻轻拂过庭院，蛐蛐儿在草丛里叫着。

房里灯火摇曳，那长须高僧听完辛鹤他们的来意后，只冷冷地说了一句："你们要找的东西，在无朽塔上最高的一层里，但是只凭你们几个毛头小孩也想闯无朽塔，是在痴人说梦吗？"

"无朽塔？"骆青遥与辛鹤他们面面相觑，俱是一愣。

这无朽塔相当于东鸣寺的藏经阁，十分有名，里面藏书不计其数，浩如烟海，既有各种佛经古籍，也有江湖上人人梦寐以求的武功秘籍，还有涉及机关偃术、天文地理、医药金石的各种珍稀书籍古文，可谓是应有尽有，简直就是一座巨大的宝库。

这无朽塔共有五层，每层都有一位高僧负责守护，外来的人若想进入无朽塔，要么得到方丈的允许，要么就得按照东鸣寺里的规矩，一层一层地闯去，通过了那些守塔高僧的考验后方能登上塔顶。

而辛鹤他们要找的东西就在塔顶，由一个叫作颜臣的人守护着。

"颜臣？"乍然听到这个名字，陶泠西不敢置信，又问了一遍，"偃师颜臣？"

"正是。"那高僧冷冷点头。

陶泠西愣了好半天后，忽地伸手按住桌子，将轮椅又挪近了些，望着灯下的高僧，浑身颤抖着不能自持，激动万分道："真的是他？他竟然隐居在这东鸣寺里？难怪这么些年杳无音信，只是不时有他的作品流传出来……"

骆青遥与辛鹤他们一怔，见到陶泠西这般激动的反应，皆不明所以，面面相觑间，唯独姬宛禾在旁边莞尔一笑，望向陶泠西的目光中满是柔情："遇到这呆木头的'祖师爷'了，这偃师颜臣可是他最崇拜的人了，我都听他跟我念叨过无数遍了，也真是巧了，居然藏身在这里……"

这颜臣已经消失许多年了，名头却一直响当当的，素有"天下第一偃师"之称，据说一双神手奇妙无比。

他做出来的木牛能耕地，木马能奔跑，木鸟还能飞上天空，总之传闻里，他简直不像一个凡人，更像一个神了。

这些传闻或许皆有夸大的成分在，但有一点不可否认，就是这颜臣的确天赋极高，心思聪慧，擅长机关偃甲之术，当得上"天下第一偃师"之名。

难怪那千石迷阵里，石轮巧夺天工，机关精巧绝妙，想来这颜臣在里面出了不少力。

只是——他怎么会到东鸣寺来，还成了什么守塔人？

那高僧听着陶泠西他们的疑问，冷冷一哼，握紧了手心，那股难以言喻的愤怒又被勾起，他咬牙切齿道："就是颜臣等了那杜凤年一辈子！"

"什……什么？"陶泠西霍然瞪大了双眼，不敢相信自己的耳朵，"那颜先生怎么会跟杜凤年扯上关系呢？"

饶是他向来沉稳冷静，此刻也完全糊涂了："颜先生……不是个男人吗？为何会等那杜凤年一辈子？"

"什么男人？谁跟你说她是个男人了？"那高僧怒声喝道，一拍桌子，声音响彻屋中，"颜臣是个女人！还是个很漂亮的女人，老衲当年就是为了她遁入空门的！"

③天下第一偃师

颜臣来到千石峰那一年尚未满二十，一袭湖蓝长裙随风摇曳，衬得皮肤白皙如雪，腰身纤细，不盈一握，远远望去，再清逸灵秀不过的一个小姑娘，就如水面上的一株清荷，一颦一笑都带着夏日湛蓝清新的气息。

恐怕任是谁也瞧不出来，这样明眸皓齿、灵动清丽的小姑娘，会是那个江湖上声名鹊起、一双"神手"点石成金、作品巧夺天工、令人叹为观止的偃术大师——颜先生。

颜先生身份神秘，深居简出，神龙见首不见尾，鲜少有人见过她的真面目，只知她做出的机关偃甲精妙绝伦，千金难求，不管是江湖人士，还是达官贵族，都以收藏一份偃师颜臣的作品为傲。

"其实那时候，与买主交易时，抛头露面的全都是我，师姐只负责一心一意地做偃甲机关，她不喜欢见人，我也不喜欢让她多见人，毕竟她生得美貌，难保不会有人起觊觎之心……"

"你……你们是师姐弟？"屋里，骆青遥与辛鹤几人一时听愣了，陶泠西却是将那高僧上上下下打量了一番后，颇有些恍然大悟道："难怪传言中的颜先生是个剑眉星目、高高大大、丰神俊朗的男人，原来他们竟是将大师您当作了颜先生？"

"没错，算你小子还有几分眼光。"那高僧被陶泠西这么一夸，抚上自己的长须，眉眼间颇有几分自得之色，"别看老衲现在白胡子一把，头发半根也无，年轻时可是英俊得很，不输给你们当中任何一个人。"

他这番"王婆卖瓜"的话才一出来，屋里的骆青遥几人何等机灵，立刻点头附和道："是是是，大师现在也是英武不凡、威风凛凛，全然不减当年风采！"

那高僧哼了哼，似乎不屑被几个小辈拍马屁，脸上却是流露出几丝笑意，点头道："其实在遁入空门前，我叫赫连岚，与师姐同时拜在隐居的偃术大师沅舟老人座下，但说起来，其实我还比她大上两岁，可入门有先后，她悟性也比我高，手艺比我好，处处都强过我，总喜欢叫我小师弟，捉弄打趣我……"

说到这里，高僧微眯了一双眼眸，唇边的笑意更深了，他抬起头望向虚空，感慨一叹，仿佛前尘往事纷纷涌来，他一时陷入了回忆之中。

"那一年，我随师姐来到千石峰，携手闯了那石头阵，本是想进入东鸣寺，看一眼那无朽塔里收藏的一本《偃术天书》，却没想到会在那千石迷阵里遇上了杜凤年……"

那时迷阵里的石轮机关做得还没有如今这般精妙，却也是以奇门遁甲之术，布下层层绕绕的阻碍，寻常人进了里头压根儿摸不着头脑，只觉踏入了迷宫之中，四处转晕了方向，越陷越深。

当时颜臣与赫连岚两人也是困在其中，转了好几圈后，才摸清了石阵大致的布局，也同今日的陶泠西他们一般，依照奇门遁甲之术来运算破解，挪动起了那些千奇百态的巨石。

但说来更巧的是，当时他们挪动着石头，也出现了石头长脚，自己会跑的怪事，他们越挪反而越乱，望着那一堆奇石傻了眼。

"一定是杜凤年对不对？他当时也进了千石迷阵，也在挪动石头，与你们同时在破解那奇门遁甲之术，对不对？"辛鹤目光一亮，有些按捺不住的兴奋，"他是否风尘仆仆，特意来到东鸣寺，想捐一笔香火钱？身上有没有带着一面羊皮鼓？"

"你这女娃娃问题怎么恁多，懂不懂礼貌，别人回忆往事时插什么嘴？"那高僧被辛鹤这么一打断，老不高兴了，吹胡子瞪眼地看着她，辛鹤脸上一红，知道自己太过于急切了，望着高僧的模样，又有些忍俊不禁，忙道："大师您接着说，我不插嘴了。"

那高僧哼了哼，这才接着道："石阵里的确还有一人在破解那奇门遁甲之术，也的确是杜凤年那厮，他不仅身上带了一面羊皮鼓，身后还有一帮黑衣人追着……现在说起来，老衲当真悔得肠子都青了，当时为什么不让他被那些黑衣人砍死算了，为何要把他救下，惹得我师姐白白等了他那么多年，他这个混账东西！"

高僧的这番话才在屋中一响起，骆青遥与辛鹤他们便脸色一变，没想到当日杜凤年竟还被人追杀，但转念一想，辛鹤的爷爷当时出现在长生庙里时，据方丈所说也是衣裳上染了鲜血，难道他们都被人追杀了？都是因为手里的那面羊皮鼓吗？

太多疑问充斥在辛鹤他们脑海中，但他们却不敢再轻易打断那高僧了，只听他接着道："我师姐第一眼见到杜凤年时，他半边手臂都被血染红了，嘴里咬着一把短剑，另一只手还在奋力推着石头，要多狼狈有多狼狈……"

当时的情况说起来，远比辛鹤他们想象的还要复杂惊险，千石迷阵里，确切来说，是有三批人——

颜臣与赫连岚、杜凤年、追杀他的一群黑衣人。

那些黑衣人不懂什么奇门遁甲之术，只是在石头阵里转晕了方向，这便给了杜凤年一线生机，他一边在脑中飞速运算着，一边用完好的一只手推动着石头，想要折腾出一条生路来。

可石头越推越乱，他血染衣襟下，脸色也越来越白，还以为是那帮黑衣人搞的鬼，直到颜臣与赫连岚出现在他眼前。

一袭湖蓝长裙的小姑娘俏生生地站在那里，衣袂发丝飞扬着，与杜凤年四目相对，长空下的那一眼，仿佛老天爷种下了蛊一般，从此心魂坠入一场梦中，再也醒不过来了。

"也不知道我师姐是不是男人见少了，削木头削傻了，当时那家伙的情形明明要多狼狈有多狼狈，我师姐却悄悄跟我说这人模样生得好俊。那石阵里怕是有鬼魅，把她一双眼睛都糊住了吧！"

时至今日，忆起过往，高僧仍是愤愤不平，也不知自己的模样哪点输给了那杜凤年。

屋里灯火摇曳，辛鹤坐在桌前欲言又止，却偷偷望了一眼高僧，到底不敢反驳他。

其实，她心里比谁都清楚，那杜凤年应当是生得极为俊美的，虽然她没有见过他，但她见过他的孙子，杜聿寒。

他们自小在琅岐岛上一起长大，他爹当年还想让他们定亲，因为这杜聿寒是琅岐岛上年轻一代弟子中最为出类拔萃的。

别的不说，单单皮相而言，放眼整个琅岐岛，都没人能够超过他，当时岛上还流传着一句笑言——

杜家好儿郎，个个美如玉。

这杜聿寒据说同他爷爷杜凤年生得几乎一模一样，都是可比潘安的美男子，所以不难想象，即便当日的杜凤年被人追杀，是在那样狼狈的情况下，一张脸应当也是惊艳绝伦，颜臣就算有"偃术大师"之名，也毕竟是个小姑娘，还正值韶华，会对他一见动心也不足为奇。

"我们将他救了下来，那帮黑衣人皆不是我的对手，我削木头不行，打架倒是很厉害的，只可惜，师姐反倒嫌我粗蛮，不如那杜凤年文雅秀气，想起来老子就……老衲就一肚子的火！"

"师姐救下他后，给他包扎伤口，用我从没听过的温柔语气，问他为何会闯入这千石迷阵，又为何会被一帮黑衣人追杀，身边又为何带了一面羊皮鼓……"

"师姐的问题也忒多，其实就是想跟人家多说说话，我还看不出来吗？那杜凤年也是个色胚子，一双眼睛直勾勾盯着我师姐不放，说了一通废话，却一个问题也没回答出来，只是隐隐约约告诉我们，他好像要完成什么任务，须将手中的这面羊皮鼓送到东鸣寺的无朽塔中，让庙中高僧代为保存。"

"我师姐一听就乐坏了，说我们也要去无朽塔，正好可以一道，先破了千石迷阵，再一同去闯那无朽塔！杜凤年身受重伤，跟我们结伴，自然占尽了便宜，更别说他对我师姐还有几分意思，当下就一口答应了下来！"

冥冥之中，缘分奇妙不可言，杜凤年是为了送一样东西，颜臣是为了取一样东西，他们自天南地北而来，素不相识，却因同样的一个地点目标，因缘巧合下，在那一年相遇相爱。

是的，情意如同星火燎原般来势汹汹，不可抵挡，对于漫长的生命而言，或许只是短短一瞬的光芒，却足够照亮一个女人的一辈子了。

在最后闯塔的过程中，赫连岚跟塔中一个高僧动手受伤，最后一层便没能上去，只有杜凤年与颜臣两人并肩而战。

也不知在塔上发生了些什么，总之当赫连岚知晓时，颜臣已经答应了塔中高僧的条件。

"他们想将我师姐留在寺中三年，精化那千石迷阵的石轮机关，再顺便做些木头椅子，密门暗道什么的，反正'天下第一偃师'都自个儿跑来了，不用白不用嘛。"

"若我师姐答应了，无朽塔中的那本《偃术天书》便归她了，东鸣寺还可以替杜凤年保管他那面羊皮鼓，绝不会让任何人夺去，这对我师姐和那杜凤年来说的确是个不小的诱惑，他们都动心了。"

"但我却觉得不公平，凭什么只让我师姐一个人付出代价？杜凤年就捡现成的便宜？怎么着他也该留下来三年，在寺里做点儿苦力什么的才对，可他却说自己不能留下来，他身负重任，必须马上离开了，等那些事情一了，就会立马回来找我师姐，再也不跟她分开了。"

"说起来简直讽刺,我师姐居然相信了那厮,答应留在东鸣寺三年,杜凤年就这样走了,那面羊皮鼓也被放入了无朽塔的顶层,不用再担心任何人会将它夺去……师姐说,杜凤年一定会回来的,她相信他,可她这一等,不是三年,而是一辈子。"

漫长斑驳的时光里,灵秀的少女守在佛塔之上,头上生出了白发,一双巧手长满了皱纹,明亮的眼眸也日渐枯萎,她等了一辈子,杜凤年却再也没有回来过了。

"师姐不走,我也不走,他们要赶我,我便索性剃了头发,做了他们这里的和尚,平日还替他们守着那千石迷阵,叫他们省了不少心,这群庙里的王八蛋,精打细算的,可是赚大发了!

"只可怜我师姐,等了这么多年,人都等得有些疯癫了,神志时而正常,时而混乱,脑中的记忆总是停留在与杜凤年相遇的那一年,沉浸在里面不愿出来,我日日去见她,她还是像从前那样叫我小师弟,还问我为什么头发都掉光了。

"我又觉好笑,心里又难受得慌,谁也不知道我这么多年过得有多么痛苦,有多么心疼我师姐,我想尽了办法,却无论如何也无法将她拉回来,解铃还须系铃人,恐怕这一生,只有杜凤年才能解开她这个心结了……我本以为这辈子都再也听不到杜凤年的消息了,却没有想到,你们来了。"

烛火摇曳,桌前那高僧握紧手心,想起自己师姐这许多年来饱受的凄苦煎熬,眼眶不由泛红了一片。

他看向骆青遥与辛鹤他们,喉头有些嘶哑,道:"说吧,为什么杜凤年那厮自己不来,而让你们这群小娃娃过来取那羊皮鼓?"

辛鹤心头一颤,屋里的几人面面相觑,好半晌,辛鹤才看向那高僧,小心翼翼道:"大师,实不相瞒,杜凤年与我是家乡人,他……他早就过世了。"

"什么?"那高僧瞳孔骤缩,脸色陡然一变,"杜凤年死了?那我师姐怎么办?"

辛鹤看着他激烈的反应,喉头有些发紧,只觉嘴里满满的苦涩,却还是不想欺瞒,要将实话全部说出来:"是的,早在很多年前,他就已经过世了,并且……他也一早就娶妻生子,如今……如今孙儿都有我这般大了。"

第八章·并肩闯塔

①杜家小儿

琅岐岛上，月色朦胧，夜风轻拂，浪花拍打着礁石，海面波光粼粼，天地间笼罩在一片静谧之中。

杜聿寒踏入辛启啸闭关打坐的石室中时，辛启啸正好在石床上运完一轮功，长出了一口气，额上冷汗涔涔，面色有些苍白，身子似乎还是十分虚弱。

"伯父，都这么久了，您的伤还没养好吗？"

杜聿寒关切的声音在石室中响起，辛启啸睁开眼，望向那道颀长俊挺、面如冠玉的身影，苍白的脸上露出一丝笑意："聿寒，你来了。"

杜家是十长老会中的一员，也是琅岐岛上的名门望族，杜聿寒的父亲原本还是辛启啸身边的护法，与辛启啸一同长大，感情深厚，却在上一回的海上交易中，琅岐岛的船只遇到不明刺客袭击，他为了保护辛启啸，拼死而战，不幸殒命。

辛启啸悲痛欲绝，自己的身子也经过那一次后元气大伤，久久都无法恢复过来，岛上的形势也是越发严峻，暗流涌动间，不知何人在推波助澜，总之一番变动下来，真正效忠辛启啸、对他忠心耿耿的人已寥寥无几了。

而这杜家算是其中最为坚定的一股势力，这杜聿寒更是隔三岔五就会来看望辛启啸，私下无人时也不叫他岛主，只唤他伯父。

他是杜家这一代最小的儿子，辛启啸算是看着他长大的，无论才华武功、相貌气质，还是为人处世、品性风度，他皆是岛上这年轻一代弟子中的翘楚，正所谓"气宇轩昂，杜家儿郎"，他真真当得上"霞姿玉韵，光风霁月"八个字。

辛启啸是打心眼里喜欢这孩子，还曾想过要让辛鹤与他定亲，让他成为自己的乘龙快婿，叫杜家与辛家亲上加亲，岛中地位愈发稳固如磐石。

只可惜，辛鹤那丫头倔得很，不知是难为情还是没有开窍，怎么也不肯松口答应，气得辛启啸曾经还想把辛鹤关起来，好好教训她一番，让她别整天再骑个小豹子到处乱跑，不肯收心了，这其中还是杜聿寒极力劝说阻止，辛鹤才逃过一劫。

杜聿寒对辛鹤是真的好，也是当真喜欢，他与她自小在岛上一起长大，算起来也能称得上青梅竹马了，只是辛鹤似乎一直没有长大，从未对他表露出过男女之意，他告诉自己，不要太过着急，他可以慢慢守着她，总有一天，等她开窍。

却没想到，辛鹤说不见就不见，一句话都没有留下来。

在她不知所踪后，杜聿寒来找过辛启啸许多次，忧心忡忡地打听辛鹤的情况，还曾冲动地表示过要出海去寻辛鹤，却都被辛启啸拦了下来。

辛启啸心中跟块明镜似的，杜聿寒为辛鹤做的这点点滴滴，他都看在眼中，也感动万分，他都恨不能将辛鹤绑回来，直接按着头跟杜聿寒拜堂成亲了。

不说别的，单论相貌，杜家人都生得俊，这杜聿寒更是同他爷爷杜凤年长得几乎一模一样，实属岛中一等一的美男子，辛启啸横看竖看，也不知辛鹤对他哪点不满意。

其实他哪里会知道，辛鹤的一颗心早就飞到了后海那片树林里。

她在年幼懵懂的时候，同杜聿寒一起长大，却是在情窦初开的时候，正正好遇上了石室里那个苍白俊秀的少年。

有时候，出现得早或许真不如出现得巧。

杜聿寒自己也是百思不得其解，总以为哪里还不够优秀，没能赢得佳人芳心，却不知，从一开始，他就输给了一个自己根本不知晓的人。

如今辛鹤不知所踪，岛上又是风雨飘摇、内忧外患，辛启啸日夜焦心，不知自己还能撑到哪一刻去，有些真心话，他怕再不跟杜聿寒交代，就没有机会了。

"冥冥之中，因果循环，走到今天这一步，或许都是报应吧，我只盼一切在我这里停止，不要牵累到你们。"

他这话来得没头没脑，杜聿寒都听糊涂了："伯父，您……您在说些什么？"

"你别管我说些什么，总有一天你会明白的，我只告诉你一句，倘若真到了那个时候，你也不要去螳臂当车，杜家也是，你们都挽回不了什么的……能逃出琅岐岛，就尽早逃了吧。我这张石床下有一条密道通往琅岐岛外的一片海域，你不要同任何人说，这原本是我给辛家人留的一条后路，但我现在也将它告诉你，我没有别的心愿，只有一个请求……你若逃出了琅岐岛，请务必在外面找到辛鹤那丫头，照顾她保护她，跟她好好活下去，这辈子都再也不要回来了，不管岛上发生了任何事情，你们都不要再卷进来了，找个小地方隐姓埋名，忘记一切才是最好的结果……这世上就是因为有些人放不下，执念太深，才会入了魔障，一生不得解脱。"

东鸣寺里，轻柔的月光笼罩着庭院，树影婆娑，万籁俱静。

灯火摇曳的房里，那高僧却将桌子一拍，怒火冲天，吼得震天响："杜凤年这个乌龟王八蛋，当初老子就该把他一刀捅死在那石头阵里，他这个狗娘养的畜生，卑鄙无耻的负心汉，居然还娶妻成家，儿孙满堂，别让老子见到他杜家人，老子见一个杀一个，见一双杀一双……"

"大师，您先别急，冷静点儿！"屋里众人听得心惊胆战，唯恐这高僧突然发疯，直接拔刀大开杀戒。

"他奶奶的，祸害了我师姐一辈子不说，如今人死了连个交代都没有，留下我师姐怎么办，难道守在无朽塔上，为他等到棺材里吗？"那高僧气得胸膛起伏，眸欲滴血，双拳捏得咔嚓响。

辛鹤在听到杜家人几个字时，脑中就有什么一闪而过，如今终是心弦一动，在高僧的盛怒之下，霍然想出了一个主意："大师，我或许有一个法子！"

"什么法子？"那高僧仍是怒不可遏，扭头瞪着辛鹤，咬牙切齿道，"人都死了，还能有什么法子？难道凭空变出一个杜凤年不成？"

"没错，就是再变出一个杜凤年来！"辛鹤双目放光，一字一句道，"解铃还须系铃人，颜臣前辈在无朽塔上苦苦等了一辈子，若见不到杜凤年，她到死都不会安心的，对不对？"

"废话！"

"您之前说过，颜臣前辈等得太久，人都有些疯癫了，头脑时而清醒时而混乱，记忆还总是停留在与杜凤年相遇的那一年，对不对？"

"对对对，一堆废话，你到底想说什么？"

"我想说的是，大师您还记得杜凤年的模样吗？"

这问题一出来，那高僧终是一愣，在灯下有些语塞了："那……那龟孙子的模样？"

他眉头一皱，似乎想了老半天也没想出个所以然来，不耐烦地一拍桌子"都过去大半辈子了，就记得是个小白脸，最讨小姑娘喜欢的那种，其余的老子怎么还记得清楚呢？又不是老子喜欢他！"

"大师少安毋躁，您记不得没关系，我清楚他的模样就行了。"辛鹤唇角微微一扬。

"你？"

"没错，我虽然没见过杜凤年本人，但我认识他的孙儿，还与他自小一起长大，我家乡人都说，他同杜凤年生得几乎一模一样，我相信如今的颜臣前辈是一定不会将他们分出来的。"

"你莫非是想让那杜凤年的孙子扮作他，去哄骗我师姐？"

"不是，那杜凤年的孙儿远在千里之外，路途遥远，也不知颜臣前辈是否还能等那么久，更不知那杜家孙儿是否愿意来这东鸣寺走一趟。"

可千万别来，这大师发疯了会砍人的，辛鹤在心中暗自道，她毕竟跟杜聿寒有些交情，可不想害了他。

"我只是想借他一张脸罢了，他的模样我记得清清楚楚，现在就可以画下来，只要依照画像，将我们当中与他外形最为相似的一个人乔装打扮一番，就能变作当年的杜凤年。然后再登上那无朽塔，去见颜臣前辈，不管是让她别等了也好，还是编出其他的理由也成，总之给她一个交代，解开她大半生的心结，让她不再被深深的执念所困，大师以为如何？"

辛鹤这番话一说出来，屋里的骆青遥几人便目光一动，直觉这法子可行，隐隐兴奋起来。

那高僧也是神情复杂，最后望向辛鹤，言语间有些犹豫道："乔装打扮？你确定能扮得那么像？不会露出破绽来？"

辛鹤还来不及回答时，骆青遥已在一旁道："我外婆会易容术，她早年间闯荡江湖，用易容术变换过不少身份！不说十足的像，八九成的程度还是可以达到的，再加上颜臣前辈神志不清，记忆颠倒混乱，以假乱真并不难的！"

"对，如今也只有这法子可以一试了，因为这世上早已经没有杜凤年了，不变出一个来还能怎么办？难道大师想看着颜臣前辈到死都无法放下，痛苦而不得解脱吗？"

这话倒是戳中那高僧心中最为在乎的地方，他呼吸急促间，喃喃道："如果……如果你们真能易容得八九成像，倒是的确可以一试……"

辛鹤目光一亮，赶紧趁热打铁道："我们一定能变出一个活生生的杜凤年来，但人变出来了，闯这无朽塔，却还需大师助我们一臂之力，否则以我们之力很难登上塔顶，见到颜臣前辈的。"

羊皮鼓就放在塔顶，由颜臣守护了大半辈子，除非见到杜凤年本人，她不会将羊皮鼓交给任何人的，所以某种程度上来说，辛鹤他们其实与这大师的目的是一样的，都是想解开颜臣的心结，叫她放下一切。

那高僧显然也清楚这一点，皱眉沉思了半天后，终是开口道："若你们明日能让我再看到一个活生生的杜凤年，我就答应你们，助你们登上塔顶，也让你们拿到自己想要的东西，如何？"

"行！一言为定！"辛鹤按捺住满心激动，望着高僧笃定道，"我们现在就回去准备，明日再来见大师，一定让大师再看到一个活生生的杜凤年！"

刻不容缓，辛鹤几人这便离开房间，想回去找骆青遥的外婆眉娘商量这易容之事。

几人却在出门时，走在最后面的喻剪夏忽然悄悄拉了拉辛鹤的衣袖，在她耳边低声道："小鸟，这大师瞧出你的女儿身了，你快去跟他说一说，让他别声张……"

"怎么……怎么会？"辛鹤一惊，脸色陡然一变。

喻剪夏将声音压得更低了："之前大师回忆往事，让你别插嘴时，说了一句女娃娃，你都没注意到吗？"

辛鹤呼吸一窒，耳边霍然回响起那大师雄厚的声音："你这女娃娃问题怎么恁多，懂不懂礼貌，别人回忆往事时插什么嘴？"

果然！辛鹤脸色更加发白了："还真是！我光顾着听那故事去了，根本没注意到这里！"

"别慌，瑶瑶他们也没有发现呢，大家都听得太入神了，应该只有我注意到了，你赶快去房里跟大师说一声，别再让他乱说了……"

"好！"辛鹤心头狂跳，对着喻剪夏点了点头，"夏夏，多亏了有你！"

她这便准备再折回房中，跟那高僧叮嘱一番，走在前头的骆青遥却一回首，发现她与喻剪夏在门边拉拉扯扯的，不知在说些什么。

"小鸟，你们在说些什么呢，神神秘秘的？"

"没……没什么，在商量闯塔的细节呢……"辛鹤慌忙道，"对了，我忽然想起还有一个地方，要去跟大师确认一下，你们先回去吧，不用等我了！"

她急急忙忙地将话一说完，把门一关，那屋里的高僧见她又回来了，不由眉头一皱："女娃娃，你做啥子呢？烦不烦人？"

"嘘！"

辛鹤吓得都想扑上去捂住他的嘴了："大师，不，爷爷！我叫您爷爷还不成吗？爷爷您可别再乱说话了！"

长廊上，骆青遥皱了皱眉，不知辛鹤在搞什么鬼，到底心念一动，转身折了回去。

他悄无声息地站在了窗下，夜风拂过他的衣袂发梢，他屏气凝神间，正听到那高僧对辛鹤不耐烦地道："好好好，不说就是了，尤其不会让那姓骆的小子知道，真是够啰唆的……不过见你这么紧张兮兮的，莫非你喜欢那姓骆的小子不成？"

②情敌

骆青遥几乎一夜无眠。

耳边不断回荡着高僧的那番话："好好好，不说就是了，尤其不会让那姓骆的小子知道，真是够啰唆的……不过见你这么紧张兮兮的，莫非你喜欢那姓骆的小子不成？"

知道什么？高僧发现了小鸟的什么秘密？为何不让他知道，还说小鸟……喜欢他？

整整一晚上，各种念头充斥在骆青遥脑海里，在天蒙蒙亮起时，一个大胆的念头忽然在他心里冒出——

莫非小鸟也是个"断袖"？

他心惊之下，越想越觉得有这个可能，两个眼睛瞪得大大的，心跳加快间，竟不由升起一丝隐秘的……欢喜。

以至于一大早起来，眼下虽有一圈淡淡的乌色，见到辛鹤时脸上却有几分掩不住的傻乐，辛鹤被骆青遥盯得一阵心虚，唯恐被他发现了什么，连忙转头去跟姬宛禾说话："宛姐，那杜聿寒的画像画出来了吗？"

她们两个昨夜就折腾到极晚，辛鹤回忆那杜聿寒的模样，画了好几张像，却都不太满意，她于丹青之上算不得多好，勉强能认个人样子出来罢了。

姬宛禾瞧不过去了，抢过她手里的画笔，一屁股坐在了桌前："你来描述，我来画！"

姬家人似乎生来在笔墨丹青上就有极高的天赋，虽然姬宛禾平日里风风火火，不怎么耐得住性子跟她爹学画技，却生来悟性奇高、灵气四溢，笔下的画栩栩如生，令人赞不绝口。

果然，在辛鹤翔实的描述下，姬宛禾提笔一画，雪白的宣纸上赫然浮现出一位翩翩公子的模样。

喻剪夏在一旁见了，都忍不住打趣道："这才是能让颜臣前辈等了一辈子的人，若是原先小鸟画的那副尊容，颜臣前辈恐怕一天也不会等下去吧？"

调笑归调笑，倒也当真多亏了姬宛禾的画技，她自己却还不满意，按照辛鹤的描述，拿回去又多画了几遍，力求达到最精准的程度。

那边阮小眉也听说了此事，虽不知骆青遥他们为何想方设法地要去塔上拿那面羊皮鼓，却也二话不说地答应帮忙，连夜就拉着闻人靖与那高僧去找易容所需的材料了。

众人分头行动，各自忙活了一夜，却都不觉疲累，反而冲劲十足，心中兴奋异常，第二日又起了个大早。

寺里的清晨凉风习习、鸟雀鸣叫，山间白雾缭绕，一缕阳光透过枝叶照在庙宇之上，只有一种与世隔绝、岁月静好的感觉。

一群人按捺住激动，围在那杜凤年的画像前一看，最后目光转了一圈，落在了骆青遥身上。

"都……都看我干什么？"

"看你生得俊俏啊！"姬宛禾挑眉笑道，"老遥，你不觉得你跟这杜家儿郎长得最像吗？无论是身形还是模样都最为接近，由你来扮杜凤年再适合不过了，怎么样？"

"对，遥哥的外形最贴近，也有一股少侠的感觉，再配一把杜凤年当年的短剑就更好了。"陶泠西坐在轮椅上，也笑着点头道。

的确，骆青遥身姿俊挺、丰神秀逸，同画像上的杜凤年有几分相似，最重要的是，他身上那股意气飞扬的少侠气质格外耀眼，难怪能叫当年的颜臣一见动心。

众人一致认定下，阮小眉这便关起房门，开始替骆青遥乔装易容了。

其余人等在外面，既忐忑紧张又暗暗期盼不已，尤其是辛鹤，她一颗心莫名跳动不止，握紧的双手都出了不少汗。

从早上一直等到晌午，那扇紧闭的房门终于打开了。

"出来了！"

所有人心中一喜，转身望去，那道俊挺的身影踏出房门，一缕阳光恰照在他脸上，乌发随风扬起,剑眉星目、清逸俊秀、美如冠玉,又有一身英挺不凡的少侠之气。

辛鹤屏住呼吸,目光一亮,心头不知怎么猛烈地跳动起来,一双眼睛直勾勾地望着那道俊挺身影,几乎都挪不开了!

"喂,小鸟,你至于吗?"风掠长空,骆青遥不知何时走到她跟前来,伸手在她眼前晃了晃,"看这杜家小子都看呆了?"

他摸了摸自己的脸颊,脑中又隐隐冒出了小鸟"断袖"的那个念头,语气不由有些泛酸:"这姓杜的有那么好看吗?叫你一个大男人的居然都看成了这个样子?"

"不,不是的……"辛鹤一激灵,脸上透出一层红晕,急着道,"我又不是在看他,你……你懂什么啊!"

她与杜聿寒自小一起长大,他那张脸还没看够吗?她日日夜夜地瞧着,从来就一丁点儿感觉都没有,可今天不知怎么,这张脸换在了骆青遥身上,立刻就大不一样了,竟叫她一颗心不住跳动起来,升起一股说不出来的感觉。

这滋味实在奇妙,虽然是杜聿寒的脸,但她一抬头望见的却是骆青遥那双藏在"人皮面具"之后的眼眸——

原来不管外貌如何变幻,衣饰怎样乔装,她总还是能透过层层易容将他一眼认出。

因为他就是他,是世上独一无二的骆青遥,他身上的气息早已侵入她心扉,无论怎样"面目全非",他的痕迹也在她心间抹不去了,她永不会将他认错。

长风掠过庭院,阳光下,众人围着易容后的骆青遥正啧啧感叹间,一道身影却倏然从天而降,衣袍猎猎扬起,怒不可遏地一掌就朝骆青遥击去。

"你这个龟孙子,老子看见你这张脸就来气,知道师姐等了你多少年吗?老子恨不能掐死你!"

那陡然现身,抑制不住满腔怒火一掌朝骆青遥袭去的正是那赫连高僧。

阔别几十年,他再一次见到"杜凤年",自然是情敌相见,分外眼红,怎能压得住胸中怒意呢?

"喂,大师,你冷静点儿!我不是杜凤年啊!"骆青遥猝不及防,向后一躲,避开那一掌,几乎是哭笑不得,"大师你好好分清楚啊,你未必真拿我当杜凤年了啊?"

"老子分得清,老子知道你不是杜凤年,但我见到这张脸就是来气,就是忍不住!"

那高僧在院中落定,收回自己的一掌,恶狠狠地瞪着骆青遥,虽然知道他不是真正的杜凤年,却仍是咬牙切齿道:"小子,你能顶着这张脸让我揍一顿,出出火吗?"

"不能!"骆青遥一激灵,拔腿就跑,两道身影在院里绕起了圈,玩起了鹰抓兔子的把戏。

院中其他人看得啼笑皆非,只道这易容术果然神奇,阮小眉更是得意地冲身边的闻人靖一扬眉:"怎么样,我这手艺不赖吧?"

大家忍俊不禁间,心中也更添信心——就连这赫连高僧一见之下,都能被假的杜凤年激起这般大的反应,那效果不用多说了,骗过无朽塔上神志不清、记忆混乱的颜臣前辈自然不成问题了!

琅岐岛上,海浪呼啸,风掠长空,阳光耀眼照下,水面波光粼粼,天地间笼罩在一片金色的粲然光芒中。

却无论外面有多大的阳光,多么温暖明媚,后海那片树林里,被乱石遮掩在地下的那间密室里,却永远是阴暗冰冷的。

苍白瘦削的少年坐在桌前,一缕乌发垂下,骨节分明的一只手静静执笔,这一回却不是在抄写佛经,而是在画像。

画中的少女一袭长裙,雪肤乌发、明眸皓齿、灵秀动人,唇边的笑容美丽极了,就像石室之外的那缕阳光般粲然地照入人心底,能够驱散心间所有的阴霾。

只是,如今这不见天日的石室里哪还有什么阳光?

少年苍白的脸在明珠的幽光下,冷若冰霜,仿佛暗夜里的一簇鬼火,他不知想到了什么,手中笔一顿,忽然将那画像一扯——

少女脸上明丽的笑容陡然裂开,那道苍白瘦削的身影颤抖着,将画像毫不留情地撕碎在了指间,纷纷扬扬地撒在了石室中。

"若不能永远陪伴,从一开始,就不要给我希望……"

少年眉心紧皱,压抑着唇齿间的声音,全身蜷缩在案前,似乎无比痛苦。

就在这时,白翁踏入石室,脚步匆匆,传来他兴奋的声音:"主子,他们来消息了!"

桌前的少年长睫一颤,眸中精光一闪,立刻咬牙坐了起来。

阴冷的石室中,白翁跪在那少年脚边,呼吸急促道:"人就在千石峰上的东鸣寺,不用想了,一定是奔着那羊皮鼓去的,我们的人也已经赶到那里了,绝不会再让他们逃脱了……只是那寺中高僧如云,我让他们不要打草惊蛇,找到机会再下手,务必一击即中,将那丫头跟《妙姝茶经》带回琅岐岛,主子这下可以放心了……"

"让他们再多带一个人回来。"

"什……什么?"白翁一时没听清,抬头一愣,"多带一个人?带谁?"

明珠的微光之下,少年面目苍白,薄唇轻启,幽幽吐出三个字:"骆青遥。"

③六人闯塔

"杜凤年"已经变了出来,万事俱备,只等闯那无朽塔了。

赫连高僧会陪骆青遥与辛鹤几人一同上去,原本阮小眉也闹着要去,但塔上毕竟凶险难测,阮小眉就算年轻时使着斩月双刀,在江湖上威风不尽,如今也上了岁数,闻人靖咬死不松口,怎么也不肯答应让她上塔,骆青遥也担心外婆,不愿让她跟着一起涉险,阮小眉闹了一通没辙后,只能守在塔下等着瑶瑶他们出来了。

在登塔前一夜，赫连高僧关起房门，跟骆青遥六人细细叮嘱那闯塔的要领。

一般都是东鸣寺里的高僧轮流守那无朽塔，考验的内容也是千变万化，囊括天文地理、医术药石、棋艺画技、机关偃术、武功内力等各方面，可以说，想要闯上无朽塔需得使尽浑身解数才行。

曾经还有闯塔失败多次的江湖人士无奈调侃过，闯一回无朽塔比考个状元还难。

所幸骆青遥他们六个人里，倒也各有所长，方方面面都有专擅之人，并且还有赫连高僧这一最大"法器"。

"有老衲在，你们不用太担心，我已经打好招呼了，你们上去就知道了。"

这赫连高僧之前也守过无朽塔许多次，跟塔中好几位僧人交情都极好，这次他要带人闯无朽塔，自然就会拜托这几位老兄弟来守塔，其中的门门道道可想而知了。

"毕竟熟人好办事嘛，为了你们这一回闯塔啊，老衲可是花了大价钱，把自己心爱的好几串檀木念珠都散了出去，还答应了那几个家伙，要重操旧业，给他们做上好几天木匠呢！"

赫连高僧想起来就肉疼不已，骆青遥他们听了却是忍俊不禁，没想到这佛门之地也有这些俗世上的往来打点、人情通融，这就是所谓的不看僧面看佛面吗？

"对了，你们身上有糖果吗？"赫连高僧忽然问道。

众人一愣，喻剪夏睫毛微颤，轻轻开口道："我身上带了糖果。"

那是她离开柳明山庄时，贞贞塞进她怀中的，她一直没舍得吃，放在一方小小的盒中，装进药箱里每日随身带着，好像贞贞也陪伴在她身旁一样，那股香甜的气息时时围绕着她，没有离开过，令她心中安宁愉悦。

打开的小小盒子中，除了那几枚完全没拆开过的五颜六色的糖果外，旁边还用心地放置了几块冰冰凉凉的白灵石，周身散发着沁凉的寒气，不让这些糖果融化掉。

他们离开柳明山庄也有一段时日了，这些糖果却一直保存得完好无缺，还像贞贞刚送给喻剪夏时的一样，可见喻剪夏有多么用心了。

那赫连高僧深深嗅了一口糖果的清甜芳香，伸手在盒子中一拨拉，喜不自禁："巧了，刚好六枚，不多不少！"

他啧啧点头道："不错不错，好东西，他们一定喜欢！"

骆青遥几人听愣了，个个对视间，皆有些忍俊不禁："怎么，大师，你那些无朽塔上的老兄弟还喜欢吃糖呢？"

"去去，你们知道什么，等上去了就明白了，这些糖可大有用处！"那赫连高僧二话不说，将盒子一盖，卷入了自己袖中。

喻剪夏脸色一变："大师，这是我妹妹送的，可不可以还给……"

"女娃娃急什么，你跟你妹妹一辈子都见不着面了吗？"赫连高僧按住袖子，护着那些糖果，向喻剪夏问道。

喻剪夏一怔，摇了摇头，细声细气地开口，似乎在告诉自己一般："还会见面的，我以后肯定还会回去见我妹妹的，我跟她说好了的。"

"那不就结了吗？"赫连高僧脱口而出道，"下次回去见她，让她再多给一点呗，反正这些都是身外物，人好好的在那里就行，其他都是虚的，佛语里怎么说来着，皆为尘土浮云，没什么好留恋的，对不对，女娃娃？"

这话听着有理又无理，喻剪夏一时不知该怎么反驳，只能万般不舍地又望了一眼那赫连高僧袖中的糖果，无奈一叹："好吧，若这糖果能对闯塔有用，贞贞应该也会愿意的，反正日后……"

"反正日后，我们都会陪你回柳明山庄再见一见贞贞，好不好？"辛鹤在一旁放柔了声音，对喻剪夏开口道，话中满带安慰之意。

"好。"喻剪夏笑了笑，点了点头，她始终是个通情达理、善解人意的姑娘，旁边的裴云朔也将她的一只手在桌下握住，轻轻摇了摇，有什么东西不言而喻。

那赫连高僧收了糖果后，却又想到了什么般，在灯下望向众人，面露难色："其实这五层塔，别的我都不担心，只担心第四层的那个老家伙！"

这厮可--点儿面子都不会给他，这一回骆青遥他们闯塔，其他几层的守塔人他都安排好了，唯独这第四层的独眼武僧是个冷酷无情、油盐不进的老家伙。

当年也就是他守在无朽塔上，寸步不让，把那时的赫连岚打个半死，在庙里养了几个月的伤才恢复过来。

这一回他肯定也不会手下留情的，要登上塔顶就必须跟他硬碰死扛一回！

"你们几个人里，谁武功好一些？让他跟那老家伙多纠缠一会儿，其余人迅速上塔，不要恋战，否则就会全军覆没，明白吗？"

赫连高僧面色严峻，沉声道："当年我与师姐、杜凤年一同闯塔时，就是我将那独眼武僧拖住了，他们两个才能登上塔顶。所以说，战术很重要，这一回你们也要分配好才行，至少要留一个高手下来，拖住那独眼武僧，做得到吗？"

他只能将他们带上塔，让那些守塔人看在他的面子上，对他们多关照一些，但理论上他却是不能插手帮忙的，所以一切还是要靠他们几个自己。

赫连高僧的这问题一出来，屋里几个少年便面面相觑，眼神交汇间皆有难色。

他们之中自然是骆青遥、辛鹤、裴云朔三人武功最好了，可是这一回，骆青遥要扮作杜凤年，登上塔顶去解开颜臣前辈的心结，辛鹤也肯定要上去取羊皮鼓的，他们都没办法留下来，只剩下……

"让我留下吧，我来死扛，拖住那独眼武僧，能撑多久就撑多久，其余人直接上塔顶，不用管我！"灯火摇曳下，一头白发的冷俊少年忽然开口道。

所有目光齐齐望向他，他面色坚毅，似乎下定了决心，众人第一反应却是："不行！"

骆青遥在一旁急切道："阿朔，只留下你一个人实在太危险了！"

"对啊，你那把铁钩就算再厉害，还能厉害得过这东鸣寺的百年武僧吗？"辛鹤也是脱口而出道。

满屋之中，劝阻声此起彼伏，唯独安静坐在灯下的喻剪夏，没有阻止裴云朔的决定，而是在他身旁忽然轻轻开口道："哥哥，如果你要留下来，我也同你一道，好不好？"

她声音细细柔柔的，却带着说不出的坚韧，她明白他的一番苦心，不想阻止他的意愿，只是希望无论何等险境，她都能够追随在他左右，与他生死不离。

"胡闹！"裴云朔却是呼吸一颤，原本怎样都不为所动的一张脸，在灯下霍然变了神色，"你留下来起什么作用？反而叫我分心，你跟他们一起去塔顶！"

"我们去什么塔顶啊？真扔下你一个人死扛吗？"骆青遥一声喝道，他看着裴云朔的双眸，在屋中一字一句道，"阿朔，我们六个人是一起的，说好了生死与共，不离不弃，就绝不会将你一个人抛下，这次闯塔，咱们要走一起走，要留一起留！"

"对！要走一起走，要留一起留！"所有人异口同声道，喻剪夏望了望大家，长睫颤动着，心间说不出的温热感动。

裴云朔更是迎向伙伴们坚定的目光，双唇动了动，眸中升起了几分氤氲的湿意。

原来，无论在何种情况下都不会被人抛下的感觉是这个样子的？

"我说你们这群小娃娃啊，在干啥子呢，搞得跟生离死别似的，怎么这么死脑筋？"那赫连高僧一拍桌子，却也是笑着摇了摇头，感叹道，"不过倒也真叫老衲没想到，一个个重情重义的，比许多所谓的亲兄弟还要真切，这或许就是赤子之心吧，世间难寻的赤子之心。"

他感叹了一番后，终是一拂袖，也在灯下道："行了行了，先别纠结谁留下来了，等到时候真打不过了再说吧，反正老衲也在一旁看着，真打得不可开交时，指不定我能偷摸做些手脚，暗中助你们一臂之力呢，是不是？"

月光朦胧，夜色渐深，一番商榷后终是确定了所有的东西。

赫连高僧道："大家早些歇息吧，只要明日团结一心，各展所长，在上面不要乱了阵脚，应该就不会有什么问题的！"

他站起身来，正要离去时，骆青遥忽然在灯下伸出了手："来吧，明日闯塔，无所畏惧，一战必胜！"

他眼神示意了一下辛鹤他们，大家心怀默契，也纷纷伸出了手搭在了骆青遥的手上，只剩赫连高僧没有动作了。

"才不跟你们小娃娃玩这套呢，幼稚！"

"来嘛，大师！"

"真烦人，早点儿睡吧！"

嘴上这样说着，赫连高僧却也不情不愿地将自己那只老手搭了上去。

"明日闯塔，无所畏惧，一战必胜！"屋里众人齐声喊道，赫连高僧夹在一群少年中，布满皱纹的脸上也不由露出了一丝笑意，仿佛又回到了年轻时那个闯荡江湖，意气风发的赫连岚。

屋里的笑声飞出窗外，在夜风中飞得很远很远，似乎连天边的一弯月牙儿也受到了感染，露出了粲然的笑脸。

第二天一大早，骆青遥就起来易容乔装，等他扮成了杜凤年之后，他们六人便正式出发了。

赫连高僧与他们一同踏入了无朽塔，阮小眉与闻人靖守在塔下，几个少年心中又是紧张又是期盼着，摩拳擦掌间，就等着大干一场。

无朽塔里灯火明亮、檀香清幽，一踏入第一层时，众人便发出了惊叹之声——

这塔里的书实在太多了，层层**叠叠**的书架将塔中围了一大圈，果真如外界所言，藏书万千，浩如烟海！

一道身影坐在案前，檀香缭绕间，抬头冲众人淡淡一笑："你们来了。"

那是一位白发白眉的耄耋老僧，穿着一身白袍，周身气质温和，桌前摆满了各色各样的药材，他端坐其间，似一位慈眉善目的"药王菩萨"般。

骆青遥与辛鹤几人心下了然，看来第一层考的是医术药理了，他们的目光不由齐齐落在了喻剪夏身上。

喻剪夏按紧肩上背着的药箱，抿了抿唇，不由有几分紧张。

那白眉老僧似乎看出她的忐忑，温声笑道："别害怕，孩子们，先考你们一道谜语。"

赫连高僧站在一旁，咳嗽了两声，不断用眼神示意着白眉老僧，就差把那几个字直接说出来了——谜语简单点儿，别难为他们！

白眉老僧心领神会，淡淡一笑，扬声道："你们听仔细了，我只说一遍，这谜语中含了四味药材，你们需得一一解答出来。"

喻剪夏呼吸一紧，屏气凝神间，只听到那白眉老僧放慢了声音，一字一句道："五月将近六月初，二八佳人把窗糊。丈夫外出三年整，挡封书信半字无。"

他的声音在偌大的无朽塔中回荡着，骆青遥与姬宛禾他们直接听愣了："这是什么意思？"

喻剪夏也是一愣，不过与骆青遥他们的原因截然相反，她眼中写满了惊愕，似乎不敢相信——题目居然这么简单？

那赫连高僧忙在一边使眼色，催促道："愣什么，快答啊！"

这是明摆着"放水"啊，喻剪夏一激灵，赶紧道："这四味药材分别是——半夏、防风、当归和白芷。"

五月将近六月初——可不就是半夏吗？

二八佳人把窗糊——不正是为了防风吗？

丈夫外出三年整——自然是当归了！

挡封书信半字无——拿到的是白芷（纸）啊！

所谓的药理谜语就这样轻轻松松被喻剪夏破解了，那白眉高僧点头而笑，众人还来不及高兴时，他忽然一抬手，寒光一闪，两根银针直朝喻剪夏飞去。

"夏夏小心！"

裴云朔想也不想地在喻剪夏身前一挡，那银针正好刺在他胸前，所有人脸色一变，喻剪夏更是失声道："哥哥！"

④生死不离

裴云朔胸前中了那两根银针后，便立时倒吸了口冷气，几根指甲上已隐隐漫开青黑一片，旁边的骆青遥等人脸色大变："阿朔！"

这不仅是毒针，还是来势汹汹的奇毒，速度蔓延之快令人始料未及！

喻剪夏却在极度的惊慌之后，迅速冷静下来，扭头望向那案前的白眉老僧："大师，您，您这是何意？"

一边的赫连高僧也颇为意外，眉头一皱："不是说好就出个谜语吗？你这也太不厚道了，还想不想让我给你做檀木药匣子了？"

那白眉老僧端坐案前，面对众人的各色反应，脸上依旧是淡淡的笑容，他温声道："都别着急，这毒要不了人命的，只要在一个时辰内服下解药，一点儿事也不会有——既然要闯塔，总归得出点儿本事来，否则这无朽塔也太好闯了，岂不如儿戏一般？"

那白眉老僧望向喻剪夏，笑道："女施主，你方才猜谜如此快准，不知配制解药是否也能得心应手？"

绕了一圈，居然还是绕不开一番考验，那赫连高僧没想到还有这样一出，气得胡子都歪了："骗子，出家人不打诳语的，这样骗人也不怕佛祖入梦毒死你！"

那白眉老僧却不理会赫连高僧的咒骂，只是眉眼含笑地望着喻剪夏，或许就是因为她方才猜谜的表现才引起了他的兴趣。

喻剪夏抿了抿唇，在白眉老僧的目光下，一步步走上前，也不再多言，只径直道："大师，现在就开始配制解药吗？"

那白眉老僧身前的长桌上摆满了一排药材，各式各样，考验的规则也很简单，就是需要根据那针上的毒，抓取药材，配制剂量，若误差在可原谅的范围中，那白眉老僧就会给出解药，算闯关成功，若偏差太大，十味药材错了八九味，那可就万万过不了关了。

但即便配制不正确，白眉老僧也会给出解药，只不过骆青遥他们就得止步无朽塔，无法再多上一层了。

这已经是给了赫连高僧极大的面子，不需要多么精准，只要配制得八九不离十，白眉老僧都会放人，但赫连高僧仍是愤愤难平，在一旁骂骂咧咧着，那白眉老僧只当左耳进，右耳出，再不愿多让一步了。

塔中檀香缭绕，喻剪夏纤秀的身影站在那摆满药材的长桌前，细细辨认挑选着，身后的骆青遥与辛鹤几人都屏气凝神，不敢打扰她。

　　事实上，喻剪夏配药的速度远比任何人想象得都要快，且药材与剂量几乎不差分毫，当那白眉老僧验证无虞后，难以置信地一抬头，望向喻剪夏的眼神都变了。

　　这是他守塔几十年来，成绩最好的一个，也是最令他意想不到的一个。

　　那赫连高僧也在一旁看愣了，忽地一拍脑门儿，懊恼不已："老子……老衲的檀木念珠白送了！"

　　他们一行人欢天喜地地拿了解药，这便准备上第二层塔了。

　　那白眉老僧却似乎还有些意犹未尽，叫住了喻剪夏，言语间透露出还想多考几关的意思，喻剪夏还不待开口，旁边的赫连高僧已不耐烦地打断道："考考考，考个屁啊！差不多行了，我们赶时间呢，最多等闯完塔再让这小姑娘留下来陪你玩一玩！"

　　"不行！"裴云朔脸色一变，一把拉住了喻剪夏，似乎生怕谁将她夺去一般。

　　那赫连高僧哼哼道："又没说要留个三年五载的，至于这么紧张吗？留下来住个一两天总行吧！"

　　那白眉老僧却还想极力争取什么，对着喻剪夏和颜悦色道："小姑娘，你想学习更精妙的医术吗？这里医书数之不尽，任你翻阅，你愿拜老衲为师，留下来做老衲的俗家徒儿吗？"

　　裴云朔原本稍稍松了的一只手，闻言又是一紧，将喻剪夏牢牢拉在身边，一头白发陡然升起几分肃杀之意。

　　那赫连高僧直接一拂袖，冲那白眉老僧道："去去去，你一个老秃驴收什么女徒弟！别耽误时间了，让一让，我们上第二层塔了！"

　　领着骆青遥一行人，那赫连高僧还没踏上第二层塔，就已经开始嘟囔起来："肖痨鬼，肖痨鬼，我带人上来了！"

　　这一层守塔的高僧在遁入空门前姓肖，与赫连高僧性情相投，在东鸣寺里关系最好。因为他身患痨症，平日里身上总揣着一块素帕，捂嘴咳个不停，那赫连高僧嘴上虽玩笑地喊他"肖痨鬼"，却隔三岔五地就会熬药给他送过来。

　　骆青遥与辛鹤他们一上第二层，就被眼前一方偌大的棋盘惊呆了——

　　以地面为棋盘，每一枚黑白棋子都足足有一个海碗那么大，打磨得光滑圆润，如星辰般散落在棋盘上，一位青衫老僧坐在棋盘之外的蒲团上，身子并不动弹，只是掌风猎猎，以内力催动着那些棋子在棋盘上挪动着，全神贯注间，显然在自己与自己下棋玩儿。

　　骆青遥他们面面相觑，不用多想了，这一层考的一定是——下棋！

　　果然，那赫连高僧扭头问道："你们谁会下棋啊？来来，陪我家肖痨鬼下一局，赢了他立马就能上第三层塔——放心，肖痨鬼人品好，才不像底下那个骗子，你们随便出个人，胡乱走几步就能赢了！"

他话音才落，那青衫高僧已在一旁猛烈咳嗽起来，似乎在提醒赫连高僧不要说得这么直白露骨。

骆青遥几人交换了下眼神，皆半信半疑，有了第一层的教训，他们对赫连高僧的话都持有保留态度了，哪敢随便出个人，胡乱来应战啊？

"我来吧，我来下这盘棋！"骆青遥长腿一伸，站了出来，脸上还顶着那张杜凤年的人皮面具，端的是丰神俊秀、风姿卓绝。

他爹与他娘都是棋道高手，他自小耳濡目染下，虽不及爹娘，但棋艺应当也是能拿得出手的。

"行行行，随便哪个人都行，速战速决，胡乱走两步就上第三层塔吧！"

得亏了骆青遥他们没信了赫连高僧这张嘴！

塔中静寂无声，那棋盘上黑白子交错纵横，骆青遥屏气凝神，苦思冥想间，睫毛上都挂起了细密的汗珠。

说好的随便走两步呢？为什么步步紧逼，寸步不让？

辛鹤他们向赫连高僧投去了哀怨的眼神，赫连高僧脸上挂不住了，在一边装模作样地咳嗽道："肖痨鬼，你在搞什么啊，快点儿让他赢啊！"

那青衫高僧似乎沉浸在棋局之中，并没理会赫连高僧的催促，只是坐在蒲团上，一边以掌风推动着棋子，一边饶有兴致地点头，连声赞许道："不错，不错，自古英雄出少年，老衲许久没与人下得这般畅快了。"

他仿佛下起了瘾来，一副要比到地老天荒的架势，棋子越走越刁钻，局面越来越难攻破，骆青遥使尽浑身解数，终于满头冷汗，在一处地方被彻底难住了，百般犹疑着止步不前。

他指尖微微颤动着，内力涌动间，衣袍扬起，似乎陷入了天人交战中："到底是左边，还是右边？"

摆在他前方现在有两条路，这显然也是那青衫高僧步步为营，为他精心设下的一个局，只此一步便可定下这盘棋的生死。

走对了，棋路迎刃而解，一切豁然开朗，胜利在望；走错了，便是如坠深渊，万劫不复，此局再无生机可寻。

骆青遥显然看明白了这一点，不敢轻易出掌催动棋子，只站在棋局外，犹疑不决，就像站在悬崖边上，不敢轻易迈出那一步。

辛鹤他们也有些急了，那赫连高僧更是耐心耗尽，自己也看不出个什么门道来，在一边急得直跺脚道："肖痨鬼，你玩够了没，不都跟你说好了吗？别难为人了，快点儿结束这盘破棋！"

那青衫高僧坐在蒲团上，似乎对赫连高僧的话置若罔闻，只是定定望着骆青遥，他呼吸急促，目光在那左右两边逡巡着，陷在天人交战中，痛苦万分，根本难以做出抉择来。

赫连高僧急得又一跺脚："肖痨鬼！"

那青衫高僧终于咳嗽了声，从怀里掏出一块素白的手巾，捂嘴轻咳了几下，状似不经意地将那帕子一扔，恰恰扔在了那处右边的方格里。

骆青遥眼前一亮，内力涌动间，一掌推向那棋子："右边，是右边！"

棋局破解，第二层塔过了！

少年们欢呼间，那赫连高僧也是展颜大喜："肖瘪鬼，还是你够义气，回头请你吃素鸡！"

那青衫高僧坐在蒲团上，又重重咳嗽了两声，意思再明显不过，他给他们"放水"是一回事，别让大张旗鼓地宣扬出去了，多少收着点儿。

"年轻人，你很不错，棋路深得吾心，是谁教你的？待你们闯完塔后，老衲在这里等你，你我多下一局如何？"骆青遥几人就要上到第三层塔时，那青衫高僧忽然对骆青遥开口相邀。

骆青遥一愣，转身一鞠躬，谦逊道："大师谬赞了，我的棋路是我爹教的，我尚不及他十分之一，待闯完塔后，我必定如约前来，再与大师下上一局！"

若说前两层塔都还在骆青遥他们接受的范围之内，那么第三层塔，可谓是一上去就给了他们一个"惊喜"。

漆黑一片中，有什么嘶吼着，嘴里喷着热气，飞扑上了他们，姬宛禾惊声尖叫起来："什么鬼，第三层守塔的不是人，是猛兽啊！"

那扑向他们的东西毛茸茸的，呼吸粗重，牙齿尖利，还不只是一头，似乎有好几头，将他们团团围住！

一片混乱间，黑暗中却响起了孩童的笑声，也不止一人，似乎四面八方都是那笑声，令人毛骨悚然。

这一层守塔的是什么兽身人头的妖怪不成？简直太惊悚了！

那赫连高僧却上前一步，护在骆青遥他们身前，扬声道："大家别慌，没有妖怪，是我的几位小师叔，他们很顽皮，想捉弄一下你们罢了！"

他说到这儿，又从袖中拿出了什么，霎时芳香四溢，他高声喊道："几位小师叔，你们想不想吃糖，天下最好吃的糖果哦！"

这语气简直跟哄小孩一般，肉麻至极，但塔中的灯光却骤然亮起，骆青遥与辛鹤他们一眼望去，难以置信，目瞪口呆间，这才终于明白过来——

赫连高僧当真是在拿糖哄小孩啊！

偌大的塔上，几个粉雕玉琢、瞧起来不过五六岁大的孩子，个个都骑在一头小白虎身上，眉开眼笑着，他们长得一模一样，骑着的小白虎也是一模一样，令人根本分不出区别，还以为塔中放了镜子，映出一人一虎的分身似的。

这便是第三层的守塔人了——灵虎六童。

六位灵童乃一母所生的六胞胎，生来就有灵根，骨骼惊奇，通晓兽语，与佛结缘，出生没多久就直接拜在了老方丈座下，成了东鸣寺辈分极高的灵童，赫连高僧按照辈分还得叫他们一声师叔呢！

"难怪了，难怪大师要抢夏夏的糖果呢，这果然是大有用处啊！"姬宛禾忍俊不禁道。

众人望向那骑着白虎，几个馋嘴不已的孩童，一时间都是哭笑不得。

那赫连高僧却是恭恭敬敬地上前，将盒中糖果一一剥了，仔细喂去，嘴里还恭恭敬敬地喊道：

"见过小一师叔，来，张嘴。"

"见过小二师叔，来，张嘴。"

"见过小三师叔，来，张嘴。"

……

"见过小六师叔，来，张嘴。"

一共六个师叔，个个都喂到了，那些骑着白虎、粉雕玉琢的灵童们吃得眉开眼笑，含着糖果，个个还伸出小小的手，摸了摸赫连高僧的脑袋："小岚子，乖！"

一时间，骆青遥与辛鹤他们再也憋不住，终于狂笑起来，那赫连高僧却怒了，一声喝道："笑个屁啊，你们还要不要上塔顶了？"

⑤大梦荒唐

在赫连高僧的"相助"下，前三层塔可谓是无惊无险，到底轻松而过，当骆青遥一行人真正踏入第四层塔时，一颗心才骤然揪紧，个个敛去笑容，神色肃然，严阵以待。

这一层正是那冷酷无情、油盐不进、寸步也不会让的独眼武僧。

只要再过了他这一关卡，他们就可以登上塔顶，见到颜臣前辈了。

才一上塔，一股冷冽阴森的气息便迎面而来，这一层塔不像前几层，它看起来光秃秃的，只有几点鬼火跳跃着，每一处都笼罩在一种极度的阴冷当中。

"那熊瞎子眼睛不好，不喜欢太亮堂的地方，我当年跟师姐和那杜凤年闯塔时，一上来，也是这副鬼气森森的样子，特别瘆人……"

赫连高僧压低了声音，在骆青遥与辛鹤他们耳边轻轻道，话却还没说完，塔中央已有一阵冷风扬起，强劲的内力与杀气让人呼吸一窒，心头一悸，众人抬眸望去，就在一簇鬼火之下，赫然站着一道漆黑阴寒的身影——

那人罩在一身黑袍里，似乎与黑暗融为一体了，脸上一只眼睛被牢牢罩住，另一只露出来的眼睛里，带着骇人的寒气，手中还拿着一根乌黑古朴的禅杖，不知是用何材质所做，看起来沉甸甸的，更像是为他量身打造的武器一般。

是了，这便是第四层塔上，最令人闻风丧胆的那个独眼武僧了。

他似乎已经在鬼火之下恭候多时了，用沙哑的声音对着骆青遥与辛鹤几人，冷冰冰地道："你们终于来了。"

裴云朔上前两步，白发飞扬，袖中铁钩应声而出，光芒森寒，他拦在骆青遥他们前面，咬牙喝道："我来拖住他，你们快上塔顶！"

"上个屁啊！"骆青遥大步一跨，上前与裴云朔站在一起，掌中内力也是蓄势待发，"明明说好了要走一起走，要留一起留，你难道忘了吗？"

辛鹤也上前一步，点头道："对，说好了要走一起走，要留一起留，我们绝不会扔下任何一个人的！"

他们三人站在一起，昂首对上那骇人的独眼武僧，目光灼灼，无所畏惧。

眼见一场大战不可避免，那赫连高僧在一旁赶紧喊道："熊瞎子，我跟你说啊，这回闯塔的都是小娃娃，个个细皮嫩肉的，你下手轻……"

他话还没说完时，那头"大黑熊"已经扬起了手中的禅杖，双眸精光迸射，衣袍猎猎飞扬，猛地朝骆青遥他们袭去。

裴云朔忙将喻剪夏一把推开："夏夏，闪一边去！"

姬宛禾也眼疾手快，迅速推着陶泠西的轮椅避到一边，退到了那赫连高僧身旁，还将喻剪夏也一把拉了过来："夏夏别过去，别让他们分心，施展不开手脚！"

裴云朔的铁钩迎面正对上那根乌黑的禅杖，猛烈的一声碰撞中，似有火星冒起，他白发飞扬间，周身杀气凛冽，这凶悍的身手令那独眼武僧也是微微一惊。

骆青遥与辛鹤也飞身掠了上去，三人并肩作战，成掎角之势围住那独眼武僧，内力激荡，刀光剑影间，在塔中央打得无比猛烈，连身形招数都看不清了。

一旁的喻剪夏几人心中狂跳不止，看着场中这战况，个个皆紧张万分，大气也不敢出一声。

忽然间，鬼火跃动，却是哐啷一声巨响，裴云朔的铁钩被那禅杖撞飞出去，他喷出一口鲜血，却猛地上前，不管不顾地将那独眼武僧的腰一把抱住。

"你们快走，快上塔顶，不要管我！"

那独眼武僧叫裴云朔陡然缠住，目光一厉："一个也别想上去！"

"阿朔！"骆青遥面色一变，拼着被那禅杖击中的危险，扑了上去，却果然被独眼武僧一掌震开，身子踉跄间，单膝跪地，鲜血漫过唇角。

"青瓜！"辛鹤瞳孔骤缩，飞掠至他身旁将他紧紧扶住。

骆青遥呼吸紊乱，汗水打湿了发丝，唇边鲜血殷红，如今他这副模样，倒与当年杜凤年闯石阵时身负重伤的样子更加相似了，几乎没有任何区别！

"快走！"裴云朔死死抱住那独眼武僧的腰，被他打得口吐鲜血也不肯松开手，嘶声喊道，"你们快走，快上塔！"

"哥哥！"喻剪夏脸色惨白，泪水夺眶而出，不顾一切地就想冲上去，却被旁边的姬宛禾牢牢抓住了手腕："夏夏别过去！"

一片混乱之间，那赫连高僧眼皮子直跳，呼吸越来越急促，终是再也忍不住，衣袍一扬，飞身掠起——

135

"他奶奶的,你这熊瞎子欺人太甚,老子跟你拼了!"

劲风猎猎,战场上风云再起,内力激荡,鬼火跃动,一触即发。

几十年前,赫连岚就曾与无朽塔上的这独眼武僧过过招,那时不是他的对手,在塔上被打了个半死,如今几十年过去了——

他却依然不是他的对手,拼尽全力也只能抱住那家伙的腿,多拖一刻是一刻!

"你们快上去,不要管我!"赫连高僧死死抱住了那独眼武僧的腿,在鬼火下嘶声喊道。

仿佛旧日情景重演般,那一年的赫连岚也是这样奋不顾身,死死拖住独眼武僧的腿,对他师姐喊道:"师姐,你快上去,不要管我!"

如今几十年过去,他已是垂垂老矣,胡须都全白了,眼里却还燃烧着年轻时的那股火光,口吐鲜血间,嘶吼的声音一点儿也不比当年弱,反而更带了一股孤注一掷的决绝。

"你们走,上塔顶!见到我师姐,就跟她说让她别等了,放下一切,好好为自己活几天,她这辈子实在过得太苦了……"

"大师!"骆青遥与辛鹤他们浑身剧颤,泪水瞬间涌起。

那独眼武僧原本狠狠踹着地上的赫连高僧,却在听到他这句话后身形一顿,在鬼火下怔了怔,望向那张疯狂决绝的面孔。

一个人要有怎样的执念,才能这样燃尽自己?

佛语有云,人生在世,如身处荆棘之中,心不动,人不妄动,不动则不伤;如心动则人妄动,伤其身痛其骨,于是体会到世间诸般痛苦。

可如何才能不动不伤呢?

颜臣为了杜凤年痴痴等待了一辈子,身后却也有一个赫连岚为了她剃度为僧,在东鸣寺里守护了一辈子,耗尽了大好年华,这其中的爱恨纠葛又有谁说得清楚呢?

人生七苦,贪、嗔、痴、怨憎会、爱别离、求不得、失荣乐,若七苦不萦绕于心,淤泥亦可化红莲,可世上有几个人能做到?

更多的是情深不悔的痴心儿女求而不得,执念深深,只让自己陷入那淤泥之中,不可自拔,万劫不复。

那独眼武僧望着死死抱住他的腿,神似癫狂的赫连高僧,忽然不知怎么,轻叹了一声,顿悟了什么般,只在跃动的鬼火之下说了一句:"你们走吧。"

他收回了一身内力,衣袍垂下,那赫连高僧在他脚边仰起头,染满鲜血的一张脸不可置信。

他们目光交汇,鬼火森然间,武僧仅剩的一只眼中,忽地生出了满满的怜悯之情。

他闭上眼眸,摇头间,一声呢喃溢出唇齿:"三千微尘里,吾宁爱与憎,何苦,何苦?"

无朽塔的最后一层,多少年来,登上去的人寥寥无几,无数侠客奇士铩羽而归,这一回却叫一群少年们登上了塔顶。

骆青遥与辛鹤他们千辛万苦，好不容易来到最后一层塔时，却是一上去，几层书架便霍然移动起来，挡住了他们的脚步，一瞬间，他们仿佛走进了迷宫一般。

层层机关中，陶泠西目光一亮："果然是颜臣前辈的大作，太精妙了！"

他身处这偃甲机关中，满眼的崇拜与惊叹，叫身旁的姬宛禾都有些哭笑不得了："真是个呆木头，别看了，快把这机关解了，我们得赶紧出去才行！"

她话音才落，一道奇快的身影便从背后袭来，骆青遥一惊，回过头去，他一张受伤染血的脸，恰恰落在了那双瞪大的眼眸中。

那只袭向他们的手霍然僵在了半空，一袭蓝裙落在书架间，泪光闪烁，难以置信："凤年，你，你……回来了？"

"颜……"骆青遥长睫一颤，瞬间明白过来眼前之人是谁，一句"颜臣前辈"本要脱口而出，却忽然一激灵，改口喊道："阿颜！"

塔顶的风有点儿大，少年们一路闯塔而上，太阳渐渐落山，如今外面已是黄昏时分，晚霞漫天，霞光透过塔顶的窗棂洒在书架上，为塔顶笼罩上了一片薄光，温柔了那双苍老的眉眼。

霞光潋滟间，颜臣靠在"杜凤年"怀中，布满皱纹的一张脸，焕发出动人的光芒，仿佛一下又回到了几十年前那个娇俏的小姑娘一般。

"凤年，我就知道你不会骗我的，你果然回来了，这三年来，我日日夜夜都在等着你……他们都说你不会回来了，让我别等了，可我知道你不会骗我的，你从来都没骗过我……"

"你看，你让我保管的那面羊皮鼓，还像你离开时那样洁白光滑，一点儿也没有变化，我天天看着它，想着你，如今你终于回来了，我也可以将它还给你了……"

那面羊皮鼓被塞入了"杜凤年"怀中，他怔怔拿起，喃喃道："是啊，我回来了，阿颜，这三年来，你辛苦了，你不用再等下去了……"

"对啊，不用等下去了，三年来，我没有睡过一个好觉，总觉得每一天都在梦中，梦里你还是离开时的模样，你离开东鸣寺那天摘了一朵花为我别在发间，它开得那么灿烂那么美，你还记得吗……"

霞光之中，颜臣的衣袂发梢随风扬起，她絮絮叨叨，翻来覆去地说着当年的往事，嘴里的时间却都是错乱的，记忆也是碎片一般，错乱纷杂，可没有人打断她，大家都在静静听着。

"杜凤年"拥住她，陪她看着窗外的日落，轻轻附和着她，一字一句都温柔无比。

辛鹤几人站在旁边不远处，静静望着这一幕，不知不觉都湿润了眼眶。

那赫连高僧更是泪眼婆娑，身子微微颤抖着，难以自持。

颜臣许久没有这样高兴过了，像是要将憋在心里大半辈子的话，都一股脑儿地说给心上人听。

漫天霞光间，她神采奕奕，不知疲倦，脸上甚至透出了几抹少女般的红晕。

只是骆青遥他们都没有发现，她每说几句就要闭上眼睛歇一歇，她眸底的那抹光芒越亮，越痴狂，就将她燃烧得越快。

　　他们怎么会想到，有个词叫作——回光返照。

　　这么多年来，从少女等成了老妇，心神耗尽，痴痴呆呆，其实她早就油尽灯枯，是一个将死之人了，只不过一直在强撑着一口气，等待着爱人的归来。

　　如今心愿已了，她的生命也走到了尽头。

　　颜臣面上含着笑，抬起如水般的眼眸，最后痴痴望了一眼夕阳中的爱人，伸出枯瘦的一只手，抚上他温柔的脸颊，似叹似喃，声音微不可闻："无论你是谁，在我临死之前肯哄哄我，让我再见他一眼，我已经心满意足了……"

　　骆青遥一惊，瞳孔骤缩，脸上写满了不可置信："阿颜，我……"

　　"嘘，别说话。"颜臣靠在他肩头，望着窗外的夕阳，目光渐渐涣散，"你看，这霞光多美，还像那一年我们初见时一样……"

　　晚风掠过天边，霞光中仿佛又浮现出当年少女的那道身影，湖蓝色的长裙随风摇曳，就像水面上的一株清荷，再清逸灵秀不过，他们在长空下对望了一眼，从此沧海桑田，浮世如烟，一生定格。

　　闭上眼睛，泪水滑落下来，坠在那只瘦削苍白的手上，冰凉一片。

　　世事一场大梦，人生几度秋凉，她这一辈子都被困在那个荒唐的梦里，永远醒不过来，唯独的一次清醒却是在她生命的最后时刻。

　　"师姐！"一声撕心裂肺的呼唤响彻塔顶，残阳如血，天地崩塌。

第九章·身陷琅岐岛

①抓回琅岐岛

  塔外大风猎猎，霞光漫天，那赫连高僧一把抱过阖目而去的颜臣，却见她唇边落着一滴泪珠，却也扬起了一个淡淡的笑容。
  泪水与笑意交织在一起，即使是个谎言，她也到底死在了爱人的怀中。
  "不，师姐，师姐你别吓我，你别走，你走了我怎么办……"那赫连高僧泪如雨下，抱着怀里早已死去的颜臣，煞白着一张脸，浑身颤抖不已。
  "大师，大师您节哀……"旁边的骆青遥与辛鹤几人眼见赫连高僧神似癫狂，身子颤抖得越发厉害，唯恐他入了魔障，强忍着悲痛，正想要上前来拉开他时，却没想到，如血残阳中，令人猝不及防的一幕发生了——
  那赫连高僧骤然抬起手，泪水肆虐间，一掌劈在了自己天灵盖上，鲜血顿时从他头顶漫出，触目惊心地流下他的脸颊！
  "大师！"所有人脸色大变，一声凄厉喊道。
  那赫连高僧面上却含着笑，低下了头，一点点贴在了怀里颜臣的尸身上，满脸血污的面孔极尽柔情，一字一句地呢喃着："师姐，我这就来陪你了，我都已经陪了你一辈子了，你在哪里我就在哪里，如今这最后一条黄泉路，我又怎么舍得让你一个人走呢……"

"大师！"

霞光映着少年们悲痛万分的面孔，众人衣袂发丝随风扬起，个个围在旁边，泪如泉涌。

由爱故生忧，由爱故生怖，相随一生，求而不得，这一条遍布荆棘的路，他们到底走到了曼珠沙华盛开的终点。

情生情灭，缘起缘落，作茧自缚也好，自欺欺人也罢，终究是无怨，亦无悔。

赫连高僧与颜臣前辈下葬的那天正好是初一，阳光极好，温暖地笼罩着大地，东鸣寺的高僧几乎全部出现了，齐聚在他们的新坟前，为他们敲着木鱼，轻转着手中的檀木念珠，诵念着超度的经文，送了他们最后一程。

赫连岚早已在东鸣寺出家几十年，按照过往高僧圆寂的规矩，原本是要对他进行火葬，再将骨灰坛放到东鸣寺的阁楼里供奉。

但所有人都没想到的是，无朽塔上的那位独眼武僧在这时站了出来，冷冷地说不要火葬，直接将赫连高僧与颜臣合葬在一起便可以了。

这独眼武僧在东鸣寺辈分地位极高，他这样一说，老方丈便也答应了，骆青遥与辛鹤他们心潮翻涌不止，只觉这一定也会是赫连高僧的心愿。

黄泉路上，他们师姐弟相伴而行，终于不会孤单了。

树林里纸钱纷飞，骆青遥一行人站在长空下，看着赫连高僧与颜臣前辈的棺木一起入葬，悲痛无比，泪眼蒙眬。

那几位与赫连高僧交好的大师也都难掩悲怆，仿佛那个笑意爽朗的声音还回荡在耳边——"肖痨鬼，还是你够义气，回头请你吃素鸡！"

只可惜，哪儿还有回头的时候？

几个灵童也都骑在白虎身上，看着棺木入葬，泪眼汪汪，他们或许还年幼懵懂，不明白人世无常，悲欢离合。怎么才吃过的糖就变得这么苦涩了呢？

风掠长空，四野草木摇曳，似也在悲鸣哭泣一般。

这个下葬的日子定在初一这一天，正好也是开启石阵，四面八方的香客能够前来寺中烧香拜佛的日子。

这一天对东鸣寺有着特殊的意义，却也正给了暗处蛰伏的一群人绝佳的机会。

骆青遥与辛鹤他们沉浸在悲痛中，却不知与此同时早有一批人混在香客之中，潜入了东鸣寺里。

那群人自海上而来，一路追踪暗藏，蛰伏已久，早就在等这样一个下手的机会了。

长阳照在树林间，树上藏着一群黑衣人，个个脸上皆戴着古怪的面具，目光紧紧地盯着那些高僧远去的身影，只等他们彻底离开后，就立刻动手！

纸钱纷飞，高僧们诵念经文的声音在风中越来越远，坟墓前转眼间就只剩下了骆青遥与辛鹤一行人。

那群黑衣人在树上目光交汇，点点头，各自心领神会，皆从怀里摸出了一支小小的竹笛，悄然地往树下吹去。

笛中无声无息地飘出了一阵迷香，那香味丝丝缕缕地钻进骆青遥他们体内，一行人却毫无所察。

只是辛鹤忽然鼻尖一动，在风中闻到了一股熟悉的味道，她皱了皱眉，往四周望去，却一无所获，最终又将目光转回了坟前燃起的那两炉檀香上。

她心中暗自奇怪——这檀香的味道怎与琅岐岛上的迷香那般相似？

正狐疑之间，身旁的姬宛禾忽然问道："小鸟，我们接下来去哪里呢？"

他们的行李都已经收拾好了，只等拜祭完赫连高僧与颜臣前辈后就继续上路。

辛鹤闻言一怔，也不再去深究那檀香的奇怪味道了，只是往怀中摸去，取出那本《妙姝茶经》，低头顺手翻开道："我看看，昨夜我已将下一处地方标好了，也是离这千石峰最近的一处庙宇……"

她们这对话落入一旁的阮小眉耳中，叫她不由心念一动，看向身旁的骆青遥，开口道："瑶瑶，你们这几个孩子不跟我们一道吗？你们到底在做些什么呢，神神秘秘的，接下来又要去哪里？"

骆青遥抿了抿唇，一时不知该怎么跟阮小眉解释，只是压低了声道："外婆，这些东西三言两语一下子讲不清，总之我们不是在干什么坏事，只是像您年轻时一样，跟一群兄弟姐妹们在江湖上闯一闯，四处看一看，不然老关在宫学里念书多无趣啊？您说是不是？"末了，他笑了笑，搬出了他爹来，"您放心吧，爹也同意我们上路呢，还是他将我们'放'了的！"

说起这个来，骆青遥倒是兴致勃勃，想也不想地直接就出卖了他爹，阮小眉一边听，一边忍俊不禁，笑着摇头道："是你爹的性子啊，也罢也罢，他说得没错，江湖那样广阔精彩，少年郎闯一闯又有何妨？你们去吧，外婆不会拦着你们的……"

他们这边正说着，那头辛鹤也已将那两张羊皮地图也一并拿了出来。

杜凤年送到东鸣寺的那面羊皮鼓的背面果然也是一张残缺的地图，这是彻彻底底地确定了辛鹤那番"十分之一"的猜测。

他们手上如今已经集齐了两张地图，只等再去下一个地方拿到第三张羊皮地图，辛鹤深吸一口气，望向身旁的伙伴们，目光灼灼，面目坚毅。

"下一处地方就去武都汀州镇，金沙寺，往那里送羊皮鼓的人叫蓝西亭，也是我家乡……"

风声肃杀，这"家乡"两个字才刚说出口，林中便已骤然响起一阵渺渺笛声，四野草木摇曳，迷香萦绕间——

一群黑衣人从天而降，个个脸上还戴着古怪的面具，周身邪气四溢，叫骆青遥一行人霍然一惊，却是呼吸急促，被那笛声催动得一阵头晕目眩！

"果然！"这笛音加上这迷香，叫辛鹤心跳如雷，恍然大悟！

她没有闻错，先头风里那股隐隐传来的香味正是琅岐岛上的迷香！

那香十分特殊，是琅岐岛上专门用来捕捉猎物的，任凭多么凶猛的野兽，只要闻了那香，再听到这诡魅的笛声，就会力气全无，任人宰割。

这香其实单独闻不会有事，但只要经这笛声一催动，便会叫人乏软委地，如笼中困兽，再无挣扎之力，尤其那些内力深厚，武功高强之人，最闻不得这香，听不得这笛音！

内力会在短时间内尽然流失，一身武功皆使不出来，当真如猎物一般，毫无还手之力。

"你们……你们是什么人？"

阮小眉一阵头晕目眩下，身子乏软无力，旁边的闻人靖忙将她扶住，她江湖见闻这么广，却还从没听过这么古怪的笛音，竟像是一只"魔手"，将她身体里的内力武功一丝一缕地抽了出来。

旁边的骆青遥与裴云朔他们也是呼吸紊乱，一身内力急剧流失，辛鹤强撑住心神，上前一步，望向那群戴着面具的黑衣人，颤声道："是谁……是谁派你们来的？"

这笛声骤然一起，辛鹤就已经知道他们是琅岐岛上的人，他们忽然出现在这里，是要将她……带回去吗？

她想到这儿，不由在风中急声道："你们是想将我带回去吗？是我爹派你们来的吗，还是我姑姑？你们别吹这鬼笛子了，别伤害我的朋友们……"

辛鹤这话一出，旁边的骆青遥他们脸色皆一变，个个愕然抬头，不可置信。

那些戴着面具的黑衣人却并没有回答辛鹤的问题，只是将笛音吹得更快更急了，周身邪气四溢，凛冽肃杀，看起来竟未带一丝善意般。

辛鹤脸色也骤然一变，不对，这不是她爹与她姑姑派来的！若是他们派来找她的人，绝不会以这样的态度对她！

她心中忽然升起一股不好的预感，并且越来越强烈，呼吸急促间，她往后退了两步，脑中各番念头瞬间涌出。

她爹曾跟她提过只言片语，琅岐岛上的十长老会近些年来不太安生，不知是谁在搅动风云，各股势力暗流涌动。

不过直到她离开时，岛上的一切都还算是风平浪静，难道这么快琅岐岛上就变了天，出了事？

辛鹤做梦也不会想到，在这幕后操控一切的人会是石室中那个苍白瘦削的少年。

直至这样的时刻，她也没有怀疑到他头上。

她只是一激灵，蓦然想到什么，将手里的《妙姝茶经》与那两张羊皮地图猛地抛给了骆青遥。

"青瓜，你们快逃，不要管我，他们是冲着我来的，你们快带着东西逃啊！"

事实上，辛鹤早就隐隐察觉到，这帮人绝不仅仅只是冲她而来，更是冲着那本《妙姝茶经》而来的！无论如何她都绝不能让东西落在他们手中！

"不，小鸟！"骆青遥接过那东西，脸色一变，咬牙想要提起内力，却反而加剧内力流失。

　　那帮戴面具的黑衣人一见到那茶经与地图，眸中便陡然迸射出寒光，诡异的笛声中，几个为首的黑衣人身形一掠，终于如闪电般出手抢夺！

　　骆青遥一行人浑身乏软无力，如何招架得住，踉跄后退间，姬宛禾忽然抬起陶泠西送她的暗器匣子，一声喊道："老遥，闪开！"

　　她朝那些人飞射出箭矢，却到底气力不够，这些飞箭对于那群黑衣人而言，不过如同毛毛雨一般，被他们轻巧躲过，其中一人还抓住一支箭，反手朝姬宛禾掷去。

　　"阿宛，小心！"陶泠西瞳孔骤缩，一声厉喝道，心中急切间，双腿似贯入一股无名神力般，他两只手奋力一撑，竟从那轮椅上咬牙站了起来，三两步直接往姬宛禾那里扑去。

　　"嘶——"那支暗箭穿过疾风，直接射在了陶泠西的肩头，他倒吸口冷气，抱着姬宛禾一同摔倒下去。

　　"呆木头，呆木头你没事吧？"姬宛禾脸色大变，双眸陡然泛红一片。

　　那头戴着面具的黑衣人们已经迅速出手，直朝辛鹤与骆青遥而去！

　　他们显然知道如今仍在东鸣寺的地盘上，不愿多做纠缠，只想速战速决！

　　"遥哥，小鸟！"

　　众人脸色大变，抬头间，只眼睁睁地看着那群人带着辛鹤与骆青遥踏风而去，身影消失在了半空之中。

　　阮小眉眼见外孙被人掳走，呼吸陡乱："瑶瑶！"

　　她心头狂跳不止，完了，完了，瑶瑶被人掳走了！

　　一瞬之间，她脑中冒出的第一个念头竟是——

　　找他爹，快找骆秋迟，找他爹救儿子啊！

②小越重见天日

　　云梦泽，烟波浩渺，天地一色，湖面之上水雾缭绕，一叶兰舟悠悠荡荡，山峦之间清风徐徐，浮云缱绻，不胜惬意，美不胜收。

　　当阮小眉与姬宛禾一众人马不停蹄赶到云梦泽时，那波光粼粼的湖面上，正有一人坐在舟头，白衣胜雪，长发飞扬，悠然垂钓。

　　山风拂过他衣袂，阳光洒在他眉目上，为他周身镀了一层金边，这一边哼着小曲儿，一边优哉优哉地垂钓的人不是别人，正是骆秋迟。

　　当时送走骆青遥与辛鹤他们时，他就曾对他们说过，自己还会在云梦泽待一段时日，一来拖住闻人隽，不让她瞎操心，四处去找他们，二来这云梦泽风景秀丽，仙湖中的鱼也美味至极，他准备在这里多当一些时日的"姜太公"，不急着离开。

　　还好骆秋迟留下了这样一番话，才叫姬宛禾他们有迹可循，否则都不知去哪里找他。

一行人快马加鞭,一路上日夜未停,多亏陶泠西那日在树林里情急之下为了救姬宛禾,腿像是被"激发"了一般,因缘巧合下竟彻底好了起来,一路颠簸也没有大碍。

当一群人心急火燎赶到云梦泽,遥遥望见湖面上那身白衣时,几欲泪流,仿佛都看见了希望的光芒。

小舟摇曳,微风迎面拂来,再度相逢在这湖面上时,竟有种恍如隔世的感觉。

"戴面具的黑衣人?"舟头,鹿行云负手而立,衣袂飞扬,才听完众人一番描述后,眉头便皱了起来,若有所思道,"倒是从未听说过,我立刻传书一封,叫破军楼好好查一查。"

阮小眉一激灵,望向鹿行云,眸中泪光闪烁道:"鹿三哥,你一定要帮忙找一找瑶瑶啊!"

乍然听闻这个消息,骆秋迟尚还算冷静,反应最大的莫过于闻人隽了,她眼眶骤然泛红,急得身子都在颤抖:"都说了江湖险恶,让我将瑶瑶他们带回皇城多好,你却将他们私下偷偷放走,还瞒着我什么也不说,现在瑶瑶被人抓走了,生死未卜,这可怎么办?那群人会不会……"

"阿隽,阿隽你先别急。"骆秋迟将闻人隽揽入怀中,轻轻拍了拍她的手,语带安抚道,"我会想办法的,不会让瑶瑶他们出事的……"

他与鹿行云对视一眼,皆明晰对方心中所想,如今最重要的是先摸清对方的来历,才能知道他们将人掳到了何处。

"那群人到底是什么来头?你们再说清楚一些,不要漏掉任何一个细节,都别急,慢慢说,既然没有当场下杀手,只是将人掳走,那么一定另有所取,他们两个的性命应当暂时没有危险,你们都别慌……"

骆秋迟的话仿佛带着一股魔力,让几个少年当真渐渐平复下来,姬宛禾红着双眸,握紧了手心,努力回忆道:"他们好像……是小鸟的家乡人,小鸟原先以为他们是她爹或是她姑姑派来的,可后面看起来又不太对劲,那群人装束也很古怪,脸上不仅戴着面具,还对我们放了迷香,一边吹着声音很诡异的笛子,一听到这笛声,我们浑身就发软,没有力气,阿朔他们的武功更是使不出来了,内力好像慢慢被抽走了一样……"

姬宛禾记性好,口齿也清晰,除了茶经和羊皮鼓的秘密外,她基本上将每个细节都说到了,骆秋迟听得目光变幻不定,似乎隐隐捕捉到了什么。

"放迷香,吹笛子,让人浑身乏软,内力尽失?"湖风掠过骆秋迟的衣袂长发,他眉心微蹙,喃喃自语着,"还跟辛姑……辛少侠是一个地方的人?"

终于,他脑中有什么一闪而过,目光骤亮:"等等,我知道了!"

他霍然扭头望向闻人隽,眉眼间掩不住的兴奋:"小猴子,我们可能遇见老朋友了,这作风你不觉得很熟悉吗?"

闻人隽长睫一颤,似乎也被勾起了回忆一般,眼前浮现出一幅幅画面——

当年他们在宫学念书时,流觞曲水大会上,妖女辛如月领着一群人从天而降,将书院师生包围在了金陵台上,就是以诡异的笛音催动着迷香,叫所有人身子乏软,内力尽失,这手法同如今那帮戴面具的黑衣人用的一模一样,更别说还同辛鹤是什么家乡人,真相已经昭然若揭了。

骆秋迟一拂袖,陡然站起了身,微眯了眼眸,在长空下一字一句道:"琅岐岛,辛如月,还有这所谓的姑姑……我真该一早想到的,这辛少侠实在出乎我意料,现在想来,她眉眼之处的确与辛如月有几分相似,若我没有猜错,这辛如月正是她的姑姑,而她爹便是琅岐岛之主,她这只小鸟儿竟是从海上飞出来的!"

风掠长空,姬宛禾一众人在舟上听得震惊无比,更是对这琅岐岛闻所未闻:"海……海上?这琅岐岛又是什么地方?小鸟怎么会……"

骆秋迟却没工夫对一帮孩子们细细解释了,只是一拂袖,当机立断道:"鹿前辈,劳烦您动用破军楼的势力来查一查这琅岐岛的所在之处,最好从海上交易下手,看看破军楼有没有一些海上的生意往来。"

"小猴子,你也立刻修书一封回盛都,让远之跟着一起查——对了,再叫他查查身边人,按理说瑶瑶他们的行踪不应该泄露,除了我们知道外,就只有你给他寄去了信,远之自然不可能跟什么琅岐岛有关系,那么出问题的就只可能是他身边的亲信了,让他好好查一查,他身边极有可能潜进了琅岐岛的探子。"

"总而言之,大家现在都别慌,当务之急就是找到这琅岐岛的所在,这破岛找到了,瑶瑶也就找到了,这傻小子福大命大,又皮糙肉厚的,一定不会出事的!"

这次江湖与朝廷的势力一起出动,两边配合一道来查,就算这琅岐岛隐居海上,来历再神秘,也总能查到一些线索!

"老子还就不信了,黑白两道都出动了,还找不到你这区区一个破海岛?!"

斜阳西沉,海水翻涌不息,浪花拍打着礁石,琅岐岛笼罩在一片金色的微光中,看似静谧,头顶那片天却已然大变。

风起于萧萧海上,一旦卷起,再不会止。

杜聿寒半边脸上染满鲜血,一只手握紧长剑,一只手搀扶着身受重伤的辛启啸,在几十个残余弟子的拼死保护下,终于退到了海边那间石室里。

辛如月扭动机关,石门重重关上,她急声道:"快,大哥,你快逃,我们来拖住他们!"

杜聿寒点点头,将脸上鲜血一抹,搀扶着辛启啸到那石床边上,急切道:"是啊,伯父,船只已经安排好了,你快顺着这密道下去,自会有人接应你的,这里有我们……"

"不,我不会一个人逃的,你们跟我一同走,快来,阿月……"

"大哥,你先走,我要留下来拖住他们,你快走啊!"辛如月死死抵着那道石门,泪眼血红,外面厮杀得激烈无比,不知何时就会攻破残余的守卫,杀进这石室中来。

"阿月,我不会扔下你的,阿月……"

"大哥走啊!"辛如月扭过头,泪水顺着脸颊滑下,她双眸血红,嘶喊着道,"生死有命,我答应你,下辈子我们再做兄妹!"

那石床的机关已经霍然开启,裂开的缝隙中,露出了一条黑漆漆的密道,杜聿寒伸手要将辛启啸推入密道中,他睫毛上血珠坠落,呼吸急促道:"伯父,快走吧,再不走就来不及了!"

辛启啸将他的手一把搭住,眼含热泪:"好孩子,你也一起走!"

他看向守在石门前的辛如月,仍是嘶声喊道:"阿月!阿月,你快过来!我们一起逃!"

"逃去哪里?"一个老者阴冷的声音骤然响起。

石门被一股巨大的冲力震开,辛如月猝不及防,被震开落在石室地上,身子一颤,口吐鲜血,狼狈不堪。

"阿月!"辛启啸目眦欲裂,猛地挣开杜聿寒,在地上艰难地爬去,将辛如月一把抱进怀中,泪水滂沱而下,"阿月,阿月你怎么样?你别怕,大哥这就给你输内力,大哥在呢……"

"好感人的兄妹情啊!"石门倏然而开,白翁领着大批人马踏入石室中,望着那再无退路的兄妹俩,眸中精光迸射,笑意阴冷无比,"只可惜,你们一个也走不掉!"

杜聿寒手心一颤,扬起长剑,立刻护在了辛启啸与辛如月面前,望着为首的白翁,咬牙切齿道:"你们这帮人,犯上作乱,篡权夺位,简直是大逆不道!"

"浑小子,你说反了吧?"白翁冷冷一笑,望向地上的辛启啸兄妹,目光陡然一厉,"大逆不道的是他们辛家才对吧!无耻夺权,囚禁真龙天子,坐了这么多年不属于他们的皇位,这滋味舒坦吗?有今日之下场应当一早就想到才对,这才叫因果循环,报应不爽!"

"来人,把他们带出去,押到主子面前,向主子好好下跪忏悔!"

海浪呼啸,飞鸟长鸣,残阳如血,带有童鹿标识的旗子鲜艳无比,在风中猎猎飞扬着,阔别多年,再一次竖起在了琅岐岛的土地上。

苍白瘦削的少年坐在高高的祭台之上,耳边听着海水的翻涌声,感受着海风的无尽暖意,阳光抚过他身体每一寸地方,因常年囚于地下,没有见过日光,他的肌肤过于苍白,苍白到在阳光下几近透明,周身更是散发出一股清幽阴冷的气息,明明是正当韶华的少年郎,目光却深如寒渊,宛如一只活了几百上千年的鬼魅一般。

"童鹿不灭,千秋万世!童鹿不灭,千秋万世!"

大海边,长空下,黑压压地跪了一片人,他们个个皆臣服于少年脚下,一遍遍狂热地喊着"童鹿不灭",灼热的信念如同火光一般,将他们的身心熊熊燃烧着,不知疲倦,不死不休。

多少年来的蛰伏等待,多少年来的忍辱负重,童鹿两个字深深刻在他们每个人心底,从未有一天忘却过,为了重新见到家乡那轮皎洁的明月,为了梦里那片干净无瑕的土地,他们艰难前行,殚精竭虑,耗尽了所有心神,终是等来了这一天!

如血残阳中,不知是谁先开了头,众人开始齐声唱起了家乡的歌谣,那记忆中的小调清晰如昨，动人心魄地回荡在长空之下，波光粼粼的大海翻涌呼啸，也在与他们一起高唱般，夕阳笼罩下，他们衣袂飞扬，眼眶湿润，每个人身上都染着熠熠光辉，带着一股凛然而不可侵犯的神圣意味。

坐在高位上的少年，听着祖母曾经在他耳边哼唱过的歌谣，双目也一点点泛红，望着跪了一地的子民们，心绪激荡下，不能自已。

远处，白翁领着大队人马，押着那身受重伤的辛启啸与辛如月，踏着天边的斜阳而来。

人群里不知有谁喊了声，所有人立刻回过头，海风掠过长空，人们衣袂翻飞，身披霞光，一下彻底沸腾了。

群情激昂下，那欣喜若狂的高声响彻长空："辛贼抓到了，辛贼抓到了！"

辛启啸与辛如月，连同杜聿寒一道被押跪在了地上，被迫"臣服"于高台上那个苍白瘦削的少年。

"早知道养虎为患，我当初就该不顾大哥的阻拦，一刀杀了你这兔崽子！"辛如月仰起头，看着夕阳中那道幽幽坐在高台上，冷如鬼魅的身影，唇边含血，咬牙切齿，万般不甘地道。

白翁在她旁边，扬手一记耳光挥去，厉声斥道："贱人闭嘴，再敢对主子不敬，一刀一刀活剐了你！"

辛如月被打得脑袋一偏，发丝散乱，脸上赫然浮现出五个指印，旁边的辛启啸目眦欲裂，拼命挣扎地喊道："阿月！"

辛如月却是扬起头，狠狠吐出了一口血水，放声长笑道："来啊，有本事现在就杀了我，快来啊，姑奶奶等着化作厉鬼，将你们这个所谓的主子一道拉下地狱！"

"你！"白翁怒不可遏，又是狠狠一记耳光打去，"贱人，死到临头还这么嚣张！"

他还欲再多教训下这辛如月，那高台上的少年却是一抬手，冷冷喝止了他："白翁，够了。"

夕阳照在那少年清秀昳丽的眉目上，他苍白着面容，扬起唇角，笑得宛如一条毒蛇般："圣姑，你别急，自然有你化厉鬼的时候。"

他仍然唤她圣姑，语气里却带着说不出的讽刺，字字句句透着无比的寒意。

"你们当然会死，一个也逃不掉，只是——还不是现在。"

"我还在等一个人回来，你们马上就能见到她了，你们不是很想她吗？我成全你们，不仅让你们相见，还要当着她的面，跟你们好好玩一玩'游戏'，让你们尝尝生不如死的滋味。你们说，我送给她这样一份大礼，她会不会十分感激我？"

少年的话回荡在长空下，叫辛启啸与辛如月身子俱一颤，辛启啸抬起头，瞪大着双眼，难以置信道："是……是辛鹤，你把辛鹤怎么了？原来是你，是你搞的鬼！"

他身旁的杜聿寒也是呼吸一颤，抬头咬牙道："你……你不要伤害辛鹤！你若敢碰她一根汗毛，我……我就……"

"你怎么样？"高台上的少年冷冷一笑，微眯了双眸，"杜公子，你现如今自身都难保了，还想着温柔乡里的女人呢？实话告诉你，她跟你再也没有任何关系了。"

少年看着杜聿寒的眼睛，笑得残忍而快意，一字一句回荡在海风之中——

"待到她一回来，岛上便会举行登位仪式，童鹿光复，我钟离氏登位为王，我会迎她为后，再叫她亲眼看着你们受尽折磨，凄惨而死，作为我们新婚大喜的一份贺礼，你们说，这是不是很有意思？"

③你是个女人？

洛水园里，一轮明月笼罩在天地间，万籁俱静，一片花海随风摇曳，清光如许，月下花香缭绕，美不胜收。

苏萤看着手中的密信，手指无意识地在上面摩挲着，耳边听着屋外风拍窗棂的声响，一颗心空落落的，坐在灯下久久失神着。

她要走了，要离开……他了。

回到属于她的地方，此后一别，恐怕这一辈子她都再也见不到他了。

密信是从琅岐岛上发来的，皇城中所有安插的"风哨子"都收到了消息，岛上局势已定，主子重见天日，那本《妙姝茶经》也已寻到，接下来的任务就是找到皇室留下的那份"秘宝"——秣马厉兵，彻底光复童鹿。

而他们这批留在皇城中，原本是为了搜集情报，找寻茶经的"风哨子"已然完成自己的使命了，将被全部召回。

百废待兴，岛上正值用人之际，安插在宫学附近各大医馆酒楼的人即将乘船出海，全都撤回琅岐岛。

不久之后，她的同伴们就会来接她，带着她一同回到故乡——那片美丽的海岛终于完全属于他们了，能够被他们称之为故乡了。

她隐藏在皇城之中，做了这么多年的"风哨子"，忍辱负重，如今也算得上功成身退了。

只是，一想到那袭温润如玉的青衫，她的心底深处竟然就涌起了一股难以言喻的……不舍。

"付大人，再见了，我要走了……"苏萤喃喃自语着，正失神不已时，门却被狠狠一推，大风灌入屋中，那道青衫衣袂飞扬，霍然出现在了门边。

"你将我利用完后便要逃吗？"

苏萤神色一惊，猝不及防，吓得手心一抖，第一反应就是探向桌上的烛火，想烧掉手中的密信，只是才燃起一半时，那袭青衫已大步跨入屋中，一把将那密信夺了过去。

"大势已成……自皇城撤退……回琅岐岛……"

残缺的信笺上，那袭青衫一眼望去，只隐约看见这几个支离破碎的词，他胸膛起伏着，再也抑制不住那股愤怒与伤心，将苏萤狠狠甩开在地。

"你果然……果然是琅岐岛上的探子！"

苏萤摔倒在地，耳边只听到那个盛怒的声音，伴着呼啸的夜风，咬牙切齿道："青遥他们的行踪就是你泄露的，是你向那什么琅岐岛通风报信，叫他们找到青遥，将他抓了回去，对不对？"

苏萤的身子在地上颤抖着，煞白着脸，再抬起头时，双眸已是泪光闪烁："我……我无话可说，但我没想过要害人，我所做的一切都只是为了……"

"别再装着这样一副楚楚可怜的样子了！"付远之一声怒喝道，双眼也因激动而微微泛红，他嘶哑着声音，说不清是愤怒，还是伤心，咬牙一字一句道，"我其实知道你来历不明，也猜测过你各种神秘的身份，但我总以为你本性纯良，只是误入歧途，我总想拉你一把，可我做梦也没有想到，一切竟然都是你的伪装，你处心积虑地接近我，救我性命，留在我身边，从一开始就只是为了利用我吧！"

"不，不是的，付大人，我不是处心积虑地接近你，从一开始也没有想过要利用你，我是当真，是当真喜……"苏萤身子颤抖着，脸上是从未有过的慌乱，泪眼婆娑，手脚并用地在地上爬过去，想要拉住付远之的衣袖，却被他狠狠一甩："别再演了！"

苏萤浑身一僵，血液都凝固住了一般，夜风灌入屋中，拂起她凌乱的发丝，她喉头艰涩，那句"喜欢"于是便再也没能说出口。

"事到如今，我只再问你一句，青遥到底被抓去了哪里？你们那个琅岐岛究竟在何方？你们到底想干什么？在谋划什么阴谋？"

苏萤煞白着脸，浑身像被定住一般，一言不发。

"快说啊，青遥现在生死未卜，你快说出那琅岐岛在哪里啊！"付远之心急如焚，地上的苏萤却死死咬住了唇，满脸泪痕下，目光木然一片。

付远之终于忍无可忍："如果你还不说实话，只能将你打入刑部大牢，酷刑伺候了！"

"好。"苏萤忽然轻轻道，付远之一怔，那道纤秀单薄的身影抬起头，面容苍白，泪痕干涸，声音缥缈得像从天边传来一般，"就将我关入大牢吧，我哪里也不会去，一切都是我欠你的，我还给你，我拿命还你。"

那极轻极缓的一字一句，却带着一股说不出的决绝意味，付远之呼吸紊乱，心尖莫名一颤。

"你，你……"他心乱如麻下，呼吸越来越急，终是咬牙道，"你的那个组织当真值得你这般卖命吗？"

"那不是组织，那是我的故乡，是我的手足同胞，是我在这世上仅有的……亲人们了。"

那张苍白秀美的脸庞在灯下决然道，眸中闪烁着动人的波光。

付远之愣住了，胸膛起伏间，耳边骤然回响起曾经她对他说过的一番话："这世上本来就有一些人，生来就要走一条很艰难的路，这是命中注定的，谁也不想永远活在黑暗之中，即便要付出很大的代价，如同蚍蜉撼树，那些人也会百死无悔，向光而生。"

他不知怎么，心中像被什么刺到了一般，传来一阵钝痛的感觉。

"你将他们当作手足同胞，他们有视你为亲人吗？又会对你不离不弃吗？"付远之望着地上的苏萤，痛心无比道，"倘若，倘若你真被关进刑部大牢，即日处斩，他们会奋不顾身地来救你，如你这般舍命不悔吗？"

"会！"出乎付远之意料的是，苏萤竟是毫不犹豫地点头道，"会的，若我真遇不测，他们一定会奋不顾身地来救我，绝不会将我舍下的，因为我们是亲人，我们有着同一个故乡，我们都是为了心中那轮皎洁的明月才义无反顾地前行着！"

掷地有声的话语在屋中回荡着，那般笃定，那般坚信不疑，眸中散发着无比灼热的光芒，竟叫付远之一震，好半天都没有回过神来。

"你！"他目光变幻不定，心思急转间，却有什么在他脑中一闪而过，那密信上支离破碎的字句又浮现在他眼前——

"大势已成……自皇城撤退……回琅岐岛……"

他呼吸微微急促起来，忽然敏锐捕捉到了什么，脑中将这密信上的内容完整串联起来，他明白了！

或许在那方遥远的琅岐岛上，他们所效忠的势力，谋划的一些东西成功了，如今要将安插在皇城里的探子召回，他们近期之内必定会有撤退行动，难怪他在门外听见苏萤说，她要离开了。

若不是骆秋迟的消息及时传回来，恐怕她当真会悄无声息地离去，连同她那一帮所谓的亲人！

付远之心思急转下，灵光一闪，忽生一计，面上却不动声色，只是仍做出一副怒不可遏的样子，对苏萤扬声道："什么手足同胞，统统是你一厢情愿，你就当真这般笃定他们不会抛下你，会不顾性命地来救你吗？既然你还是执迷不悟，那就休怪我将你打入刑部大牢了！"

敛下的眸中，却迸射出一丝精光——来吧，来救苏萤吧，带着她撤退回琅岐岛，我就在刑部大牢等着你们呢！

海水呼啸翻涌，将人卷入深不见底的黑暗之中，辛鹤做了一个很长的噩梦，浮浮沉沉间，不辨东西。

"爹，姑姑，不，不要……"

梦里是一片炼狱惨状，她又梦见她爹与她姑姑受尽千刀万剐，在刑架上痛苦死去的画面了。

可是这一回，梦魇中还多了一道身影——

陪伴她一路、与她生死不离、早已扎根在她心底的身影。

"不！青瓜，不要！"

冷汗涔涔间，辛鹤猛地坐起身，从梦魇中惊醒过来，惨白着一张脸，大口喘息着。

"娘娘，娘娘你醒来了？"耳边传来两个女子的声音，辛鹤透过飞扬的帘幔，扭头望去，竟见到两个穿着奇怪装束，似是宫廷里的打扮，花纹繁复，还梳着古怪发髻的……宫女？

是的，的确像是两个宫女模样的人，只是辛鹤从来没有见过她们，她简直怀疑自己还在梦中，没有醒过来一般。

"你……你们是谁？你们叫我什么？"

辛鹤眉心微蹙，整个人云里雾里，只觉一切匪夷所思，她不是与骆青遥在千石峰东鸣寺，被琅岐岛的人抓了吗？怎么会在这里？

那两个宫女模样的人抿唇一笑，上前像是要将辛鹤搀扶起来："虽然现在还没有正式册封，但已经是准娘娘了，不久之后就会举行立后仪式了，奴婢们没有叫错人。"

辛鹤的脑袋隐隐作痛，目光扫过这偌大的房间，竟发现这房里也布置得很是古怪，帘幔飞扬，暖香缭绕，像是宫中的住所一般。

"你们在说些什么？这里究竟是……"

她话还没说完，耳边却骤然传来一阵海浪拍打着礁石的声音，鼻尖似乎都闻到了那海风熟悉的味道，她身子一僵，如遭雷击！

"这里就是琅岐岛！"辛鹤整个人不可置信，几乎是踉跄地摔下了床，想要挣扎到窗边望一眼，"怎么会，琅岐岛怎么会变成这样？这一切是怎么回事？"

她陷入一种极度的惊恐之中，身子一激灵，却又想到了什么，陡然抓住身边的两个宫女，呼吸急促道："青瓜，青瓜呢？跟我一起被抓来的那个人呢？他在哪里，他有没有事，他现在被关在了哪里？"

那两个宫女神情波澜不惊，淡定自若，只是又抿了抿唇，恭恭敬敬地道："娘娘别急，待会儿您就能见到您的朋友了，先让奴婢们伺候娘娘梳洗打扮。"

她们将手伸向辛鹤，辛鹤一阵毛骨悚然，下意识后退两步："你们……你们要做什么？"

"奴婢们只是想要伺候娘娘宽衣，梳妆打扮，带娘娘去见一个人。"

两个宫女将辛鹤不由分说地按在了铜镜前，辛鹤想要挣扎，却发现浑身还是乏软无力，而那两个宫女看起来弱不禁风的，却没想到力气奇大，内力绵长，竟是深藏不露，辛鹤根本没办法挣开她们一丝一毫。

长发披散下来，镜中人雪肤红唇、风华绝美、动人心魄，一袭华美的宫装换在了她身上，长裙逶迤，光芒四射，美得不像凡尘之物。

辛鹤像还在梦中一般，一切匪夷所思，她稀里糊涂地被人盛装打扮，变成了宫中娘娘的模样，那两个宫女还将她双眼蒙上了，不知要将她带到何处去。

"你们快放开我，你们要带我去哪里？"

一路身不由己，辛鹤双眼被蒙住，并不知道自己要去的曾经也是琅岐岛的禁地之一。

那是一座荒废的宫殿，许多年都没有人踏足过了，里面早就结满了蜘蛛网，凄凉得像一座"鬼庄"。

只是如今却又焕然一新，重新拾回了昔年的熠熠光辉。

辛鹤被那两个宫女"架住"，浑身乏软下，毫无挣扎之力，只能一步一步地踏入了那间宫殿。

她眼前的黑纱被摘了下来，宫殿中灯火通明，富丽堂皇，她眼睛一下还无法适应这亮光，微微眯了眯，抬起头时，却是脸色大变，难以置信——

"小越……小越哥哥？！"

少年一袭黑金龙袍，坐在龙椅之上，长发束起，清贵俊秀，早已与地下石室中那个苍白瘦削的少年判若两人。

他看到满脸震惊的辛鹤，打量着她的一身华服，唇边露出了一丝笑意："果然与我想象得一样……美。"

他向辛鹤招了招手，温柔道："你终于来了，我的皇后。"

辛鹤乍然听到"皇后"这两个字时，浑身又是一颤，震惊得说不出话来。

那龙椅上的少年却笑得更温柔了："皇后你过来，你见过傀儡戏吗？我想同你一起瞧一瞧，给你看几个逼真的木偶，好不好？"

木箱子里阴冷逼仄，骆青遥在里面不住挣扎着，身子却乏软无力，手脚更是被铁链锁住，无法逃脱。

他也如同做了一场噩梦般，迷迷糊糊地一睁开眼，就发现自己置身于这样一个黑咕隆咚的木箱里，一切都荒唐至极，让他捉摸不透。

他心中却担心着辛鹤，只想赶紧逃出这木箱去找她，只是还没想到脱身之法时，木箱已被人抬了起来。

金碧辉煌的宫殿里，辛鹤被那两个宫女强硬地按下，坐在了少年身旁，少年望向辛鹤，似笑非笑："皇后，你今日真美。"

"小越哥哥，你在说些什么？这到底是怎么回事？"辛鹤心急如焚，浑身不由自主地颤抖着，她觉得眼前这一切甚至比她的梦魇还要可怕，一切都透着一股说不出的诡异。

少年却对她的疑问置若罔闻，只是扬起了唇角，拍了拍手，笑道："来人，抬上来！"

骆青遥被困在那木箱之中，身子撞得东倒西歪，耳边骤然听到这样一个声音，不知为何，心跳得越来越快，隐隐总有一种说不出来的慌乱。

"快把木箱打开，让皇后瞧一瞧，这具木偶是否做得精致逼真？"

黑压压的木箱子骤然被打开，里面的骆青遥无所遁形，光亮射来，他下意识地一眯眼，耳边却陡然传来一个熟悉的声音，带着十二万分的惊色——

"青瓜！"

骆青遥呼吸一窒，霍然瞪大眼望去，整个人却像被雷电击中般，不敢相信眼前的这一幕。

"小……小鸟，是你吗？！"

辛鹤胸膛起伏着，身子剧烈发颤，立刻就想要站起身来，却被身旁的少年按住手，想要阻止她，她却一咬牙，还是奋力挣扎地站了起来，望向堂下被铁链锁住的骆青遥，心绪激荡间难以自持，泪水骤然模糊了视线。

"是我，是我！"

骆青遥呼吸愈来愈急，望着一袭华丽宫装、风华绝美的辛鹤，目光变幻不定，难以置信道："小鸟，真的是你……你，你竟然是个女人？！"

④折磨遥哥

宫殿灯火摇曳，骆青遥震惊地站在堂下，望着那道绝美的身影，无数从前注意或没注意过的细节，尽数涌上了他的脑海中——

他初次见她，伸手掐她的脸颊，她恼怒躲闪，让他不要动手动脚，他还笑话她是一个"小白脸"；后面到了惊蛰楼里，他们睡在一张床上，只要他稍微往她那边挪动一下，稍稍碰一碰她，她都仿佛要立刻弹起来一般，反应大得叫他忍俊不禁；每回想拉她一起去浴室，她都如临大敌似的，独来独往，从来不跟别人一起洗澡……

还有面具夜宴上，他与那戴着狐狸面具的少女擦肩而过的时候，她一缕长发飘飞起来，拂过他的脸颊，烟花之下，一股熟悉的茶香萦绕而来，无尽缱绻温柔，害他回去做了一个不可言说的旖旎之梦。

兜兜转转间，原来是她，真的是她，他没有认错！

还有那湖仙娘娘，他与阿朔都扮得不伦不类，滑稽无比，唯独她不仅没有一丝违和感，反而令每个人都大感惊艳，因为她本来就是一个姑娘啊，他怎么就没想到这一点呢？

更别说东鸣寺里，他明明都已经躲在窗下，听到了那赫连高僧对她说的话，为什么就是没想到她会是个姑娘，竟还以为，她同他一样，是个"断袖"？

一时间，骆青遥心中千头万绪，翻腾不已，他又是哭笑不得，又是恍然大悟，极度的震惊之中……却还夹杂了几丝说不出的欣喜！

"小鸟，我真是，真是……世上最大的糊涂蛋，竟不知你其实是个姑娘家，我还一直以为自己是个断袖，喜欢上了一个男人，我真是太糊涂了，与你同床共枕那么久都没有发现，还总笑话你是个'娘娘腔'，拉你一起去洗澡，觉得你身上有一股好闻的香味，还曾，还曾情迷意乱地想过要吻你，原来，原来……"

骆青遥站在堂下，望着盛装绝美的辛鹤，语无伦次地说着，整个人都陷在一阵巨大的意外惊喜中，却没有发现，坐在龙椅上的那个少年越听脸色变得越厉害，再难以按捺住心中妒火，伸手重重在案上一拍。

"够了，住嘴！"少年胸膛起伏着，愠怒的声音响彻大殿，他死死盯着堂下的骆青遥，脑中不断回荡着"同床共枕""一起洗澡""身上好闻的香味""情迷意乱"等那些刺耳的字眼，他一点点握紧手心，一双眼眸迸射出骇人的精光。

妒火中烧间，他忽然伸出手，一把拉过了身旁的辛鹤，将她的腰肢紧紧一揽，辛鹤神色一惊，还来不及开口时，少年已经在她耳边勾起了唇角，冷冷笑道："皇后你若再当着我的面与别的男人眉来眼去，我可是要生气的。"

"你……你在胡说什么？"辛鹤又羞又恼，身子拼命挣扎着，想要推开少年揽住她腰肢的那只手，那只手却禁锢得更加紧了，辛鹤浑身乏软下，根本没有力气挣脱他，只能对着堂下的骆青遥不住摇头道："不，不是这样的，青瓜，我不是他的皇后，我什么都不知道，我一醒来就被抓到这来了……"

"皇后急什么，一切都已经准备妥当了，只等不久后的中秋之夜便举行立后仪式，你马上就是我名正言顺的皇后了，还是你急不可耐，想要将日子再提前一些？"

"不！不是的，我根本就没想过，没想过……"

这一切太匪夷所思，辛鹤急得脸都涨红了，少年的目光却倏然冷了下去，每个字都阴寒无比："你没想过要嫁给我吗？"

骆青遥一激灵，在堂下厉声喊道："你，你放开她，你这个疯子！"

他挣扎着想要上前，却被铁链所缚，两旁的侍卫也将他紧紧按住，他呼吸紊乱间，心急如焚："小鸟，小鸟！"

那龙椅之上，少年揽住辛鹤的那只手却更加紧了，他看向堂下拼命挣扎的骆青遥，冷冷一笑："放开谁？放开我的皇后吗？你以为自己是什么身份，还敢在这里痴人说梦？"

"来人，把针线拿上来！"少年唇边笑意愈深，宛如一条毒蛇般，一字一句在大殿中响起，"我要亲自做一具木偶给皇后看一看。"

他旁边的辛鹤身子一颤，脸色陡变："不，不要！"

却根本阻止不了疯魔的少年了，他看着宫人端着针线踏入大殿，笑得快意无比。

那些放置在银盘上的针线，却不是普通的大小，看起来更像是为了骆青遥而特制的刑具般，又粗又尖的长针，烫红了的针头，上面还冒着丝丝热气，一眼望去便令人不寒而栗，惊骇万分。

"不，不要！求求你，不要碰他……"辛鹤失声哀求着，剧烈挣扎起来。

她却毫无脱身之力，被那两个宫女死死按住，只能眼睁睁看着那个笑容残忍的少年一步步踏下台阶，缓缓走近骆青遥。

"不要！"辛鹤煞白了一张脸，声嘶力竭地喊道，她却怎么会知道，她越是这样在乎骆青遥，越是为他求情，那个阴冷而笑、形如鬼魅的少年，便越是妒火中烧，心中只恨得咬牙切齿，不将骆青遥折磨得生不如死誓不罢休！

骆青遥看着一步步向他走近的少年，瞳孔骤缩，他手脚都被铁链束缚住，一身内力又叫琅岐岛上的迷香封住了，一丁点儿也施展不出来，下意识想要往后退去，却还被两旁的侍卫紧紧按住了肩头，动弹不得。

"疯子，你这个疯子！"

"做个疯子也好过做一个任人摆布的木偶，你说是吗？"

面容苍白，阴冷而笑的少年，拿起了那托盘上烫红的长针，眼睛眨也不眨，毫不犹豫地刺向了骆青遥的胳膊。

"不！"辛鹤的泪水夺眶而出。

那烫红的长针重重扎进了骆青遥的血肉之躯，他仰起头来，一记惨叫响彻大殿，身子剧烈颤抖间，疼得一张俊秀的面容都痛苦扭曲了，额头上瞬间冷汗涔涔，双腿都快站不住了。

"青瓜！"辛鹤凄厉喊着，心痛如绞。

鲜血溅到了钟离越的脸上，他却毫无感觉，苍白的面容如同鬼魅般，带着快意的笑容，长长的睫毛上血珠坠落，手里还抓着那根烫红的长针，在骆青遥的血肉中"穿针走线"，当真将他当作一个木偶般，残忍地"缝制"起来。

骆青遥痛苦的惨叫声在宫殿里不断响起，辛鹤快要疯掉了，拼命挣扎着："不！不要！求求你，不要再折磨他了！"

"到底是谁在折磨谁？"神似癫狂的少年忽然转过身，望向灯下泪如泉涌的辛鹤，一声怒喝道，"不就是这个人叫你背叛了我吗？如果不是我派人将你们抓回琅岐岛，你是再也不打算回来见我了吗？"

"不，我只是想找出真相！"辛鹤泪流满面，奋力挣开那两个宫女，踉跄地摔倒在地，却顾不得爬起，只是手脚并用地爬下那台阶，泣不成声地哀求道，"小越哥哥，我求你，我求求你放过他，一切都跟他没有关系！你想做什么都冲着我来，不要伤害他……"

她浑身剧烈颤抖着，从没有这么害怕过，像是铺天盖地的梦魇将她团团围住，快要将她吞噬掉了，她此刻只想快点儿醒过来，带着骆青遥逃脱这个噩梦！

"求你了，小越哥哥，你放过他，我求求你……"

"小鸟，不要求他！你快起来，不要求他！"骆青遥身上鲜血淋漓，疼得脸色惨白，却还是血红着一双眼，冲辛鹤不断喊道。

那面容苍白似鬼魅的少年站在灯下，手里握着那血淋淋的长针，目光几个变幻，望着摔倒在台阶上狼狈不堪的辛鹤，呼吸越来越急促，忽然在大殿中一声厉喝道："你们两个还愣着做什么，还不快将皇后扶起！"

那两个宫女一哆嗦，这才如梦初醒，赶紧扶起地上的辛鹤，再不顾她的挣扎，牢牢地将她肩头按住。

辛鹤满脸泪痕，还在摇头苦求着："放了他，一切都跟他没有关系，你要做什么都冲我来……"

"跟他没有关系？"钟离越眸中寒光迸射，忽然一声怒吼道，"那你告诉我，你对他，动情了吗？"

少年胸膛剧烈起伏着，眼眶也因激动泛红了一片，他握紧那长针，看着辛鹤的一双泪眼，在殿中咬牙一字一句道："你还是那个会在中秋夜偷偷来给我送月饼、说要每一年中秋都陪在我身边不离不弃的小姑娘吗？"

辛鹤长睫一颤，在少年的逼视下，煞白着脸没有开口，于是那道鬼魅般的身影更加疯狂了，骤然血红了双目，嘶吼道："你还是吗？"

他仿佛入了魔障般，一遍遍地追问着辛鹤，模样骇人不已，血红的眸中，却也有泪光闪烁起来，像是个被抛弃的孩童，要苦苦抓住一些什么。

"告诉我啊！你如今心里到底装着这个小子，还是……仍然是那年给我送月饼的小姑娘呢？"

辛鹤一颗心纷乱狂跳着，看着殿中越发疯魔的少年，又看着被折磨得一身血淋淋的骆青遥，喉头像被什么扼住一般，艰难得无法说出一个字来。

她知道怎样说才能够平息小越的怒火，救下骆青遥，可她说不出口，她没办法欺骗自己，更没办法在这样的情况下还让骆青遥再承受一次心灵的重创！

"你说啊，你还是当年给我送月饼的小姑娘吗！"形如鬼魅般的少年在大殿中嘶吼道。

辛鹤终于咬牙含泪，一字一句响彻大殿："我不是你的，从来都不是你的！你根本就没有对我用过真心，一直以来都只是在利用我罢了，你现在还有什么脸来问我是不是当年那个给你送月饼的小姑娘！"

⑤小越的"大礼"

山风掠过四野，斜阳笼罩着柳明山庄，树影摇曳，庄中楼阁亭台，花苑水榭，尽然染着一层金色的柔光，粲然如画，美不胜收。

阁楼里，喻庄主穿梭在书架之间，几番找寻后，终于欣喜道："找到了！"

裴云朔、喻剪夏、姬宛禾、陶泠西几人跟在他身后，闻言心头一跳，也赶紧凑上前去，激动莫名："是这个吗？就是这一本有关童鹿的记载？"

他们一行人在云梦泽那里便与骆秋迟、闻人隽、阮小眉他们分开两路了，骆秋迟他们随鹿行云去了那破军楼，而几个少年却马不停蹄地赶来了柳明山庄，想要借助庄中势力帮忙查找线索。

这些年来，因为想要得到传闻中的童鹿秘宝，柳明山庄也一直在搜寻各种有关童鹿的信息，将其整合成了一本书册，收在了庄中。

因喻庄主放下了执念，贞贞的病也好了起来，他对童鹿秘宝不再狂热痴求，所以这本书册也无多大用处了，被放在柳明山庄的阁楼里，都快积满了灰尘。

若不是这一回裴云朔与喻剪夏他们又回到了山庄寻求帮助，恐怕喻庄主根本想不起还有这样一本册子。

这册子是庄中密探多年来搜集到的信息，涵盖了童鹿的风俗人情、山川地貌、皇室记载等许多方面的内容，但由于童鹿早已亡国，这个国家又极其神秘，所以搜集到的信息都不太完整，也比较浅，但裴云朔与喻剪夏他们还是抱着满满的希望，渴盼这上面能有只言片语的线索，帮助他们找到骆青遥与辛鹤的下落。

阁楼之上，喻庄主与那几个少年围在一起，一行字一行字地仔细看下去，唯恐错过什么重要的地方。

"你们快看！"忽然间，姬宛禾发现了什么，指向那书册上的一行小字。

"原来童鹿的最后一个君主是桓帝，也就是那章怀太子钟离羡，他在城破战死后，尸身被悬于城楼之上，其余皇室中人也都惨死，可唯独没有找到皇后的下落。"

那是章怀太子登位后，同时册立的皇后身份也是十分神秘，没有太多记载，不过关于童鹿亡国时那位失踪皇后的下落，柳明山庄的人搜集到的说法却有许多种。

一种是皇后被敌军围住，烧死在了皇宫中，一种是皇后悲痛欲绝，爬上城楼自尽殉国，追寻桓帝而去，但其中还有一种耐人寻味的说法，却是——

皇后被一群死士拼死救出，逃出了战火硝烟中，从此不知所踪。

"你们说，为什么死士要拼命救出那皇后，护她逃出生天呢？难道在那个时候，皇后的性命比皇帝的还重要吗？"姬宛禾提出的这个问题，角度有些刁钻，阁楼上，裴云朔几人，连同那喻庄主都愣住了，一下子无从回答。

姬宛禾也微微蹙起了眉心，冥思苦想起来，却是忽然间，她脑中灵光一闪，双眸一亮，兴奋道："我知道了，或许有一种可能，皇后才会比皇帝更重要，那就是——皇后怀有身孕了！"

一个怀有"龙裔"的皇后是这个即将覆灭的国度最后的希望，就如同一簇拼死保存下来的火种般，只等有朝一日，狂风暴雨过去，便在合适的时机熊熊燃起，光复童鹿！

童鹿是亡于大渝的铁骑之下，那是一个草原上的民族，几岁大的孩童都会骑马射箭，极其骁勇善战，与喜好风花雪月的童鹿人不同，他们好斗凶悍，一生都在掠夺当中度过。

当时他们踏破童鹿的皇城，来势不可抵挡，为了日后复国的希望，死士们得到章怀太子，也就是桓帝的命令，拼死护送皇后逃离铁骑之下，这种猜测是很可能成立的。

"我觉得阿宛或许猜对了，那群人护送着皇后，能够逃往哪里呢？"

阁楼上，几个少年目光交汇，心意相通间，同时默契地说出了那三个字："琅岐岛。"

旁边喻庄主翻着那书册，忽然看到有一处记载，目光一动，道："你们也许没说错，他们真带着皇后逃到那海外的岛上去了！"

那一行小字记载的乃是童鹿自古以来的风土人情，他们不同于其他国家的最大特点是，童鹿是一个巫蛊之术极其盛行的国度，信奉月亮神，国中还有个专门的官职叫作大巫师。

童鹿人对月亮有着极其特殊的感情，在他们的神话传说里，月亮神是住在海外的仙岛之上，神力无限，不可侵犯。

当年的那群亡国遗民在家园被残忍践踏后，走投无路下，一定会带着皇后往海上逃去，找到那处能够庇佑他们的"仙岛"。

顺着这个思路想下去，一切似乎豁然开朗，顺理成章了，可是——

即便他们的猜测全是对的，那处海外的琅岐岛又在哪里呢？

阁楼上瞬时又沉默了下来，书册上已经没有更多的记载了，喻庄主望着满脸忧色的少年们，安抚道："你们放心，我已经派人去调查这琅岐岛了，即便倾柳明山庄上下之力，我也一定会帮你们找到他们的下落！"

同样一片金色的夕阳下，海水翻涌不息，浪花拍打着礁石，琅岐岛上，那座翻新的宫殿在黄昏里闪烁着熠熠光辉。

大殿中，似乎还久久回响着辛鹤那句嘶喊决绝的话："你根本就没有对我用过真心，一直以来都只是在利用我罢了！"

"真心？"钟离越握着那根鲜血淋漓的长针，望着辛鹤的双眸，她眸中映出他凄然长笑的模样，他一只手拍向自己的胸膛，陡然血红了眼眶，嘶哑道，"你不如问我，在这么多年人不人、鬼不鬼、暗不见天日的囚禁中，我这具孱弱不堪的身体里面可还装着一颗心？！"

"而这一切，全拜你们辛家所赐！"钟离越凄厉的声音响彻大殿，辛鹤呼吸一颤，望向那个神似癫狂的少年，不可置信道："你，你在说什么？"

"皇后不是想看看我的真心吗？"钟离越却没有回答她，只是勾起唇角，诡魅一笑，"我可为皇后准备了几份大礼呢。"

"你……你想干什么？"辛鹤一颗心忽然剧烈跳动起来，隐隐中有股不好的预感。

"皇后别着急，我送的大礼你一定喜欢，一样一样慢慢来看吧，好戏才刚刚开始呢。"

那鲜血淋漓的长针"啪"的一声，被少年随手扔了在那银盘中，他从怀中取出一方雪白的手巾，一边擦拭着手上还有脸上的血珠，一边冷冷笑道："来人，把其余的几具木偶都抬上来！"

辛鹤脸色霍然一变，心中的恐慌无限扩大，那个噩梦瞬间又浮现在她眼前，她身子止不住地颤抖起来，双唇都发白了："不……不要……"

三个木箱子被人抬进大殿中，领头的两道身影熟悉无比，正是十长老会中的两位"中坚力量"——白清砚与吕启德。

他们暗中替钟离越谋划多年，岛上的腥风血雨正是由他们推波助澜，一力掀起！

那几个木箱重重地落在了宫殿之中，钟离越望着面色惨白的辛鹤，好整以暇地笑道："皇后你说说，你想先开哪一个？"

"不……不要……"辛鹤声音颤抖得厉害，如坠梦魇。

"怎么，皇后不想选吗？"钟离越扭过头，煞有介事地看向那三个木箱，"那我便替你来选吧，先开中间这个怎么样？"

中间的木箱应声打开，辛鹤心头狂跳间，泪水夺眶而出："爹！"

那中间箱子中装着的"木偶"正是辛鹤的父亲，曾经琅岐岛上的岛主，辛启啸。

只是如今他不仅沦为了阶下囚，情况还凄惨无比，一头散乱的发丝几乎一夜尽白，肩头的琵琶骨被两条铁链残忍穿过，血肉模糊，听到辛鹤的声音后，他一激灵，猛然抬起头，急切道："鹤儿，鹤儿是你吗？"

这一抬头，辛鹤浑身的血液都在一瞬间凝固了。

那张熟悉的脸上，竟赫然显现着两个骇人的"大窟窿"，从前装满了辛鹤的身影，看着辛鹤长大的那一对眼珠子早就不见了！

辛鹤身子摇摇欲坠，手脚冰冷入骨，险些晕厥过去。

而大殿中的辛启啸还在扭动着脑袋，顶着那两个"血窟窿"，拼命寻找着："鹤儿，我的鹤儿，你回来了吗？你在哪里呀？"

旁边的钟离越啧啧摇头，故作一叹："听听，多么感人的父女情啊，我都要被打动了呢。"

他紧盯着辛鹤的眼眸，望着她面无人色的样子，唇边挑起一抹快意的笑容："你爹日思夜想，就盼望再看到你一眼，只可惜，他一对眼珠子都被我抠了出来，此生此世都再也看不到你的样子了，你说说，这是不是很有趣呢？"

辛鹤眼前发黑，都快要站不稳了，殿中的钟离越却又接着看向那几个木箱，悠悠地笑道："接下来开哪个箱子，看哪一个木偶呢？我想想，不如……就看这一个吧！"

最左边的那个也被霍然打开，辛鹤浑身颤抖着，泪如雨下："姑姑！"

还好辛如月虽然琵琶骨也被穿透，血肉模糊，但脸上却完好无缺，没有那两个触目惊心的"血窟窿"。

但她急切地看着辛鹤，身子拼命挣扎着，眼里噙满了泪水，怎么也说不出一句话来，辛鹤几乎在一刹那明白过来，遍体生寒。

钟离越的笑声又在大殿里响起："还有你姑姑，很久没听到她再唤你的小名了吧？你瞧瞧，她多想叫你一声啊，不过可真遗憾，她那讨人厌的舌头被我连根拔掉了，以后再也发不出一丁点儿声音了呢。"

钟离越将那染满骆青遥鲜血的手巾，往辛启啸与辛如月中间一扔，愉悦地扬起了唇角："一个看不见，一个喊不出，两个木偶凑在一块儿，倒也齐全了，什么都不缺了，真是太有意思了，皇后你觉得呢？"

辛鹤望着父亲与姑姑的惨状，如坠梦魇中，脸色煞白，指甲深深地陷入了手心里，身子就快撑不住倒下去了。

这是噩梦吧，都是噩梦吧，这一切全都是噩梦吧！快点儿醒过来啊，求求老天爷，快让她醒过来啊！

"皇后怎么了？开心得说不出话了吗？"钟离越笑意愈深，眼里迸射出兴奋的光芒，"别急，还有一具你没看到呢。"

他走到最后一个木箱前，迫不及待道："来，好好欣赏一下吧，他可对你们辛家忠心耿耿，更对你情深一片呢！"

　　辛鹤一激灵，那打开的木箱中滚出了一道血肉模糊的身影，竟是几乎被折磨得没有人形的杜聿寒！

　　他的情形比辛启啸与辛如月还要惨上百倍，虽然眼耳口鼻俱在，但是一双腿自膝盖处就被残忍斩断，倒在大殿中的只有半截身子！

　　他肩上的琵琶骨也同样被铁链穿过，浑身血肉模糊，哪儿还看得出是从前那个美如冠玉、气度不凡的"杜家儿郎"。

　　辛鹤看到这里，终于再也忍不住，一弯腰，剧烈地呕吐起来，连肚中最后一点儿苦水都要吐出来一般。

　　旁边的骆青遥血红着双眸，泣不成声道："小鸟，小鸟别看了，你别看了！"

　　相比钟离越施加在其他人身上的凶残手段，他对骆青遥的那点儿折磨，倒还算是最仁慈的了！

　　不过，这当然不是因为他真的仁慈。

　　"你喜欢的这个小子可是最重要的一具木偶，当然要留到最后来做了，至少——也要留着完好的眼耳口鼻，双手双脚，叫他亲眼来见证一下我们的大婚，你说对不对？"钟离越笑得像是一条毒蛇般，慢慢走近辛鹤，"怎么样，你还觉得我对你没有'真心'吗，皇后？"

　　"你别碰我，别碰我！"辛鹤身子一颤，根本呕不出任何东西了，她疼得背脊蜷缩着，身体每一处都狠狠地揪在一起，抬起头，双眸血红地剜向那个阴冷而笑的少年。

　　"你不是人，你简直就是个魔鬼……我要杀了你，我要杀了你！"

　　她看向他的目光，就像在看着这世间最可怖的魔鬼一般，不知怎么，钟离越的心头竟被这眼神刺痛了一下。

　　他忽然一声长笑道："你不要用这样的眼神看着我！我知道你在想什么，你觉得我疯了，觉得我十恶不赦，觉得我就是一个魔鬼！可你知不知道，这一切全都是你们辛家造的孽，他们如今受到的所有折磨都不过是一报还一报罢了！罪大恶极的人是他们，不是我！"

第十章・童鹿秘密揭曉

①童鹿迷雾揭开

"你不是一直很奇怪究竟是何人将我关在那地下石室中吗？"钟离越的声音在大殿中冷冰冰地响起，事到如今，这答案不言而喻了。

他身旁的白翁也恨声道："主子说得没错，一切的一切全是从你们辛家开始的，他们如今的下场是罪有应得！"

白翁神情激动，身子微微颤抖着，双眸之中亦有泪光闪烁："遗民泪尽孤海上，遥望故乡又一年。我们隐忍蛰伏，等了多久才等到了今天，这世间之事不过是因果循环，一报还一报，若不是你爷爷当初造下的孽，辛家又何至于落得如今的下场？"

他望向那双目被剜、脸上两个"血窟窿"的辛启啸，冷冷一笑："说起来，你爹还应该叫我一声白叔呢，我在他面前忍辱负重了这么多年，跪在他脚下，拜他为岛主，心中却没有一刻不想手刃了他的！"

辛鹤瞳孔骤缩，听得脸色煞白，难以置信，那大殿中的钟离越，却扬起了唇角，声音在殿中一字一句地响起——

"既然皇后也见过了这几具木偶，那便索性再来听一出傀儡戏吧，一出演了好几十年的傀儡戏。"

白翁得到少年的示意，点点头，长声一叹："一晃眼大半辈子过去了，琅岐岛上潮涨潮退，昼夜不停，往事如烟，一切却对我而言，都好像发生在昨天一般，历历在目。"

他望向虚空，湿润了眼眶："当年的'流云十君子'里，如今只剩下我与吕二哥两位了，我们这些年殚精竭虑，暗助小主子，重夺琅岐岛，也是不负当年陛下所托了。"

他身旁不远处的吕启德也是十长老会中年纪最大、最德高望重的一位，他听到白翁这样说，不由也是老泪纵横道："老四，这些年苦了你了。"

"二哥！"白翁与他目光交汇，双眸泛红，感慨万千，"我多少年没听到你这样喊过我了，如今我们终于能够光明正大地互称兄弟了，不用再在辛家的权威下苟延残喘了。"

他二人这番对话没头没脑，叫辛鹤听得不明所以，那白翁却拭了拭眼边的泪，平复了下情绪，继续长声叹道："其实我与吕二哥曾经都是章怀太子身边的影卫，或者说是效忠于皇室的死士。"

他看向灯下的辛鹤，忽然拔高了语调："这其中也包括你爷爷，辛玄笛。"

"流云十君子"乃是昔年章怀太子身边十个身怀绝技、神出鬼没的影卫。

他们负责保护太子的安危，替太子办事，只听命于太子一人。

十个影卫出生入死，感情极好，年纪还都相仿，便都以兄弟相称，还得了个"流云十君子"的名头。

其中年纪最大的姓焦，被大家称作焦老大，是个性情刚烈，说一不二的铮铮铁汉。

老二便是这吕启德了，白翁在其中排第四，而辛鹤的爷爷辛玄笛则是"辛老六"，他是十个人里武功最高、能力最强、心思最活络的。

他在"流云十君子"中，与"杜小九"杜凤年的感情最好，两人经常形影不离，共同被派出去完成各种任务。

那一年，大渝掀起战火，童鹿遭逢大劫，他们十个人的命运也都就此改变。

彼时章怀太子还身在大梁，在皇城宫学里为质，童鹿要派兵将他迎回母国，登位为王，率领剩下的兵力与大渝殊死一战。

当时童鹿布满战火硝烟，大渝来势汹汹，美丽安宁的童鹿一夕之间支离破碎、尸横遍野、血流成河，几乎已经是走到了穷途末路、亡国灭种的地步。

但童鹿自古以来盛行巫蛊之术，国中还有一个特殊的官职叫作大巫师，几乎是一人之下，万人之上了，在某些特殊的时候，甚至与皇帝都是平起平坐的。

那一年，童鹿遭遇灭顶之灾，大巫师呕心沥血，力挽狂澜，却仍是无法阻止童鹿士兵的节节败退。

他连夜坐观天象，最终算得一卦，卦象上竟是一个"死"字，毫无一条生路可寻，童鹿这一难，注定逃不过去。

大巫师悲痛欲绝，泪洒衣襟，最终当机立断，做出了一个重要的决定——

既然童鹿注定亡国，那么至少也要保存一份"火种"，留下日后复国的希望！

他立刻行动起来，将童鹿国剩余的兵力分成了两股，一股留守皇城，等待迎回章怀太子登基，便与大渝决一死战。

一股却被泡进了特制的药池中，做成了不死不灭的阴兵，连同童鹿剩余的所有财富，一同封存在了一座海底墓中，等待日后开启，用这股阴兵力量与那滔天财富再度光复童鹿。

这些阴兵就如同活僵尸一般，身体感觉不到痛楚，战斗力凶猛异常，是最叫人闻风丧胆的致命武器，但他们需要长久的时间，将那些药力、毒术与自身融为一体，并吸收天地之精气，才能够彻底大成，所以大巫师将他们封存了起来，只等待日后再来开启。

当时童鹿还有一位夏侯将军，乃童鹿一代名将，骁勇善战，却在拼死抵抗大渝的进攻中，身负重伤，眼看就要活不成了。

他也被那大巫师泡进了药池中，做成了一位"鬼将军"，与阴兵一同封进了墓穴里，等待日后被再度唤醒，领兵作战，夺回童鹿的国土。

那处墓穴位于海上，确切地说是在海底。

因为岛屿淹没在海水之下，每一年只有退一次大潮，才会露出那座小小的海中岛，那封存阴兵与鬼将军还有无数皇室财宝的墓穴才能够被找到。

这是大巫师精心所寻的地方，如果没有准确的地图，世间不可能有人能够找到！

这里保存着他们童鹿最后的"火种"，是他们最后复国的希望，那张绘制了海底墓所在的地图，也便成了日后开启阴兵力量至关重要的一把钥匙。

大巫师在临终之前偷偷遣人将地图送去给了章怀太子，可这消息却不知怎么竟然走漏了出去！

大渝的细作遍布，实在防不胜防，这股可怖的力量也被他们所知晓了，他们为了彻底除去这个隐患，也立即派兵赶到了大梁，想要抢在童鹿的人马到来之前杀掉章怀太子，抢夺地图，毁掉那座海底墓，将所谓的阴兵与鬼将军都炸得灰飞烟灭，再不给童鹿留下任何一丝复国的希望！

于是两股兵力在大梁交锋了，大梁当时的君主站在中立的位置，两边皆不相帮，只是任那两股兵力在一线天里打了极其惨烈的一仗。

所以骆青遥与辛鹤他们当时误入一线天，才会发现那里像一个修罗战场一般，白骨遍地，而冰室之中，他们还发现了士兵衣服上一个模糊的"鹿"字，那正是童鹿的标识！

章怀太子曾入过大梁皇宫，跪地苦苦哀求，希望大梁当时的君主能够出兵帮助童鹿，不要让童鹿走上灭国之路，他们愿意每年向大梁进贡无数金银珠宝，以及割让城池，允诺种种条件，但大梁的君主却拒绝了。

他只说了一句话——没有落井下石与大渝结盟一起侵略童鹿，已经是对童鹿最大的仁慈了。

童鹿的生死存亡，他们大梁不插手、不干预，任两边厮杀，一切全看天意了。

章怀太子没有办法，只能在两股兵力激烈厮杀之际，一边赶紧召集身边的影卫死士，交给了那"流云十君子"一个重要的任务——

海底墓的那份地图被分成了十份，让他们带在身上，躲过大渝追杀，藏到了四面八方，一共十座庙宇之中！

因为地图放在章怀太子身上，目标实在太过于明显了，一旦他被捉住或是遇害，地图便会落入大渝手中，那么童鹿复国的最后一丝希望也将彻底破灭了。

所以地图必须送出去，送到一个安全的地方，一个敌国怎么也无法找到的地方。

那便是分割成十份，天南地北，四面八方地去藏好，他们选择了藏在大梁境内，因为若回到童鹿，无异于自投罗网。

这一招的确让大渝"糊涂"了，不知章怀太子葫芦里卖的什么药，他们知道他身边有一群厉害的死士，一定会将地图护送出去，但他们没想到的是，这十个人居然分头行事，往十个不同的方向而去！

那地图到底藏在哪一个人身上，他们该集中兵力去追哪一个人呢？

恐怕大渝做梦也不会想到，其实这"流云十君子"每个人身上都带了一份残缺的地图！

大渝还以为这是章怀太子的障眼法，故意要让他们分散兵力，其实地图兜兜转转，还是藏在章怀太子自己身上。

再加上那"流云十君子"天南地北各自分散，目标实在太小太散，大渝不好追击，而这十个人又都武功高强，狡猾万分，大渝派去的人都没了下文，久而久之，大渝也就不耐烦再追击这十个人了，而是将兵力与心思放在了与童鹿的最后一战上。

就这样，海底墓的地图被分为了十份，瞒天过海地躲过了大渝的追击，终是被送去了十个地方，安全地藏好了。

而一线天那惨烈一仗后，童鹿艰难险胜，最终还是将章怀太子安然带回了童鹿，登位为王，率领剩余的所有士兵，在皇城中与大渝决一死战。

这注定的亡国结局没有被改写，章怀太子惨烈战死，尸身被悬挂于城楼之上，死后也受尽了百般侮辱。

而当时童鹿新册立的皇后却失踪了，那皇后不是别人，正是昔年消失在洛水园里与章怀太子相爱生情的那位妙花娘子，灵晴。

姬宛禾他们也没有猜错，她的确是怀孕了，"流云十君子"将她拼死护送出来，连同童鹿幸存的一批百姓一同逃往了海上。

来到琅岐岛的许多年后，灵晴仍是夜夜梦魇，梦里全是章怀太子一身鲜血淋漓，尸体被悬挂于城楼上的画面。

那个时候，她就躲在暗处，浑身颤抖着，咬紧牙关，满眼是泪，一只手按住自己的腹部，死死撑住才没有发出一丁点儿声音来。

她在琅岐岛上休养身子，被尊为岛上遗民的皇后，诞下一子，也被称作小太子，只等小太子再长大一些，便登位为王，成为童鹿的新一任君主。

灵晴一直谨记丈夫的遗言，脑中日日夜夜、无时无刻不刻着"复国"两个大字，虽然她不是童鹿人，但她的丈夫和儿子乃是童鹿的钟离皇室，她丈夫惨死于蛮人铁骑之下，她不能忘却这仇恨，不能叫丈夫死不瞑目，哪怕穷尽一生，她也要光复童鹿，替丈夫报此血海深仇！

同她一样有着如此强烈信念的，还有那"流云十君子"中的焦老大，他与吕老二、白老四几个兄弟，牢牢记着章怀太子的所托，没有一天敢忘却"复国"大计。

但他们却忽视了，人心是会变的——

海水潮涨潮落，大风又起，岛上的另一场噩梦才刚刚开始。

②占岛为王

"流云十君子"领着一帮童鹿的遗民在岛上没住两年，便用辛勤的汗水将一座荒岛变作了新的家园，耕种织布、造船捕鱼、修建房屋……他们尽自己所能，慢慢地从战后的悲痛中走了出来，开始了新的生活。

这其中有一个人最是功不可没。

那就是"流云十君子"中武功最高、能力最强、心思也最活络的老六，辛玄笛。

他发现岛上物产丰富，水土肥沃，有许多得天独厚的优势，并且最大的惊喜是，他在岛上竟还发现了一些珍稀的矿石。

这座天然的海岛简直是老天爷送给他们的最绝妙的礼物。

辛玄笛一边带领遗民重建家园，一边在岛上开采矿石，没日没夜地干活，斗志昂扬，热火朝天，将一切都安排得井井有条。

岛上许多遗民，不知不觉，就将他当作了"首领"一般，愿意听从他的命令，对他十分信服。

他还开始乘船出海做交易，买卖岛上的矿石与特产，一次一次的往返，为岛上带来了巨大的财富，人人的脸上都洋溢起了久未出现过的笑容。

但他在琅岐岛上"重建家园"的过程中，却绝口不再提"复国"二字了，那焦老大催促过他好几次，希望十兄弟快点儿出发，各自将放在庙宇中的那面羊皮鼓拿回来，拼凑成完整的地图，以图日后能够开启海底墓，借助阴兵力量复国。

但辛玄笛总说还早，时机还未到，大渝还在追捕他们，遗民也都还没安顿好，等风头过去一些再说，一切该从长计议才是。

那个时候，皇后腹中的孩子还没有诞下，她在岛上精心养胎，一切事情都不要她去管，她享受着岛上最好的待遇。

辛玄笛只要一有空，也会去向她请安，有时还会带一束鲜花，或是一串美丽的珍珠，又或是在海上与其他国度交易时，他们那里最新奇的玩意儿。

辛玄笛的妻子去世多年了，他曾经在看望皇后时无意提起过，说皇后长得与他的亡妻有几分相似，笑起来就更像了，所以皇后应该多笑一笑，不要整天愁眉苦脸才对。

但当时皇后脸色一变，将辛玄笛训斥了一番，叫他日后不要再随意开这种轻薄的玩笑。

辛玄笛也不恼，只是放下了手中的鲜花，施施然退下。

许是女人的内心细腻敏感，隐隐察觉到了什么，皇后开始避着不见辛玄笛，她用自己坚决的态度斩断了一切可能。

从此辛玄笛来的次数少了，每回来也只是请安，绝口不说其他。

除了有一次，皇后临产的月份将近了，他站在窗边的夕阳下，喃喃了一句："如果娘娘腹中是个女儿，一定会像娘娘一样温柔秀美，蕙质兰心。"

"不，不能是女儿，必须是儿子，必须是！"皇后却又变了脸色，神情激动无比，握紧了手心，双目中迸发出狂热的光芒，"我腹中的一定是个儿子，天佑童鹿，绝不会令钟离皇室断后的！"

那时辛玄笛久久没有说话，只是望向皇后的目光中，带着一些说不出的……怜悯。

终于，皇后诞下一子，琅岐岛上欢庆了三天。

那焦老大又来找辛玄笛了，说："如今小太子都出生了，还不去把羊皮鼓拿回来，拼凑成完整的地图吗？"

当年章怀太子出于多方面的考量，防止十君子中有人生出异心，独占地图，所以都是单独对他们十个人下令，他们四散八方，都只知道自己那一份地图的去向，不知其他人的。

所以要将地图拼凑回来，就必须要十个人都同心协力，只要缺少一人，地图都无法完整。

辛玄笛面对焦老大的追问，还是那一套说辞，说"再等等，等小太子长大一些，继任皇位了，岛上的一切更加稳固了，他们再去找那些羊皮鼓，拼凑出海底墓的地图也不迟"。

这一等，就等到了小太子满周岁，琅岐岛上的生活越发欣欣向荣，辛玄笛在遗民们心中的地位也越来越高，焦老大终于按捺不住了。

他本就是一个火暴性子，隐忍了这么久，如何还能等得下去？

他当即把"流云十君子"都找了过去，聚集在了一间屋中，说要摊开一切，好好谈一谈。

"老六，你到底怎么想的？你还想回到故乡吗？还想复国吗？"焦老大开门见山，毫不客气地对辛玄笛喝道。

长桌的另一头，辛玄笛面色淡淡，只是不紧不慢地说了一句："这里难道不是故乡吗？我们带着遗民在这里日出而作，日落而息，安居乐业，重建家园，难道这里还没有成为我们新的故乡吗？"

"狗屁！"焦老大怒道，"你我皆清楚，这里只是暂时的'避难所'，我们真正的家园，真正的故乡，都在童鹿！"

"那大哥你告诉我，童鹿又在哪里？"辛玄笛也忽然拔高了语调，攫住焦老大的眼睛，一字一句道，"这世间之大，哪里还有童鹿？那里早就变成大渝的领地了，断壁残垣，面目全非，再不是从前生养我们的一方土地了！"

"所以我们才要将其夺回，驱逐蛮人，复我家国啊！"焦老大愈发激动。

辛玄笛却是冷冷一笑："大哥说得轻巧，复国却谈何容易？"

"老六你什么意思？你难道不想复国了吗？"焦老大一拍桌子，怒气冲天。

辛玄笛依旧是那副不咸不淡的样子，只是幽幽叹了一声："战争啊……真是这世上最令人讨厌的东西，生灵涂炭、血流成河、日月无光，我永远也不想再经历一次。"

他一一扫过屋中的兄弟们，扬起了唇角，眸中泛起动情的波光："国是什么？有亲人有同胞有手足在的地方不就是家吗？有家在的地方不就是国吗？你们难道不觉得这座琅岐岛已经成了一个新的'童鹿'吗？为何一定要执念不放，夺回原来那方土地，才叫复国呢？"

屋中的"流云十君子"面面相觑，显然有人隐隐动摇了，其中最先开口的人是蓝西亭，他是十人中年纪最小的，被叫作"蓝小十"。

他一直便很崇拜辛玄笛，认为自己这个六哥聪明绝顶，无所不能，他愿意追随他做任何事情。

"其实六哥说得也没有错，现在岛上的百姓们过得多开心啊，这里不也相当于一个小小的童鹿吗？为何一定要抓着执念不放……"

"一派胡言！"焦老大霍然站起身，双眸泛红一片，激动地嘶声道，"大渝铁骑踏破我童鹿，毁我山河，杀我君主，屠我大半百姓，还将我们这群遗民都逼到了这方海上孤岛来，这些血海深仇难道都不报了吗？

"你们都忘了陛下临终前的嘱托吗？都忘了他尸体鲜血淋漓挂在城楼上的画面吗？都忘了皇后是怎么咬牙坚持，拼着难产也要诞下小太子的吗？一个女人都尚且怀着这样坚定的信念，无畏无惧，我们这些大好男儿难道要畏缩不前，躲在这片琅岐岛上，自欺欺人，靠着虚假的美好度过残生吗？"

"对，不能忘！"屋中当即有几人热血沸腾，站到了焦老大身后，捏紧拳头，"国仇家恨，不能忘！我们要复国，一定要复国！"

"什么也别多说了，明日我们十人就动身出发，各自拿回自己的那一面羊皮鼓，然后回到琅岐岛，将海底墓的地图拼凑出来，无论如何，拼尽这具血肉之躯，也要光复童鹿，驱逐蛮人，夺回家园！"

焦老大几人正热血翻涌间，那长桌前的辛玄笛却是笑了笑，忽然幽幽道："那出海的钱呢？去那庙宇中一路上吃喝拉撒的钱呢？打点僧人，捐助香火的钱呢？"

他这接连的几声逼问来得突兀尖锐，叫焦老大一时愣住了，辛玄笛却说得更加直白了，每个字都辛辣无比地响彻屋中——

"大哥现在吃的一粥一饭，身上穿的一针一线，用的一刀一剑都是我辛辛苦苦带着人赚来的，大哥在岛上除了每日疯狂练武，想着一些不切实际的复国大计，煽动着兄弟们分裂内斗，还做了些什么？"

这尖锐无比，又饱含讽刺的一番话在屋中久久回荡着，一时间，人人脸色大变。

焦老大更是霍然涨红了一张脸，气得浑身发抖，抬手指向辛玄笛，恼怒不已："你，你简直是……"

"我简直是什么？"辛玄笛冷冷注视着他，毫不留情道，"空喊着'复国'，难道天上就能够掉下馅饼来吗？跟在大哥身后空号两声，就可以不吃不喝，不穿不住，不要生活了吗？"

他一拍长桌，也霍然站了起来，将一直以来没有捅破的那层窗户纸，彻底撕得粉碎。

"还有那海底墓中到底关着一些什么'东西'，你我心知肚明，大哥难道就没有想过，真将那群所谓的'阴兵'放出来，会导致什么后果吗？那样凶残的怪物，大哥能保证一定能将他们掌控好，不叫他们祸害无辜，屠杀天下人吗？倘若真变成这样，酿成一场不可收拾的浩劫，我们又与当日践踏我们家园、掀起战火硝烟的大渝有什么区别？大哥你说是不是，你从来就没有考虑过这一系列的后果吗？只是热血冲头，脑袋里光装着'复国'那两个不切实际的大字吗？"

掷地有声的话语响彻屋中，将焦老大逼问得哑口无言，他呼吸急促间，一句话也说不出来，只是胸膛剧烈起伏着，死死瞪着长桌那一头的辛玄笛。

辛玄笛却冷冷一笑，又坐了下去，幽幽道："不瞒大哥，我的确不想复国，因为我厌倦了打打杀杀的日子，更厌恶战火硝烟的味道，我很喜欢如今在琅岐岛上的生活，我不愿意再过回从前刀尖上舔血的日子。"

他抬起头，注视着焦老大的双眸，忽然放缓了声音，轻柔道："前半辈子我一身血腥，为皇室出生入死，后半辈子我想为自己活一次……大哥，我们所有人都为自己活一次，好不好？"

这动情无比的话语，在屋中久久回荡着，触动了不少人的心扉，叫他们眼中闪烁起泪光来，尤其是角落中的杜凤年，他心绪激荡间，眼前更是浮现起了那身湖蓝色的长裙。

"凤年，我会等你的，我一定会守在这无朽塔上，等你回来的！"

"阿颜……"他喃喃着，三年之期将至，他如今最大的心愿不是去开启那阴兵阵，而是找到无朽塔上的颜臣，将她带到琅岐岛，与她相守一世。

眼看屋里一半多的人都要被辛玄笛说服了，那焦老大急了，红着双眼嘶吼道："老六，你别用这些冠冕堂皇的话来搪塞我，你不想复国，其实最大的原因根本就是你想占岛为王，做这里新的'统领'，对不对！你享受被人拥护，被奉为'岛主'的感觉，你如今活得这么风光，怎么还会想将座下的王位拱手让出呢？"

这席话在屋中一响起，辛玄笛便呼吸一颤，陡然站起身，终于变了脸色："焦伯禹，你不要胡说！"

"我有没有胡说，你自己心里明白！"

海水翻涌着，斜阳西沉，宫殿里的白翁回忆到这里，脸上浮现出一丝痛苦的神色，接下来的东西，他显然不愿再想下去了。

每一次回想起来都是一场巨大的噩梦！

"那时，大哥跟辛老贼彻底闹翻了，他们谁也说服不了谁，最终约定，在岛上举行一场公投，由我们十个人加上所有的岛民，一起来决定，究竟该何去何从……"

那一天也是这样一个残阳如血的黄昏，海风中带着些湿润的腥味，灵晴皇后也带着小太子登上高台，在一旁见证着这一场盛大的"公投"。

"如果早知会有那样惨烈的结果，我们当初应该一早就跟着大哥，带上皇后与小太子，还有所有支持复国的遗民，一同离开琅岐岛，离开辛老贼的魔爪……可惜，没有如果，只有那样一场血淋淋的噩梦。"

闭上眼睛，两行泪水滑落下来，白翁在极度的悲痛之间，语气里又涌起了几丝深深的恐惧："辛老贼疯了，他真的疯了！"

③自相残杀

斜阳西沉，风掠长空，浪花拍打着礁石，大海翻涌不息，一片波光粼粼。

那是一场盛大无比的公投，每个人手中都有一枚贝壳，两个硕大透明的琉璃盏被放置在高台上，一个代表复国，一个反之，岛民们按照自己的意愿，一个个登上高台，投下自己手中的那枚贝壳。

灵晴皇后抱着小太子也站在高台上，他们两个是最先投下贝壳的，琉璃盏中，那两枚小小的贝壳在夕阳下闪烁着晶莹的光芒，灵晴皇后一颗心都紧紧地揪了起来。

她为了替桓帝报仇，为了复国，才苦苦支撑了这么久，否则她早就跳下城楼，随桓帝而去了。

但如今，她与小太子被完全架在了一个被动的位置上，仰人鼻息，竟要靠这样一场荒谬滑稽的公投才能决定是否还要继续走复国那条路，她想笑，脸上滑落下来的却只有冰冷的泪水。

"流云十君子"是紧接着投下贝壳的人，焦老大、吕老二、秦老三、白老四，他们四人皆怀着坚定的复国信念，矢志不渝，但其余的人全都站在了辛玄笛那一边，想在岛上安居乐业，不愿再过打打杀杀的日子，除了一个人——

杜小九杜凤年。

他弃权了，将贝壳扬手扔进了海水中，两边都不站，或者说，两边做下的决定他都能够理解。

那么除去杜凤年这一票后，剩下的九票，便成了五对四的局面，这对于台下等待投票的遗民有着十分强烈的引导性。

一群本就跟着辛玄笛采矿出海，将琅岐岛当作新家园的人，自然毫不犹豫地就选择了安居乐业，不再想着虚妄的复国之事。

另一群性情刚烈的遗民，无论如何也无法忘却国仇家恨苟且偷生，他们站在了焦老大的身后，个个握紧拳头，热血沸腾，势要复国，驱逐蛮人，重新夺回真正的童鹿！

还有一群是犹疑不决的人，看看左边，又看看右边，面面相觑间，似长风吹拂下的海草般，倒下哪边都只是一念之间的事情。

终于，因为他们的指路灯——"流云十君子"那"五比四"的选择，那群人更多的还是倾向于辛玄笛那一边了。

一枚又一枚的贝壳清脆投下，场中的局面越来越不利于复国派了，那焦老大双眼都血红了，在高台上嘶喊道："你们忘了大渝那些蛮人是如何踏破我童鹿，毁我山河，杀我君主的吗？国仇家恨，你们都不想报了吗？"

可即便他这样声嘶力竭地呼喊着，还是改变不了几成定局的场面，票数悬殊越来越大，眼看这场公投就要结束了，焦老大终于忍不住，上前一伸手，盖住了辛玄笛身前的那个琉璃盏，咬牙含泪道："别投了，别再投了！"

他血红着双眼，狠狠剜向辛玄笛："老六，都是你，都是你煽动了大家！"

辛玄笛冷若冰霜，衣袂随风飞扬，双眸在夕阳中也陡然一厉："大哥你这是想要抵赖吗？"

"不是我要抵赖，而是你太狡猾，你太会拉拢人心了！"

"人人一颗心，想要哪种活法就选哪种活法，谈何拉拢？是你蠢，你执念太深，你陷在过去永远出不来！醒醒吧，大哥，童鹿早就没了，这里才是我们新的家园！"

"不！童鹿没有亡，故乡永远在那里，我们要回去，我们要复国，童鹿永远不会亡！"

凄厉的声音响彻天边，昔年并肩作战的两兄弟，一言不合，终是彻底决裂，拔刀相向。

海水呼啸翻涌，大风猎猎，如血残阳中，两人打得不可开交，高台上的灵晴皇后抱紧吓得哇哇直哭的小太子，嘶声喊着："别打了，你们都别打了！"

本是手足同胞，为何要自相残杀、刀剑相向？

然而已经晚了，两个人都杀红了眼，旁人根本拦不下来，岛上一片大乱。

真论起武功，辛玄笛乃是"流云十君子"中最为高强的，焦老大怎能敌得过他？

一剑穿心，血溅长空，辛玄笛毫不手软，眸中寒光毕现，终是除去了复国派最激烈的"头领"！

"大哥！"吕启德与白清砚几人撕心裂肺，抱住那具跌落半空，死不瞑目的温热尸体，泪洒残阳之中。

他们目眦欲裂，悲痛欲绝，不敢相信辛玄笛竟真的会对焦老大下杀手！

然而一切才刚刚开始！

那道杀气凛冽的身影握着鲜血淋漓的长剑，站在残阳中，对着岛上的遗民厉声道："焦伯禹已死，阴兵鬼阵将永远无法开启，复国之路彻底断绝，你们从此就在岛上安心住下，不要再想着'复国'这种虚无缥缈的事情，我向你们保证，一定会让你们衣食无忧，安稳度日，免受流离失所、战火硝烟之苦！"

复国派的老大都没了，众人瞬间乱了分寸，那白清砚霍然站起，双目血红："畜生，你这个大逆不道的畜生！我跟你拼了！"

事已至此，一个都已经杀了，辛玄笛还怕杀第二个吗？

他将手中长剑一扬，也红了双眼，厉声道："来呀，谁若再执迷不悟，将'复国'二字挂在嘴边，便上来受我这一剑！"

局面彻底失去控制了，辛玄笛铁了心要将复国派镇压下去，肃清前方的所有障碍，千钧一发间，却是杜凤年站了出来！

他在"流云十君子"中，年纪虽小却是最为重情重义的，当下拦在中间，痛心无比："不要，不要动手，我们都是兄弟啊，不要自相残杀！"

"小九，你闪开，不关你的事！"

辛玄笛与杜凤年交好，不愿伤害他，即便他选择弃权，他也仍是将他视为"自己人"。

那白清砚也铁了心要与辛玄笛决裂，为焦老大报仇，他对着杜凤年嘶声吼道："什么兄弟？他杀了焦老大，他把焦老大都杀了，你看不到吗？！"

那是一场鲜血漫天的噩梦，不仅"流云十君子"彻底分裂，两边大打出手，台下的遗民们也疯了一般，容不下另外一派，打得头破血流，你死我活，个个都在残阳中杀红了眼，欲将对方蛮横地镇压下去。

天地间一片混乱，刀光剑影，血流成河，简直像是一座人间炼狱。

高台上的灵晴皇后抱紧小太子，死死捂住他的双眼，步步后退，却还是被几抹飞溅而来的鲜血染污了面颊。

小太子放声号哭，吓得浑身发抖，这一幕深深刻在他幼小的心灵中，成为笼罩他一生的阴影，也是他日后病体孱弱——英年早逝的最大原因。

一场梦魇过后，复国派死伤惨重，一败涂地，剩下的人全被辛玄笛关押了起来。

他彻底掌控了琅岐岛，被支持他的岛民拥护为岛主，灵晴皇后与小太子也被囚禁了起来。

事态的发展完全超出了杜凤年的想象，他承受不了这场惨烈的剧变。

他去找了辛玄笛，希望他能放过那些剩下来的复国派，不要再赶尽杀绝。

"是他们自己不放过自己，只要他们不再执念于复国，我当然可以放过他们，可是他们能想得通吗？"辛玄笛站在月下，海风掠过他的衣袂发梢，他身上仿佛还带着那股浓烈的血腥味，眸中的精光骇人不已，叫杜凤年一下子都有些认不出来了。

"六哥，你当真要做得这么绝吗？他们都是童鹿的子民，是我们的手足同胞，二哥四哥他们更是与我们出生入死多年，是在月亮神面前拜过的兄弟啊……"

杜凤年眼中已有泪水涌起，说出的每个字都颤抖得厉害，辛玄笛却是一抬手，指向天边的那轮明月，冷冷道："正是因为在月亮神面前拜过，我才给了他们足够的时间考虑，若是下一次月圆时分，他们还没有想清楚，便怪不得我狠心了，岛上禁不起再一次的动乱了，留下来的只能是同一条路上的人！"

"六哥，六哥你的意思……是将他们全部杀掉吗？"杜凤年泪光闪烁，呼吸急促，"为什么不能，不能将他们放了呢？让他们离开琅岐岛，不要……"

"放他们离开琅岐岛？"辛玄笛陡然拔高语调，扭过头，目光古怪地看向杜凤年，仿佛在看一个天真的傻子般，"若将他们放了，日后有朝一日，死的便是我与这岛上的一帮人了！"

海水呼啸，冷月笼罩着天地间，辛玄笛在夜风中一字一句道："如今他们是少数派，想留在岛上安居乐业的才是大多数人，为了大局着想，迫不得已时，牺牲掉一小部分人，难道不对吗？"

这番话冷冷飘入风中，听得杜凤年呼吸一窒，瞬间煞白了一张脸，辛玄笛却是狠狠道："事到如今，老四他们只有两条路可选，要么归顺，要么葬身大海，是生是死全在他们一念之间！"

杜凤年离去时，只对辛玄笛说了一句话，一句令辛玄笛脸色陡变的话——

"六哥，原来人真的是会变的。"

变得越发陌生，越发可怕，离原来的初衷越来越远，直到面目全非，再也回不到当初的模样。

复国派没有答应归顺，他们视死如归，宁愿葬身大海，也要守住心底那份灼热的信念。

却是在月圆的前一夜，一个人将他们偷偷放了出来，那个人正是杜凤年。

他准备了船只，想要将他们送出琅岐岛，却在海边被辛玄笛领来的人马团团包围住。

月光之下，辛玄笛一步步走到杜凤年身旁，眼中写满了难以置信，一字一句，痛彻心扉道："小九，居然是你，居然是你……我没想到，背叛我的人居然会是你？！"

"六哥，不是我背叛你，我只是不想看着你一错再错，你原来不是这样子的，你明明是最渴慕和平安宁的，为什么如今会变得这么可怕？双手沾满鲜血，连自己的手足同胞都不放过！"

"不是我变得可怕，是他们顽固不化，将我逼到了这一地步！"

从前感情最为亲密的两兄弟，在冷月映照，寒风呼啸的大海边，终于拔剑动手了。

"小九怎么会是辛老贼的对手呢？人心一旦被欲念笼罩，就会变得面目全非，辛老贼早就疯了，六亲不认，一心只想坐稳自己的岛主之位，谁挡在他面前，他都会毫不犹豫地除去，绝不会心慈手软的！"

宫殿中，白翁闭上双眸，滚烫的泪水滑落下来："我就眼睁睁看着小九倒在我面前，同大哥一样，死不瞑目……"

他这话才在大殿中响起，辛鹤脸色便陡然一变，不可置信，她爷爷竟然亲手杀了杜凤年？！

那岛上的杜凤年又是谁？这一切怎么可能呢？如果杜凤年早在几十年前就已经死去，那现在的杜家是怎么回事？还有杜聿寒，杜聿寒又是谁的子孙后代呢？为什么会和杜凤年长得一模一样？

一时间，太多疑问充斥在辛鹤脑中，她脸色发白，那血肉模糊躺在地上，双腿被砍的杜聿寒也是瞪大双眸，半截身子颤抖不已，死死盯着白翁，难以置信。

白翁恶狠狠地喝道："别这样瞪着我们，你若真是小九的后代，我们又怎会对你下此毒手呢！你根本就不是小九的孙儿，你是杜梧生的后人！"

凤栖梧桐，翱翔九天，鲜少有人知，杜凤其实还有一个孪生弟弟叫作杜梧生，在很小的时候就因为天煞命格，有克至亲之象，被父母送出了杜家，安置在大梁一处偏僻小镇里。

杜凤年与辛玄笛跟随章怀太子来到大梁为质后，曾经悄悄去看过自己的胞弟，他不敢走近他，只敢远远望着在田间劳作的弟弟，泪眼蒙眬，心伤不已。

每回都是辛玄笛陪在杜凤年身边，百般宽慰，安抚伤心难过的他，所以他们二人感情才这般好，因为这个共同守护的秘密。

那一夜，辛玄笛亲手杀了杜凤年后，又如梦初醒般，后悔莫及，在月下抱着他的尸体，哭得痛彻心扉。

他喝令在场的所有人都不许说出去，还派人悄悄去大梁那处小镇里，找回了杜凤年的孪生弟弟，将那杜梧生接到了琅岐岛上，从此让他以杜凤年的身份活着，给他享不尽的荣华富贵，还亲自传授他武功，待他比亲兄弟还要好。

杜梧生并不知道自己哥哥死于辛玄笛手中，只以为哥哥病逝，而辛玄笛与哥哥是生死之交，才会待他这么好。

他对辛玄笛感恩戴德，也心甘情愿用杜凤年的身份存活于世，他总以为是辛玄笛与哥哥感情太深，接受不了哥哥的离去，才希望从他身上能看到杜凤年的影子。

而事实上，辛玄笛的确在用一种自欺欺人的方式，骗自己杜凤年没有死去，更不是死在他的手中！

这是他的一个心结，他只能用这种方式给自己稍许的慰藉，否则他怕自己真的会疯掉，他无法原谅自己竟然亲手杀了杜小九！

守在无朽塔中的颜臣不会知道，她的杜凤年永远也回不来了，因为就在那一年，他想带着复国派乘船离开琅岐岛去找她时，却被一剑穿心，死在了翻腾的大海边。

他的骨灰被洒向海面，永远地留在了大风猎猎的海上，连魂魄都没办法跨过千山万水，去到她的身边，再亲眼看一看她。

"辛老贼杀了小九后，心神癫狂，像走火入魔一样，将所有的错都怪在我们身上，原本他也想将我们赶尽杀绝，却在关键时刻，灵晴皇后带着小太子赶到了……"

白翁说到这里，眸中的泪水更加汹涌落下，他咬牙切齿，带着十二分的恨意道："皇后为了将我们保下来，竟然……不惜忍辱负重，委身于辛老贼！"

④惊天秘密

倘若真的喜欢一个人，便愿将世上最好的东西都拱手送到她眼前，博她一笑，甚至连她的孩子都视如己出，绝不会伤害一丝一毫。

辛玄笛对于灵晴皇后曾经就做到了这个地步。

他为灵晴皇后与小太子修建了一座宫殿，将他们安置在其中，山珍海味、绫罗绸缎应有尽有，他尽自己所能，依旧给了他们皇室的待遇。

但这却也等于是一种变相的囚禁，因为殿门前有重重守卫，他们无法出去，一般的岛民也无法进来。

人说金屋藏娇，辛玄笛耗费大量心血，却是金殿藏后。

灵晴皇后抛却了自己的尊严与贞洁，换来了复国派那一小部分人的存活，他们从此潜伏在岛上，忍气吞声，假装归顺，表面上臣服于辛玄笛，实际上复国之心却一直未灭，只是暗中活动，慢慢壮大自身势力，等待着推翻辛家的那一日。

这段时日是黑暗而漫长的，所有复国派的人都咽着一口鲜血，只盼望海上那一轮旭日快些升起，黎明早点儿到来。

而辛玄笛不知是否心中有鬼，畏惧神灵，害怕自己的所作所为终遭天谴，也害怕亡故的章怀太子向他索命，他虽强占了灵晴皇后，却还要欲盖弥彰，为自己遮掩稍许。

他从海上带了一个胡女回来，将她纳为了小妾，也装模作样地安置在了宫殿之中，从此之后，他再踏入宫殿，便可以打着去看望那胡女的幌子，一切显得正大光明，顺理成章了，好歹有一层"遮羞布"了。

而那胡女似乎真对辛玄笛生出了情意，几年之后，她为辛玄笛生下了一儿一女，这两个孩子便是辛鹤的父亲与姑姑，辛启啸与辛如月。

而在这日复一日，年复一年的囚禁中，那小太子的身子也越来越差，不管辛玄笛找来多么珍稀的灵丹妙药，也无法叫他孱弱的身躯好起来。

他就像一截枯朽的木头，生命早在公投那一日，在亲眼看见了那场人间炼狱后，就彻底被抽走了精气神，此后的每一日，每一年都不过在苦苦支撑罢了。

辛玄笛与灵晴皇后皆心知肚明，小太子活不了多久，在他束发那一年，灵晴皇后终是提出，要为小太子娶亲。

辛玄笛沉默了很久，才道："你是否……仍旧没有断了那颗心？"

他没有点破，但他相信，灵晴皇后听得懂。

她想为小太子娶亲，是不想让钟离皇室绝后，是仍旧存有那一丝复国之念。

可灵晴皇后只是抱紧了昏睡的小太子，苍白着面容，幽幽说了一句："人活在世上总要有个寄托，我的孩子便是我的寄托，他若没了，我也不会再活下去了。"

这话中的意思再清楚不过，小太子活不久了，灵晴皇后便需要再找一个寄托了，那就是另一个孩子，她的孙儿。

"不是还有啸儿和月儿吗？你就不能将他们……也当作你的孩子吗？"

辛玄笛有些激动，灵晴皇后却是一言未发，只是面上露出了一丝嘲讽的笑意。

于是辛玄笛便不再自取其辱了，他只是盯着灵晴皇后的眼睛，一字一句缓缓道："你要知道，焦伯禹已经死了，他那一份地图的去向，永远不可能再有人知道了，即便你费尽心思，保住皇室血脉，也无法再开启那座海底墓，借助那群不死阴兵复国了，你确定……还要这样苦苦坚持下去吗？"

辛玄笛只知道十人各自送了地图出去，却不知道，当年的章怀太子还布了条后路，留下了一本《妙姝茶经》，上面记载着他们所有人的去向。

灵晴皇后自然不可能将这重要的秘密告诉他，只是抱着孩子，冷冷重复了那一句话："若孩子没了，我也不会再活下去了。"

辛玄笛死死盯了她许久，终是拂袖而去，只留下了一句："一物降一物，如你所愿。"

他即便占岛为王，风光无限，在她眼中却永远也是个输家。

当辛玄笛离去后，帘幔飞扬，房中暗处才悄无声息地走出一人，伏跪在灵晴皇后脚下，泪眼婆娑："皇后受苦了，吾等必将全力辅佐小主子，复我童鹿，不死不休。"

那人正是"流云十君子"中的老四、白清砚，也是复国派的核心成员。

就这样，小太子在束发之年，与岛上一位秀美温婉的少女成亲了，大婚之后，他们又诞下了一子，取名"越"。

这一丝微弱的皇室血脉如同寒风中摇曳的火光一般，在许多人殚精竭虑的付出下，终是保存并延续了下来。

而正如灵晴皇后所预料的一样，孩子出生不到一年，他的生父就再也支撑不住了，但令所有人意外的是，那位正当韶华的太子妃竟然为了小太子殉情了。

从前灵晴皇后想做，却因使命而没办法做的那件事，竟然叫她的儿媳妇做了。

那位笑起来有些腼腆的太子妃是辛玄笛在岛上精心挑选出来的，性情软弱可欺，极好拿捏，但他却没想到，她会做出这样疯狂的事情。

那个姑娘抱着夫君的骨灰坛，一步步走入了大海之中，含笑而去。

钟离越一出生，父母便不在人世，他身边只有一个祖母，与他相依为伴。

无数个夜里，祖母握住他的手，对他说："阿越，坚持下去，为了曾经童鹿那片美丽的星空，不管前方的路有多么漫长黑暗，都要坚持下去……"

祖母教他写下先祖们的名字，一遍遍告诉他那些前尘往事，让他知道他肩上的使命有多么的重，不过才四五岁大的孩子，便已经被迫成长，心底埋下了仇恨的种子，燃起了一团火热的信念。

可当他一天天长大，懂的东西越来越多的时候，祖母却终于支撑不住，像他的父亲与母亲一样，将他扔在了这冰冷的世上。

祖母或许太累了，想要好好睡一觉了，可他一个人却在漆黑的夜晚再也没能睡过一个好觉，铺天盖地的梦魇将他包围，每回惊醒时，他脸上都满是泪痕。

"阿越，好孩子，不管怎么样，你都要活下去，祖母会在天上看着你，不要害怕，黑夜再漫长，也会有熬过去的一天……"梦里的话一遍遍回荡在他耳边，泪水打湿了整片天地，孩童孱弱的身躯，颠倒的黑夜白昼，支离破碎的国土，血渍斑驳的一颗心。

他多么想再见一眼祖母，亲口问一问她，到底什么时候才会有天亮的一日。

那时他已经被关进了阴冷潮湿的地下石室中，因为祖母死了，那辛玄笛一夜之间苍老了十岁般，没过多久也去世了，在琅岐岛上再也没人能够保住他了。

能留他一命，已经是辛启啸的仁慈了。

对，辛玄笛死后，辛启啸接任了他的岛主之位，那座宫殿与后海树林里的那间石室都成了岛上不能提及的禁地。

辛家人或许就是这么虚伪，明明做尽了大逆不道的事情，却还要假意惺惺地留他一条命，给他好吃好喝，任他予取予求，为自己求一个心安。

但也多亏了他们这份虚伪，才能够让火种留下来，让白翁那些人能够潜伏在岛上，暗中谋划复国大计，让关在石室中的他终于看见了旭日升起的一天。

"老天有眼，一报还一报，如今辛家所受的一切折磨，都是罪有应得！"大殿中，白翁泪光闪烁，回忆至此，终是咬牙切齿道。

钟离越站在宫殿中央，苍白的面容在灯火映照下更显诡魅，他缓缓扬起唇角，幽幽道："我已经派人去取剩下的羊皮鼓了，海底墓的地图很快就能够拼出来了，开启阴兵鬼阵的那一日不远了……祖母，你看到了吗？我们终于做到了，你看见了吗？"

他胸膛起伏着，眉宇间是掩不住的激动，辛鹤却倒吸了口气冷气："你……你要开启阴兵鬼阵，放出那些……那些怪物？"

这样一股可怕的力量一旦放出，恐怕天下人都会遭遇一场不可预估的浩劫。

"天下人？"钟离越目光陡然一厉，仰头长笑，"天下人干我何事？我为什么要顾及天下人的死活？天下人又何曾对我童鹿有过半点儿仁慈？"

他捏紧双拳，眸中迸发出骇人的光芒："一切阻挡我复国的东西，无论是人是鬼，是神是佛，我都会一一踏平！为了复国，哪怕我化身为魔，驱使不死阴兵，杀尽天下人，我也在所不惜！"

他霍然扭过头，看向脸色煞白的辛鹤，露出了一个令人不寒而栗的笑容："待到中秋之夜，我钟离氏便能再登皇位，你也将成为我的皇后，与我一同见证童鹿的光复，你欢不欢喜？"

"你疯了，你真的疯了，那些阴兵不能放出来，我也不会嫁给你……"辛鹤煞白着脸摇头，下意识想要后退，却被身后两个宫女死死按住了肩头，那钟离越冷笑着，一步步走近她："你以为，今时今日，还由得了你说不吗？你此刻不也是我手中的一具木偶吗……"

他还没踏上台阶时，那双目被剜、脸上顶着两个"血窟窿"的辛启啸忽然颤抖着身子，一声嘶喊道："不，你不能娶她，你不能娶鹤儿！"

他仿佛再也瞒不下去，胸膛剧烈起伏着，声嘶力竭道："你们其实是有着血脉关系的亲人啊！"

这句凄厉的呼喊才在大殿中一响起，人人都乍然变色，就连白翁都始料不及，震惊无比地望向辛启啸："你，你说什么？！"

钟离越更是瞳孔骤缩，猛地回过头，死死盯着那道跪在地上的身影，脸上写满了不可置信。

倘若辛启啸还有双眼，此刻定会流下滚烫的两行泪水，那个掩埋多年的惊天秘密，是白翁所不知道的另一半真相，是原本辛启啸打算带进黄土里的荒谬事实！

世上只有他一人知晓了，连辛如月都不知道，其实他们的母亲不是那个从海上带回来的胡女，而是灵晴，是灵晴皇后！

那一年，辛玄笛之所以要从海上带回一个胡女，纳她为妾，将她送入宫殿中，不是为了掩人耳目，给自己扯一块"遮羞布"，而是因为——

灵晴皇后怀孕了。

怀的正是辛玄笛的孩子，辛玄笛欣喜若狂，灵晴却如遭雷击，甚至一度想过要寻死。

她不许辛玄笛将此事声张出去，辛玄笛也怕这件事情太过荒谬离谱，激起复国派又一次的动乱。

所以他想了个法子，带了一个胡女回来，送进了宫殿中，假装宠幸了她，让她怀上了身孕。

实际上他从没真正动过那个胡女，他只是需要让灵晴皇后的孩子有个名义上的母亲，有个光明正大的来处。

所以胡女假装怀孕，在宫殿中安胎，辛玄笛打着保护未出生的孩子，怕有人暗中伤害的幌子，加强了宫殿的守卫，严禁任何人进入。

那段时日，一只苍蝇都飞不进宫殿，其实真正在里面安胎的人不是那胡女而是灵晴皇后。

她想过一千种法子让自己流产，腹中的胎儿生命力却无比顽强，那胡女也寸步不离地看管着她，即便再怎么抗拒，她与辛玄笛的孩子终于还是出生了。

那是一个男孩，辛玄笛欣喜之下，却仍希望灵晴皇后能为他诞下一个女儿。

他曾对她说过，如果她生个女儿，一定会像她一样温柔秀美、蕙质兰心。

灵晴皇后拼死不从，可到底叫辛玄笛得逞了，于是她又一次怀孕了。

这一回，辛玄笛终于如愿以偿，得到了一个女儿，但是——

这一儿一女却从没有一日得到过灵晴皇后的疼爱，她从没将他们当作过自己的孩子，她甚至希望他们夭折死去！

所以那一日，辛玄笛才会有些激动地说出那样一句话："不是还有啸儿和月儿吗？你就不能将他们……也当作你的孩子吗？"

但得到的只是灵晴皇后嘲讽的冷笑，辛玄笛到底伤心而去。

而后来灵晴皇后的死，其实也不是因为病逝，而是叫那胡女日复一日，年复一年，下了慢性的奇毒。

胡女是当真爱上了辛玄笛，对灵晴皇后有着满腔的嫉妒与恨意。

当时查出这一切后，辛玄笛几乎是口吐鲜血，悲痛欲绝，一夜之间苍老了十岁，他万万没想到，竟是自己将最心爱的人害死了！

他毫不留情，当即秘密处死了那胡女，对外却宣称，胡女染上了同灵晴皇后一样的病，不治身亡！

"父亲临终前，到底将一切告诉了我，他希望我能将他与灵晴皇后……不，是将他与我们的母亲合葬在一起。"

大殿中，辛启啸顶着两个触目惊心的"血窟窿"，说出的每个字都让人震惊无比："若是你们不相信，就看一眼我们的后颈之处，是否有一枚淡蓝色的印记，如同两片舒展开的花瓣一样，我与阿月身上都有，鹤儿身上也有……"

这"蓝花印记"在灵晴皇后的后颈处也有，那时辛玄笛还笑言过，灵晴乃花神转世，不仅自己身上有这印记，她诞下的孩子身上也都有着这美丽的胎记。

辛启啸说到这儿，扭着脑袋，似乎在找寻钟离越的身影，对着虚空颤声道："其实你也有，我们身体里都流着灵晴的血脉，身上都有这样一枚蓝花印记……不信，不信你就看一看，便知我所说是真是假了！"

⑤不伦之恋

在辛启啸的记忆中，宫殿里的那位灵晴皇后一直是个冷冰冰的女人。

父亲有时会带他去宫殿里看一看那位传说中的皇后，还会让他带几束鲜花，或是美丽的珍珠，送给那位皇后。

但无一例外，每一次带去的东西，都会被那位灵晴皇后嫌恶地扔在脚边，看也不会看一眼。

久而久之，辛启啸也便不再做这种自取其辱的事情了，但不知怎么，虽然灵晴皇后从没有给过他一个好脸色，但他心底深处总是不由自主地想去和她亲近，想看到她脸上对他露出一丝笑容。

这种感觉，是在他的生母——那位父亲从海上带回来的胡女身上从来没有过的。

年幼的辛启啸说不清缘由，或许是灵晴皇后的孩子，那个病恹恹的小太子……对他很友善吧？

说来奇怪，虽然灵晴皇后对他总是冷若冰霜，但那位小太子脾气却极好，每回见了他都笑得眉眼弯弯,还会捡起地上被灵晴皇后扔掉的鲜花与珍珠,由衷地对他夸赞一声"真美"。

他们有时会坐在一起看窗外的夕阳,小太子问他:"外面的世界是什么样子的?"

每当那个时候,辛启啸心底就会不由涌起一丝怜悯之情,他会绘声绘色地向小太子描述外面的世界,说海上的风景有多么波澜壮阔,他跟父亲一起乘船出海交易时,还见到了许多金发碧眼、模样奇怪的人,小太子听得聚精会神,让辛启啸也讲得更加兴致勃勃了。

他后来会刻意将一切有趣的事情都记在脑海里,偷偷跑去跟那小太子分享,每回都搜肠刮肚,恨不能讲个三天三夜,有时甚至还会在小太子面前,手舞足蹈地比画起来,常常把那小太子逗得乐不可支。

其实辛启啸在岛上是有些寂寞的,因为他父亲的特殊身份,他身边的同龄伙伴并不多,只有杜家的孩子喜欢跟在他身后,对他极尽崇拜,但小孩子都喜欢跟大孩子玩,在辛启啸心里,比他稍大一些的小太子,每回对他露出的笑脸,都对他有一种说不出的吸引力。

小太子虽然身体孱弱,但是头脑十分聪慧,记忆卓绝,有着过目不忘的本事,读书写字都比辛启啸强,他也会经常瞒着灵晴皇后,偷偷教辛启啸写字。

窗边的夕阳洒在他们身上,衣袂随风飞扬,两个孩童的眉眼上都镀了一层金边,天地间静谧美好,那是叫辛启啸念念不忘的一场梦境。

梦里小太子亲密地叫他"阿啸",还对他说:"你真好,我真想每天都能看到你。"

他望向他的目光,甚至让他有了一种错觉,小太子似乎……真将他当作弟弟一般了,那样温柔,那样亲密。

他心念一动,在那场金色的黄昏里,在窗下缱绻的风中,不知怎么,竟然迎着小太子的目光,鬼使神差道:"如果有一天,我当上了岛主,就立刻将你放出来,然后带你乘船出海,去看海鸟,看蓝天白云,看一望无际的大海,还让你瞧一瞧那些金发碧眼的异域人,好不好?"

童言无忌的话中,是一颗纤尘不染的真心,两个孩童四目相对间,小太子忽然泪光闪烁,扬起唇角道:"好,一言为定。"

他们手拉着手,小太子的声音忽然低了下去,变得无比哀伤起来,他说:"希望我能够,能够活得久一点儿,再久一点儿……活到你当上岛主的那一天,跟你一起乘船出海,你说会有那一天吗?"

当然不会有了,即便辛启啸在心中如何向老天爷祈祷,甚至宁愿将自己的寿命折给小太子,但老天爷也终究无情地带走了小太子,他没能像他说的那样活得久一点儿,再久一点儿。

小太子死去的那一年,辛启啸一个人躲在被中,在一片寂寂的黑夜里,偷偷哭了很久,但没有人知道。

谁会想到在那些不惊不扰、温柔滋长的岁月里,他会与那位宫殿中被囚禁的小太子生出那样深厚澄澈、亲如兄弟的情谊呢?

那个承诺兑现不了了,他永远也无法带着小太子乘船出海,去看一看海鸟,看一看蓝天白云,看一看一望无际的大海了……

在小太子离世多年后,辛启啸仍清楚地记得他的模样笑容,他不知道自己为什么会记那么久,为什么会对小太子有那样深的感情。

直到父亲临终前将那个惊天秘密向他和盘托出时,他才在无比的震惊之中霍然明白过来——

原来他们真的是兄弟,是血浓于水的兄弟,是有着世间最亲密关系的兄弟!

那时小太子看向他的目光中,包含的那些说不清、道不明的温柔深意,他如今彻底明白过来,原来他是真的将他当作了弟弟啊!

他泪如雨下间,父亲却又猛地抓住他的手,对他说了一番更叫他脸色大变的话:"杀了钟离越,不能再将他留在世上了,否则有朝一日,死的就是你们兄妹俩!"

辛玄笛叱咤风云,占岛为王一世,比谁都看得清楚,钟离越从一开始就不应该活在这个世上,若不是他对灵晴皇后那般痴爱,他根本不会让他多活这么多年!

如今他要走了,最放不下的就是这个隐患,这一丝残留的皇室血脉必须斩断,否则琅岐岛上暗流涌动,将永无安宁之日,他的一双儿女日后也必不得善终!

"你听爹的,千万不要心慈手软,一定要除去钟离越,否则有朝一日,你们兄妹俩一定会落在他手中,生不如死!"爹的遗言字字灼热,熊熊燃烧在辛启啸耳畔,他心头大悸,却在看向那张同小太子相似的苍白脸庞时,到底……下不去手!

那样瘦瘦小小的孩童,瞪着一双漆黑的眼睛,警惕害怕地望着他,苍白的脸上没有一丝血色,就如同当年被囚的小太子一般,叫他心中不由自主就涌起一丝怜悯与疼惜之情。

他想起了曾经答应小太子的那个承诺,在百般挣扎间,到底放过了那道瘦瘦小小的身影。

既然他答应小太子的东西永生也无法兑现,那么就放他孩子一马,让这个承诺兑现在他孩子身上,这样也算是……告慰小太子的在天之灵了吧?

辛启啸最终还是没有杀钟离越,只是将他关在了地下石室中,他还骗了自己的妹妹辛如月,隐瞒了父亲的遗言,或者说是将父亲的遗言改得面目全非。

那时岛上波澜不断,辛如月怀疑幕后推手是钟离越,几番向他暗示,还对他说:"大哥,干脆一不做二不休,让……那个人彻底消失吧!让他活了这么多年,我们也算是仁至义尽了!"

他却断然阻止:"不行,绝对不行!"

他又搬出了爹的遗言,叫辛如月咬牙切齿,却又无可奈何,只能愤愤不平道:"就是因为记得爹的遗言,这些年我才没有动过他,还好吃好喝地供着他,每回见他还得下跪磕头,他算老几?"

其实,辛如月哪里知道,他留下钟离越一命,不是因为什么遗言,更不是因为他是什么皇室后裔,而是因为他是小太子的孩子,是跟他们有着一丝同样血脉的……亲人啊!

他那时对妹妹道:"再怎么说,他也是我们的……你忘了爹留下来的遗言吗?不能动他,哪怕我死了，也不能动他一根汗毛！"

其实他那时真正想说的，不是因为他是皇室后裔，而是那样一句话——再怎么说，他也是我们的亲人啊！

"孩子，你看一看我们后颈处的蓝花印记就知道了，我与你爹其实是同母异父的兄弟，而你跟鹤儿其实也是血脉相连的亲人啊，你不能娶她，这有悖伦常啊！"

大殿中，狼狈跪在地上，脸上两个"血窟窿"的辛启啸嘶哑喊道，几乎是泣不成声。

辛如月在他旁边也是浑身剧颤，她眸中写满了震惊，不可置信地望着身旁的哥哥，呼吸急促万分，眼眶血红一片，却因为舌头被割，无法发出一点儿声音来，她急得身子不住颤抖，似乎根本不愿意相信这一切！

同她一样身子剧颤，快要疯掉的人还有那个苍白瘦削的少年，钟离越在大殿中不住摇着头："不，不可能，你在骗我……"

他忽然几步上前，猛地扯下辛启啸的衣领，看向他后颈处——那里果然有着一枚淡蓝色的印记，如同两片舒展开的花瓣！

他瞳孔骤缩，又猛地看向辛如月的后颈，竟也赫然浮现着一枚蓝花印记，同辛启啸身上的一模一样！

"不，不会的……白翁，白翁你看看，你快看看我的后颈处！"

钟离越一张脸愈发煞白，他惊惶地喊着白翁，似是要抓住最后一根救命稻草般，整个人在濒临崩溃的边缘。

那白翁赶紧上前，却在扯开少年衣领的一瞬间，一张脸也面如土色，泪水仓皇落下："怎么……怎么会，怎么可能？"

钟离越如遭雷击，身子剧烈一震，他缓缓扭过头，看见白翁眸中的泪水，像万箭穿透他心间一般，在一刹那间几乎要将他击垮！

他忽然一把推开白翁，脚步踉跄间，在大殿中嘶声吼道："镜子，来人，给我一面镜子！"

光华照人的镜子很快被送来，少年的手心一抖，似有迟疑，却到底抓住了那面冰冷的镜子，粗暴地扯下自己的衣领，扭头对着镜子照去——

白皙光滑的后颈处，的确隐隐浮现出一抹浅蓝色的印记，美丽旖旎，就如同两片舒展开的花瓣一样，在灯火下闪烁着迷人的光芒！

少年身子猛烈一颤，手中镜子倏然坠地，四分五裂间，他身影摇摇欲坠，忽然仰头发出了一记撕心裂肺的声音："不，我不信！"

泪水汹涌落下，他一激灵，神似癫狂，忽然三步并作两步地踏上台阶，一把推开那两个架住辛鹤的宫女，将她的衣领猛地扯下，看向她后颈处。

辛鹤浑身寒气蹿起，只听到那个声音如同疯魔了般，在她耳边又哭又笑："是真的，是真的，我们竟然真的是……"

少年仰头凄厉长啸，踉踉跄跄间，摔在台阶上，披头散发，泪流满面："笑话，当真是个笑话，我钟离越这一生当真是个彻头彻尾的笑话！"

辛鹤一颗心也是狂跳不止，泪水模糊了她的视线，她浑身不住地颤抖着，却在这一瞬间忽然明白了许多从前想不通的东西——

难怪，难怪她第一次见到小越哥哥，就忍不住想要亲近他，想对他好，想看见他脸上的笑容，这么多年来，她对他一直有一种特殊的感情，她以为这是男女之情，但其实并不是！

冥冥之中，是那份天然的血缘关系在"作祟"，是因为他们两个其实是血脉相连的亲人啊！

兜兜转转间，这一切多么荒唐，如同天意一般，是任何一出戏文都写不出来的因缘巧合！

"主子，主子！"白翁看着摔在台阶上，神态癫狂，又哭又笑的少年，心痛无比地想要上前将他扶起，却被那少年一把推开。

钟离越血红着双眼，凄厉长笑，抬手指向虚空："天道不公，欺我至此，欺我至此！"

他这一生活得如同个笑话般荒谬绝伦，被老天爷玩弄于股掌之间。漫长黑暗的囚禁中，唯一给他带来温暖、带来一线光明的人竟然是与他血脉相连的……妹妹？！

多么荒唐啊，他以为自己坐在幕后运筹帷幄、操纵人心、掀起风云，将所有人玩弄于股掌之间，做成他手中的牵线木偶，可其实到头来他才是那个木偶啊！

原来他才是那个被老天爷牵在手中百般玩弄，最可悲、最可笑、最荒谬绝伦、身心最由不得自己的木偶！

为什么要这样对他？他这一生做错了什么？他为什么要遭受这样巨大的痛苦？

"天道不公，欺我至此，我却偏不叫你摆布！"

钟离越一声嘶吼，猛的一下站起身，血红的双眼一一扫过殿中众人，放声长笑，最终仰头指向虚空，神情癫狂道："我不会让你如愿的，不会叫你摆布的，我的线牵在我自己手中，我的命由我自己说了算，谁也阻挡不了我！"

他长发披散，面目骇人不已，癫狂的声音在大殿中响起，一字一句，传入每个人的耳中，让人心头一震，难以置信——

"中秋之夜，立后仪式照样举行，不就是娶自己的妹妹吗？我钟离越有何不敢？！"

第十一章・小越逼婚

①骆老大与付相联手设计

　　山风掠过四野，斜阳笼罩着柳明山庄，树影摇曳，庄中楼阁亭台、花苑水榭尽然染着一层金色的柔光，粲然如画，美不胜收。

　　裴云朔、喻剪夏、姬宛禾、陶泠西几人还在柳明山庄等候消息时，骆秋迟的一封信却倏然而来，盛都那边有新的进展了——

　　付远之抓到了一个探子，已经打入刑部大牢，并且全城张贴告示，只等她的同伙前来劫狱，自投罗网，此番或许能从这帮人身上查到琅岐岛的位置。

　　如今骆秋迟已带着闻人隽一同赶回皇城了，阮小眉与闻人靖则留在破军楼帮鹿行云，大家皆分头行事，各自查找着线索。

　　"那我们呢？我们是继续留在山庄等消息，还是先回盛都，跟骆叔叔他们会合？"

　　阁楼上，姬宛禾开口问道，几个少年彼此对望间，那喻庄主有些慌了，连忙道："夏夏，阿朔，你们就在山庄里多留一段时日吧……左右快到中秋节了，不如过了中秋再走吧？"

　　他这心思再明显不过，中秋佳节，阖家团圆的日子，他自然是希望能够将两个孩子留下，一家人在柳明山庄中好好过个中秋，这也是裴夫人与贞贞的渴盼。

　　裴云朔如何不懂，他一头白发冷峻至极，却是望着喻庄主，直截了当道："中秋节为何要在这里过？我家在裴门镖局，不在柳明山庄。"

他这态度已经说明一切了，喻剪夏自然也不可能留下了："每年中秋，我都是同裴叔叔和哥哥一起度过的，今年也不会例外……有哥哥和裴叔叔在的镖局才是我的家。"

几个孩子去意已决，无论喻庄主与裴夫人怎样劝说也不愿留下，他们决定立刻启程回盛都，若是柳明山庄这边有任何消息，便传信回盛都通知他们。

离开柳明山庄那天，又是一个薄雾缭绕的清晨，同上一次一样，风里都飘着些伤感的凉意，只是这一回，队伍中少了两道身影。

裴夫人泪眼婆娑，拉着裴云朔与喻剪夏的手再三叮嘱，百般不舍，裴云朔却是望向裴夫人身旁的喻庄主，神情肃然，一字一句道："请务必好好查找琅岐岛的线索，他们两人的安危对我们很重要，我们是一路出生入死的朋友，绝不会看着他们出事的！"

那喻庄主在晨风中点了点头，也郑重回答道："阿朔，你放心吧，我明白的，我会尽我所能，倾尽柳明山庄上下之力来调查此事，无论如何也一定会将你们的朋友救出来！"

他说到这儿，顿了顿，小心翼翼地看了一眼喻剪夏的脸色，斟酌着开口道："夏夏，如果……如果当真能找到线索，救出你们的朋友，我也没有太多奢望，只希望……只希望……你能再叫我一声爹，只有这一个小小的请求了，好不好？"

这话一出来，喻剪夏便是一愣，望向喻庄主一双哀求的眼眸，抿了抿唇，却低下了头，没有说话。

她身边的裴云朔却一把拉过她，冲喻庄主冷声道："真找到线索再说吧，现在就提条件，也太按捺不住了吧！"

喻庄主被这一呛，也不恼怒，只是脸色讪讪道："是，是，是我太急了……你们放心，一切都交给我吧。"

这可以说是老天爷给他的一个赎罪的机会，他绝不能放过，能否再听到那声久违的"爹"，就看这一回能不能将人救出来了。

喻庄主头一回希望骆青遥与那个伶牙俐齿老骂他的少年能够撑久一点儿，他拼死拼活也会将他们救出来的！

晨风微拂，几个孩子这便要上路了，缭绕的薄雾中，柳明山庄里却是忽然跑出了一道身影，带着哭腔喊道："姐姐，姐姐！"

是贞贞！

为了怕她难过，哭喊着不让他们离开山庄，他们是今日清晨，趁贞贞还在熟睡中，悄悄动身的，却没想到还是被贞贞发现了。

本以为又少不了一番拉扯，裴云朔眉心微蹙，握住喻剪夏的手一紧，唯恐她心软留下。

却哪知那个满脸是泪的少女跑上前来，只是将一把五颜六色的糖果塞入了喻剪夏手心，她抬起头，红着双眼望着喻剪夏，可怜兮兮地道："姐姐，你们要走了吗？你忘了我给你的糖了，你要每天吃一颗，每天都想着贞贞，好不好？"

喻剪夏握着那些糖果，愣愣地望着眼前的少女，忽然鼻尖一酸，泪水弥漫间点头道："会的，我会每天都想着贞贞的。"

"那中秋节……中秋节姐姐会回来看贞贞吗？"少女天真地问道，一张小脸上满是期盼的神情。

或许是从她爹娘口中知道了中秋节的含义，她懵懂地觉得，这样的日子里，姐姐应该是要在她身边的。

喻剪夏望着眼前的少女，心中更加酸楚了，再也忍不住，一把揽住了她，在她耳边哽咽道："会的，中秋节到了，姐姐就会来找贞贞，然后带贞贞去一个地方看月亮，好不好？"

中秋节不一定要在柳明山庄过，也可以将贞贞接到盛都去，只是喻剪夏并不知道，今年的中秋，他们既不会在柳明山庄度过，也不会在裴门镖局过了。

一轮明月笼罩着盛都城，夜凉如水，风声飒飒，天地之间万籁俱寂。

刑部大牢里，一道清俊温雅的身影坐在草席上，打开了手中的食盒，轻声道："买了一些蜜饯，也不知道合不合你的口味，你先尝尝吧？"

他望向面前一身囚服，面容苍白的女子，见她久久未动，不由又将食盒往前递了递，语气更加温柔了："你尝尝吧？"

这位来牢中探望苏萤的人正是当朝丞相付远之，也是亲手将苏萤送进牢狱的人。

食盒中的蜜饯散发着清甜的香味，正是从前苏萤在洛水园养伤时，付远之怕她喝药苦，特意买来送去给她的那种。

可那时吃下的蜜饯就是苦的，现在吃……也许更苦吧？

苏萤一动不动地望着盒中的蜜饯，一颗心宛如枯槁了，盯了许久后，才慢慢抬起头，望向眼前那身温雅青衫，发白的双唇陡然开口问道："行刑的日期是哪一天？"

付远之一怔，没料到苏萤会忽然提出这个问题，他注视着她的双眸，久久的，才意味不明道："或许……或许过不了这个月底。"

他不易察觉地垂下了眼睑，怕走漏自己的情绪，心中却纷乱至极，说不出来是种什么感受。

苏萤的声音却有些急切起来，在付远之耳边响起："能不能……能不能快一点儿行刑？明日……明日就将我处斩，可以吗？"

付远之惊愕抬头，只看见苏萤苍白的脸上带着急色，眸中燃起一种异乎寻常的光芒，是那样狂热，那样奋不顾身，如同一只朝着火光扑去的飞蛾般。

付远之呼吸一窒，几乎在一瞬间明白过来，苏萤的真正用意——

她多么聪明，她也知道同伴会来救她，绝不会将她抛下，但她不愿意连累同伴，她害怕那些人来劫狱，为了她掉入陷阱之中！

而这恰恰是付远之的目的！

他早已经在皇城上下各个地方都张贴了醒目的告示，唯恐那些"同党"瞧不见，而苏萤的画像还是他亲笔绘制的——

每一处都栩栩如生，夹杂着他一些说不清、道不明的情感在里面，绝对鲜活动人，叫苏萤那些"同党"能够一眼就认出来！

他精心谋划，早就布下了天罗地网，就等着那帮人来刑部劫狱呢！

可却没想到，苏萤竟然也看穿了这一层，不知不觉间，他们两人似乎已经在一方看不见的棋盘上，与对方过起招来。

付远之将心中的赞叹按了下去，不动声色地抬起眼眸，一丝情绪也未在苏萤面前表露出来，只是装作不知她的用意，皱眉道："你就这么迫切地想要寻死吗？在这人世间，你就没有一丁点儿留恋吗？"

他清朗的声音在大牢里回荡着，叫苏萤心弦一颤，她按捺住呼吸，长睫微微颤动间，一双如秋水般摇曳的眼眸中，清晰地映出了付远之俊秀的面容。

她似乎有些贪恋地望着他，望了许久许久，望得付远之心跳都加快了，那张失神的苍白面容，才在牢里轻绵绵地道："原本……是有的。"

月亮神在上，她心中所有的祈盼原本好像都快要实现了——

主子的大计成功了，复国在望，她很快就会有一个家了，会有一方美丽的故乡了，不用再伪装潜伏，隐忍度日，双手沾满鲜血了，能够用自己的身份，用自己的模样好好活着了，拿刀的一双手可以拿起针线，像寻常姑娘一样，刺绣缝衣，相夫教子，过着万家灯火的平凡日子了。

最重要的是，她还做了一个美好无比的梦，梦里她带着他回到了自己的故乡，依偎在那袭青衫肩头，望着天边一轮皎洁动人的明月，笑得眉眼弯弯，身上都发着光一般。

多么美好的梦境啊，梦里有家、有故乡、有爱人、有清风明月相伴，她怎么舍得离去呢？怎么会对人世没有一丝留恋呢？

只是现在，这一切美好的幻影都被打破了，家没了，故乡回不去了，她在他心中也彻头彻尾地沦为了一个卑鄙无耻的细作，一切的希望都没了，她再多活几日又有什么意思呢？

不是她想寻死，而是她……没办法活了。

或许，这就叫作哀莫大于心死吧。

"这个时节，是不是……已经看不到萤火虫了？"

牢房里，一直沉默的苏萤忽然答非所问道，付远之一怔，他问她为何迫切地想要寻死，她却说出这样一句没头没脑的话，着实令他猜不透。

他虽不明所以，却也望着她的眼眸，轻轻回答道："入秋了，自然难寻萤火虫踪迹了。"

"是啊，都已经入秋了，哪里还有萤火虫啊，时间过得真快啊……"

苏萤叹息了一声，眼眸望向虚空，失神地喃喃道："其实我小时候身边没有什么好玩的东西，最喜欢的就是跑到树林里，看着漫天的萤火虫飞舞。

"你知道吗？那些光芒虽然很微弱，很短暂，却是很美很美，又令人很安心，好像无边无际的黑暗里，总有一些能够让你去追逐的光明，你被那些萤火的光芒包围着，心里就不觉得害怕，也不觉得孤单了。

"人就是这么奇怪，只要给一点点光，就总有希望，总能够咬牙坚持下去，不管前面的路有多么难，总能够告诉自己，前方还有无尽的光明在等待着，还有许多美好的愿景等着实现，但现在……光没了，那些愿景也彻底破灭了。"

冰冷的泪水在苏萤脸上滑落下来，她抬起头，望着付远之，一边用手抹去眼泪，一边扬起唇角道："入秋了，看不见萤火了，我怎么还能活下去呢？"

付远之身子一震，望着那张含笑的面容上潸然落下的泪水，心中不知怎么，竟是微微一疼，他鬼使神差地喊道："小苏姑娘……"

苏萤一怔，眸中的笑意更深了，泪水也流得更多了："谢谢你，还能这样唤我。"

她将双手抱住膝头，一头长发散落下来，包裹住她纤秀瘦削的身子。

或许是即将赴死之人，有些话再不说就没有机会了，她放下了所有的顾忌与怯弱，那个声音在牢房里轻纱纱地响起——

"付大人，我其实曾经做过一个梦，梦到你跟着我一道，回到了我的故乡，跟我一起坐在夜风里，看着天边一轮明月，周围好安静，没有一点儿声音，只有你在我耳边响起的心跳声。

"我其实……喜欢你很久很久了，我知道自己配不上你，在仁安堂的时候，就一直跟自己说，我们之间有着云泥之别，我不该去奢想，也不该去靠近你，可是你却一次次帮我，救我，给我带来光明。

"那么美那么温暖的光，就像我儿时最喜欢的萤火一样，我舍不下，可却没办法再拥有了……我多么希望下辈子我们之间能够没有欺瞒，没有伤害，不再是对立的两方，可以好好地在一起看月光，哪怕让我待在你身边做个小小的婢女，我也心满意足了。

"你不要笑话我，我也不知道，不知道为什么今日要跟你说这些，或许是因为，我快要死了，有些话再不说就要跟着我一道埋入黄土了，这样想想，总是有点儿……不甘心的。"

苏萤抬起头，看向身子微微颤抖，眸中波光闪烁的付远之，忽然笑了，在阴冷的牢房中一字一句道："付大人，我能……抱抱你吗？"

②最后一场萤火

"小苏姑娘，你……"

牢房里，付远之胸膛起伏着，似乎从未预料过苏萤会提出这样的请求，他眸中波光闪烁，耳边还回荡着苏萤的话："那么美那么温暖的光，就像我儿时最喜欢的萤火一样，我舍不下，可却没办法再拥有了……"

他忽然伸出了手，将苏萤一把拉入了怀中，长声一叹："你真是个……傻姑娘啊。"

苏萤浑身一颤，不可置信，她感受着他怀抱的温暖，像在梦里一般，终于也小心翼翼地伸出手，一点点将那身青衫回抱住。

泪水潸然坠落下来，打湿了他的肩头，一片氤氲温热的水雾间，付远之一动未动，一颗心也像泡在了海水中，酸酸涩涩，涌起了一股从未有过的滋味。

他竟忽然间十分心疼怀里这个傻姑娘，一种不知从何而来的冲动，终是叫他忍不住，在她耳边道："你其实有很多选择的，为什么一定要走这样一条……"

苏萤泪眼蒙眬，没有出声，久久的，才缓缓呼出一口气，苍白的脸上扬起唇角，在付远之耳边轻轻道："付大人，谢谢你，在我临死前，能够给我这样一个美好的梦，哪怕只是短短一瞬间……"

付远之心弦一颤，一双手忍不住将苏萤拥得更紧了，却就在这时，一个狱卒奔到门边，扬声道："付相，东夷侯回来了！"

"远之，你这边情况怎么样？"那狱卒的声音才落，一身白衣已经踏了进来，未见其人，先闻其声，语气还是那股熟悉不羁的味道，"我收到了杭如雪的……"

他话还没说完，脚步已经霍然顿在了牢门前，似乎被惊到了一般。

那狱卒也看得目瞪口呆，一头雾水，怎么……怎么付相会跟这女囚犯抱在一块儿了？

电光火石间，那身白衣一把拉过那狱卒，不由分说地转身就走："别看了，你过来，我有事情要问你！"

他揽过那傻愣愣的狱卒，明显就是要将人支开，给牢里的两个人留下单独相处的机会呢。

牢里的付远之却是咳嗽两声，站起身，打开牢门，叫住了那身白衣，声音里颇带着一番无奈："你去哪儿呢？骆秋迟，不是你想的那样……"

外面月朗风清，树影摇曳，繁星漫天，夜空粲然无比。

两道身影靠着墙，一边望着星空，一边说着话，那身白衣满脸调笑，望得付远之浑身都不自在了。

"原来是这样啊，我们的付相大人倒还真是怜香惜玉，魅力无穷啊——"

骆秋迟双手抱肩，衣袂随风飞扬，歪头看着付远之，故意拖长了音，语气促狭不已，满带着调侃的意味。

付远之脸上微微一红，伸手推开骆秋迟，神色有些不自然："满嘴胡言。"

"我有没有胡言，你自己心里清楚，我倒没想到你们之间还有这么多故事……说起来，其实这小苏姑娘也算个可怜人了，还好遇到了我们付相大人啊，这光芒四射的，啧啧。"

"骆秋迟你有完没完！"

"没完啊！我发现吧，付远之你这个人啊，不管到了什么岁数，女人缘都好得不得了，一大堆姑娘哭着求着围在你身边，个个爱你爱得死去活来，赶都赶不走，什么千金小姐也好，名冠盛都的花魁也罢，都被你迷得神魂颠倒，现在居然还多了一个琅岐岛的探子，你实在是……"

"你实在是无聊！"付远之终是忍无可忍，对那身调笑的白衣道，"骆秋迟，你千里迢迢赶回来，就是为了跟我探讨什么'女人缘'？现在是开这些玩笑的时候吗？青遥到底是谁的儿子啊？"付远之又气又无奈，看着嬉皮笑脸的骆秋迟，实在是头都大了，怎么这厮到了什么岁数都还是这副德行啊？

相比起来，他这个义父倒比他这个亲爹更像"爹"！

"好了好了，这不是看你为了瑶瑶的事情整天愁眉不展的，逗逗你，让你开心一些嘛。"那身白衣双手抱肩，唇角微扬下，不再调侃付远之，话锋一转道，"说来你这计谋的确可行，倘若真如那小苏姑娘所言，那帮人也将视若手足亲人，那么定不会抛下她，一定会来劫狱的，只是……"

骆秋迟望着付远之，似乎想到了什么，微眯了双眸道："只是这出瓮中捉鳖的大戏，还遗漏了一个地方，一个很重要的地方。"

"什么？"付远之一怔。

骆秋迟笑道："捉了他们就一定能得到琅岐岛的线索吗？万一他们宁死也不招呢？从小苏姑娘身上不难看出，这帮人对他们所谓的'主子'极其忠诚，几乎是到了一种疯狂的地步，即便牺牲他们自己的性命，只怕他们也不会出卖他们的'主子'，所以说，不能捉，只能骗。"

"骗？"

"就是陪他们演一出劫狱的大戏，若他们真来了，你的埋伏照样用上，只是那天罗地网中，必须给他们留一线生机，让他们逃脱才行，还必须做得逼真，不能让他们看出你是故意在放人——只有这样，他们才会毫无疑心，带着小苏姑娘离开皇城，直接逃回琅岐岛。"

付远之听到这儿，眼眸一亮："我明白了，然后我们的人马跟在后面，顺藤摸瓜，便能找到那方琅岐岛的所在，救出青遥了！"

骆秋迟点点头，笑而不语，付远之心潮起伏间，忍不住往他胸口捶了一下："骆秋迟，你这趟倒算没有白回！"

"那是当然了。"骆秋迟故意揉着胸口，在星空下笑得无赖，"我不仅个儿回来了，还带了一个人的信回来，有了他，别说一座琅岐岛，就算十座琅岐岛，也能连根拔起，彻底剿灭！"

"你是说……"付远之望着骆秋迟噙满笑意的双眸，福至心灵间,脱口而出，"杭将军？！"

骆秋迟拿出怀里的信，夹在手指间晃了晃，笑道："可不就是杭大姑娘吗？他带兵回来了，瑶瑶的三个爹这回可算都来齐了！"

杭如雪，大梁的一代战神，名声赫赫，与骆秋迟他们也是生死之交，因为生得白皙俊美，年纪又小，本性腼腆，素来被骆秋迟调侃为"杭大姑娘"。

他常年在外征战，驻守边关，这一回正好打了场胜仗，要回盛都面圣，在路上一听说了骆青遥的事情，便立刻加快行程，策马扬鞭，赶着回来救人！

"亲爹、干爹还有你这义父，瑶瑶的三个爹都回来了，还有什么好怕的？咱们这回就跟这个破岛好好玩一玩呗！"

付远之听得心潮起伏，热血翻腾，遥望那璀璨星空，却是目光一动，忽然冷不丁道："我想起来了！"

"你又想起什么了？"骆秋迟问道。

付远之兴奋异常，说出的却不是什么埋伏计谋，而是激动道："秋萤草，对，就是秋萤草！"

这个时节的确没有萤火虫了，可是有着与萤火虫形似，也会在黑夜中散发光芒的秋萤草！那是一种古籍上记载的奇株，鲜有人知，它长在悬崖峭壁下，秋天才能见到，因形似萤火，夜间散发着微光而得名。

从前他们在宫学念书时，与扶桑国进行美食比试，还将秋萤草用到菜色中，做成了一道佳肴"秋夜萤心"，艳惊四座，一举获胜。

而如今，这秋萤草显然又能派上大作用了，付远之再不迟疑，直接转身踏入大牢，兴奋地就想去找苏萤。

骆秋迟跟在他身后，实在叹服不已："我这回总算明白了，你这家伙为什么能够这样得女人芳心！"

牢里的苏萤正在失神间，牢门忽然又被打开了，她还来不及反应时，一身白衣已经风一般掠至她身前，往她身上几处穴道迅速一点，笑得狡黠不已："小苏姑娘，得罪了，暂且封住你的内力武功，回来就给你解开！"

苏萤一惊，周身当真提不起力了，武功更是一丝一毫也施展不出来了，她看向那道白衣，呼吸急促："你……你要做……"

却又有一袭青衫紧接着踏入牢房，在她身前蹲下，温柔道："小苏姑娘，你别怕，我们想带你去个地方，只是……只是你如今毕竟乃刑部犯人，真要出去的话，可以将你身上的铁链去掉，但得点住穴道，封了武功才行，你放心，两个时辰后我们就会把你送回来了，你的穴道也会被解开。"

"去……去哪里？"苏萤望着眼前那袭青衫，怔然不已，像在梦里一般。

那身青衫笑了笑，字字轻缓，一双眼眸更加温柔了："去看漫天萤火。"

夜风飒飒，月光如水，付远之拥着苏萤，同骑一马，奔在星空下。

骆秋迟一人一马，紧随其后，一路都在调侃着付远之，什么"怜香惜玉""讨佳人欢心"之类的，笑嘻嘻的声音飘入风中，听得苏萤脸色绯红，付远之却只是握紧缰绳，强装作听不见。

当他们策马扬鞭，终于赶到了山间一方悬崖峭壁下时，苏萤下了马，一步步走近那石壁，被眼前的一幕美到说不出话来——

一整面山壁上，萤火纷飞，却并不是真正的萤火虫，而是纠缠盘绕在山壁上的草藤，一根根在夜色中散发着柔和的光芒，仿若无数只萤火虫聚集在一起，形成了一面神奇瑰丽的"壁画"。

"怎么样？小苏姑娘，是不是很美？是不是很像你儿时见过的萤火？"

付远之走到苏萤身旁，看着她惊呆的模样，也不由扬起了唇角，心中温软一片。

两道身影站在那一壁萤火前，月光将他们的影子拉得很长很长，天地间清辉如许，如梦如幻。

骆秋迟牵着马跟来，看着夜风中那两道越靠越近的身影，笑眯眯地喊道："你们随意，随意，不要管我，想做什么就做什么，当我不存在就好！"

"你少说几句话就能当你不存在了！"付远之扭过头一瞪骆秋迟。

骆秋迟摸了摸鼻子，吹着小曲儿，背过身去，余光却一直注视着那"萤火"中的两人。

苏萤望着眼前的山壁，泪水渐渐模糊了视线，她慢慢伸出手，似乎想要触碰上那些"萤火"。

无边无际的黑暗中，似乎又有了光，将她温暖包围着，让她不觉得害怕，也不觉得孤单了。

"小苏姑娘，其实你不是没有路可以选，只要你愿意放下执念，不再将自己困在那方'孤岛'上，你就能够走出黑暗，你想要的那些光也永远都不会熄灭……"

付远之的话中饱含着深意，苏萤自然听得懂，却没有说话，只是在夜空下，又往那处山壁前凑近了些，一只手不易察觉地将什么藏进了袖中。

即便封住了武功，她的动作手法却仍然利索无比，快到付远之根本察觉不了。

夜风掠起他们的衣袂发梢，四野静谧无声，只有山壁上的秋萤草闪烁着动人的光芒。

苏萤痴痴地望着那片"萤火"，喃喃道："够了，已经够了，付大人，谢谢你来带我看这场萤火，我从前做过的那个梦如果能停在这个时候，似乎也不错……"她指尖微微颤动着，慢慢将袖中藏着的东西摸出，泪水滑过脸颊，一缕发丝随风飞扬，"我苏萤，这辈子，已经再无遗憾了……"她这话古怪异常，付远之忽然觉得不对，正想要上前时，却只见苏萤手中摸出一物，竟是一块尖锐无比的石头！她不知何时藏在袖中，此刻握着那方尖角，猛地就向着自己心窝刺去！

"小苏姑娘，不要！"付远之脸色大变，不远处的那身白衣也陡然一惊，飞掠而来，难以置信："你竟要寻死！"

③逼婚

琅岐岛上，海风掠过天际，飞鸟长鸣，浪花翻涌不息，无边无际的海水一片湛蓝，看似静谧安宁，却带着一股说不出的萧瑟清冷。

"娘娘，今日的半个时辰到了，您快随奴婢们回去吧。"

长空下，两个宫女一步不离地跟在辛鹤身后，唯恐她逃脱似的。

辛鹤站在一片鲜艳的野果前，背对着她们，嘴里应了下来，一只手却又赶忙摘了三五个红彤彤的小果子，往衣袖里藏去。

那两个宫女似乎没了耐心，又催促道："娘娘，时辰到了，要回去了，这酒儿果您也不能再多吃了，每日至多食三四枚，否则吃多了怕身子受不住……"

辛鹤在这儿偷藏的野果，正是从前与骆青遥在一线天的冰室中发现的那种酒儿果。

长在岩壁间，晶莹剔透、娇艳欲滴，周身还散发出一股若有若无萦绕的醇香，入口清清凉凉的，甘香无比，瞬间就滑入喉中，初始没什么感觉，却很快就如烈酒一般，在腹中烧起了一把熊熊火焰，身子也瞬间暖和起来。

当时辛鹤还奇怪为何自己家乡的野果会长在那一线天的冰室之中，如今却是明白过来，这酒儿果本来就是童鹿人从那冰室里带到琅岐岛上的。

当年童鹿与大渝在一线天里打了惨烈的一仗，童鹿的士兵定是在冰室中发现了这种功效神奇的野果，吃下能够暖和身子，让人不畏严寒，更重要的是，习武之人食下还可增强内力，疏通经脉，有着意想不到的妙处。

当时骆青遥穴道被封，武功内力施展不出来，正是吃了这酒儿果，才助他冲开了穴道，重新恢复一身内力。

辛鹤如今身中岛上迷香，也是浑身乏软，武功暂失，她是在几天前，才发现了这酒儿果的妙用。

因为每日被关在宫殿中，她总是吵着闷，想要出去，钟离越便大发慈悲，下令每日给她半个时辰放风，能够离开宫殿，在外面透口气。

只不过那两个武功高强的宫女，会随时跟在她旁边，形影不离，表面上是打着保护她的幌子，实际上自然是监视辛鹤，怕她逃跑。

辛鹤也懒得去计较了，只是无意间发现，自己在吃下一枚酒儿果后，竟能提起稍许力气了，她心中大喜，立刻明白这酒儿果或许能解她身上所中的迷香。

只是那两个宫女显然也知道个中玄机，不允许她多吃这酒儿果，每次都假惺惺地说怕辛鹤身子受不住，一次至多只能吃下三四枚，其实岛上的人从小到大，每天吃上许多这酒儿果也没事，她们当自己在骗三岁小儿呢。

辛鹤却也不拆穿，只是在她们两个眼皮子底下，一边装模作样地吃，一边每次偷藏几个带回去，积少成多下，她腰间的香囊里也有数十个了。

她不是为了自己，而是为了骆青遥。

她不能让他死在钟离越手中，她想找机会见他一面，让他服下这些酒儿果，解了迷香，恢复武功内力，逃出琅岐岛。

至于她自己，自然是难以逃脱，也不可能逃脱，她早已做好了准备，会想尽一切办法找寻机会，拉着那个入魔的身影一道同归于尽，让一切结束在他们这里。

海风掠过辛鹤的裙角发梢，那两个宫女又在身后催促她了："娘娘，真的要回去了，不然主子要生气的……"

"好的，我知道了。"

辛鹤含糊应下，似乎又往嘴里塞了两个果子，实际上却是藏到了袖中，她在两个宫女不断地催促间，这才假装意犹未尽地转过身，还抹了抹嘴巴，仿佛没有吃够般，闷闷不乐道："走吧，现在回去吧。"

她离开宫殿前，特意往身上擦了好多气味浓烈的香粉，正好盖住了酒儿果那股醇香的味道，可是在经过那两个宫女身前时，她还是有些许紧张，生怕她们发现有什么异样。

这些酒儿果对她太重要了，是能救骆青遥一命的灵丹妙药！

还好那两个宫女只是想快些将辛鹤带回宫殿，并没有发现什么，长阳下，她们走进那座海边金光耀耀的宫殿。

辛鹤衣袂飞扬，在风中微眯了双眸，心神不知怎么，有些恍惚起来。

几十年前，她的爷爷将灵晴皇后，不，是将她的奶奶囚禁在里面。

而几十年后，故景重现，童鹿的皇室后裔，钟离越，也算是她的哥哥，竟又将她关在这里面。

一样的执念，一样的疯狂，所有的这一切当真既荒唐又讽刺，像是一个死循环般，永远也解不开，杀戮与罪孽，欲念与人心，这座海岛上的纷纷扰扰，不知何时才会彻底结束。

海风迎面拂来，辛鹤望着眼前那座光芒熠熠的宫殿，闭上了双眸，深吸一口气，带着一股无法回头的孤勇决绝，毅然踏入了大殿之中。

房里帘幔飞扬，暖烟缭绕，辛鹤借口要小憩一会儿，将两个宫女支了出去，她们守在门外，寸步不离。

辛鹤在房中暗松口气，这才将袖里藏着的酒儿果尽数放进了香囊里，她仔细数了数，约有数十枚，应该足够解开骆青遥身上所中的迷香了。

只是，她该怎样才能找到机会见骆青遥一面，将这些酒儿果偷偷送给他呢？

正皱眉思索间，屋外忽然传来一阵对话声，那两个宫女似乎在向谁恭敬回答着："是，皇后娘娘在屋里歇息，主子放心，她这些天情绪稳定了许多，也不再闹腾了……"

是钟离越，他来了！

辛鹤一激灵，连忙翻身上床，将装满酒儿果的香囊系在腰间，用纱衣盖住，背过身去，闭眸装睡。

房门打开，床边有脚步声靠近，灼灼目光的注视下，辛鹤耳边忽然传来一声轻笑："别装了，有谁睡觉不脱鞋的吗？"

匆忙之间，辛鹤确实没除去鞋袜，她咬咬牙，索性坐起身来，略带挑衅地看向那张含笑的少年面孔。

他今日心情看起来倒不错，手里提着一个食盒，似乎要来给她送什么美味佳肴，唇边还带着一丝似有若无的笑意。

只是辛鹤眸中却仍是满带警惕，心弦紧紧绷住，如今再见到这个熟悉的笑容，她已经不是从前那样欣喜了，而是觉得一种说不出的诡异，遍体生寒，不知那笑容下又藏着怎样可怖的念头。

她父亲与姑姑，还有杜聿寒，都被他关进了那间地下石室中，他仿佛也想让他们尝尝那种黑暗阴冷的滋味。

而骆青遥，据说被关到了另外的水牢里，要在中秋之夜，作为"献祭之礼"，焚烧于火架之上，那光芒将传达至天上的月亮神，叫月亮神庇佑童鹿，赐予他们勇气与力量，重新夺回曾经的国土。

钟离越手中如今已有一半的地图了，只等剩下几块被找回，送回琅岐岛来，就能开启海底墓，放出那群不死阴兵了。

辛鹤夜夜被梦魇缠绕，梦见那群骇人的怪物搅乱天下，到处血流成河，生灵涂炭，一场浩劫席卷了天地间。

她冷汗涔涔，每回被惊醒后都大口喘着气，握紧双手，看向窗外那轮冰冷的银月，在心中告诉自己，绝不能让这一切发生，她必须要阻止这场浩劫，阻止钟离越！

哪怕拼着一死，与他同归于尽，她也在所不惜！

房里暖烟缭绕，少年注视着辛鹤充满敌意的目光，依旧似笑非笑，忽然道："我今天发现了一样东西，才知晓，原来……你身上一直带着那个香囊。"

一听到"香囊"两个字，辛鹤一颗心立刻就提到了嗓子眼上，她下意识往床里边缩了缩，一只手不经意地垂下，纱衣盖住了腰间那个装满酒儿果的香囊，她皱眉道："什么香囊？"

钟离越唇边依旧带着一丝笑意，缓缓道："你反应不用这样大，我知道你很不想承认，可你的确一直带着这个香囊，里面装着我送给你的那些茶饼，贴身不离……其实你对我曾经是有过情意的，对不对？"

钟离越拿出手中那个花纹精致，还散发着淡淡清茶芬芳的香囊，心情似乎十分愉悦。

辛鹤抬起头，望着那个香囊有些错愕，那正是她从前带在身上一日不离，装着小越送给她那些茶饼的香囊，她以前确实对那些茶饼宝贝万分，还因为这个跟骆青遥初次见面就斗气交手过。

只是物是人非，兜兜转转一圈后，再次见到这香囊与茶饼，辛鹤的心境已经与从前截然不同了。

钟离越却全然不晓，只是唇边的笑意更加深了，他仿佛发现了辛鹤的什么秘密般，语气愉悦而笃定道："你其实一直都对我有着爱意，这么多年来，你一直都是喜欢我的，心里从来没有过别人，对不对？所以你以前才不愿答应和那杜家小子定亲，是因为你心里有我，对吗？"

"你，你真的是疯了！"辛鹤脸色涨红，身子忍不住颤抖起来，咬牙道，"钟离越，你好好看看我们身上那块蓝花印记，我们是血脉相连的亲人，是兄妹啊！我对你的不是男女

199

之情,只是一份天然存在的亲情罢了,你对我也是如此,你不要再错下去了,我不会嫁给你的,我真正喜欢的人是骆青遥,我心里只有他,只有他一个人,你懂不懂?!"

"我不懂!"钟离越一声喝道,眸中迸出骇人的精光,"我只知道,谁也阻止不了我,我对你也绝不是什么兄妹之情,你会答应嫁给我的,会成为我的皇后,亲眼看着我怎样光复童鹿,杀尽负我钟离氏之人,那一天很快就要到来了!"

④遥哥斗鲨

钟离越的话在屋中久久回荡着,辛鹤抬头望着他,一股说不出的悲哀占满了她的心房,她一字一句道:"你将我的父亲与姑姑,还有杜聿寒残害成那样,你还觉得我能够嫁给你吗?你不觉得这一切太荒谬可笑了吗?"

"那不过是因果循环罢了,当年你爷爷犯下的罪孽又何止比我残忍百倍?我如今也没杀他们,只不过将他们扔在那间石室里,让他们也尝尝那般滋味,要不是看在……算了,不提那些不开心的事情了,来尝尝这月饼吧,是我亲手做的。"

钟离越走到桌前,将手中食盒打开,对着床上的辛鹤若无其事地道:"快来尝一尝吧,第一次做,也不知道你喜不喜欢吃?"

辛鹤在床上瞥见那食盒中,整整齐齐放着几个热气腾腾的月饼,她微微一怔,有些难以置信。

仿佛一轮朦胧月光洒下,眼前又浮现出许多年前,她踏在后海树林里,第一次给石室中那个苍白瘦削的少年偷偷送月饼的场景。

只是那个时候,她的月饼做得歪歪扭扭,乱七八糟,哪里比得上如今少年做得这些呢?可见他的确花了不少心思,也对那段曾经的温柔岁月念念不忘。

只是,今夕何夕,物是人非,他们都已经回不去了。

辛鹤长睫微颤,凝视着那些月饼,心中有些莫名难言的滋味涌起,但她很快握紧手心,深吸口气,又恢复了一脸冷漠,不为所动道:"尚不是中秋,吃什么月饼?"

钟离越站在桌前,扬起唇角,依旧不愠不怒:"谁说只有中秋才能吃月饼了?有所思所念之人在身边,每一天都可以是中秋,快过来吧,凉了就不好吃了。"

辛鹤咬了咬唇,仍想说些什么,却忽然心弦一动,脑中冒出了一个念头。

她终是慢吞吞地下了床,坐到那桌边,拿起了一个热腾腾的月饼,在钟离越期许的目光中,那只手却是停在了嘴边。

"吃啊,你快尝一尝,看看好不好吃?"少年催促道。

辛鹤抬起头,望着满眼期许的钟离越,欲言又止间,到底小心翼翼道:"你能不能……能不能让我见骆青遥一面?就跟他说几句话便好,不用太长时间,最多半炷香的工夫,可以吗?"

钟离越一双情意炙热的眼眸，瞬间冷却下来，他语气凉凉道："你过来吃这月饼，就是为了跟我谈这个条件？"

"不，不是的，只是……"辛鹤脸色一变，知晓这是钟离越发怒的前兆了，连忙道，"你不是总说因果循环吗？其实琅岐岛上这些事情跟骆青遥又有什么关系呢？他不过是个外来的人，一切往他都没有参与过，也没有做过任何背叛童鹿、背叛钟离皇室的事情，他甚至根本就不是童鹿人，他是大梁的子民，这一切跟他完全无关，你不觉得他太无辜了吗？"

"他的确没有参与那些过往，但是他参与了你如今的生命，还将你一颗真心从我身边夺去，叫你背叛了我……你如今一颗心全然放在他身上，难道不是吗？"钟离越冷冰冰的话语在屋中回荡着，辛鹤急了："可这是因为……"

她一咬牙，却说不下去了，钟离越如今早已走火入魔，偏执万分，不管怎样解释他也听不进去，更加扯不清楚，想到这，辛鹤只能哀求道："不管怎么样，骆青遥的确没有对不起童鹿与钟离皇室，你就让我见他一面吧，甚至都不用半炷香，只要说两句话就行了。"

求求老天爷，让她见骆青遥一面吧，无论如何，她都要将那些酒儿果偷偷交给他，让他恢复武功内力，逃出钟离越的魔爪！她绝不能，绝不能让他白白丧命在这琅岐岛上！

"你当真……这么想见他吗？"

钟离越望着辛鹤急切的模样，终于幽幽开口。

"是，只要见一面，确定他还活着就行！"辛鹤目光一动，抓住钟离越的衣袖，连呼吸都颤抖起来。

"好，我成全你。"钟离越冷冷甩开辛鹤，背过身，唇边浮现出一丝残忍的笑意，"希望你不要后悔。"

风掠长空，浪花拍打着礁石，长阳下水面湛蓝，无边无际，一片波光粼粼。

一艘巨大的船停在海上，精致华美，气势磅礴，在骄阳下熠熠发光，船身上还刻着一个特殊的标记，蓝底银纹，形似月亮，带着一种说不出的神秘美丽。

这标记便象征着童鹿人心中的"月亮神"，是一种崇高无上的信仰，在辛家执掌琅岐岛的时候，就已经刻在出海的船上了，这么多年来，每一次海上交易，都仿佛带着一种庇佑的作用，让一切平安顺利。

辛鹤坐在船上，案前摆着各色水果，还有钟离越亲自做的那盒月饼，她却根本吃不下，只是满心忐忑。

"你……你带我到这船上来做什么？难道要出海吗？"她望向身旁的钟离越，有些急切，"不是说带我去见骆青遥吗？"

"是啊，你马上就能见到他了。"钟离越拍了拍手，笑意在阳光下莫名瘆人。

海上风大，船帆猎猎作响，一道人影被铁链吊起，缓缓升到了半空，赫然正是遍体鳞伤的骆青遥！

"青瓜！"辛鹤眼眶骤然泛红，一下站了起来，一颗心狂跳不止。

旁边的钟离越却将她的手一拉，强硬地让她坐了下来，在她耳边冷冷笑道："皇后别急，我们今日来看一出海上斗鲨的好戏吧，如何？"

在大海之上，有一种古老的猎鲨方式，那便是以人为饵，放血引鲨，将鲨群引到了撒网范围中，用捕鲨船团团包围，再一举擒之！只是这种方式太过血腥，近些年来已经不多见了，只渐渐演变为海上一种勇气的象征，但轻易却没有人敢尝试，毕竟谁也不想拿自己的性命开玩笑。但是今日，钟离越却想让辛鹤亲眼见证一出好戏。

"你……你是要让骆青遥……"辛鹤几乎在一瞬间，遍体生寒，牙齿都在打战了，不敢相信钟离越真能做出这般丧心病狂之事。

"不，我求求你，不要……"她想抓住他的衣袖，却又被他冷冷甩开了，钟离越站起身，似笑非笑地望着半空中的骆青遥。

"皇后果真聪慧，与我心有灵犀，一猜便知我要做什么。"

他眸中迸出兴奋的精光，似一条阴寒的毒蛇般，冷笑道："来人，在他胳膊和腿上都割一刀，扔下海去，以血引鲨！"

"不，不要！"辛鹤凄厉的一声划破长空。

钟离越眼中的精光愈发大作，带着一种嗜血的兴奋，他忽然道："不，让我亲自来，把匕首给我，我来割！"

一步一步，慢慢走近那道半空中吊着的身影，钟离越笑得快意无比："骆青遥，你说我该割多深，才能叫你多流一点儿血，更快一些地引来海中的鲨鱼呢？"

"不，不要，求求你！"辛鹤被那两个宫女死死按住，声嘶力竭地喊着，泪水滚滚落下。

半空中的那道身影却是在猎猎风中慢慢睁开了眼，看着面前拿刀的钟离越，苍白的脸上露出轻蔑一笑："你就只有这些花样了吗？"

他沙哑着声音，一字一句道："你若真有胆识，最好就直接一刀杀了我，省得成天做这些不痛不痒、幼稚至极的事情，只会让我觉得可笑，你敢吗？"

辛鹤凄厉的声音还回荡在长空下，骆青遥心痛如绞间，却只是狠狠盯着钟离越的眼睛，想要激他一刀将他刺死，不让他再成为掣肘辛鹤的拖累。

钟离越却冷冷一笑，在海风中微眯了双眸："少激我，你以为我不知道你在想什么吗？死多容易，我才不会叫你如愿，我要让你生不如死！"

他说着，一刀狠狠割去，顿时鲜血四溅，辛鹤瞬间煞白了一张脸："不！"

长空下，那道拿刀的身影却是伸出了舌头，兴奋地舔了舔唇边沾到的鲜血，满脸快意，在猎猎大风间，又是狠狠几刀割去，再一抬手，扬声道："好了，将人放下海去！"

"不！不要！"

辛鹤终于奋力挣脱了那两个宫女，踉跄奔到了船边，望着大海里扑腾的那道身影，目眦欲裂："青瓜，青瓜！"

她一下跪在了钟离越脚边，泪如雨下："我求求你，我求求你放过他吧，快把他拉上来，快拉上来啊！"

钟离越望着她，面无表情，只是忽然冷冷地说了一句："月饼好吃吗？"

辛鹤一激灵，连忙转身跌跌撞撞地奔至那案前，一把提起那食盒，颤抖着身子就继续扑到了钟离越脚边。

她哆嗦着手拿起一块月饼，抬头看着那张冰冷的面孔，再也顾不上任何东西，只是将月饼猛地塞入了嘴中，拼命点头道："好吃，很好吃，我会全吃完的……"

她吃了一个又一个，抛却了所有尊严，在那道冰冷目光的注视下，苦苦哀求道："你放过他吧，求求你放过他吧，如果真将海鲨引来了，会出人命的！"

一动不动站在长空下的那道身影，却是慢慢握紧了拳头，一双眼眸更加冰冷了："真的好吃吗？"

辛鹤身子又是一哆嗦，拼命点着头，抓着那些月饼一个劲地往嘴里塞，泪水混杂着碎屑，弄得手上脸上全是，狼狈不堪，她却毫不在意，只是继续哀求着："好吃，很好吃，我会全吃完的，求求你放了他吧……"

钟离越悲怆一笑，眸中忽然涌起一股深不见底的哀伤，他明明站在耀眼的阳光下，整个人却仿佛坠进了冰窟里，身心皆彻骨冰凉。

"你还记得吗？那一年中秋，你偷偷来给我送月饼，其实你做的月饼一点儿也不好吃，但我却吃得很香，因为在这世上，已经很久没有人对我这么好过了，自从祖母离世后，还有谁会这么在乎我呢？是你让我觉得，那方困住我的石室似乎也没有那么黑暗冰冷了。"

少年的声音在辛鹤头顶响起，一字一句，带着无比的悲怆痛楚。

"辛鹤，你总说我残忍，不择手段，可你却不知道，有时候……你比我还残忍太多，如果早知有一天你会将我抛下，我宁愿你一开始就不要接近我，不要对我好，我就能够彻底变成你口中所说的那个'魔'了，不会再有任何软肋，任何牵绊了！

"你留住了我一丝人性，却又要将我推下深渊，叫我彻底化身为魔，你不觉得这大荒唐好笑了吗？"

⑤诀别一吻

船上，大风猎猎，还回荡着钟离越那番痛彻心扉的话，辛鹤呼吸急促，想要说什么却到底没有开口，只是强忍着泪水，埋头一个劲儿地吃着月饼。

海面上鲜血弥漫，炙热的阳光下，浓烈的血腥味越飘越远，遍体鳞伤的骆青遥在大海中扑腾着，船边围看的人忽然一声喊道："主子，远处真有海鲨来了！"

这里本就是鲨鱼经常出没的一片海域，钟离越特意命人将船驶到这来，用心之毒辣可见一斑。

辛鹤一激灵，浑身颤抖地从地上爬起，一把推开那些人，霍然望向大海中，那波光粼粼的海面上，远远的，竟然真有鲨角隐隐浮出水面，破浪而来。

"不！"

辛鹤几乎是目眦欲裂，猛地回过身，跪在地上一把抓住钟离越的腿，泪水漫过眼角："小越哥哥，我求你了，你快将人拉上来吧，我会嫁给你，我会做你的皇后，再也不会惹怒你了，求求你了……"

"你为了他，又肯这样喊我了吗？"钟离越却是冷冷望了一眼辛鹤，依旧一动不动地站在那里，衣袂长发在大风中猎猎飞扬着。

他遥遥看着那鲨角越逼越近，唇边浮现出一丝残忍的笑意，可眼底的那抹哀伤却更加浓烈了。

辛鹤在他脚边，猛然摇头道："不，不是的，我其实一直都对你……对你是有情意的，那些茶饼我每天都带在身上，去哪里都不曾忘记过，我心里真的一直有你，拒绝与杜聿寒定亲也是因为你，从小到大我最欢喜的事情就是去后海树林，去看一眼石室中的你，同你说说话……"

"当真吗？"钟离越注视着辛鹤，一双眸子深不见底，忽然幽幽打断道。

辛鹤身子一哆嗦，不住点头："是的，都是真的，你信我……"

"够了，辛鹤，你当我是三岁小儿吗？"钟离越忽地一声怒喝，将辛鹤狠狠甩开，眼眶因激动而遽然泛红，"我宁愿你一直视我如魔，恨我入骨，也好过你现在为了这个小子，虚与委蛇，欺我骗我！"

他厉喝的声音久久回荡在长空下，大风掠过海面，那股血腥味越来越浓，远处的鲨角也在阳光中越来越快地携浪逼来。

辛鹤被甩在地上，胸膛起伏间，终于一咬牙，抬头攫住钟离越的双眸，放声笑道："对，你没说错，我就是骗你的，你这样一个恶魔，又有谁会真心爱你呢？"

她站在身来，似乎豁出去一般，血红着双眼笑道："你这样心狠手辣，视人命如草芥，祸害无辜，迟早也会如你自己所言，遭受报应，不得善终的！"

"你！"钟离越瞳孔骤缩，霍然捏紧了双手。

辛鹤却毫无畏惧，反而灼灼目视着他，拔高了语调，在长空下恨声道："你总是口口声声将一切都怪在别人身上，却为何不想想，从一开始，你又对我有几分真心？你凶残对待我家人之时，又有想过我会多么痛不欲生吗？你如今这样百般折磨骆青遥，认为一切皆他所起，却根本不知道，真正将我从你身边推开的人，不是他，而是你自己！"

辛鹤仰头长笑，凄然决绝："不就是一死吗？你说对了，比起在你身边虚情假意，苟延残喘，我更宁愿去陪心爱之人一起赴死！"

说时迟那时快，她竟是如风一般掠到船边，提起裙角，便要跃入海中。

这令人意想不到的举动，叫钟离越脸色陡然一变："辛鹤！"

却是为时已晚，只听"扑通"一声，辛鹤决然地跳入大海中，水花四溅，满船惊声四起。

那两个宫女也是心头一跳："皇后娘娘！"

"辛鹤！"

钟离越几步上前，推开众人，看向海水里相拥的两人，脸色煞白如纸，急声吼道："快，快把皇后拉上来！"

立时就有几人相继跳入海中，强硬地想要将辛鹤拉扯开，她却紧紧抱住水里的骆青遥，怎么也不肯松手。

"你疯了吗？还不快上来！"钟离越在船上怒吼道，额上太阳穴直跳，青筋毕露，"你想跟他一起死是吗？你真以为自己的性命很重要吗，能够威胁到我吗？"

他捏紧双拳，咬牙切齿："好，我成全你们！"

他眸欲滴血，狠下心转过身去，船边围看的人却慌乱道："那海鲨靠近了，主子！"

两个宫女也急得喊了声："主子！"

钟离越心头大乱，鼻尖闻到一股越来越浓烈的血腥味，大风猎猎间，他终于嘶哑着一声吼道："快，放小船下水救人，把两个人一起救上来，快啊！"

长阳高照，炙热地笼罩着大船，躺在甲板上的骆青遥却是遍体鳞伤，一身湿漉漉的，鲜血淋漓间，从头到脚都是冷的。

辛鹤湿透的长发贴在脸颊边，也是一身狼狈不堪，却慌乱地抱紧骆青遥，泪水大颗坠下："青瓜，青瓜你别吓我，你醒醒……"

不知过了多久，骆青遥长长的睫毛颤了颤，一双眼睛才缓缓睁开，面无血色的脸上露出一丝笑意，气息虚弱道："小鸟……是你……吓我才对吧……以后别做这种傻事了……我可不愿跟你一块儿死……黄泉路上挤得慌……"

辛鹤泪水落得更加汹涌了，脸颊贴向骆青遥，身子颤抖着，带着一股强烈的后怕感："你没事就好，你还活着就好……"

他们两个这般旁若无人，眼中只有对方，叫钟离越气得银牙都要咬碎了，背过身去，厉声喝道："还愣着做什么，快把皇后带回去！"

那两个宫女一哆嗦，连忙点头应声上前，钟离越捏紧手心，对其他侍卫喝道："另外的那个祭品关回水牢，把人看好，上一点儿药，中秋之前，别让他死了！"

一片混乱之际，辛鹤俯身贴着骆青遥，迅速将一个湿漉漉的东西塞入了他怀中。

骆青遥长睫一颤，陡然看向辛鹤，她却贴着他的脸颊，盯着他双眸，压低了声，在他耳边快速说了六个字："活下去，逃出岛！"

那两个宫女已然上前，一把拉开辛鹤，辛鹤挣扎着，仿佛还想跟骆青遥多待一会儿，混乱之间，她一滴泪水灼热地落在骆青遥脖颈中，将他一颗心都打湿了。

"青瓜，来生你要记得来找我。"

那样轻的一句话，却让骆青遥身子猛地一颤，泪如雨下："小鸟！"

两人被生生分开间，那两个宫女却是鼻尖一动，似乎嗅到了什么气味，眉心微微蹙起。

隐隐约约的一股香味，似有若无，夹杂在弥漫的血腥味之中，像是带着烈酒的甘醇一般，令人熟悉万分，却又一下无从捕捉。

那不是别的，正是辛鹤塞给骆青遥的那个香囊，里面装着满满的酒儿果，果子经海水一泡，那股酒香味愈发浓烈，随风飘荡起来。

两个宫女显然察觉到什么，眉心一蹙间，正想要凑上前检查一番时，辛鹤却忽然一声哭喊道："青瓜，今生无缘，下辈子你要来找我，我会等你的！"

两个宫女被辛鹤吓了一跳，辛鹤却剧烈挣扎起来，手脚都拼命乱动着，叫她们不得不将她紧紧按住，急声道："皇后娘娘！"

辛鹤却是越哭越凶，引得满船上下的目光都聚到她身上，骆青遥与她心有灵犀，默契相通，立刻跟着吐出一口血水，正好喷在胸前，那浓烈的血腥味完全盖住了怀里酒儿果的气味。

"青瓜，来生你一定要来找我，我们一起看遍四时风景，走遍万里山河，吃遍天下美食，永远也不分离，你一定要来找我，一定要来啊……"

大风猎猎间，辛鹤却像是演得停不下来了，越哭越汹涌，颇有些假戏真做的意味了。

因为她知道，这或许是她见到骆青遥的最后一眼了，她只盼他吃下那些酒儿果，重获生机，再也不要回头！

而骆青遥却比任何人都要清楚，辛鹤后面那几句话已经不是在演给周围人看了，而是当真在说给他听。

走遍万里山河，看遍四时风景，吃遍天下美食，那是多么美好的希冀啊，是他们曾经在星夜下许过最美的承诺，只是海水浮浮沉沉，一番翻天覆地的变故间，如今再次提起，竟已像是恍如隔世一般。

骆青遥泪流不止，想要靠近辛鹤，却被船上那些人死死按住，他在地上挣扎着，双目通红："小鸟，小鸟……"

"娘娘，快回去吧！"那两个宫女再也顾不上许多，只想赶快将辛鹤拉回去，唯恐钟离越勃然大怒。

可是这一回，钟离越却没有再发怒，只是冷冷望着那两个人，唇边露出了一丝哀伤无比的笑容。

他从来没有见过辛鹤哭得这么伤心，原来，情到深处，真的会肝肠寸断，悲痛欲绝，只是辛鹤这眼泪，这满满的真心，都不是为了他。

他只是她口中心狠手辣、祸害无辜、永远不配得到真心、不会有人爱的……魔。

夜凉如水，月冷风寒，海边的那座宫殿在星空之下，倍显寂静萧瑟。

房里雾气缭绕，辛鹤坐在木桶之中，失神不已，她耳边似乎还回荡着那日船上骆青遥的声声嘶喊。

这几日来，她夜夜都梦见了骆青遥，只盼他能够早点儿逃出生天，远离这座吞噬人的岛屿，至于她，或许来世，才能够再做他的……小鸟了。

房门轻轻推开，有脚步声悄然靠近，辛鹤一激灵，双手猛地抱住身子，恼怒道："钟离越，你疯了吗？没看见我在洗澡吗？你出去！"

房门掩上，那脚步却依旧靠近，停在了辛鹤的身后，一个熟悉又轻微的声音在房里响起："小鸟。"

辛鹤身子猛然一颤，难以置信，迅速转过了头，恰对上骆青遥那双含满泪水的眼睛。

"青瓜！"她不敢相信自己的双眸，又惊又喜间，泪水潸然落下，"我……我还以为再也见不到你了……你的武功恢复了？那些酒儿果当真有用？"

骆青遥点点头，呼吸急促道："你快换上衣服跟我走，我们一起逃出去！"

他眼睛在辛鹤光滑的肩头上转了转，却又立刻别开了视线，脸上腾的一下升起红晕，微微侧过了身子："我……我没想到你会在洗澡……"

他正结结巴巴间，一只手却被猛地握住，辛鹤将他一把拉了过去，他猝不及防间，弯下了腰，一双唇被辛鹤深深吻住。

雾气缭绕间，她紧紧贴着他，一阵氤氲灼热的深吻后，才气喘吁吁地将他放开，红了双眼道："青瓜，你快逃吧，不要管我，你一个人逃出岛去，逃得越远越好！"

骆青遥已经被亲得晕头转向了，一张俊逸的面容都快被煮熟了，舌头都要打结一般："小鸟，我不会扔下你的……"

却在这时，门外传来一阵脚步声，有侍卫似乎惊讶万分道："主子，门边看守的人不见了！"

⑥藏身浴桶

"阿鸢与阿萝呢？她们两个去哪儿了？"

门外夜风猎猎，侍卫疑惑的声音传入屋内，木桶里的辛鹤脸色一变。

那阿鸢与阿萝正是平日看管在辛鹤身边的那两个宫女，她们被骆青遥打晕了，拖到树丛里藏了起来。

门外的钟离越在风中瞳孔一紧，瞬间敏锐察觉到什么，阿鸢与阿萝两人武功高强，又心思缜密，行事谨慎，对他忠心耿耿，平日守在辛鹤身边几乎是寸步不离，绝不会随意走开，擅离职守，那就只有一种可能了——

她们被人偷袭了，而那个人武功还远在她们之上！

钟离越心头一紧，扭过头望向屋中，想也未想，猛地一脚踹开了房门："辛鹤！"

木桶里的辛鹤惊叫了一声,双手霍然抱住身子,湿漉漉的长发将她光滑白皙的肩头遮住,热气缭绕间,她似乎又羞又恼,呼吸急促,背对着钟离越道:"出去!"

钟离越反应奇快,陡然转过身,挡住那些侍卫的目光,阴沉着一张脸喝道:"滚,都滚出去,在门边守着!"

一群侍卫吓得忙不迭低头退出,只庆幸还好没瞧见什么,否则恐怕一双眼珠子都要被主子挖下来了。

房里水雾缭绕,散发着一阵旖旎氤氲的淡香,钟离越盯着木桶中的那道纤秀身影,不动声色地问道:"你知道阿鸢与阿萝去哪儿了吗?她们怎么没在门外守着你呢?"

辛鹤背对着钟离越,似乎很是羞恼:"水不够热,我让她们再给我烧一些过来,这都不行吗?你快出去!没看见我在洗澡吗?"

"水不够热?"钟离越幽幽一笑,轻轻走上前来,"她们这点儿小事都没有做好吗?让我来试一试。"

他伸出手来,似乎就想上前探进浴桶中,试一试水的热度,辛鹤吓得脸色一变,失声道:"你干什么?你疯了吗?"她紧紧抱着身子不放,脸色涨红着,愈发羞恼了,"你给我出去!"

"皇后急什么,反正你很快就会是我的人了,这里也没有别人,你怕什么?"钟离越依旧不改神色,一步步走近浴桶,扬起唇角,一字一句道,"莫说试一试水温,纵是我除去衣袍与你共浴,又有何妨?"

木桶中的辛鹤再忍不住,呼吸彻底乱了,万万没想到钟离越会说出这样轻佻的话,她羞怒之中,又夹杂着一丝不易察觉的慌乱:"你简直无耻下流!你快出去!"

"我还真不打算出去了,长夜漫漫,我一个人好生寂寂,不如与皇后来一尝这共浴之乐,皇后以为如何?"

热雾缭绕间,钟离越嘴上这样说着,冰冷的目光却在屋中逡巡着,似乎想要逼出藏在暗处的那个人。

"你!"辛鹤一时气结。

钟离越却冷冷一笑,伸手往领口摸去,作势就要脱衣裳,辛鹤呼吸一颤,急得声音都变了:"你,你别这样,你别过来……"

钟离越毫不理会她的羞恼与慌乱,只是依旧一步步走近,氤氲的水雾中,木桶里似乎有什么东西霍然一动。

钟离越瞬间警觉,后退一步,便在那时,一道身影破水而出,一把短刀寒光闪烁,直朝他凛冽逼来!

"果真是你!"钟离越望向迎面袭来的那道人影,眸中精光迸射,却是早有准备,避开了那刀尖,退至门边。

水中的辛鹤也在同一时间伸长了胳膊,一把卷过架上衣裳,迅速裹住身子,湿漉漉的长发一甩，破水而出，与那道持刀的身影站到了一块。

"真正不知羞耻的是你们二人才对！"钟离越望着并肩而立的两人，陡然捏紧了双手，目光狠戾至极，一声喝道："来人！"

骆青遥一击未中，还想要上前对付钟离越时，门外的侍卫已在刹那间鱼贯而入，辛鹤一激灵，猛地将他一推："快，你快逃！"

"还想逃到哪里去？"钟离越周身戾气逼人，目光狠辣，望向一身湿透，与辛鹤站在一起，发梢还有水珠不住坠落下来的骆青遥，几乎是妒火中烧，咬牙切齿道，"看来你真是不想要你的一双眼珠子了，上次海里引鲨的代价还没有尝够吗？"

辛鹤听得脸色大变，想也不想地拦在了骆青遥身前，急切道："快，青瓜你快逃！"

骆青遥却是将她的手紧紧一握，上前一步，昂首望向目光狠厉的钟离越，一张湿漉漉的俊逸面孔上，满带着决绝之色，扬声道："小鸟，别怕，我今日就带你杀出去！"

艳阳高照，长风掠过盛都城外，一间小茶棚前，几棵参天大树枝繁叶茂，随风摇曳，阳光如碎金流淌，树影斑驳间，洒下一片清亮的绿意。

树下方方正正的茶桌前正坐了四个赶路的少年，他们似乎急着去办什么事，面上看起来心急火燎，还一直在商量低语着，身上虽然没有穿金戴银，但衣料做工精致文雅，气质谈吐也皆不俗，个个模样还都生得俊秀俏丽，细皮嫩肉的，与这间山野小店格格不入，一见便知是富贵人家的孩子。

那茶棚老板是个面相有些凶神恶煞的中年男人，来送茶水包点的跑堂也是个看起来不好惹的刀疤脸，他们目光相接，暗自点头示意，心中仿佛打着什么鬼主意，几个少年却全然没有注意到，只一心沉浸在深深的担忧之中。

"你们说，老遥和小鸟现在究竟怎么样了？当日树林里，那帮人来势汹汹，我真担心他们现在的情况，不知道那琅岐岛什么时候才能找到……"

这几个赶着回皇城的少年，正是裴云朔、喻剪夏、姬宛禾、陶泠西四人，当下，他们坐在茶桌前，又翻看起了从柳明山庄带出来的那本册子。

那上面记载了有关童鹿的种种信息，一路上翻阅次数最多的人就是陶泠西，他一心想多找些线索出来，早点儿将骆青遥与辛鹤救出。

如今又一次翻开这书页，陶泠西忽地目光一动，定睛望去，像是发现了什么般，欣喜道："你们看，这方印记是不是就代表着童鹿国信奉的月亮神？"

在书册倒数几页，一个极不起眼的角落里，勾画着一方小小的印记，纹路特别，形似月亮，有着一种说不出的神秘美丽。

因为这个图案隐藏在大段的文字之中，又勾画得很小很浅，所以他们之前都只是一扫而过，没怎么注意到，若不是陶泠西心细如尘，只怕几人再翻上许多遍也发现不了。

"若这真代表着童鹿人信奉的月亮神，那么只要童鹿遗民还在这世间活动，就一定会在各个地方打上他们的烙印，只要我们回去查一查，从这个印记下手，说不定就能将那琅岐岛揪出来！"

陶泠西在茶桌前分析道，姬宛禾眼珠子一转，想到什么，立刻接道："之前骆叔叔不是就说过吗？童鹿遗民隐居岛上，应该会进行各种海上交易，换取钱财，你们说，他们有没有可能在他们的船上，也刻上这个'月亮神'的印记？"

姬宛禾这猜测一出来，其余几人均目光一亮，纷纷点头道："对，很有这个可能！在童鹿人的心里，有了月亮神的庇佑，一切自然都会平安顺遂，他们出海去做交易，肯定不会忘记刻上月亮神的印记！"

几人议论间，姬宛禾更加兴奋了，两眼放光道："那这个好办，都不用动用官府来查了，我回去找我外公帮忙就行了，赵家生意遍天下，跟海上也有不少来往，说不定这童鹿遗民还跟赵家做过生意呢！"

说着无心，听者有意，"赵家"两个字落入那茶棚老板与伙计耳中，叫他们当即对视了一眼，各自从对方眸中看出了几分惊诧之意。

赵家？是那个家财万贯，素来有着平江首富之称的赵家吗？

很快，姬宛禾兴冲冲的另一句话就肯定了他们的猜想："我外公回平江老宅了，我立刻修书一封给他，让他查一下赵家在海上的生意！"

果真是赵家！这女娃娃还是那赵老爷的外孙女，这回可真是天上掉馅饼，叫他们撞见一票大的了！

那老板与伙计对视一眼，皆兴奋不已，眸中迸射出恶狼一般贪婪的目光。

柜台底下，好几具隐藏的尸体死不瞑目，瞪大着双眼，鲜血从身上流淌下来，一点点蜿蜒出去，浓烈的血腥味飘入风中，连那火上熬制的茶汤都盖不住这股味道了。

喻剪夏微微蹙眉，终于忍不住望向周遭，压低了声音道："你们有没有闻到……闻到一股很奇怪的味道？像是血腥味？"

她话音才落，身后已响起一声狞笑："小娘子好鼻子，正是尸体身上的血腥味，你们这回也逃不掉了！"

喻剪夏几人大惊失色，立刻站起身来，回头望去，只见茶棚里顷刻间涌出一群彪形大汉，个个手里握着血淋淋的长刀，那老板与伙计也将身上套着的衣裳一脱，露出了狰狞的真面目！

"今日真是撞大运了，我们这帮兄弟居然能遇上赵金山家的外孙女，这赎金可都够我们逍遥快活一辈子了！"

"你们，你们是——"

裴云朔几人始料未及，万万没想到这山野小店中，会藏了这样一帮人。

"我们都是在刀尖上讨生活的，不比你们这些王孙贵女，今日也算老天有眼，竟叫你们落在了我们手中！"

这群人乃是一群杀人越货、被官府通缉的江洋大盗，逃到这处山野小店时，一言不合与茶棚老板起了冲突，索性一不做二不休，将他与店中伙计都杀了，还将店里的钱财一卷而空。

　　不仅如此，他们还换上了老板与伙计的衣裳，在这茶棚里才扮了短短半天的工夫，就杀了好几个过路喝茶的人，抢夺了他们身上的钱财，本来准备立刻逃亡上路，却远远看见几个少年骑马而来，气质非同寻常人，他们便按捺下来，想干完这一票再走。

　　哪知居然能遇上一座活的金山！

　　"兄弟们打起精神来，千万不要让几个小娃娃逃脱了！"

　　那先前扮作茶棚老板的人，生得凶神恶煞，看起来是这一帮亡命之徒的头儿，此刻兴奋地望着姬宛禾几人，目露精光。

　　"大当家的放心！"那帮人高声应道，先前那个扮伙计的刀疤脸，一双眼更是色眯眯地在姬宛禾与喻剪夏身上打转，狞笑着道，"这两个小娘子倒都生得貌美如花，勾得人心痒难耐，大当家的，咱们活捉了她们后，能不能先扒了衣裳快活快活再说！"

　　"只要留条命在，随便兄弟们怎么玩！"

第十二章·营救大计

①杭如雪归来

盛都城，刑部大牢，艳阳高照，踏入牢房里的一瞬间，却只觉一股阴冷死寂扑面而来，一丝阳光也透不进来。

那看守牢房的狱卒在付远之耳边低声道："付大人，您放心，我们一天到晚都在这儿守着呢，绝不会再让苏姑娘有机会寻死了……"

付远之点点头，提着食盒，走近牢房角落里那道一动不动的身影。

那时在长满秋萤草的山壁前，苏萤趁付远之不注意，用尖锐的石头刺进自己心窝，还好被骆秋迟及时拦了下来，只是人虽救了回来，却没了生气一般，从早到晚失神地坐在牢房的一角，已经很久没有开口说过话了。

付远之今日前来，除了照旧提着食盒，带上那些甘甜的蜜饯外，还多带了一样小东西，一样或许能够……让苏萤多一些生气的小东西。

"小苏姑娘，这个鎏银九连环是我亲手所制，牢房里死气沉沉的，你若不嫌弃，平日里可以拿这小玩意儿解解闷，并且……"

说到"并且"两个字时，付远之顿了顿，俊秀的一张脸上微微泛红，后面的话竟有些说不下去了。

角落里一动未动的苏萤，却在这时轻轻抬起头来，看向了付远之手中那个银光闪烁的九连环，枯井般的一双眼眸中总算泛起了一丝涟漪。

付远之心神一振，小苏姑娘似乎对这九连环有兴趣？

他耳边不由又响起骆秋迟那不断催促的声音："快点儿去送啊，男子汉大丈夫，有什么难为情的？她如今一心想要寻死，你还不给她留点儿盼头，留些活下去的牵挂，真想看她心如死灰不成？这九连环也够她解一段时日了，就当转移她的注意力也好啊，至少在这之前，她不会再轻易寻死了，总会想方设法将这九连环解开，看看你给她留了一句什么话吧？"

从前辛如月与宫学的殷院首相爱，那殷院首就是给辛如月留了一个古法所制的九连环，并且在里面刻上了一句话，辛如月解了许多年也没能解开，还是后面大闹宫学时，托付远之与闻人隽之手，才将那九连环解开，看见里面那句话——

甘为情囚，死生不弃。

那是殷院首留给辛如月的承诺，如今骆秋迟与付远之也想效仿这个法子，在九连环里刻上一句话，勾着苏萤不断去解，打消她寻死的念头，至少也能拖一段时日。

"你说，这法子当真管用吗？万一她不想看我给她留了什么话，还是一心要寻死怎么办呢？"来到刑部大牢之前，付远之对这法子还是忐忑不安，心里并没有多少底。骆秋迟听到他的担忧，都快气笑了："我的付大人啊，你是在装傻吗？你真不知道自己魅力有多大？你就是苏萤的一味药，一味救命良药啊，她有多爱你，多为你痴狂，你难道看不出来？"

骆秋迟虽然口无遮拦，惯爱调侃，但心思活络，足智多谋，付远之到底听从他所说，拿着这九连环踏入牢房一试。

他定了定心神，望向角落里的苏萤，终于深吸口气道："并且，这鎏银九连环里还刻上了我想对你说的一句话……若……若你能够将它解开，就能看见那句话……明白……明白我对你……"

一番话虽然说出了口，却说得结结巴巴，听得躲在牢外的骆秋迟都快急死了，恨不能冲进去替付远之喊出来："明白我对你的心意了！"

他实在要对付远之佩服得五体投地了，明明上知天文，下晓地理，智计无双，却偏偏在一个女人面前紧张成这样。

"真是笨死了，词都帮你想好了，照着背都不会，脸皮还那么薄，要不是模样生得俊秀，有那么多瞎了眼的女人主动扑上来，就凭你自个儿怎么可能娶得到老婆？"

牢房里，付远之还是结结巴巴的，到底没能将最后那句话说出来。

他终于放弃了，看向角落里苏萤，只是真心实意道："总之，小苏姑娘，这鎏银九连环留给你，你慢慢解，一旦解开了，就能看到我想对你说的那句话了。"

他将东西留给她后，起身就要踏出牢门，背影却一顿，忽然又转过头，没头没脑地对着苏萤说了句："其实，小苏姑娘，你恐怕不知道，我最初在仁安堂看见你乔装的'丑奴'时，第一眼就想到了我娘，因为她也是个……跛足。"

苏萤长睫一颤，手心中握着那鎏银九连环，在角落中抬起头，有些不可置信地望向付远之。

付远之笑了笑，说到这些时他总算不再结巴，又恢复了往日的镇定自若。

那个清冽的声音在牢房里回荡着，一字一句都敲击在苏萤心头。

"她曾经过得很不好，我爹对她的跛足厌恶至极，府中人人都嘲笑她为'郑跛娘'，我与她相依为命，在府里受尽欺凌，再加上我幼年身子孱弱、体虚多病，那时他们还编了歌谣来羞辱我和我娘，我现在还记得，他们天天唱着'跛娘丑，跛娘怪，相府有个郑跛娘，生了一个病娇娇，背着娇娇走起路，一跛一跛慢老牛……'，那段漫长黑暗的日子对我来说简直如同噩梦一般，我甚至无数次想过，如果我没有活在这个世上，该有多好……"

苏萤呼吸颤抖着，一双眼睛直直望着付远之，几乎不敢相信自己听到的一切——

她心中犹如神明一般，高高坐在云端之上、不可染指、无所不能的付大人竟然曾经也有过这样饱受欺凌、生不如死的时候吗？

"你不知道，我娘那时心中充满了仇恨，活下去的唯一动力就是报复那些伤害过我们的人，她一心想让我替她争口气，逼我做了许多我不愿意做的事情，我一次次违背本心，痛苦万分，而我娘也活得十分压抑，内心没有一日是真正快活的……直到后来，她将我越推越远，险些彻底失去了我才总算想通，原来这世间没有什么是放不下的，只要她愿意，多深的执念也好，多大的仇恨也罢，一辈子只有那么长，放下了这些，也就放过了自己。"

付远之的声音久久在牢房里回荡着，苏萤一双手颤抖得厉害，眸中已有波光涌起，她在付远之漆黑的眼中，看见了自己苍白的身影。

付远之注视着她，眸光动情，一字一句道："小苏姑娘，你明白……我为什么要跟你说这些了吗？"

踏出牢房，付远之心潮起伏，还未平复下来时，暗处一身白衣已伸手将他一把捞了过去，揽住他的脖颈，在他耳边笑道："付大人口才不错嘛，听得我都一愣一愣的了，怎么就唯独不会说情话呢？"

"骆秋迟！"付远之脸上一红，挣开骆秋迟的手臂，"你……你还在这儿偷听呢！"

"什么叫偷听？分明是我这个军师对你放心不下，怕你把事情搞砸了，才躲在暗处观察，好随时助你一臂之力。"

"你……你这个没脸没皮的家伙，什么理都给你占了！"付远之脸上更红了，推开骆秋迟就想走，却又被他一把压回了墙上。

"喂，别动，我跟你说正经的。"骆秋迟凑近付远之，左右望望，压低了声道，"杭大姑娘要回来了，已经上了官道，就要到盛都了！"

盛都城外，骄阳似火，茶棚前，阳光如碎金流淌，树影斑驳，浓烈的血腥味飘荡在风中。

那一群江洋大盗将裴云朔几人团团围住，手上长刀寒光闪烁，面上狞笑着："小娃娃们，你们逃不掉了！"

裴云朔白发飞扬，袖中铁钩迎风而出，护在喻剪夏与姬宛禾她们身前，将那个逼近的刀疤脸一脚狠狠踹了出去，锋利的铁钩在那人胸前划下个大大的口子，鲜血四溅间，那人凄厉的惨叫响彻树林。

周遭的匪盗们脸色大变，始料未及，那为首的头领上前一步，紧盯着裴云朔冷冷的一双眸，咬牙切齿道："好小子，算我们看走眼了，竟遇上个练家子！"

裴云朔一语未发，只是将那铁钩又霍然扬起，吓得周遭匪盗齐齐后退，他衣袂飘飞间，一头白发衬得面容愈发冷峻，身上从头到脚散发着一股肃杀之意，令人不敢靠近。

那头领在阳光下微眯了双眸，忽然恶狠狠地一笑："只可惜，任凭你怎样厉害，也还是着了我们的道——小兄弟，方才的茶好喝吗？"

他这话一出来，裴云朔冷若冰霜的一张脸上总算有所松动，神情霍然一变，扬起那铁钩的手微微一颤，果真发现脑袋隐隐作痛，身上的气力在慢慢流失。

"你们下药了！"裴云朔一声厉喝，呼吸紊乱间，望向那头领恨声道，"卑鄙！"

"不是我们卑鄙，是你们年纪太小，行走江湖掉以轻心了。"那头领冷冷一笑道，好不得意，"杀人越货，劫财绑票，我们什么不敢做？你们难道还指望我们一群亡命之徒做什么君子不成？"

大风猎猎，裴云朔握住铁钩的手越发颤抖着，他护着喻剪夏与姬宛禾步步后退，咬牙对她们低声道："夏夏，阿宛，我还能撑一会儿，你们……你们快逃……"

"哥哥！"喻剪夏脸色煞白，抓紧裴云朔的衣袖，摇着头自责不已，"都怪我，我没有发现那茶水中下了药……"

实在是巧合至极，那茶水唯独喻剪夏没来得及喝下去，所以并未发现里面下了迷药，再加上他们一心研究那童鹿记载，想要救出骆青遥与辛鹤，更是没有注意到这茶棚的异样——

可实际上也怪不得他们，谁会想到这山野小店中竟会藏着这样一群江洋大盗呢？

"别再妄想着挣扎了，你们一个都逃不掉，今日就乖乖地认栽吧！"那头领耳朵尖，听到裴云朔的话，扬声大笑："兄弟们，你们说说，这皇城里如花似玉、娇滴滴的贵女是个什么滋味呢？"

他手中长刀一扬，眸中精光毕现："给我上，谁能最先抓到那两个女娃娃，谁就可以拖到树林里先尝个鲜！"

这话在林中一响起，喻剪夏与姬宛禾便煞白了脸，那帮匪盗却兴奋异常，个个迫不及待地就要扑上来。

"不，夏夏！"

"阿宛！"

裴云朔与陶泠西的声音同时响彻林间，他们想要挺身上前，却眼前发花，身子乏软无力，难以支撑。

眼见那些匪盗越逼越近，肮脏的手就要扣住喻剪夏与姬宛禾肩头时，一支羽箭簌簌穿过林中，霍然钉在了其中一个匪盗伸出的一只手上！

"啊——"鲜血顿时喷涌而出，一声凄厉的惨叫划破长空，那帮匪盗齐齐回过头去，不可置信。

长阳下，一道身影跨立马上，银袍铠甲，长发高高束起，手持弓弩，俊美的一张脸在阳光下熠熠生辉，犹如天神降临般，明明看起来年纪甚轻，却一身气势凛然，令那些匪盗不寒而栗！

他身后率领着大队士兵，瞬间如潮水般涌出，将那帮匪盗们团团包围，那头领站在长空下，吓得脸色一白："是……是朝廷的人！"

姬宛禾扭过头，望向马上那身姿英挺，面貌俊美的年轻将军，难以置信间，泪水再也忍不住夺眶而出，颤抖着身子，一声喊道——

"小杭叔叔！"

②嫁衣如火

暮色四合，海水翻涌不息，浪花拍打着礁石，琅岐岛笼罩在一片金色的微光中，看似静谧安宁，风里却飘荡着一股浓烈的血腥味。

遍体鳞伤的少年被吊在半空中，凌厉的长鞭如狂风骤雨般向他袭去，一下又一下，抽得他身上皮开肉绽，鲜血淋漓。

"够了，住手，不要再打了，住手！"辛鹤被那两个宫女死死按住，看着半空中遭受鞭笞的骆青遥，泪流不止，一颗心几乎疼得无法呼吸，她嘶哑着声音，向钟离越苦苦哀求道："你放过他，求求你放过他，让我做什么都可以……"

钟离越却对她的哀求充耳不闻，只是依旧狠狠挥舞着手中血淋淋的长鞭，丝毫没有停歇下来的意思。

骆青遥惨白着脸，一身触目惊心的鞭痕，只觉疼得快要死过去一般，他如今才知道，当日大考闹事，鲁行章当众鞭笞他时，其实根本没有用多大力道，相较起今日这场疾风暴雨似的鞭笞，那简直可称得上温柔了。

血珠飞溅间，他全身上下都是钻心的疼痛，意识都渐渐开始恍惚起来，好像曾经做过的梦境都浮现眼前，青山绿水，景致秀丽，爹娘带着幼时的他在湖上泛舟，衣袂随风扬起，天地悠悠，不胜缱绻。

只是这一回，一如那梦境一般，迷雾渐起，他被留在了岸边，爹娘却乘舟而去，身影越来越远……

"爹，娘，别走，瑶瑶好疼啊……"少年发白的双唇在阳光下痛苦呢喃着，从前最反感的那个称呼，此刻竟万般希望能在耳边响起，因为那就代表着他能见到爹娘，见到外公外婆，见到干爹、义父还有小姬叔叔他们了，就能够离开这里回家了。

他不怕死，只怕死之前都无法见到至亲家人一眼。

"别打了，住手，求求你放过他，一切都是我的错……"辛鹤嘶声泪流，拼命挣扎着，夕阳中那道手持长鞭的身影却不为所动，直到远处奔来一位老者，他手中捧着一方木匣，欣喜若狂的声音回荡在长风中——

"主子，回来了，他们又新送回来了两张地图！"

血淋淋的鞭子被扔在了地上，半空中的骆青遥长睫颤动着，总算有了一丝喘口气的机会。

打开的木匣里，金色的夕阳照在那两面光滑的羊皮地图上，钟离越按捺住呼吸，沾满血污的一只手，慢慢地拿起了那两张得来不易的地图。

他脸上还溅到了许多血珠，却一点儿也不抹去，就那样在夕阳中泛着血光，衬得他一张脸多了几分凛冽杀气，十足像一个从无间地狱里走出来的鬼面杀神。

"八张了。"海水翻涌不息，钟离越站在猎猎大风中，喃喃自语着，"已经有八张了，一切都近在眼前了……"

"是啊，主子，只要再找回最后的两张，那海底墓的地图便能够完整拼出来！"白翁跪在地上，抬头间，亦是激动万分，"马上就能开启那阴兵鬼阵，助主子完成山河大业了，童鹿复国在望了！"

钟离越冰冷诡魅的脸上，在夕阳中终于浮现出一丝淡淡的笑意，他仰起头，望向半空中吊着的骆青遥，语气似一条阴寒的毒蛇般，慢慢吐出三个字："换鞭子。"

这场酷刑好似永远望不见尽头了，先前一番抽打骆青遥，用的还只是普通长鞭，这回换来的鞭子可就骇人许多，上面挂满了锋利的倒钩，还用烈火烧得红通通的，一鞭子抽下去，恐怕不止皮开肉绽，连骨头都要被搅碎了。

"一共集齐了八面地图，你便挨上八下吧，放心，总会留着你一条命，等到中秋之夜祭天的。"

钟离越握紧那可怖的长鞭，仰头望着半空中的骆青遥，冷冷一笑，双眸迸发出兴奋嗜血的精光。

"不，不要！"辛鹤脸色煞白，遍体生寒，吓得眼神都彻底变了，不知哪来的力气，猛地挣开了那两个宫女，跌跪在地，爬过去抱住钟离越的腿，身子颤抖得厉害，摇头道，"不，不要，求求你了，放过他……"

钟离越居高临下地俯视着地上的辛鹤，面无表情，只是目光冰冷，忽然幽幽说了一句："阿鸢和阿萝给你送去的嫁衣，你为什么不肯试穿？"

辛鹤一激灵，抬头赶忙道："我穿，我现在就穿，我立刻穿给你看！"

那身灿若晚霞、美丽无比的嫁衣很快被送了过来，辛鹤顾不上许多，将脸上的泪水一把抹去，拿起那托盘上的嫁衣，立刻慌忙地就往身上套去。

骆青遥在半空中望着这一幕，心痛如绞，泪水模糊了视线："不，小鸟，不要穿，不要为他穿上嫁衣……"

他身上挨上千百鞭的痛楚，也比不上眼睁睁看着心爱之人为了他，穿上这身讽刺无比的嫁衣，这比叫他立时死去还要痛苦百倍！

残阳如血，大风猎猎，那身凄艳绝美的嫁衣如一团烈火般燃尽了漫天云霞。

辛鹤背脊挺立在大风中，身影伶仃单薄，却咬牙忍泪，对着身前的钟离越展颜一笑，美艳若花，极尽温柔："好不好看，小越哥哥？"

长风拂过她裙角发梢，她就这样站在金色的夕阳中，眉目楚楚，乖巧动人的模样似乎又回到了从前，回到了那些年与石室中被囚的少年朝夕相伴，一声声叫着他"小越哥哥"的温柔岁月。

钟离越站在晚风中，一时看痴了。

即便知道这是她的伪装，是她为了另一个男人的虚情假意，在这温柔可人的表象下，藏着对他深深入骨的恨意，可他还是没办法抗拒，还是无可抑制地……沉浸在了这场稍纵即逝的缥缈梦境中。

就当他自欺欺人吧，就让他在梦里多骗自己一会儿，嘘，谁也别来打扰，谁也不要叫醒他，如同从前梦见祖母还陪在他身边，没有离去时一样，他只希望这场梦境长一点儿，再长一点儿。

海风飒飒，天地萧萧，霞光万丈，所有绵长无比的情意尽数揉在了这一眼之中。

钟离越痴迷地望着眼前那身如火嫁衣，一步一步，慢慢走上前，伸出手，终于将他的新娘揽入了怀中。

她身子一僵，却没有动弹，他刻意忽视这一切，只是背对着众人，眸中的一滴泪水终于坠落下来，打湿了她的肩头。

霞光照在他紧闭的眉目上，他双手颤动着，紧紧抱着她，似乎害怕一松开，她就像梦里的祖母一样，消散在云烟之中。

"辛鹤，我们从头来过，好不好？"

那些藏在心底最深处的害怕与痛楚终于释放出来，他卸下了冰冷与残酷的面具，在她耳边卑微哀求着。

"我不会再骗你，不会再伤害你，你陪在我身边，永远都不要离开我，不要将我独自扔下，可以吗？"

他像个无家可归的孩子一般，泪水滑过苍白的面容，漫天霞光中，他抱着那身如火嫁衣，凄楚的声音一字一句在她耳边响起——

"求求你，别再装了，我们从头来过，你对我好一点儿，别再恨我怪我，你可不可以真的……真的爱上我？"

斜阳西沉，金色的薄光笼罩着盛都城，码头上人来人往，一片忙碌。

这里是盛都最大的一处码头，古潼码头，无数船舶停靠在水面上，一片波光粼粼间，只等装载完货物，就扬帆起航，通向外面的海域。

几道身影坐在酒楼二层的窗边，望着码头上忙碌的场景，若有所思间，一袭白衣在风中笑道："几处城门都严加盘查，一只有嫌疑的苍蝇都没逮到，原来绕来绕去，这帮人走的是水路，还打着商船的幌子，当真是我们失算了，一早就该想到的。"

他们一边在等着苏萤的同党来劫狱，一边暗中让官府在皇城里搜寻，城门各处也是严加盘查，既然那些探子要从皇城撤退，回到琅岐岛上，那么总该有些动作才对。

可他们却没有找到跟苏萤同党有关的任何蛛丝马迹，城门那里固若铁桶，守得滴水不漏，可其实他们的方向一开始就错了，城门守得再严也没用，这帮人走的是水路，他们应该从海口码头这些地方下手才对。

这回还好杭如雪及时赶回，在盛都城外救回了那帮孩子，还从他们口中得知了那个月亮神的特殊标记。

杭如雪当下马不停蹄，立刻回到盛都找到了骆秋迟与付远之，他们三人一刻也不敢耽误，直接来到了这处最大的码头调查。

付远之已经让属下去查找了，此刻酒楼窗边，三人在静静等待着结果。

相较起杭如雪与付远之的紧张神色，骆秋迟就要气定神闲许多了，他白衣一拂，眉眼含笑，拿起桌上的酒壶，替三人都斟满了醇酒。

"杭大姑娘，你好不容易回来一趟，本要替你接风洗尘，却委屈你在这间小小酒楼里对付一顿了，还只有我们两个粗野男人作陪，冷冷清清的，你不介意吧？"

他端起酒杯，在霞光中笑得无赖，却是有意想让杭如雪紧绷的心弦放松下来。

那一身银袍铠甲的年轻将军，风尘仆仆地赶回来，此刻连战袍都来不及换下，坐在窗边的夕阳中，望着眼前那个一脸坏笑的人，摇摇头，吐出了四个字："死性不改。"

他也端起了酒杯，与那身白衣在半空中一碰，唇角微扬间，故作不满道："真这么有诚意，怎不把你手里这小小酒杯换成一个海碗来与我痛饮？当年在军营里，你不是很能喝的嘛，难不成是阿隽管得太严了？"

"这你可冤枉我媳妇了。"骆秋迟微眯了双眸，笑眼弯弯道，"我这还不是看你嘴巴生得小，怕用海碗兜不住嘛，特意在迁就你呢，你怎么还不领情啊，杭大姑娘？"

"去你的！"杭如雪脸上一红，衬得面皮更加白嫩了，这几年行军打仗，好似没在他身上留下什么痕迹来，他还是记忆里那个容易害羞、经不得逗的少年将军。

骆秋迟忍俊不禁，正拍桌大笑间，几个身着便服的侍卫匆匆上楼，头上汗水都顾不上擦，快步走到付远之面前，施礼禀告道："大人，有结果了，都查清楚了！"

霞光漫天，晚风轻拂，酒楼一整层都被付远之他们包了下来，楼梯处还守着两列侍卫，一丁点儿风声都走漏不出去。

"一共有四艘刻有'月亮神'标记的船，都装了满满的货物，瓷器丝绸、玛瑙玉石、药物香料，应有尽有，据说是邻边小国乌祢的商船，来大梁做生意，有海上通行令，明面上查不出任何问题。"

"乌祢国的商船？"

付远之眉心一蹙，忽然将手中折扇一打，摇头笑道："有意思，借了个乌祢的壳子，正大光明地来这大梁做生意，与我们海上通商、交易往来，这帮人倒是又机警又聪明啊。"

酒桌前的杭如雪也点点头道："的确谨慎，若不是阿宛那几个孩子发现了他们的标记，只怕还当真揪不出这帮人。"

付远之望向自己的属下，沉声道："没有打草惊蛇吧？"

"大人放心，属下们行事谨慎，都是直接找了这古潼码头的老掌事过来问话，让他看了那图案标记，才通过各方详细打听而来。"

"那老掌事嘴巴严吗？"

"他知道分寸的，大人放心，我们叮嘱他千万莫声张，他是拿朝廷俸禄的，自然知道个中厉害，嘴巴不会泄露半点儿的，更不会惊动那几艘船上的人。"

"好，那他们的货船什么时候出发？"

"禀告大人，就在今夜。"

"今夜？"付远之手中折扇一顿，有些始料未及，扭头看向了酒桌前的骆秋迟与杭如雪。

那身白衣却扬起唇角，面不改色，又为自己满上一杯酒，仰头一饮而尽，这才将酒杯在桌上重重一顿，眸中精光迸射，衣袂随风飞扬，周身匪气四溢。

"很好，我们等的那帮家伙终于要来了，今夜就陪他们好好演场戏，痛痛快快玩一场吧！"

③劫狱

夜色萧萧，冷风凛冽，秋意渐深，一轮明月笼罩着刑部大牢，付远之踏入牢房时，角落里的苏萤还在埋头解着那个鎏银九连环。

为了让她能够多钻研一段时日，打消寻死的念头，付远之特意以古法所制，这鎏银九连环不同于寻常的九连环，其间算法复杂，环环相扣，极难解开，付远之可谓是用心良苦。

只是很显然，这九连环派不上用场了，因为苏萤今夜或许就要……离开这间牢房了。

若他们没有推测错，那帮琅岐岛上的人今夜会来劫狱，再从古潼码头出发，潜上货船入海，逃离盛都。

外面的埋伏都已经设好，但目的不是为了捉住这些来劫狱的人，而是为了——骗过他们。

正如骆秋迟所言："捉了他们就一定能得到琅岐岛的线索吗？万一他们宁死也不招呢？"

所以，今夜真正要做的是陪那帮人演一出劫狱的大戏，埋伏照样用上，自然不可能让他们轻轻松松劫走苏萤，他们个个都不是傻子，尤其苏萤心思剔透、聪慧玲珑，自从被关入刑部大牢以来，她就一直想要寻死，正是因为她不想成为付远之放的"饵"，引她的同伴们上钩。

若是叫他们毫无阻碍，顺顺利利地就从刑部大牢将人劫走，那势必会疑心大起，所以天罗地网依旧布下，让那帮人相信，官府确实是布置了埋伏，想要以苏萤为饵，将他们一网打尽。

只是他们拼尽全力，官府不敌，才叫他们逃脱了。

如此一来，那帮人才会彻底打消疑云，放心逃往琅岐岛。

骆秋迟他们今夜所设的，其实是一场局中之局。

表面上的埋伏是假，实际上暗中的追踪才是真的，他们的目的不是想要捉住苏萤那帮同党，而是想要骗过他们，跟着他们顺利找到那处海上"老巢"。

牢里阴冷静寂，角落里的苏萤抬起头见到付远之的到来，苍白的脸上微微一怔。

付远之按捺下所有思绪，不动声色地走上前，面上露出温和的笑意："小苏姑娘，秋意渐深，天气愈发转凉了，夜里风大，我给你带了些厚实点的被子来，还有这件，这件……"

他说着打开手里的包袱，展开了一袭长裙，淡淡的杏黄色，丝线精细，散发着柔顺的光泽，载满了春日的味道，与这间昏暗的牢房格格不入。

那正是苏萤之前在仁安堂时，在付远之面前穿过一次的长裙，后面她带到了洛水园里，付远之去看她时发现了，还曾问过她为何不再穿了，她没有回答，却未料到，今夜付远之竟会特地带来给她。

"小苏姑娘，我记得你曾经穿过这身裙子，极为适合你，我也能看出你其实心底是喜欢的，为何不再穿了呢？牢里夜晚清寒，囚衣单薄，你现在就可以套上这身裙子，这里的狱卒我都打好招呼了，不会有人说什么的，你放心吧。"

付远之语气温柔，实际上手心都攥出了汗，这条杏黄长裙已被他们做了一番手脚。

裙角上藏满了夜光粉，等到那帮人劫走苏萤后，一路逃跑时，夜光粉就会飞洒出来，在风中簌簌落下，给暗中追踪的人"引路"，确保不会跟丢他们，也确保他们真的逃往了古潼码头。

而杭如雪带着人马，已经守在那海上的一艘商船上了，他会装作生意人，今夜与那几艘"乌祢国"的货船一同出海，悄然跟在他们后面，顺藤摸瓜，找到那琅岐岛的所在之处，一举剿灭，救出骆青遥。

一切计划缜密周全，几乎是万无一失，只是很考验付远之"睁眼说瞎话"的本领。

阴冷的牢房里，付远之轻咳了几声，又上前一步，温声道："小苏姑娘，囚衣单薄，难以御寒，夜里风大，你就将这身衣裳加在囚服外吧，其实我当真觉得，觉得你穿上这裙子……很美。"

说出那最后一句话时，付远之脸上不禁微微一热，还好苏萤没有察觉，只是坐在角落里，长睫微颤，苍白的面容怔怔地望着那身长裙，神情有些恍惚。

今夕何夕，物是人非，这袭长裙似乎也勾起了她无限的回忆，她终是慢慢伸出了手。

付远之心中一喜，暗松口气，对着苏萤笑了笑，背过身去，等到她穿上那长裙后，这才转过身来。

面前的姑娘长发散落如云，眉目楚楚，腰身不盈一握，杏黄色的长裙将她肤色衬得更加白皙了，美得如同春日枝头沾满露珠、随风摇曳、最清丽的一朵花。

付远之看得有些愣了神，心跳莫名加快，从前他在仁安堂里看见苏萤穿上这袭长裙时，脑中第一个冒出的念头就是"阿隽"，但今日，他一双眸却完完全全被她占满了，再想不到任何人和事。

昏暗的牢房里，付远之望着眼前纤秀的身影，一颗心越跳越快，终是赶紧将头低下，不敢再与她对视。

他深吸一口气，打开手中的食盒，不知在掩饰些什么，略有些结巴道："我……我还给你带了些蜜饯来，你快来尝尝吧。"

苏萤看着那食盒中香味扑鼻的蜜饯，也怔了怔。

事实上，一想到苏萤马上就要离去，付远之心中也是空落落的，送裙虽假，但送这蜜饯却是真心实意的。

他只想让这个一生吃过太多苦的姑娘，在离开之前还能尝一回甘甜的滋味。

苏萤蹲下身来，没有拈起那食盒中的蜜饯，却是对着付远之忽然道："这是最后一顿了吗？"

付远之呼吸一窒，心弦骤然绷紧，抬起头时却不动声色，只是淡淡一笑："小苏姑娘何出此言？"

苏萤盯着付远之的双眸，抿了抿唇，一字一句道："是不是，是不是……明日我就要行刑了？所以你才带着这些东西，特意来送我一程？你让我穿上这身裙子，也是想让我在临走前不留遗憾，体面一些上路，对吗？"

付远之一颗心本来都提到嗓子眼上了，还以为叫苏萤看出破绽了，却没想到她会说出这样一番话，他愣了愣，心弦陡然一松。

哑然失笑之余，他索性也顺着苏萤的话，不承认也不否认，只是微微垂首，做出一脸沉默的模样。

于是苏萤彻底明了了，却不害怕也不悲伤，反而扬起唇角，苍白的脸上终是露出了一丝久违的笑意。

"好，终于等到这一天了，希望黄泉下面也是个阳光明媚的春日，才不辜负你为我送来的这身长裙。"

她心头大石落地，反而还能说起俏皮话来，付远之却抬起头，怔怔望着她，心中忽然莫名难受不已。

苏萤席地而坐，拿起一颗蜜饯放入口中，含笑道："果然很香甜啊，从前为什么吃起来是苦的呢？"

她好久没有这样松快过了，付远之心中却愈加难受，一言未发，苏萤只当他沉浸在她即将行刑的悲痛之中，不由凑近了他，唇角微扬，有意向他问道："付大人，我或许没有时间解开你这九连环了，你能告诉我，你究竟在里面，在里面写了一句什么样的话吗？"

付远之抬起眼眸，看着苏萤，她唇上还沾了些蜜饯，泛着些晶莹的微光，甘甜萦绕的香味中，他忽然很想将眼前的姑娘拥入怀中，让时间彻底停在这一刻。

"那鎏银九连环里，我其实只写了一句……"

付远之的话还未说完之际，一阵劲风却忽然袭入大牢，所有烛火尽皆熄灭，一股凛冽的杀意猛地逼近，一把尖刀霍然架在了付远之脖颈之上。

付远之瞳孔骤缩，握紧了手心，一声喝道："你们是何人？"

他嘴上这般问道，心里却激动万分："来了，来了，他们终于来了！"

一帮蒙面黑衣人，行动迅速利索，挟持着付远之，带着苏萤逃出了大牢，外面却早已布下天罗地网，几圈火把映亮了夜空。

侍卫重重的包围中，一身白衣站在星月下，衣袂飞扬，昂首笑道："你们总算来了！"

正是在牢外等候已久的骆秋迟，那帮人面面相觑间，却也不见慌乱，显然早就想过会遇上埋伏。

"还不快放开付大人！"骆秋迟怒声一喝，装模作样地吼着，"你们竟敢擅闯刑部大牢来劫人，还敢挟持朝廷命官，是吃了熊心豹子胆吗？付大人乃是大梁重臣，深受百姓爱戴，更是我东夷侯最好的兄弟，你们今夜若敢伤他一根汗毛，就休想活着离开这里！"

付远之被那刀尖架在脖子上，望着对面火把下的骆秋迟，忍不住在心中暗自一叹："用得着这么浮夸吗？这戏过了些吧？平日里也没见你对我这么在乎啊？"

熟悉的迷香在夜风中飘荡起来，那帮人显然有备而来，月夜下，那诡魅的笛声再度响起，伴着缭绕的迷香，令人头晕眼花，身子乏软无力。

骆秋迟握刀的手一颤，身子摇摇欲坠，在夜风中无比浮夸地晃动起来，他望向那些蒙面黑衣人，咬牙切齿道："你们，你们这些妖人，施了什么妖术？为何我身上内力竟然……"

他身后那些侍卫也相继倒地，个个痛苦呻吟，虽然倒地的时间有点儿快，动作也有点儿假，但情势危急下，那些蒙面黑衣人也无暇注意这么多。

他们根本不想多作纠缠，笛音一落，就立刻扬声道："我们走！"

一帮人才出刑部，苏萤就将那头领手中的刀夺了过来："行了，咱们已经脱身了，快将人放了吧！"

那头领自然也不愿带上付远之这个大麻烦，点点头，伸手将人一推，付远之回过头，夜风扬起他的衣袂发梢，与苏萤擦肩而过，最后望向她的一眼中，她不知将什么东西塞入了他怀中，还在他耳边说了句话。

那句话那样轻，那样快，像枝头坠落的露珠一般，还不等付远之回过神时，那帮人已经策马而去，消失在了夜风之中。

漫天繁星下，付远之久久愣在了原地，直到门内倒在地上的那身白衣拍了拍身上的灰，走到他身边一拍他肩头时，他才霍然回过神来。

"人都走远了，还看什么呢？付大人，这么舍不得啊？"

骆秋迟眼睛一瞥，忽然道："你怀里揣的这是什么东西呢？苏萤留给你的？"

付远之这才低下头来，看来手里那个小小的东西——

竟是一只栩栩如生的萤火虫。

是的，用干枯的秋萤草编织而成，苏萤当时带了一些秋萤草回到牢房，当秋萤草的微光熄灭，枯萎之后，她就在牢里用这些枯草，编织成了一只小小的"萤火虫"。

"还真是个心灵手巧的姑娘，只可惜……咦，老付，你快看，这翅膀上还刻了字呢，是不是？"

付远之连忙顺着骆秋迟的手望去，这才发现，在那萤火虫的两片翅膀上赫然刻着四句话——

遥遥天无柱，流漂萍无根。孑然如萤火，来世报郎恩。

他给苏萤留了一句话，苏萤也回他一番话。

她这一生漂泊无根，孑然一人，渺小如那萤火一般，这辈子有太多身不由己，只惟愿来世能够燃尽自己，抛却所有，一心一意报他恩情。

迎着夜风，付远之眸中波光闪烁，耳边又回荡起擦肩而过时，苏萤对他轻轻说的那句话："付大人，谢谢你给过我一场再好不过的……梦。"

是啊，梦醒了，情深缘浅，烟消云散，或许这辈子他们都再也不会相见了。

他忽然之间很后悔，为什么自己不告诉她，自己在那鎏银九连环上刻的那句话究竟是什么呢？

"别想了，缘起缘灭，自有定数……剩下的就交给杭大姑娘了，咱们就静候佳音吧！"

④ 海上交易

杭如雪的消息传来时，姬宛禾那边也正好从平江赶回，她果然没有猜错，赵家当真与那所谓的"乌祢国"在海上有生意往来。

这个消息无异于黑暗中一线天光照人，因为，杭如雪的商船跟丢了那帮人。

也不知是他们太过机警，起了疑心，还是苏萤后知后觉，将一切在脑中过了一遍后，察觉到不对，总之大海之上，那四艘货船忽然就改变了航线，各自往四个方向而去，叫杭如雪措手不及，一时之间不知该追踪哪一艘，一片混乱中，竟被那帮人狡猾逃脱了。

"咱们或许小觑了你那位小苏姑娘，这一回算她棋高一着。"

骆秋迟摇头一叹，却也未气馁，正欲再想办法时，姬宛禾就从平江带回了一个好消息。

当真似冥冥之中自有天助般，童鹿人近期竟然要与赵家在海上做一次交易。

"八月初七,也就是在中秋节前几日,他们同赵家在海上正好又有一笔交易,会在一处叫作'碧霞烟'的海湾附近碰面,据说要大量的特级淮安烟花,还订了一批价值千金的太清红梅酒。"

"这些酒乃赵家酒庄独产,每年只开窖两回,数量有限,极为珍贵,平日多是卖给了一些王公贵族,让他们在府上宴请宾客,这回'乌祢国'的商人一掷千金,一订就是八百坛,几乎要将今年的都买光了,他们还特别叮嘱,要在酒坛外头都包上红绸,红绸上绣上鸳鸯或是并蒂莲,总之要弄得格外精细雅致……"

"等等,包上红绸,还必须绣上什么鸳鸯?"骆秋迟忽然打断道,他与付远之彼此望了望,皆看出对方所想。

"这又要烟花,又要美酒的,还得包上鸳鸯红绸,我怎么觉得,这琅岐岛上是打算……打算办一场大婚呢?"

"一场大婚?"姬宛禾一怔,目光几个变幻,忽然想到了什么,一下捂住了嘴,"不会是老遥和小鸟吧?他们气势汹汹地把人抓过去,就是想逼他们两个成亲?"

从骆秋迟口中,姬宛禾他们已经知晓了辛鹤的女儿身,好一阵惊愕后,却又有些恍然大悟,这样一来,许多事情似乎都能解释得通了。

如今一提到"大婚"两个字,姬宛禾自然想不到其他,脑中瞬间就冒出了骆青遥与辛鹤的身影,骆秋迟听到这样的揣测,简直要哭笑不得了:"你这丫头脑瓜子太不寻常了吧,平日里少跟你隽姨看些离谱的话本子,抓他们两个去成亲,你想什么呢?"

他手指无意识地敲了敲桌面,冥冥中有种预感,若有所思道:"我倒觉得,这新娘子有可能被你说中了,但新郎一定不是我家那傻小子,或许他正是因为牵扯进了这些情爱纠葛中,才被无辜抓去了琅岐岛。"

他看向姬宛禾,心中有了思量,忽然道:"你方才说的那处海湾叫什么来着?"

"碧霞烟。"付远之记性好,在旁边开口道。

"对,就是碧霞烟。"姬宛禾点点头,"那处海湾我已经查过了,附近有成百上千个大小岛屿,琅岐岛应该就是其中之一,但岛屿星罗棋布,若真要一处一处找过去,也无异于是大海捞针。"

"所以——"骆秋迟站起了身,迎向一屋望来的目光,一字一句道,"八月初七,我们必须去一趟海上才行,以赵家人的身份,同那帮人交易,摸出那琅岐岛的位置。"

"去海上交易?"

"对,我有一计,必定可以查出琅岐岛在哪里,只是有几分凶险,但正所谓,不入虎穴,焉得虎子?"骆秋迟白衣一拂,眉眼间陡然升起一股悍匪的劲头,恶狠狠地道,"我还就不信了,这一回老子说什么也得踏平那破岛,把瑶瑶带回来!"

一轮明月悬挂天边,冷风拂过夜色中的琅岐岛,海水起起伏伏,浪打礁石,树影婆娑,万籁俱寂。

高高的祭台上，骆青遥被捆绑得严严实实，身上满是触目惊心的鞭痕，脑袋低垂间，双唇都已经发白。

苏萤在海风中一步步走向祭台，守在祭台下的侍卫们齐齐下跪，拜见道："见过左祭司。"

因多年来潜伏盛都，立功无数，尤其是这回能够抓到辛鹤与骆青遥，苏萤更是功不可没，所以她一回到琅岐岛，便从"风哨子"升为了"左祭司"，类似于从前琅岐岛上的"左护法"，地位极高。

但是苏萤并不开心。

当她知晓岛上发生的一切，尤其在见到遍体鳞伤的骆青遥后，她心中第一次对自己一直以来坚信并愿意用生命去付出的一些东西……产生了动摇。

没有人知道，她内心有多么愧疚，若不是她泄露了行踪，骆青遥也不会被抓回岛上遭此一难，毕竟他何其无辜！一切的恩恩怨怨与他有何相干？

更何况，他还是付远之的义子。

得知中秋之夜要将骆青遥火焚祭天后，苏萤不顾白翁的阻拦，去找了钟离越，跪在主子面前求情，希望他能饶过骆青遥一命。

钟离越自然不可能答应苏萤，却也没有对苏萤发怒，她是有功之臣，是所有风哨子中最好用的一把刀，钟离越惜才，在他心中，苏萤是自己人。

他以明君自居，她是他亲封的左祭司，这么多年忠心耿耿，立下无数功劳，日后也会辅佐在他身边，随他征战讨伐，完成复国大业。

所以钟离越只是让苏萤退下，并对她说了一句："不要被外面的世界蛊惑了本心，忘了自己到底属于哪里。"

苏萤从钟离越那里出来后，仍是心事重重，愁眉不展，胸口像被大石压着般，她不知不觉踏着月光，就走到了海边的这处祭台。

海浪翻涌，夜风猎猎，苏萤缓缓踏上台阶，在愈发清寒的月下，走到了那道捆绑的身影前。

少年脑袋微微垂下，一张脸半明半暗，遍体鳞伤，手脚都是冷冰冰的，若不是还有一些微弱的呼吸，会叫人当真以为这是一具死尸。

苏萤不知怎么，眼前陡然浮现出付远之那担忧的模样，她鼻头一酸，背过了身子，挡住了台下那些侍卫的视线，将一粒药丸迅速塞入了骆青遥口中，又抓起他的一只手，暗暗将内力灌输给他。

骆青遥冰冷的身子渐渐暖和起来，各处受伤的地方也没有那么疼痛了，苏萤不知给他喂了什么灵丹妙药，才一下肚子，就让他觉得如同有一把火燃烧起来，竟叫他周身气力慢慢充盈。

他迷迷糊糊睁开眼，看着月下那道朦胧的身影，有些难以置信，沙哑着喉头，颤声道："是……是你？"

星子寥落的长空下，苏萤衣袂飞扬，来去悄然，只剩浪打礁石，海水翻涌不息，月下一地如银。

海边的那处宫殿在夜色中是那样高大巍峨、美轮美奂，却像一个张着血盆大口的巨兽，在黑夜中吞噬着一切良善的人性。

苏萤越走近宫殿，心中便越压抑起来，她不由抬头望向天边那轮明月，神情恍惚，海风掠过她的长发，她忽然很想问一问月亮神，自己所做的一切到底是对还是错。

"见过左祭司。"守在辛鹤门前的两个宫女向苏萤行礼下跪，苏萤恢复了一脸淡然，抬手道："没什么，起来吧，我只是来看一下皇后的情况，她睡下了吗？"

自从钟离越将苏萤封为左祭司后，便将看守宫殿、护卫皇后的重任也交给了她。

苏萤心思缜密、聪慧剔透，钟离越怕辛鹤又闹出什么事情，下令让她多盯着辛鹤一些，在中秋的立后大典之前，务必不能出一丝纰漏，绝不能让辛鹤再折腾出什么花样来。

苏萤白日里就来过一趟了，也将情况禀报给了钟离越，却没想到，夜色这么深了，她竟然又来了。

门口守着的阿鸢与阿萝却不疑有他，只在心中暗中感叹，这左祭司果真是尽忠职守。

房里，辛鹤坐在窗边，一头长发散落腰间，身形清瘦无比，同从前那个神采飞扬、灵动俏丽的少女判若两人。

她还是小鸟，只不过不再是展翅自由翱翔于天地的小鸟，而是一只被囚禁起来，失去了所有生机活力的笼中鸟。

这屋里暖香缭绕，帘幔飞扬，每一处都富丽堂皇，却让人觉得冷若冰窟、压抑无比，或许因为这里的窗子——都是封死的。

只漏了一丝缝隙出来，辛鹤每天坐在窗边，便透过这丝缝隙，久久地望着外面翻涌的海水，失神枯坐，不知在想些什么。

苏萤刚回琅岐岛时就来见过辛鹤，还曾跪在她脚边，向她饱含歉意地说过一声："对不起。"

辛鹤却没回应她，一双枯涸的眼眸无悲亦无喜，面容苍白得没有一丝血色，仿佛一具被抽去了魂魄的干尸。

今夜苏萤又来了，辛鹤照旧没有理会她，甚至连头都未回一下。

直到苏萤悄无声息地站在她身后，对她轻轻说了一句："我去见过……骆青遥了。"

辛鹤纤瘦的肩头这才一动，她长睫微颤着，慢慢侧过了身子，一双漆黑的眸子直勾勾地望着苏萤，总算泛起了涟漪与波动，却是带着满满的戒备与怀疑。

苏萤凑近她，注视着她的眼眸，压低了声音道："他让我转告你一句话，说下辈子他会来找你的，你要好好活下去，活下去才会有希望。"

辛鹤呼吸一颤，长发裹住的身子不由自主地抖动起来，即便极力克制着情绪，一双眼眸也不免涌上热流，泛红了一圈。

这世间没有人比骆青遥更了解她，他怎么会猜不到呢？她所有温顺伪装的表面下，都只是为了中秋立后大典那一夜上的同归于尽。

她压下所有的恨意与泪水，拼命隐忍着，只想不惜代价，在那一夜拉上那个魔鬼一道坠入地狱。

骆青遥知道她的性子，可他不希望她做傻事，也不想让她与魔同堕地狱，他只想让她好好活下去，活到有一天，能够挣脱牢笼，海阔天空，替他去看看四时风景，万里山河，尝尝天下美食，完成他不能完成的那些心愿。

辛鹤藏在袖中的手慢慢握紧，指甲深深陷入了血肉之中，她却不觉得疼痛，只是压下了所有情绪，忽然看着苏萤，冷不丁道："你身上有酒吗？"

苏萤今夜前来，腰间系了一壶百果酒，幽香扑鼻，这是以岛上数十种果子酿制而成，其中一种便是酒儿果。

辛鹤在苏萤慢慢走近她身后时，就敏锐地闻了出来，却不动声色，没有表露出任何异样。

澄澈的酒水在羊皮囊里摇晃着，辛鹤打开塞子，那一丝熟悉的味道扑鼻而来，愈发浓烈，她自小生长在岛上，饮过无数种果酒，最好杯中之物，旁人或许分辨不出来，但她却一闻就知。

当下窗边，她按捺住心中激动，只冷漠着一张脸，抓起那羊皮囊中的百果酒，仰头痛快饮下，似是要借酒消愁，麻醉自己，忘却这世界诸多痛苦般。

苏萤在一旁不禁劝道："别喝太多了，这百果酒烈得很，喝多了你身子受不住的……"

辛鹤抬袖一抹唇边酒渍，冷冷笑道："受不住才好，我甘愿一醉不醒，才能去梦里找他……"

她忽然拉住了苏萤的衣袖，又直勾勾地望着她，佯装微醉道："钟离越不许我喝酒，他连醉一场的自由都不给我，只给我一日三餐，让我乖乖听话，任他摆布，你如果当真对我有愧，再来看我时，就多带一些这百果酒给我，让我能得片刻痛快，好不好？"

苏萤看着辛鹤，似乎有些犹豫，辛鹤抓住她衣袖的手一紧，呼吸微急道："我不会喝太多的，不会叫钟离越发现，怪罪在你身上的。我只想饮下这烈酒，让身子暖和一些，能够在夜里不那么冷。"

说到这里，辛鹤眸中适时流露出了一丝哀求之意，苏萤浓密的睫毛一动，似乎终于心软了，低声道："好，我之后每天都会来看你，给你带上一壶这样的百果酒。"顿了顿，她又道，"你放心，我也不会告诉别人的。"

苏萤的眼眸中映出辛鹤两颊酡红的身影，那一瞬间，辛鹤有些恍惚起来，鬼使神差间，她竟莫名觉得……苏萤知道一切，只是在有意帮她。

她一动不动地望着她的眼眸，她并不躲闪，两人四目相对间，有些什么东西不言而喻。

辛鹤到底什么也没再说了，只是对着苏萤，在缭绕的酒香中，终于轻轻吐出了两个真心的字："谢谢。"

第十三章·海上决战

①立后大典

　　长阳透过云层照在水面上，大风猎猎，海上波光粼粼，一望无际，八月初七这一天终于来了。

　　这一趟海上交易，不仅骆秋迟与那帮孩子一起来了，还有几路援军也都同时赶到了海上。

　　鹿行云携破军楼前来，喻庄主领着柳明山庄也来助一臂之力，更不用说杭如雪的军队了，就连付远之竟然也带着朝廷的人马赶来了。

　　他思前想后，到底放心不下，想亲自来这海上一趟，不仅是为了救走骆青遥，也是想去琅岐岛上再见到一个人，亲口对她说出那鎏银九连环上他刻下的那一句话。

　　碧霞烟，风掠长空，海面壮阔无边，赵家与"乌祢国"的这一笔交易很是顺利，八百坛太清红梅被搬上了"乌祢国"的货船。

　　那坛身极大，有半人之高，外面全都裹了一层鲜艳的鸳鸯红绸，其中有一坛，却极为特殊，因为那里面——

　　放的不是酒，而是藏了一个人。

　　骆秋迟当日所说的"不入虎穴，焉得虎子"正是行此一棋，他藏在酒坛中，混上"乌祢国"的货船，随他们一同至琅岐岛，深入险地。

　　破军楼的小船也会偷偷跟在这货船后面，将锁定的范围不断缩小，但这些童鹿人极为警觉，海面开阔，那些跟在后面的小船难以隐藏，所以没办法跟太远，剩下的一段行程只能靠骆秋迟了——

确切地说是靠他手里的那个骨哨。

那是鹿行云交给他的，吹响时旁人听不到声音，唯有鹿行云的琴能够感知到，当初闻人隽就是靠这个骨哨，才在关键时刻救了自己与骆秋迟一命，如今这骨哨又要派上大用场了。

骆秋迟藏在童鹿货船上，一路吹响这骨哨，鹿行云就会携琴跟在海上，虽不能太过靠近那童鹿货船，以免被他们发现，但至少能循着骨哨，确保不会跟丢方向，能追踪到正确的海域范围内。

待到骆秋迟上了琅岐岛后，骨哨也会再度吹响，引导海上的鹿行云与那几路援军在成百上千座岛屿中锁定琅岐岛那一座。

一切计划几乎没有纰漏，只是千算万算，骆秋迟漏掉了一点——

"你们……你们怎么也在这里？你们跟来做什么？"

船舱里，骆秋迟一只手推开了那鸳鸯红绸，才从酒坛里探出了身子，就被眼前同样冒出来的几个脑袋惊呆了。

那几个少年不是别人，正是裴云朔、喻剪夏、陶泠西、姬宛禾四人。

骆秋迟做梦也没想到，这几个娃娃胆子比天还大，竟然也藏在了酒坛中，跟着混上了这艘货船。

"简直是胡闹！你们还要不要命了！"

骆秋迟难得露出这般急色，奈何号角吹响，童鹿的这艘货船已在海面上缓缓开动，连回旋的余地都没有了。

姬宛禾与陶泠西同在一个酒坛里，她拍了拍胸前藏着的东西，又抓起陶泠西袖里暗藏的两个暗器匣，望着骆秋迟，压低了声音道："骆叔叔你放心，我们不是胡闹，也是有备而来的！"

旁边的一个酒坛里，裴云朔与喻剪夏也同在一起，他们没有多言，只是一个举起了手中锋利的铁钩，一个十指露出了数根鲜红的毒针，目光中皆充满了义无反顾、坚定灼灼的光芒。

骆秋迟看着他们一个个虽然稚嫩，却血气方刚、无所畏惧的脸颊，忽然之间，摇头笑了笑，感慨万千："也罢，何妨轻狂少年时，你们好胆量、好义气，瑶瑶能交上你们这帮朋友，我也为他感到高兴！来吧，小娃娃们，骆叔叔带你们去那破岛上转一圈！"

晚霞漫天，风掠长空，海面上波澜壮阔，云霞绚丽至极，泛着一层摇曳动人的光芒。

那艘"乌祢国"的货船载着满满当当的烟花美酒，从碧霞烟海湾到达琅岐岛上时，正好是八月十四，中秋节前一天。

海边早有人等候已久，见到船来了，立刻目光一亮，招手欢呼。

一帮岛民这便忙活起来，有条不紊地从船上将货物卸下来，个个都忙得热火朝天，干劲十足，脸上洋溢着兴奋又期盼的笑意。

明日中秋，他们的主子便要登上王位，迎娶皇后了，月亮神在上，终于让他们等来了这一天，童鹿复国在望，他们怎么能不激动呢？

海风掠过那些人的衣袂，他们不知疲倦地搬运着货物，小心翼翼地抬起那些价值千金的太清红梅酒，一坛又一坛地运往了琅岐岛上的地窖中，将美酒暂时封存起来，等待明日痛快畅饮。

苏萤带着两列巡逻的侍卫过来时，正听到船上传来一阵喧杂的吵闹声，她眉心一蹙，耳尖微动下，隐隐约约听到似乎有两个人在船上争执。

"明明就动了！我刚刚听到声响了，千真万确，你瞧，就是这一坛酒！"

"说不定船上有老鼠呢？刚刚从你脚边跑了过去，你才听到了声响，别想那么多了，快把酒搬下去吧，再晚天就黑了，咱们可要受罚了……"

"可是这坛酒真的动了，是里面有东西在动，不是什么老鼠从我脚边跑过，我亲眼看着这酒坛晃了晃，你说这里面会不会有什么古怪啊？咱们……要不要打开检查一下？"

"你疯了吗？这些酒多贵重啊，可是要用在明日的盛宴上呢，咱们怎么能擅自打开呢？"

"但是，但是……"

那两个争执的人，正是在船上卸货的岛民，他们站在那半人高的酒坛前，谁也吵不过谁。

酒坛里的两个人，一颗心却都提到嗓子眼上了，紧张得冷汗直流。

那正是姬宛禾与陶泠西藏身的那一个酒坛，他们随着船只到了琅岐岛上后，心中不免紧张起来，陶泠西摸出自己做的暗器匣，想要再检查确认一番，却不想动作大了些，那匣子撞到了酒坛上，发出了清脆的声响，还带着坛子晃了晃，恰好被一个正在卸货，眼尖警觉的岛民瞧了个正着。

此刻外头那两人争执不休，酒坛里的两人却是大气都不敢出一声，陶泠西一只手抓住那暗器匣，浑身紧绷，另一只手搂住了姬宛禾，将她护在自己怀中，黑暗之间，他们似乎都能听到彼此的心跳声。

陶泠西冷汗涔涔间，咬紧牙关，已在心中做好了最坏的打算，倘若那些人当真要打开这坛酒，他们不幸暴露了，那么他就是拼着自己一死也要保护好阿宛。

而旁边的两坛酒里，藏身在其中的三人此刻也是急得不行，裴云朔与喻剪夏也在黑暗中绷紧了背脊，做好了随时迎战的准备，更不用说骆秋迟了，他屏气凝神，仔细听着外面的动静，一旦情况不对，就此暴露，他别无他法，只能生生咬牙，带着这帮孩子杀出一条血路来了。

"明明动了，打开看看吧！"

"不能打开，我们只管卸货，不能碰这些贵重的酒！"

那两人还在争执之时，一个女子清冷的声音，忽然在他们身后响起："我来打开看看，你们退后,不用你们担责任。"

那踏上货船的人正是苏萤,两个岛民一见到她,立刻神色一惊,慌忙下跪行礼:"见过左祭司。"

苏萤点点头,抬了抬手,越过他们,径直走向他们前方的那一坛酒,在外面敲了敲,扭头问道:"就是这一坛对吗?"

那两人忙不迭点头,于是苏萤又转过了身,扯开红绸,屏住呼吸,慢慢地将那木塞挪开,露出了一丝缝隙。

她定睛朝里面望去,却霍然之间,只对上一双惊慌的眼眸,她呼吸陡然一窒。

背影僵了僵,那两个岛民连忙问道:"左祭司,怎么了?"

苏萤站在酒坛前,目光几个变幻,脑中却忽然闪过了什么,她几乎在一瞬间就做出了判断,再不迟疑,直接伸手,迅速将那一丝缺口盖好,又封回了原样。

"没什么,没有异样,里面确实装满了酒水。"苏萤不动声色地转过身,望着那两个满脸疑惑的岛民,轻描淡写道,"这里没有什么古怪的,你们继续干活吧,抬下去时小心点儿,别磕到碰到了,把这些酒全都运到地窖里去吧,动作麻利点儿,等天黑了就不好搬了。"

那其中一个岛民闻言立刻笑了,得意地用胳膊撞了下身旁的同伴:"我就说了是船上的老鼠,没有别的东西,都是你想多了吧!"

另一个明确听到声响的人,望着苏萤确认无虞的目光,又看向那坛酒,面上仍是有些迷惑,他摸了摸脑袋,嘀咕道:"不对啊,明明动了来着……"

苏萤冷着一张脸,喝道:"快搬吧,别磨蹭了!"

他们一激灵,这才连忙上前干活,再不多作纠缠。

苏萤面色冷冷,越过他们,又神态自若地走下了船,在漫天晚霞中,目送着那两人搬着那坛酒远去,神情淡漠,却无人知道她一颗心跳得有多么快,袖中攥紧的手心里已出了不少冷汗。

风掠长空,在岛上一大帮人的忙活下,船上所有货物终于全部卸下,月亮也悄悄爬上了枝头,照得海面波光粼粼,如梦如幻。

昏暗的地窖中,悄寂无声,苏萤关上门,缓缓走下阶梯,扫过满满当当的一片酒坛,压低了声道:"出来吧,这里没有别人,只有我了。"

那藏在酒坛中的几个少年瞬间绷紧了心弦,呼吸急促仅,眸底满含警惕,旁边的一坛酒中,一身白衣却是推开了那红绸,笑嘻嘻地从酒坛里站了起来。

"小苏姑娘,好久不见啊。"在昏暗的地窖中,一步步走到苏萤面前,还是那副熟悉的不羁笑脸,"多谢你仗义出手,放了我们一马。"又向后喊道:"小娃娃们,快出来吧,别害怕,这位姐姐是自己人,可是你们付叔叔的相好啊,说不定你们哪天就要改口喊一声叔母了!"

那身白衣玩笑调侃着,似乎有意在套着近乎,拉拢苏萤,苏萤听了出来,脸上却还是忍不住一红,心中莫名吃了蜜糖般,有股说不出的甘甜滋味。

几个孩子这才从酒坛里出来，相继走到骆秋迟身后，面面相觑，又紧张地看向前方的苏萤。

苏萤想到他们同付远之的关系，耳边又响起骆秋迟说的那声"叔母"，对着几个少年不自觉就放柔了语气："你们是来……救骆青遥的吗？"

烟花当空绽放，在岛上所有人的期盼下，八月十五这一日终于到来。

月下筵席盛大，人人欢庆，太清红梅酒的醇香飘荡在夜风中，所有岛民都欣喜若狂，载歌载舞，场面热闹至极。

骆秋迟带着裴云朔那几个孩子，在人群里低着头，身上皆穿着岛民的衣裳，长发有意散落下来，脸上还勾勒着月亮神的图腾，混在其中，一并参与着这场"狂欢"。

因为裴云朔的一头白发实在瞩目，苏萤便给他弄来了头巾，将白发尽数包了起来，耳朵和脖子上还戴了几个银环，脸上也勾着那月神图腾，这样一装扮下来，简直就像岛上土生土长的"童鹿小哥"，还引来旁边几个姑娘含羞带怯的注目，一片狂欢间，根本没人能瞧出他的异样来——

只是苦了姬宛禾几个人，他们低头憋着笑，实在憋得辛苦了点儿。

骆秋迟坐在篝火前，借着散乱的长发遮掩，一手举着酒杯，一手拿着那骨哨，不时悄悄吹响，通知着海上的援军。

骨哨虽然没有发出一丁点儿声音，在他心中，却响亮长鸣一般，叫他心弦紧绷，暗自祈祷着，海上那几路援军快点儿赶来！

烟花璀璨，美酒醇香，笙歌曼舞，夜风掠过众人衣袂发梢，正在这时，有人忽然欣喜喊道："来了，陛下和皇后来了！"

周围立刻沸腾了，所有人高呼着："童鹿不灭，千秋万世！吾皇在上，一统山河！"

狂热的欢呼中，骆秋迟几人也迅速跟着站起身，看向那烟花之下，携手缓缓走来的两道身影。

②决战之夜

"童鹿不灭，千秋万世！吾皇在上，一统山河！"

粲然的烟花之下，海风拂过众人衣袂发梢，无数灼灼目光的注视下，钟离越挽着辛鹤的手，在狂热的高呼中，走过了一条撒满鲜花，红绸铺就的道路，长路尽头，就是那个金光耀耀的王座与凤座。

猎猎夜风间，钟离越心潮起伏，眸中精光迸射，这一天，他终于等到了。

骆秋迟与裴云朔几人混在人群中，却是望着那身大红嫁衣的皇后，即便做足了心理准备，也仍是难以置信，震惊不已，姬宛禾的一声"小鸟"差点儿就要脱口而出，还好她死死捂住了嘴，这才将纷乱的心跳按捺下去。

绚丽灿烂的烟花下，辛鹤一袭盛装，风姿绝美，墨色透亮的长发高高绾起，衣袂随风飞扬，周身光芒四射般，高贵又从容，令人不敢逼视。

她唇角微微勾起，目光定定望着前方，站在钟离越身旁，脸上明明带着端庄得体的笑容，那笑意却不达眼底，整个人更像是戴了一张冷冰冰的面具。

谁也不会看见她心中深藏的那抹杀意寒光。

在苏萤的暗中相助下，她连饮数日百果酒，如今内力已经完全恢复了，莫说钟离越，就连她自己都在无尽隐忍中期盼着这一天，能够拉着魔鬼一道同归于尽。

她头上那支簪子在月下熠熠生辉，乃她亲自挑选，配着她一身光华夺目的大红嫁衣，为她平添了几分凛冽而不可侵犯的气质。

那是大婚前，钟离越为了讨她欢心，一掷千金，从各处搜罗来了最华丽贵重的首饰供她挑选，光发簪就有上百种，她却一眼就相中了如今头上这根，原因无他，只因为两个字——锋利。

这发簪的簪身细长而锋利，据说就是用岛上某种珍稀矿石打磨而成，周身还散发着幽蓝的光芒，美丽中又带着一丝神秘高贵的味道。

不仅辛鹤，钟离越也很喜欢这支发簪，还为其取了个名字，叫作凤愿。

一路走来，他忍受百般欺辱，尝尽艰辛苦楚，如今终于登上皇位，迎娶了心爱之人，那海底墓也即将开启，童鹿复国在望，他可不就是凤愿得偿了吗？

月亮神照拂着琅岐岛，今夜的海风中似乎都带着些许温柔，钟离越俊秀的一张脸神采飞扬，许久都没有露出这样的笑容了，自从祖母离世后，他被关在昏暗冰冷的石室里，每一个中秋都是孑然一人，清冷孤寂，除了辛鹤后来会偷偷给他送月饼外，他的世界里没有一丝光明。

而今夜，月亮神在上，他身边有所爱之人，周围有忠心子民，前方有巍巍皇座，那一方家乡故土再也不会遥远了，童鹿的山河将由他亲手夺回，父亲的亡魂再也不用凄凉地飘荡在海上了。

"祖母，您看见了吗？我做到了，我很快就能光复童鹿，将一切凤愿彻底实现……"

年轻的天子心潮澎湃间，却恐怕做梦也想不到，他身旁的皇后正打算在今夜用他命名的这支"凤愿"要了他的性命，打碎他所有的美梦！

为了这一天，辛鹤也已在心中演练过无数遍了，她会不惜任何代价拉上他同归于尽！

当祭天仪式开始，侍卫要点燃祭台下堆起的柴木时，她就会拔下头上这支尖利的发簪，抵住钟离越的喉咙，逼着他放了骆青遥，还有被关在地下石室中的那三人，她的父亲、姑姑以及杜聿寒，她要亲眼看着他们乘船而去，平安逃离琅岐岛后，再将身旁的魔拉入地狱！

谁也阻止不了她，她早已将自己的性命置之度外了，那个与骆青遥携手江湖的约定恐怕今生是实现不了了，她只希望日后能有另一个好姑娘陪在骆青遥身边，与他一道游历四方，看遍四时风景，吃遍天下美食，白头偕老，恩爱不离。

想到这儿，辛鹤不由暗自握紧了手心，红唇扬起的那抹笑意愈加深了。

所有岛民欣喜若狂的高呼中，钟离越终于登上了王位，在他座下两旁，还分别坐着两位老者，那正是那多年来暗中辅佐他，在岛上为他谋划夺权，最后成功推翻辛家统治，功不可没的两位长老，也是"流云十君子"中仅剩的两位——

吕老二吕启德以及白老四白清砚。

他们一路走来，如履薄冰，殚精竭虑，诸多不易，可谓是血泪交织，如今终于算是得见光明了。

他们两位忠心耿耿，当得上新皇的"开朝元勋"，自然要被奉于上座，伴在君主左右。

在他们旁边，也是十分重要的席位上，苏萤以"左祭司"的身份端坐其间，亦无比尊贵，但她却……有些心不在焉。

她今夜不再是一身冷肃的黑衣，而是穿了一袭杏黄色的长裙，墨发如云，唇色水红，脸上那抹浅浅的月神图腾也散发着动人的光芒，叫她浑身上下都透着清隽秀美，竟与周遭格格不入，当真应了钟离越那句话，不再属于这个地方。

可事实上，苏萤并不想背叛主子，背叛故国，她暗中相助骆秋迟他们，只是希望骆青遥能够被救走，不要无辜丧命于此。

今夜她无论如何都无法置身事外、冷眼旁观，注定要……做一回童鹿的罪人了。

苏萤抬起头，望着天边那轮皎洁的明月，长睫微颤间，深吸了一口气，月亮神在上，她所做的这一切应该……是对的吧？

夜风拂过苏萤的长发，她不时扭头望向人群中，捕捉着那几道混在其中的身影，暗自祈祷一切顺利。

月下一阵笙歌曼舞，热闹非凡的庆贺后，万众瞩目间，夜空下终于传来一声高喝："祭天仪式开始——"

所有人心神为之一振，望向风中那处高高的祭台，激动莫名，这是今夜的一场重头戏，将要用活人的血肉之躯来献祭月亮神。

无数目光注视下，那祭台两旁的侍卫伸出手，将罩住祭台的红布奋力扯开，一瞬间，绑在架上的那个少年现身月下，彻底露在了众人视线中。

"瑶瑶！"人群里，骆秋迟衣袂飞扬，瞳孔骤缩，在心中一声喊出了这个久违的称呼。

全场都沸腾起来，王座上的钟离越也是双眸一亮，带着一股嗜血的兴奋之意，他旁边的辛鹤却紧紧盯着祭台上那道身影，死死咬住牙关，不让自己的表情有任何松动。

猎猎夜风中，裴云朔几人混在人群里，望着祭台上被捆绑住、遍体鳞伤的骆青遥，眼眶却是同时一热，暗中紧紧握住了双手。

祭台下方堆满了柴木，两旁的侍卫手中高举着火把，只等钟离越一声令下，就点燃这"供品"，献祭月亮神。

骆秋迟发丝飞扬，目光不再望向祭台上的骆青遥，而是埋下头，用尽全力地吹起了手中的骨哨。

他心头狂跳不止，已经许多年没有这样紧张过了，来得及，一定来得及！

王座上的钟离越望着夜风中祭台上的那道身影，唇边慢慢浮现出了一丝残忍的笑意，他抬起手，扬声道："点火！"

那两旁举着火把的侍卫点头上前，所有岛民都兴奋地望向祭台，苏萤忍不住站了起来，辛鹤藏在袖中的一只手也已蓄势待发。

海风呼啸，就在这千钧一发之际，人群里陡然飞出了一物，带着强劲的内力，击落了侍卫手中的火把——

众人一片哗然，不可置信，那凌空飞出的一物，竟然是一只尚未吃完的鸡腿！

场上惊愕混乱间，月下却霍然响起了一个男子的声音，带着三分匪气，七分杀意："谁敢伤我儿一根汗毛？"

一道俊挺高大的身影掠飞而出，祭台上的骆青遥抬起头，看向半空中那双熟悉万分的眼眸，身子一震，难以置信，犹如在梦中一般！

星月下，尽管那道身影装束古怪，披头散发，脸上还勾勒着月亮神的图腾印记，但骆青遥还是一眼就认了出来，他发白的双唇颤动着，隐忍了多时的情绪终于似潮水般倾泻而出，眼前水雾弥漫，瞬间模糊了视线："爹！"

漫天繁星，波涛汹涌的大海上，夜风猎猎，鹿行云站在船头，目光炯炯，抱着自己的琴，衣袍翻飞间，直朝那月下的岛屿而去。

他身后是大片浩浩荡荡的战船，破军楼、柳明山庄、杭家军……还有那率领朝廷兵马，毅然决然前来的当朝丞相付远之。

他站立船头，青衫飞扬，遥望前方星罗棋布的岛屿，心潮激荡难平："青遥，义父来了……"

除却心系骆青遥的安危外，付远之此行也是为了另一个人。

他眼前浮现出那道清隽纤秀的身影，微弱的萤火之光却将他的心扉彻底照亮，他原以为这一生再也不会为任何女子泛起涟漪了，可到底老天眷顾，他遇上了想要细心呵护、携手白头的姑娘。

他要找到她，告诉她，不要来世，他许她今生，他们今生便要相守在一起，再也不分离。

月光皎皎，无数艘船乘风破浪，驶向前方那一片岛屿，鹿行云怀中抱琴，那琴弦在萧萧海风中颤动得越来越厉害，鹿行云屏气凝神，悉心感应着那骨哨声响传来的方向。

忽然之间，他眼眸一亮，抬袖一指，雄厚的声音回荡在海面上："在那里，是那一座岛！"

夜风飒飒，杀意凛冽。

一柄铁钩从袖中探出，寒光毕现，猝不及防地击飞了祭台前几个侍卫，鲜血四溅中，喻剪夏紧跟着哥哥，几把赤红的毒针握紧在她纤细白皙的指间，她长裙翻飞，手中毒针陡然射出，素来柔弱秀美的脸上竟带着一股从未有过的狠劲。

姬宛禾摸出怀里的几枚霹雳丸，将围攻上来的一片侍卫炸飞出去，浓烈呛鼻的烟雾中，陶泠西与她默契配合，机关精巧的暗器匣如狂风疾雨猛烈扫射出去，周遭侍卫惨叫连连，应声倒下。

骆秋迟也在月下踏风而来，踹飞了几个侍卫后，三两步掠至那祭台上，用匕首将那绳索一割，扶住了身子踉跄、遍体鳞伤的骆青遥。

"瑶瑶，爹来了！"

几个人以迅雷不及掩耳之势，生生造出了千军万马的架势，在短短片刻间，就将祭台上的骆青遥救了下来，叫整个琅岐岛上乱作了一团。

"你们是从哪儿冒出的一帮人？怎么混上岛的？"白翁霍然站起，怒喝之间，又有大片侍卫涌上，将祭台前的一行人团团包围住。

姬宛禾带来的霹雳丸用完了，陶泠西握着那暗器匣，匣中箭矢也所剩不多，他们虽然在这祭天仪式上杀了个出其不意，却终究人单力薄，在重重包围中退无可退了。

夜风猎猎，辛鹤坐在钟离越身旁，不敢相信地望着眼前这一幕，呼吸急促间，钟离越却将她的手紧紧一按，眸中精光迸射："皇后在激动什么？你莫不会以为，就这样区区几个贼子便能将你的情郎救走，搅得我琅岐岛上天翻地覆吧？"

他看向月下，祭台前被重重包围的那几道身影，阴冷的声音从齿缝间溢出："给朕杀了他们，献祭月亮神，一个都不要留！"

白翁点头接令，大手一挥，那帮侍卫立刻摸出特制的鬼笛，朝骆秋迟他们吹出阵阵迷香，月下又响起了那诡魅至极的笛音。

"又来这招？有完没完啊？"

骆秋迟把手里的骨哨抛给姬宛禾："阿宛，你也吹，一刻不停地吹，这里发生什么都别管，骆叔叔在这儿挡着呢！"

他与裴云朔迎上前，衣袂翻飞间，出手夺笛，内力武功竟没有丝毫凝滞，完全未受到那迷香与诡魅的笛音影响！

"怎么……怎么会？"白翁陡然瞪大了双眸，望着这一幕不可置信，"不可能，绝不可能的！除非是……"

除非是有人提前给他们服下了迷香的解药，才能叫他们毫不中招！

对了，岛上当然是出了叛徒，否则他们这帮人是怎么神不知鬼不觉混进来的？！

白翁恨得咬牙切齿，再不多想，纵身飞起，狠狠一掌击向祭台前的骆秋迟。

骆秋迟一抬头，白翁的一掌来势汹汹，他避无可避，只能提起内力，生生迎上——

这一掌功力深厚，两人衣袍皆鼓动翻飞，周围的侍卫都震退数步，骆秋迟正面相迎间，有些难以置信，这老者的武功竟然高到了这般骇人的地步！

他的五脏六腑在一瞬间受到强烈的冲击，如被人狠狠揪住了般，一口鲜血再也忍不住，喷涌而出，身后的骆青遥脸色大变，嘶声喊道："爹！"

"骆叔叔！"裴云朔几人也是瞳孔骤缩，姬宛禾更是就要放下手中的骨哨，骆秋迟却抬手将唇边鲜血狠狠一抹，猛地一声喝道："继续吹，不要停！"

白翁稳稳落在地上，眸光扫过骆秋迟几人，面色狠毒道："你们这帮奸贼，即使岛上出了叛徒，老夫也绝不会叫你们逃脱，你们速速受死吧！"

他说话间，衣袍猎猎鼓动，眼见又要击出一掌，人群里却有一道身影飞掠而出，挡在了骆秋迟身前。

"白叔手下留情！"

月下霍然现身，在白翁跟前下跪求情之人，正是钟离越亲自加封、无比信任、在岛上地位尊贵的左祭司苏萤。

王座上的钟离越脸色陡变，不敢置信竟是——这琅岐岛上的叛徒竟然是左祭司苏萤！

夜风中，白翁也是身子一震，不敢相信自己的眼睛，他做梦也想不到背叛他们的人会是苏萤！

苏萤曾是他一手培养出来的最为得意的一个"风哨子"，也是他一力推举她，才让她当上了左祭司，这么多年来，他早将苏萤视为自己最亲近的弟子，怎么也想不到她会是那个背叛的人！

苏萤跪在月下，衣裙随风飞扬，仰头间双眸波光闪烁："白叔！求求你，放过他们吧，他们都是无辜的！"

白翁望着她，骤然握紧了双手，咬牙喝道："滚开，你这个叛徒，竟敢做出这样的事情！背叛陛下，背叛童鹿，你不配再叫我一声白叔！"

他话音才落，那吕启德已经一声惊呼："陛下！"

众人回首望去，王座之上，皇后手中尖锐的长簪，已经抵在了钟离越的脖颈处。

她站在月下，夜风拂过她身上那袭大红的嫁衣，那张绝美的面容上带着一丝狠绝，冷冰冰的声音飘荡在风中——

"放了他们，否则，钟离皇室断于今夜，童鹿复国无望，你们再也不会有所谓的'陛下'了！"

③穷途末路

夜风萧瑟，海水汹涌翻腾，鹿行云衣袍飞扬，抱着自己的琴站在船头，望向远处那方岛屿，呼吸急促："快，船再快一点儿！"

他一颗心越揪越紧，只因怀中的琴弦越跳越快，这只能说明，那骨哨吹得无比之急，骆秋迟一行人定是在岛上遇到了危险！

紧跟在他身后的无数艘战船也是加足火力，乘风破浪，直往夜色中的那方岛屿驶去。

船头的付远之却是站在冷风中，眼皮忽然跳了跳，他心中陡然升起一股不好的预感，有种说不出的慌乱。耳边似乎又回荡起一个声音："若相爷执意追问，贫道也只好说出这卦象了，相爷勿怪，这卦象显示，相爷乃是……天煞孤星的命格，孤苦终老，一生或许都将不得所爱，红鸾难就、无妻无子、无人同穴、冷清至死。"

这一回赶赴海上前，他去了一趟太和观，找观中的无涯真人算了一卦，却没想到会得出这样一个卦象。

事实上，他这一生从来不相信什么鬼神之说，更不信什么命格天定，他自出生走到现在，几经坎坷，却到底靠自己峰回路转，绝处逢生，造就了今天的一切。

所谓的卦象，千算万算，他都毫不在意，只会置之一笑，始终笃信命格握在他自己手中。

但这一次，不知怎么，出发之前，他竟鬼使神差地去算了一卦，或许隐隐中不是为了自己，而是为了……心底深处那道如同萤火般闪烁的身影。

但这卦象却是大凶之兆，那无涯真人开始说得极为委婉，在付远之的一再追问下，才叹息着说出了实话，直白点就是——

付远之命里缺失了红鸾星，凡爱上他的女人都不会有什么好下场，他注定一世孤家寡人，伶仃终老。

从太和观出来后，付远之便像丢了魂儿一般，心头大乱间，身子摇摇欲坠，连站都站不稳了。

他不信，他不信这样荒谬绝伦的命格，不信老天爷真会这样残忍对他！

可眼前分明却又浮现出了，许多年前寒意彻骨的雪地里，那一抹凄艳刺眼的红。

莺歌，一个现在提起仍会令他心头一痛的名字，曾经是盛都城里名极一时的花魁，后来却甘愿留在他身边，助他铲除奸佞，不求任何回报，只是卑微又默默地爱着他，后来更是为了他付出了自己的性命。

他有很多年都无法释怀，也无法走出那深深的自责与悲痛，这也是他多年来一直不娶的原因之一。

他心如止水，将全部精力放到江山万民上，可直到遇见了苏萤，心间才再次泛起涟漪。

却万万没想到，竟会算出这样一卦，他不愿去相信，眼前却一直浮现出雪地里莺歌流淌的那一抹鲜血。

难道他这一生真的注定孤苦，爱上他的女人都不会有什么好下场？

"不会的，绝不会，纵使真乃天煞孤星，何妨不逆天改命？"

付远之也正因为此，才更坚定要来琅岐岛一趟了，如今站在海浪呼啸的船头，他遥望远方，双眸灼灼，握紧手心道："苏萤，你等我，无论如何我都会带你回去，与你相守一生一世……"

海风凛冽，琅岐岛上剑拔弩张，杀意凛凛。

辛鹤抓着那根长簪，抵着钟离越的喉头，一步步走到了月下，冷风扬起她大红的嫁衣，骆青遥与她遥遥相望，眼眶一热，心潮激荡："小鸟！"

那白翁与吕启德眼见自家陛下被挟持，又急又愤，领着侍卫又不敢上前，只能在风中咬牙道："你若真敢伤害陛下一根毫毛，今夜你们所有人都要陪葬，包括石室里的那三个贼子！"

辛鹤冷冷一笑，手中簪子又往前递了一分，在萧萧夜风中道："好啊，既然你们不在乎'陛下'的性命，那我们大不了拉着他一同赴死，有一国之君陪我们上路，我们死有何惧？"

"你！"那白翁与吕启德脸色一变，万没想到辛鹤会这样说，带着这般狠绝的劲头！

她大红的嫁衣在风中飞扬着，那锋利的簪子抵住钟离越脖颈，冷冰冰的声音响彻夜空："退后，放人，准备船只，否则就休怪我手一抖，不小心在你们'陛下'的脖子上刺个血淋淋的洞出来！"

那白翁与吕启德呼吸一窒，还来不及开口时，猎猎夜风中，钟离越已经厉声喝道："不许退，不许放人，让她刺下去，皇后这份大礼，朕欣然收下！不仅如此，朕还要还礼，把石室里的那三人带来，朕要当着皇后的面，先在他们身上捅几个血窟窿，将这份大礼十倍还给皇后！"

钟离越双目猩红，周身满带戾气，嘶喊的声音久久回荡在月下，他被自己命名的"凤愿"抵住了喉头，神情间却毫无畏惧之色，整个人反倒更加癫狂一般。

是啊，他如何能不癫狂？心爱的女人，忠诚的属下一个个辜负他、背叛他、与他为敌，在他原本以为最完满、终是凤愿得偿的这一天，打碎他心中所有美梦，他如何能不疯呢？

"来啊，刺下去，皇后的手在抖什么？不敢杀朕吗？"钟离越嘶喊着，眉眼间充满了狠厉之色，他扭曲的一张脸甚至都笑了起来，"鱼死网破这种事情，朕乐意奉陪，皇后你有本事现在就杀了朕，黄泉炼狱这条路，朕也陪你一起走！"

这世间，不怕有所忌惮，有所牵绊之人，怕就怕毫无顾忌，决绝毒辣，对自己都狠得下心的疯子——

钟离越就是这样的疯子，还疯得彻彻底底，几乎走火入魔！

"来呀，杀了朕啊，刺下来啊！"辛鹤呼吸紊乱间，钟离越却越是发狠，竟是一把抓住辛鹤的手，将那锋利的簪子狠狠一送，猛地就往自己脖颈上刺去，辛鹤遽然一惊，想也未想地别开那簪子，心头狂跳起来。

钟离越此刻还不能死，他若一死，他们再无筹码！

那簪子划过那方白皙的脖颈，隐约中都有血珠渗出，钟离越却感觉不到疼痛般，目光更加狠厉起来。

辛鹤不是要耍狠吗？他就比她还要狠上百倍，反正走到这般地步，他还有何顾忌？！

两人抢夺间，辛鹤身后却是忽有一阵疾风猛然袭来，骆青遥瞳孔骤缩："小鸟小心！"

那两个宫女趁着辛鹤分神的瞬间，竟从她背后偷袭而来，辛鹤脸色一变，抓着钟离越正要闪身避过时，那白翁却也纵身飞起，迎面一掌击来！

辛鹤腹背受敌，避无可避，只能以簪为刃，划了一个半圆的弧线，内力激荡间，挡住这两波夹击，却不想混乱之中，白翁已扣住钟离越肩头，将人一把夺了过去，另一只手掌风猎猎，将辛鹤震退开去！

辛鹤生生挨了一掌，鲜血漫过唇角，踉跄自半空坠下时，正被骆秋迟接个正着，落在了祭台前，骆青遥扑了上去："小鸟！"

辛鹤在夜风中站稳身子，抓住骆青遥的手，眸中也有热流涌上，两人四目相对，恍如隔世："我没事，青瓜，我没事……"

他们几人困在祭台前，瞬间又被那些侍卫团团围住，钟离越抚过脖颈上那一点儿血珠，在唇边一舔，放声长笑，眸中陡然迸射出一抹精光。

"朕就知道，皇后到底不忍杀朕，这就是朕与皇后最大的不同，朕早已没了心，皇后却太多情，还有太多牵绊！"

辛鹤狠狠吐出一口血水："呸！"

钟离越笑得更癫狂了，周遭的岛民也都高声喊着，个个愤恨交加："烧死他们，烧死他们！"

"皇后听见了吗？朕再给你最后一次机会，你现在若愿过来，回到朕的身边，朕可以饶你一命！"

辛鹤冷冷一笑："你做梦吧！"

她将那根"凤愿"狠狠掷向他，清脆的声响间，像是将他最后的一丝希冀都打破，又摘下头上的凤冠，将身上大红的嫁衣猛地一脱，露出了里面的黑衣劲装，像挣脱了牢笼般，又变回了从前那个英姿飒爽的辛鹤。

"这凤冠和嫁衣统统还你！我根本不稀罕做你的皇后！"

钟离越脸色一白，死死咬住了牙关，唇边那状若癫狂的笑意终于撑不住了，他眸中骤然涌起一丝痛楚之色。

"陛下莫再犹豫了，这贱人不配做童鹿的皇后！"白翁恨声咬牙，上前一步，望向祭台前的一行人，月下衣袍鼓动，袖中蓄力，掌风猎猎。

"今日就是你们的死期，你们一个都逃不了，一起献祭月亮神吧！"

飞沙走石，刀光剑影，一场血战就此燃起，一触即发。

吕启德与白清砚两人领着大批侍卫，狂风骤雨般地攻向祭台，他们"流云十君子"本就武功高强，他二人这么多年又在琅岐岛上，服下了数不胜数的酒儿果，如今功力自然是深不可测，骇人至极。

骆秋迟、裴云朔、辛鹤、苏萤四人死死抵挡，喻剪夏的毒针与陶冷西的暗器也漫天飞出，骆青遥虽遍体鳞伤，内力尚未完全恢复，却也牢牢护在姬宛禾身旁，叫她能够一心一意吹着那骨哨，不受外界干扰。

一群人且战且退，被逼至了祭台最高处，负隅抵抗，拼死而战，却依旧难以阻拦那一波又一波的强劲攻势。

　　"莫再挣扎了，受死吧！"

　　那吕启德飞掠而上，虎眸凶狠，一掌竟是携风而来，直接击向了骆青遥！

　　"瑶瑶！"

　　骆秋迟瞳孔骤缩，说时迟那时快，辛鹤击飞两个侍卫，奋不顾身地扑到了骆青遥身前，眼见便要生生挨上吕启德这一掌。

　　"小鸟闪开！"

　　就在这千钧一发，被逼至绝路之际，一支羽箭簌簌穿过夜风，霍然钉在了吕启德的肩头！

　　鲜血顿时喷涌而出，吕启德难以置信，他身后跟来的白翁也是脸色陡变，一声喊道："二哥！"

　　海浪翻涌呼啸，大片战船抵达琅岐岛，半空中一身银袍铠甲踏风而来，手持弓弩，俊美的一张脸在月下宛如天神。

　　"杭大姑娘，你他奶奶的可算来了！"骆秋迟喘着气，身子一软，靠在了那祭台架子上，衣裳都已被汗湿了。

　　大风猎猎，两道身影也随之踏月而来，强劲的内力震翻了一片侍卫，他们稳稳落在了祭台上，衣袂长发随风飞扬，赫然正是那喻庄主与鹿行云！

　　他们二人功力深厚，一个体内有着百年奇功，一个叱咤江湖多年，丝毫不逊于那白翁与吕启德。

　　更别说战船上涌出的那大片人马，破军楼的英雄好汉、柳明山庄的无数高手，还有杭家军与付远之率领而来的朝廷兵马。

　　四方援兵从海上赶来，浩浩荡荡，转眼之间，竟反将这琅岐岛上的势力团团围住，局面陡然扭转！

　　钟离越站在月下，不可置信，海风拂过他衣袂发梢，他仿佛还置身梦中一般。

　　苏萤看向四面八方涌来的人马，一时间也有些不知所措，她没想到会演变成这样的局面，长睫微颤，正有些失神之际，一袭青衫从人群中忽然奔来，将她一把拥入了怀中，紧紧不放。

　　"还好，还好一切来得及，你没事就好，没事就好……"

　　那霍然出现，紧紧抱住苏萤的人正是付远之，他身子颤抖不已，语气中带着满满的后怕与庆幸。

　　苏萤猝不及防地被他拉入怀中，心跳邃然加快，不由喊了声："付……付大人……"

　　他这般大的反应有些将她吓到了，她虽不明所以，胸中却又有无尽暖意流淌着，不禁也在寒风中伸出手，回抱住了那身青衫。

　　"我这一趟来海上，其实除了为了救青遥外，还想来找你，亲口告诉你，其实我……"

　　付远之呼吸灼热，在苏萤耳边颤声说着，一番话却还未完时，已有一道灰白色的身影携风掠来，带着滔天的怒意，咬牙切齿，杀气凛冽："苏萤！你就是为了这个男人，背叛了主子，背叛了童鹿吗？"

那一掌袭来的老者不是别人，正是对苏萤与付远之恨之入骨的白翁，不，比起苏萤，他或许更恨的是付远之，原来就是这个岛外的人蛊惑了他最亲近得意的弟子，毁掉了他们精心筹划的这一切！

他这一掌带着全身功力，恨意滔天，像一团烈焰般，直朝付远之击来，众人始料未及，纷纷脸色大变！

"义父小心！"骆青遥瞳孔骤缩，想也未想地就要扑上去。

却有一个人比他还快了一步，那一只纤纤素手已将付远之猛地推开，衣袂飞扬间，挡在了付远之身前，生生替他挨下了这烈焰一掌！

"不！"付远之目眦欲裂，一声凄厉的嘶喊响彻夜空，那道纤秀的身影旋转着倒在了他怀中，还穿着那身他最爱的杏黄色长裙，却是沾满了鲜血，触目惊心。

"苏萤！"撕心裂肺间，海浪翻涌，天地在这一刹那彻底崩塌，变得支离破碎。

④成亲

夜风凛凛，海浪呼啸，清寒的月光下，那身杏黄色的衣裙随风飞扬，还像付远之第一次在仁安堂见到的一般。

那时他对她说："春光这般好，希望下回见到你的时候，也能如这无边春色般明丽粲然、朝气蓬勃，好吗？小苏姑娘。"

后来她果真穿上了这身长裙，站在长阳下，身姿纤秀娉婷，乌发如云散下，一双眼眸水光潋滟，在春风中说不出的清丽动人。

杏花清影，缱绻入梦，只是这样美好的梦，在今夜……似乎终要醒了。

"苏萤，苏萤……"付远之泪如雨下，抱着怀中那道纤细单薄的身影，颤抖着手想要擦去她唇边的鲜血，却好像怎么也擦不尽。

多么荒唐讽刺，他千里迢迢赶赴海上，就是想要打破那天煞孤星的命格，将她带回，相守一世，可却正是因为他的到来才令她受此一劫！

冥冥之中，反而竟是他将她害了，难道卦象当真没有说错，爱上他的女子都不会有好下场，他注定孤苦一生，不得所爱？老天爷竟真要这般残忍对他吗？

夜风掠过苏萤的长发，她苍白的脸上染着鲜血，一只手颤巍巍从怀中摸出了一物，伸到付远之眼前，在月下断断续续地道："付大人，这个，这个九连环……我没有机会解开了……你能不能告诉我……你在上面……在上面刻了一句什么话？"

苏萤眼眸中还带着一丝不愿灭下去的光亮，她对这世间还有太多眷恋，曾经那个美好动人的梦里，有家、有故乡、有爱人，她能够像寻常姑娘一样，相夫教子，过着万家灯火的平凡日子。

可这些通通都是她的奢望了，镜花水月，烟消云散，凡夫俗子到底敌不过天意弄人。

人世来一遭，但至少她能死在心爱之人的怀中，这也算是另一种圆满了吧？

遥遥天无柱，流漂萍无根。孑然如萤火，来世报郎恩。

只盼下辈子，她还能遇上他，待在他身边，哪怕只是做一只小小的萤火虫，能为他带去些许光明，那也就足够了。

"那句话……那句话到底是什么？"苏萤的目光越发涣散，强撑着一口气，似乎只想等到这个回答，就合眸无憾而去。

付远之握紧她的手，滚烫的泪珠大颗坠下，他颤抖着身子，贴向她冰冷的面颊，一生中从未这样害怕过，仿佛一松手，她就会如一缕从他指缝间飞出的风，彻底消失在天地间，永远离他而去。

"你别睡，你别睡啊，你好好活下去，活下去我就告诉你，那句话到底是什么，求求你了……"

"可我怕，我怕我等不到啊……"泪水滑过苏萤的眼角，她的声音在夜风中越来越轻。

"你等得到的，你还有很长的一辈子，你等得到的，你不要走，求求你……"付远之双手紧紧抱住苏萤，再也忍不住满心悲痛，嘶声恸哭，整个人几近崩溃，"求求你不要扔下我一个人，我没有你想得那样无所不能，我也会害怕，也会绝望，你如果走了我这一生该怎么过下去？"

付远之的泪水汹涌落下，身子颤抖得不成样子："我不要你来世报什么恩，我今生就想和你在一起，我带你回盛都，我们成亲，我给你一个家，好不好？"

"好，我想要……想要一个家。"苏萤在付远之的怀中扬起唇角，望向天边那轮皎洁的明月，染着血的衣裙随风飞扬，恍惚间与梦中的场景重叠起来，她带着他回到了家乡，天地之间静谧安宁，她靠在他肩头，周遭没有任何人来打扰，明月之下只有他和她。

"下辈子，给我一个家……"轻袅袅的声音飘入夜风中，如枝头坠下的露水转瞬即逝，那道纤秀的身影唇边含笑，望着天边一轮月光，一双眼眸终是缓缓闭上，苍白的一张脸上泪痕都还未干。

"苏萤！"付远之撕心裂肺的一声响彻夜空，泪水肆虐间，所有心弦彻底绷断，全身如同被浪涛卷进了大海里，死在了一片无尽的黑暗中，永生永世再无光明。

另一边的战场上，猎猎海风中，四方援军重重包围下，钟离越的人马已被打得连连后退，溃不成军，彻底到了穷途末路之境地。

"老四，快走！带着陛下快走！"

吕启德肩头还中着杭如雪射的那一箭，却仍在四方夹击中拼尽了余力，神勇无匹，领着岛上的侍卫，彻底豁出了性命，为钟离越杀出了一条血路。

"快走，我来断后！"

"二哥！"白翁泪光闪烁，如何也不肯舍吕启德而去，却被他奋力一推："快走！"

漫天箭矢如雨，白翁紧紧护住钟离越，终是咬咬牙，一声喝道："陛下，咱们走！"

他们在所剩残兵的掩护下，身影终是没入冷冽风中，天边只传来白翁那噙满热泪，嘶哑悲痛的一句："二哥，我们来世再做兄弟！"

海风呼啸，浪花拍打着礁石，今夜的琅岐岛上，月色格外清寒，风中之前还弥漫着太白红梅的甘冽醇香，此刻却已被一股浓烈的血腥味盖住。

白茫茫的月光下，白翁一行人忠心耿耿，护送着钟离越直往海边逃去。

以杭如雪为首的几方援军，紧跟在他们身后穷追不舍，骆青遥虽已被救出，但当下却还有更重要的事情要做，今夜绝不能叫这帮人逃脱了，只因——

那已经集齐的八张羊皮地图还在钟离越身上，若真叫他们逃脱，开启那阴兵鬼阵了，天下必将有一场不可预估的浩劫，届时生灵涂炭，血流成河，将会为人间带来一场最可怖的梦魇！

无论如何都要阻止他们，一定要夺过那些地图，彻底毁掉！

夜风猎猎，海浪翻涌，当白翁领着所剩无几的残兵护送钟离越赶到海边时，却一瞬间如坠冰窟，难以置信——

他们最后一丝希望都破灭了，那破军楼的侠士们早快他们一步，将绳索割断，尽数毁掉了海边的船只！

白翁一跺脚，来不及多想，揽过钟离越，又扭头奔入了夜风中。

一行人且战且退，终是被逼到了海边一块高高的礁石上，前方除却一望无际的大海，再无生路！

那些残兵守在礁石前，在漫天箭矢中咬牙抵抗，不知还能支撑多久。

"别再逃了，你们已经没有退路了，就此归降吧！"

骆秋迟上前一步，在月下一抬手，漫天箭雨陡然停下，他遥望那礁石上的两道身影，长声喝道："不要再执迷不悟了，交出那海底墓的八张地图来，这荒诞的一切都该结束了！"

月光笼罩着海边那方礁石，白翁携钟离越站在那高处，望向下方将他们重重包围的兵马，呼吸急促，正要开口之际，一个熟悉的声音却忽然在月下传来："孩子……小越，你放下一切吧，不要再抱着复国的执念了，余生做个普普通通的人，过些简单快活的日子，难道不好吗？"

月下重重的包围圈中，那忽然走出来的一道身影，在辛鹤与骆青遥的搀扶下，抬头面向礁石，不是别人，赫然正是那双目被剜，本应被关在地下石室中的辛启啸！

他与辛如月、杜聿寒被辛鹤与骆青遥他们从石室里救了出来，却不急着让那喻庄主先瞧一瞧伤势，反而执意要赶来这海边，保下钟离越一命。

夜风掠过他的衣袂发梢,他头发尽白,一番纷纷扰扰后,终是重见天日,却仿佛苍老了十岁般,从前的一身威严都被海风冲淡,只剩下过尽千帆、看透浮生世事的沧桑。

倘若他还有双眼,此刻一定是饱含热泪,带着如同父亲一般的温柔深深望着钟离越:"孩子,放下这一切吧,你还能够回头……"

辛鹤望着礁石上那道穷途末路、一夕间从云端高高坠下的身影,也是百感交集,双眸泛红了一圈。

骆秋迟在一旁扬声道:"是啊,童鹿不可能再回到过去了,你们所做的一切都没有意义,不如趁早放下执念,交出手中的那八张地图来,还可换取一线生机……"

钟离越目光幽幽地望着礁石下的包围圈,一身清贵的皇袍在月下飞扬着,他背脊孤傲地挺立着,长长的影子摇曳,声音在呼啸的海风中,忽地冷冷飘来——

"如果归降了,这些被你们俘获的童鹿百姓,朕的子民,他们会得到善待吗?"

礁石下的一众人心中一喜,见钟离越似乎有松动之意,骆秋迟连忙扬声道:"当然,我以东夷侯的身份向你保证,绝对妥善安置童鹿遗民,不伤他们一分一毫!"

终归是些普通的老百姓,大梁与童鹿也没有宿怨,能够兵不血刃地解决这一切,让这场腥风血雨止于今夜,自然是最好不过的。

钟离越似乎在月下笑了笑,又迎着夜风,幽幽问道:"那朕呢?你们准备如何处置朕?"

事实上,都不用多此一问,他比任何人都清楚,等待他的将会是什么。

果然,骆秋迟在月下一怔,斟酌了一番语句后,才委婉道:"你随我们的军队回盛都,皇城那般大,完全可以找一处地方让你住下,定是山清水秀,让你忘却前尘往事,余生无忧。"

钟离越唇边的冷笑更甚,心中亮如明镜,怎会听不明白这藏于话中的深意?

"找哪一处地方给朕住?"他冷笑之中带着一丝讽刺,站在月下道,"是一间屋、一处庭院,还是一座山庄?"

冷风拂过他的皇袍,他声音在风中遥遥传来:"什么山清水秀,余生无忧,不用说得这么好听,不过是换个地方囚禁罢了,这一回又能望见头顶多大的一片天?"

骆秋迟在月下一时语塞,心思急转,正欲再开口时,那钟离越身旁的白翁已经上前一步,沉声喝道:"陛下,不用再跟他们啰唆了,童鹿人不会归降的,老臣愿用血肉之躯,为陛下战至最后一刻!"

他虽提足了力气说话,声音里却明显能听得出一丝颤抖,身子也在大风中摇摇欲坠,似乎有些站不稳,钟离越忙伸手一扶。

这一扶,他却是脸色大变。

只因在白翁的后背处,他竟是摸到了一手的黏稠,那浓烈的血腥味扑鼻而来,少年面色煞白,这才发现,原来身旁的老者后背早已中了数箭,生生撑到此时此刻,已是强弩之末,再也站不住了。

"阿翁!"

钟离越泪光闪烁，那忠心耿耿护了他大半辈子的老者却终是无力支撑，高大的身躯霍然倒了下去，钟离越凄厉的一声划破夜空："不！"

海浪呼啸，冷月照着那方礁石，老者躺在少年怀中，老泪纵横，声音中带着无尽悲怆："陛下，老臣对不住陛下，要先走一步了……"

"不，阿翁，不要，你不要走，朕不许你死……"才登位一夜的年轻君主，此刻在月下却哭得像个孩子一般，抱紧了那浑身是血的老者，他伸手拼命地捂住他汩汩流出的鲜血，却怎么捂也捂不尽，身子不住颤抖间，少年终是彻底崩溃，"阿翁你别扔下朕，朕求求你，别扔下朕……"

相伴了这么多年的君臣二人，情意早就如同爷孙一般，那白翁躺在钟离越怀里，也是泪眼滂沱，极尽不舍："陛下别哭，老臣也不舍得陛下，可终究要先走一步了……"

那冷风中摇曳的两道身影，恸哭的声音回荡在月下，一老一少相依间竟是说不出的凄凉，叫骆秋迟一行人都不觉动了恻隐之心。

大风猎猎，钟离越埋下头，贴向白翁渐渐冰冷的脸颊，泪水滑落下来，颤抖的身子逐渐平复，不再声嘶力竭，而是红着双眸，在夜风中忽然幽幽道："阿翁，你疼不疼？"

他仿佛被抽去了魂魄般，抱着白翁喃喃着："你是不是很疼？"

白翁颤巍巍地伸出手，头一回抚摸上了钟离越的脑袋，他用最后的气力哽咽道："阿翁不疼，阿翁只是……心疼陛下。"

他的陛下这一生过得太苦了，说到底，他如今也只是个孩子罢了，他看着他一点点长大，没有谁比他更加懂他的艰辛不易，心疼他这一路走来受到的万般苦楚。

他是真的，真的……舍不下他这个"小主子"啊！

海浪翻涌间，钟离越抱着白翁的双手又紧了紧，他贴着他的脸颊，感觉到他已是弥留之际，不由放柔了声音："阿翁，你累了吧，你好好睡一觉，朕唱家乡的歌谣哄你睡去，你睡着了就不疼了，梦里还能望见家乡，抬头就是童鹿的一轮月光，阿翁，你好好睡一觉，朕送你回家……"

他将浑身是血的老者抱在怀中，温柔地哼唱起了歌谣，就像从前他哄他睡去时一般。

那时他被关在那间阴冷的地下石室里，忠心耿耿的老人总是偷偷来看他这个"小主子"，在他一次次于梦魇中惊醒，哭喊着要找祖母时，将他搂入怀里，一遍遍地安抚着他，直到他睡去为止。

这多么多年，他们之间也当得上一句"相依为命"了。

礁石上冷风凛冽，歌声回荡，白翁的目光渐渐涣散，望着天边那一轮明月，听着少年哼唱的歌谣，唇角微扬，抚摸着他脑袋的那只手，终是……倏然垂了下去。

钟离越身子一颤，歌声却没有停下，依旧抱着怀里死去的白翁，在月下轻轻哼唱着那故乡的歌谣。

守在礁石下的那些童鹿残兵们个个皆已是泣不成声，不知谁起了头，他们也开始跟着钟离越一同，在海风中唱起了那家乡的歌谣。

歌声越飘越远，仿佛要飘回那方虚幻如烟，再也不复存在的故国。

四方包围的人马全都静了下来，无边夜色中，竟无一人忍心打扰这场悲壮的送别。

不知过了多久，那歌声才渐渐停下，礁石上的少年抬起头，望向天边那轮皎洁的月光，忽然幽幽一叹："今天……是中秋啊。"

他在月光笼罩下，倏然扭过头，对骆秋迟一行人提出了一个颇为突兀却又莫名能够理解的要求。

"你们能够送一盒月饼过来吗？"

少年身上的皇袍在风中飞扬着，他声音像从天边幽幽传来："吃完了，朕便如你们所愿，抱着白翁的尸身下来。"

月饼很快就送来了，这还是今日这场盛宴上，钟离越特意命人准备的。

他在大婚前就下了令，务必要在中秋之夜，让岛上每一个人都能够吃上那热腾腾的月饼，感受到那份久违的故乡滋味。

可今夜过后，他再也不会有故乡了。

装着月饼的食盒被送到了礁石下那些守着的残兵手中，两个人爬上了礁石，跪在钟离越面前，将那食盒递到他眼前："陛下，月饼来了。"

直到这般时刻，他们还是对他恭敬跪拜，真心实意地唤他一声"陛下"。

钟离越的眼眶不觉又是一热，苍白的一张脸在月光下却没有显露出更多神情了，他只是一挥手，在海风中轻轻道："我只要两个就行，其他的你们拿下去吧，吃完后就带着剩下的人马归降吧，这是朕对你们下的最后一个命令。"

那两个侍卫身子一颤，霍然抬头，不可置信，泪眼婆娑："陛下！"

"下去吧。"钟离越闭上眼眸，又挥了挥手，似乎心力交瘁，"朕吃完月饼，也会下去的，你们无须担心。"

礁石上冷风猎猎，月光苍凉，终是只剩下了钟离越一人，不，还有他怀中那一具尚存温热的老者尸体。

他打开白翁的手心，将一个月饼放在了他手里，握紧了他的五指。

另一个月饼，他慢慢送到了自己嘴里，一边看着月亮，一边缓缓吃着，天地间寂寂无声。

在所有目光的注视下，他终于吃完了那一个月饼，将身上的皇袍拍了拍，抱起已经死去的白翁在月下站起了身。

白翁的身子原来那样轻，轻得像只剩下一把枯骨。他哪还有血肉？这么多年来，早就已经全部献给了他的陛下，献给了童鹿。

"你们说过，会善待朕的子民，对吗？"

白茫茫的月光下，钟离越站在高高的礁石上，声音宛若从天边传来。

领着大批军队围在礁石下的杭如雪点点头，扬声道："东夷侯所说亦代表了大梁的态度与立场，只要你立刻归降，必当优待。"

钟离越站在猎猎大风中，一身皇袍飞扬着，一字一句道："望你们言而有信，不要伤害这些童鹿遗民，他们已经失去过一次家园与亲人，别让他们再承受第二次伤痛，请务必——"

他深吸口气，在风中拔高了语调："务必善待他们！"

说完这句，他又看向了人群里，目光锁了那道本该在今夜成为他的皇后，与他共同见证童鹿光复的身影："辛鹤，你能再像从前那样叫我一声吗？"

辛鹤胸膛起伏着，眼眶骤然一热，仰头看着那道苍白瘦削的身影，颤声喊道："小越……哥哥。"

她眸中的泪水再也忍不住，潸然落下，眼前依稀浮现出那么多年，他们在一起朝夕相伴过的无数画面，那一点一滴皆带着温情动人的光芒，霎时抹去了所有鲜血与伤害。

旧时光当真是个温柔的美人，即使面目全非，也能让人万般不忍，生不出一丝怨怼。

钟离越听了辛鹤喊的这一声后，在礁石上轻轻点了点头，似乎心满意足，再无遗憾。

"朕登位才短短一夜，只如昙花一现，一枕黄粱，大梦空空，虽生无法复国，死却可……殉国。"

天命昭昭，浮萍飘摇，大梦到头一场空，这可笑荒谬的一生也终是走到了尽头。

少年一袭皇袍随风飞扬，喃喃的话语飘在月下，下面的辛鹤听出不对，脸色骤然一白："不，不要！"

但为时已晚，钟离越已经抱着白翁的尸体，决然地转过身去，纵身一跃，投入了翻腾不息的大海中。

即便只当了一夜的君王，他钟离皇室的子孙也应该保全作为一个帝王的尊严，以一个王者的姿态死去。

"父皇，不肖子孙、亡国之君钟离越，来与你相会了。"

跃入大海的那一瞬，钟离越似乎触碰到了父亲飘荡在海上的亡魂，他闭上了双眸，含笑而去。

辛鹤的泪水夺眶而出，痛彻心扉的一声响彻夜空——

"小越哥哥！"

阳光笼罩在琅岐岛上，海面波光粼粼，又一年春暖花开，岛上处处生机盎然，再也闻不到一丝血腥味，只有随风阵阵飘来的花香。

辛鹤在海浪的翻涌声中又一次梦到了钟离越，他还是年少时的模样，被囚在石室里，苍白瘦削，目光却清澈无比，干净美好得像一轮明月。

岛上纷纷扰扰终是彻底了断，湛蓝的天空一望无际，像是不曾笼罩过任何阴霾般。

在钟离越跳海自尽后，辛启啸告诉了辛鹤一件事，其实，钟离越曾经去那间地下石室里，悄悄看过他几回。

看守的人原本在喂他吃饭，中间却像是换了一个人，他虽然双目被剜，可心却不盲。

"是……是你吗？"

对方沉默了，没有承认，也没有否认。

于是那一刻，辛启啸心中升起了一股无法言说的激动，他语无伦次地说了许多话，说着辛家犯下的罪孽，向少年忏悔，但对方一直沉默着，没有任何回应。

直到说到一半时，那少年才冷不丁开口，陡然问了一句："我父亲……是什么样子的？"

辛启啸一怔，却又更加兴奋地说起了那位记忆中善良美好、温润如玉、唇边始终带着淡淡笑意的小太子，还说起了他们之间那个曾经的约定。

"如果有一天，我当上了岛主，就立刻将你放出来，然后带你乘船出海，去看海鸟，看蓝天白云，看一望无际的大海，还让你瞧一瞧那些金发碧眼的异域人，好不好？"

当年在那场金色的黄昏里，窗下缱绻的风中，他们彼此曾交换过最真挚的一颗心，却不会想到，多年后，一切会变成如今这般荒唐又凄凉的局面。

整个讲述之中，钟离越始终一言不发，沉默地听着，直到离去时，他才忽然幽幽问了一句："如果再重来一次，你还会……留下我一条命吗？"

辛启啸抬起头，毫不犹豫，神色坚定，一字一句地回答道："我会，就算再来十遍百遍，我依然不会对你下手，在我心中，你是辛家亏欠的幼主龙脉，是兄长的孩子，更是我……血浓于水的亲人。"

春暖花开，万物复苏，一切都是最朝气蓬勃的模样。

辛鹤离开琅岐岛前，除却父亲与姑姑外，还找到了杜聿寒，向他告别，也将自己的岛主之位全权托付给了他。

岛上纷乱已平，父亲与姑姑的身子也恢复得差不多了，虽然他们失去的东西都再也回不来了，但至少他们还能安宁地活下去，嗅一嗅这万物生长、明媚春光的气息。

而辛鹤也是时候离开琅岐岛，去找一个人了。

她在乘船出发前，在翻涌的大海边，蹲在了杜聿寒的轮椅前，望着他的双眸，满心歉疚："杜小五，对不起，我要离开一段时间了，不能再守着你了，你要好好照顾自己……"

杜聿寒是杜家的五公子，辛鹤与他自小一起长大，一直唤他"杜小五"。

"杜小五，我想去找一个人，很想很想，我心底始终放不下他，我没办法欺骗我自己，对不起，你会……怪我吗？"

辛鹤正忐忑不安间，轮椅上的杜聿寒却是温柔地笑了笑："为什么要说对不起呢？"

他迎着海边的阳光，微眯了双眸，俊美的一张脸上露出了光风霁月般的笑意："喜欢一个人，有什么错呢？你照顾了我这么久，其实我很多次都想跟你说……不必这样，我不会将你捆绑在我身边，也不会让你为我这双腿负责一辈子，你也有喜欢的人，难道还不明白吗？"

杜聿寒望着轮椅前愣住的辛鹤，笑得更加温柔了："喜欢一个人，就是希望她过得好，每天都无忧无愁，盼她一生快快乐乐，就像你放在心里的那个人一样，难道不是吗？"

杜聿寒深吸口气，又看向湛蓝的天空，衣袂飞扬间，唇边的笑意丝毫不改。

"其实我这双腿并非是你的错，你不必歉疚于怀，始终郁郁无法释然。放下吧，做回原来的辛鹤，海阔天空任你翱翔，你去找你喜欢的那个人吧，我会在琅岐岛上，望着远方，在心底深处默默祝福你们的。"

辛鹤呼吸微微颤抖着，不知怔了多久后，才一头扎进了杜聿寒怀中，失声痛哭："你这个傻子，你为什么要……为什么要这样好！"

"你才是个傻姑娘呢。"杜聿寒眼中也闪烁起波光来，轻轻抚摸着辛鹤的长发，字字句句动情无比，"你比所有人都要好，都要好……我只愿你喜欢的那个他，这一辈子能够好好照顾你，再也不要让你受到任何伤害。"

辛鹤在杜聿寒怀中泪如雨下，双手紧紧抱住他，哽咽不成声："杜小五，你也会……也会遇到另一个她的，那个与你两情相悦的人一定很快就会出现了，一定的！"

杜聿寒哑然一笑，望向自己空荡荡的下半身，双眸一黯，声音低不可闻："但愿吧，我不强求，也不知道这辈子还会不会有这样的福气。你说，哪个姑娘会愿意嫁给一个残缺的人呢？"

"胡说！"辛鹤从杜聿寒怀中抬起头，红着双眼，一声吼道，"你这样好，不过一双腿没了罢了，算什么残缺？哪个姑娘能嫁给你，才是毕生修来的福气呢！"

"知道了，闹得我耳朵都疼了。"杜聿寒挠了挠耳朵，笑了笑，又在辛鹤额头上轻轻一弹。

"傻姑娘，走吧，不用担心我，替我多看一看外面广阔的世界，说不定哪一日你就为我带回了那个修了毕生'福气'的姑娘呢？"

春风拂过竹岫书院，辛鹤再一次来到盛都的时候，付远之也正好带着苏萤从柳明山庄赶回了皇城。

所有请柬都已经发出去了，他与苏萤，有情人终成眷属，即将要有一场大婚了。

说来简直妙不可言，许是他们之间那份深情到底是感动了老天爷，改写了那一方天煞孤星的命格。

那一夜在琅岐岛上，苏萤昏死过去，付远之痛彻心扉，还以为彻底失去了她，还好她心脉一息尚存，被那喻庄主救下，后来又带回了柳明山庄，悉心医治。

苏萤一直处于昏迷的状态，当时喻庄主说，她一条命虽然救了回来，不知何年何月才会苏醒过来，问付远之愿否一直等下去。

付远之自然坚定不移，甚至还进宫面见了梁帝，说希望梁帝暂时免去他丞相一职，让他能够留在柳明山庄，守护在心爱之人的床边，等待她苏醒过来的一天。

他一生为着江山社稷，百姓万民，殚精竭虑，大公无私，唯独这一回，想为了心爱之人，自私一次。

梁帝却没有免去他的丞相一职，只是给他空出了那相位，由鲁行章暂时代之，待到付远之他日归来时，依旧是大梁的丞相。

付远之对鲁行章不胜感激，临行前还调侃他，不如他直接替他做这个丞相算了，将前面那个代字去掉。

鲁行章却是想也不想地拒绝了，素来古板的脸上也露出一丝笑意："少来，老夫不适合为相，朝里不知多少人看着我这张老脸苦不堪言呢，你最好早些回来，朝廷之上可少不了你这位'载花付郎'。"

付远之这一去，竟当真在来年春日带着苏萤回到了皇城。

一梦醒来后，苏萤恍如隔世，她一身武功全都废掉了，却是像她从前所期盼的那样，重获新生，过上了寻常姑娘的日子，在这天地之间终于有了一个家。

她前半生在刀尖上舔血，尽数奉献给了故国信仰，后半生就让她平平淡淡、过着万家灯火的生活，陪在爱人身边，相夫教子，真正为自己而活一次吧。

阳光笼罩着那所巍巍宫学，又一年春日大考，门前那鲜红的榜单一放出，立刻就围上了一大片争先恐后的学子。

他们迫不及待地往那榜单上看，紧张地找着自己的名字，今年又有一批新生要进入宫学了，去年那一位故人却不知何时会归来。

骆青遥、裴云朔、喻剪夏、姬宛禾、陶泠西几人也站在长空下，远远望着这一幕，心潮起伏，感慨万千。

一年前，辛鹤就是通过这春日大考来到了竹岫书院，与他们结下了这份缘，只是不知道如今，她在那琅岐岛上过得怎么样呢？

春暖花开，轻柔的微风又拂过宫学，"六人小队"却独独缺了一人。

骆青遥站在风中，神色有些落寞，耳边恍惚间却忽然听到一声："青瓜！"

他疑心自己太过思念，出现了幻觉，那个熟悉的声音却又更加清晰地传来："青瓜！"

他终于扭过头去，却是一瞬间，瞳孔骤缩，身子在阳光下颤抖不已，不敢相信自己的一双眼眸！

"青瓜！"

裴云朔几人也齐齐回过头，长阳之下，那道纤秀灵动的身影站在风中，衣袂飞扬，斑驳的阳光洒在她含笑的眉眼间，长街上人来人往，她却好像一道独独有着绚丽色彩的光影般，令周围人都失了颜色。

裴云朔与喻剪夏、姬宛禾、陶泠西几人，在这一刹那间，心潮澎湃，眼眶湿润，激动得难以自持。

骆青遥却是呆住了，真真正正地呆住了，一动不动地望着阳光下的少女，像坠入梦中一般。

这一回出现的辛鹤不再是女扮男装,而是一袭随风摇曳的长裙,乌发扬起,俏生生地站在长街上,从头到脚说不出的清丽灵秀。

"怎么,这么快就忘了你们的'辛师弟'了吗?"她勾起唇角,笑吟吟地调侃道,面上带着少女独有的狡黠。

"对了,忘了告诉你们了,这一次的麒麟大考,我也参加了,你们替我去榜单上看一看,有没有考得比去年好啊?"

灵动含笑的声音里,又像是一波从天而降的惊喜,让裴云朔与喻剪夏几人不知所措,愣在了书院门前。

辛鹤却将双手背在身后,迎着春日洒下的明媚阳光,莞尔一笑:"这一回,你们可得改口了,要叫我一声'辛师妹'了,听见没……"

她话还未说完时,那个俊逸的少年已经风一般朝她掠来,一声呼喊响彻长空:"小鸟!"

他衣袂翻飞,眼眸粲然若星,猛地一把将她抱起,她猝不及防地栽入他怀中,被他一把举起,他双手紧紧揽住了她的腰肢,在阳光下抱着她欣喜若狂地转起了圈。

"小鸟,你回来了,你真的回来了!我还以为,还以为……"

他就那样无所顾忌地发着疯,毫不在意街上行人的目光,以及书院门前那些学子们惊愕的眼神,在风中激动得眼泛泪光,心头狂跳不止。

"还以为什么?"辛鹤揪起少年的耳朵,凑近了他,故意装得凶巴巴的,"我不回来,你还打算去认其他的小师妹不成?"

她嘴上虽然这样说道,眼眸却也不知不觉湿润了,阳光洒在他们的衣袂发梢上,他们心跳挨着心跳,从没有一场迎面拂来的春风让他们觉得这样温柔动人。

"你这个傻青瓜,不是说好了一辈子在一起,再也不分离吗?"

月色皎皎,大红的灯笼在风中摇曳着,相府门前车马不息,宾客络绎不绝。

付远之与苏萤的这场大婚,许多人都从四面八方赶了回来,其中一人最为特殊,那便是当今梁帝最小的姑姑——叶阳公主。

她嫁去了西夏,后因西夏王驾崩,便回到了故国,与骆秋迟他们也是情谊深厚的故人。

这些年来她带发修行,吃斋念佛,每一年还会回西夏一趟,祭奠亡夫。

而每一次护送她的人,无一例外,全都是那位年轻的玉面将军,杭如雪。

多年下来,许多东西早在岁月流淌间,心照不宣了,只是谁也没有先开口。

这回付远之大婚,叶阳公主从西夏赶了回来,见到杭如雪,依旧不改一番调侃:"小杭将军,你怎么还没成家?你可都参加两回婚礼了,什么时候也能让我们喝上你那杯喜酒呢?"

杭如雪脸上一红,在众人促狭的目光下,不敢抬头望向那道美丽的身影,只是又像从前一样,红着脸道:"公主莫再……莫再打趣末将了。"

众人忍俊不禁,放声大笑,叶阳公主也笑得眉眼弯弯,神情间却带着说不出的温柔。

仪式开始前，骆秋迟携闻人隽找到了席间一袭新郎红裳的付远之。

闻人隽心潮激荡，泪光闪烁道："世兄，我没有说错吧？我从前便说了，你日后一定能遇上命中注定的那个姑娘，会真心待你，与你一世幸福美满，如今总算实现了，真是太好了，你欢不欢喜？"

付远之点点头，一双眼眸也不由微微泛红。

骆秋迟揽过闻人隽，对着他一挑眉："有了小苏姑娘，我可就放心多了，你这家伙总算不用再打着光棍儿，孤家寡人一个了。"

他们正说话间，又有两兄妹携贺礼前来，人未近前，笑声先到："阿远恭喜你啊，你这'载花付郎'总算是'名花有主'了,盛都城里可不知道有多少姑娘要躲在被中偷偷哭一宿了，你说是不是？"

那前来的两兄妹不是别人，正是当年在宫学念书时，与骆秋迟一行人历经过生死的同窗好友，孙家兄妹孙左扬与孙梦吟！

故人再聚首，感慨万千，弹指一挥间，岁月匆匆。

他们这帮老友正在叙旧时，那岑子婴却凑在姬宛禾身边，一个劲儿地向她问道："听阿朔说，你们那次在海上，九死一生，是不是真的啊？"

姬宛禾不耐烦地一挥手："你都问了我一个晚上，烦不烦啊？你真这么想知道，下次自己也出去闯一闯呗。"

岑子婴眼眸一亮，点头如捣蒜："好啊好啊，我正想去那所谓的江湖上见识见识呢，等参加完这场大婚后，我们就动身吧？"

"我们？谁说我要跟你一起了？我们两个很熟吗？"姬宛禾一时间莫名其妙，指了指自己，又指了指岑子婴，瞪着双眼道，"你是你，我是我，哪来的'我们'？"

她都不知道岑子婴哪来的一股兴奋劲儿，一整晚这么热情地围着她，到底是想干什么？

岑子婴被这一呛，抿了抿唇，却还想说什么时，姬宛禾已经望向院里，欣喜奔去："爹，娘！"

姬文景与赵清禾也前来参加这场大婚了,陶泠西陪在他们身边，不知同他们说了些什么，逗得他们不住点头而笑。

琅岐岛一事后，陶泠西也因立下功劳，受到了梁帝的嘉赏，并且他所做的一些精巧的机关偃甲更是让梁帝颇为喜爱，他那与生俱来的天赋与才华均得到了梁帝的肯定。

梁帝开始三天两头就召他入宫，甚至还赐了他一块"皇家偃师"的令牌，打算将他研制的一些精巧武器为宫中的御林军配上。

陶泠西一时成了圣上跟前的红人，不仅如此，姬宛禾还借机在梁帝面前揭露了陶氏那对大伯夫妇的恶毒面目，梁帝听了后亦愤愤不平，当即下了一道圣旨，为陶泠西主持公道。

陶泠西不仅回到了陶家，名正言顺地拿回了属于自己的东西，还摇身一变，成了陶氏一族的家主，可谓是扬眉吐气，风光无限。

可他在姬宛禾面前，却还是一点儿也没变，依旧是那个"呆木头"。

岑子婴望着姬宛禾奔去的身影，见她又跟陶泠西站到了一块儿，心有不甘，一咬唇，想要追入院中时，却被身后一人陡然拉住。

岑子婴回首一看，正是满脸含笑的萧然，他悠悠道："佳人无心，你何苦上去自讨没趣？"

萧然羽扇一摇，还是万般风情，一字一句道："六郎，你这样死缠烂打可追不上心爱的姑娘，瞧瞧人家多聪明，直接把她父母都摆平了，你可落后太多了，还不打算想些法子吗？"

"萧然，你教我你教我！"岑子婴一激灵，猛地抓住萧然的衣袖，兴奋道，"你唱了那么多戏，一定知道怎么讨姑娘欢心！"

"那是自然，你听我跟你说……"

萧然的话还未说完，璀璨的烟花当空绽放，仪式正式开始了！

月下铺着长长的红绸锦绣，付远之挽着苏萤一步一步走入了众人的视线。

人群里，骆青遥望着这一幕，悄悄拉了拉身旁的辛鹤："小鸟，真不知道哪一天，我才可以看见你为我穿上嫁衣的模样？"

辛鹤脸上一热，一声啐道："呸，不害臊，谁说我要嫁给你了？"

"你不嫁给我，还想嫁给谁啊？"

骆青遥左右望望，趁所有人都看向那对新人时，忽然凑近辛鹤，猝不及防在她脸上亲了一口。

"你这辈子都是我一人的小鸟，注定要陪在我身边，再也飞不走了！"

辛鹤一张脸更红了，作势要打骆青遥，手却被他紧紧攥住了。

少年的眼眸里映出羞赧的她，他们四目相对，却终是同时笑了。

那时月下，少年背着她，说的那番话似乎还回荡在风中："小鸟，我想跟你在一起，看遍四时风景，走遍万里山河，吃遍天下美食，永远也不要分离，好不好？"

"好，永远也不分离。"

漫天烟花下，他们牵住了彼此的手，岁月悠长，地老天荒，千言万语，不尽情意都只在这相视的一眼中。

山川河海，浩瀚星辰，鲜衣怒马，携手春秋，此生幸而有你。

番外·求亲记

（一）

　　"爹，还是……算了吧。"骆青遥低下头，苦恼地捂住了脸，"我真的说不出口。"
　　"有什么说不出口的？"骆秋迟一拂袖，指着儿子恨铁不成钢地道，"不就是一句——你愿意嫁给我吗？你现在不对着你爹多多练习一下，除夕那天怎么对着人家姑娘求亲啊？"
　　这一年的除夕格外特殊，辛鹤受到骆青遥的邀请，没有只身回琅岐岛，而是跟着大家一起去崇明塔上看烟花，守岁过年。
　　到时，不仅是骆家，宫学里的一帮小伙伴，裴云朔、喻剪夏、姬宛禾、陶泠西等人也会前来，而骆青遥的义父，付远之亦会带着夫人苏萤登上崇明塔。
　　相府中如今是喜气洋洋，只因付远之的夫人苏萤现已怀有三个月的身孕，付远之一改往日的沉稳持重，随身揣了包糖，见人就发，笑得跟朵花儿似的。
　　这其中，尤其给骆秋迟发得最多，付远之一边塞糖，一边撺掇着道："你家遥哥也要抓紧了呀，不如今年除夕就跟人家姑娘求个亲吧，正好喜事成双，怎么样？"
　　骆秋迟回了府，直接将一大把糖摔到骆青遥脸上，作老父痛心状："你瞧瞧，你瞧瞧，你义父都要生孩子了，你这傻小子还打光棍儿呢，这都落后多少了？"
　　骆青遥一时被砸蒙了，抬头结巴道："可义父……跟爹你是一辈的啊，关我什么事？"
　　"我不管，反正今年除夕，你一定要把人家姑娘给我定下来了，省得夜长梦多！"

骆秋迟大手一挥，火速开始训练骆青遥，奈何遥哥太纯情，死活就是说不出那句"你愿意嫁给我吗"，骆秋迟都快气吐血了。

"老子怎么就生出你这么个呆瓜了，当年追你娘的时候要是也像你这么磨磨唧唧，早被你那一肚子坏水的义父抢走了！"

骆青遥委屈无比，捂住脸呜咽了一声，骆秋迟没办法，只能大发慈悲放过他了，叹声道："行了行了，不说这句也成，反正就表达这么个意思，到时你自己发挥，拣你能说得出口的，听见没？"

（二）

烟花漫天，红绸飞扬，除夕转眼就到。

一帮人热热闹闹地上了崇明塔，除了辛鹤还蒙在鼓里外，其余人互相使着眼色，个个皆心照不宣，暗自窃笑，知晓今晚的重头戏是什么。

待到古钟一下下撞响，时辰越来越近时，众人开始找借口纷纷起身，如厕的如厕，拿东西的拿东西，偌大的塔顶上眨眼只剩下了骆青遥与辛鹤两人。

天地开阔，烟花绚烂，骆青遥拿起手中的披风替辛鹤裹上，有些心虚地道："小鸟，外面太冷了，我们进去烤下火吧。"

辛鹤毫无所察，两人进了塔中，围坐炉前，骆青遥忽然觉得浑身燥热起来，心跳也不由加快了。

"那个，小鸟，你知道我的新岁愿望是什么吗？"

来了，来了，要步入正题了，屏风后挤着的一大堆人兴奋不已，个个竖起耳朵，唯恐漏听了哪句话。

辛鹤扬起唇角，她今夜穿回了一身女装，脸上淡扫脂粉，红唇动人，喻剪夏还替她梳了一个清丽的发髻，塔外烟花绽放的光芒映在她脸上，整个人显得灵秀无比。

骆青遥不自觉地就咽了咽口水："其实，我的新岁愿望是……"

屏风后所有人的一颗心都吊了起来，外头骆青遥却支吾了半天，依旧说不出个完整句子。

骆秋迟简直要气死了，恨不能一脚踹了屏风，出去"替儿求亲"——"你愿意嫁给我，进我骆家的门吗？"就这一句话，到底是有多难？

还真是十分之难，骆青遥连着喝了几口酒后，才深吸口气，下定决心般："小鸟，我想问你，你愿意——"

他话还没说完，外头一道烟花已当空炸裂，又一下古钟撞响，骆青遥身子一哆嗦，整个人没稳住，直接向前一栽，将辛鹤扑到了地上。

"青瓜，你……你不至于吓成这样吧？"辛鹤仰面看着骆青遥，只觉他今日怪怪的，"你到底想跟我说什么？"

"我，小鸟，我是想问你，你愿意……"

少年声音颤得不成样子，屏风后的众人竖起耳朵，个个在心中不住催促着："快说啊，快说啊，你愿意嫁给我吗？"

"我想问你——你愿意死了之后埋到骆家的坟地里，跟我躺一块儿吗？"骆青遥眼一闭，心一横，终于一气呵成地将话问了出来。

辛鹤却愣住了："啊？"

屏风后的一众人也傻了，简直快要吐血了。

骆青遥显然也知道自己说得不妥，连忙睁开眼慌张找补："不，不是，我是说，你愿意，愿意……生是骆家的人，死是骆家的鬼吗？"

辛鹤一双眼瞪得更大了，骆青遥忙又改口："呸呸呸，其实是……"

骆秋迟终于再也听不下去了，抬起一脚，狠狠踹翻了屏风，气势凛凛地现身塔中。

"这傻小子是想问你愿不愿意嫁给他。"中气十足的声音回荡在塔顶，屏风后的众人险些跟着摔出来，个个没了遮挡，无所遁形，大眼瞪小眼间，却是忍俊不禁，又齐齐笑了起来。

辛鹤一张脸瞬时红透，彻底明白过来，急忙就想起身，却又被骆青遥压了下去，他仿佛生出了无穷的勇气，深情地看着辛鹤的眼眸，终于问出了那句——

"小鸟，你愿意嫁给我吗？"

塔外烟花灿烂，流光飞舞，除夕夜的最后一记钟声也在天地间响起，悠远绵长，新的一年终于到来了。

骆青遥也在粲然的光芒中，猛地埋下了头，不管不顾地堵住了辛鹤的双唇，仿佛害怕听到她的拒绝。

身后众人笑着捂眼，塔外烟花绚丽若梦，夜风中只传来辛鹤的一声呢喃，带着踏过千水万山的温柔，叩击在了骆青遥的心房上。

"我……愿意。"

后记

少年子弟江湖老

写大结局时，一直在听《难念的经》。

"笑你我枉花光心计，爱竞逐镜花那美丽，怕幸运会转眼远逝，为贪嗔喜恶怒着迷。"

纵观《江山鹤歌行》全书，每个人都有自己的求而不得，追花逐月，爱恨嗔痴，无尽怅然。这是一群最鲜活的面孔，一片最动人的江湖。

伴随着荡气回肠的旋律，敲下一字一句的过程中，我几度落泪，尤其是钟离越跳海赴死那段，我更是深深吸了几口气，才能够平复情绪继续写下去。

对于这个人物，读者们大概又恨又怜，我也有许多感慨，希望下辈子他能有简单恬淡的一生，有家有故乡有爱人为伴。

在大结局里，我特意安排了两季宫学的主角团们悉数登场，齐聚一堂，而终章的标题叫作"成亲"，也跟第一部《江山少年游》的结尾一模一样。

这其实算是我的刻意为之，寄托了我对两部宫学系列的美好祝福，老大与阿隽有情人终成眷属，付师兄也终于等到了自己的好姑娘。

至于遥哥和小鸟他们，年纪尚轻，还有更广阔的江湖等待着他们去闯荡，六人小队说不定哪天又会上路，又说不定还会增加新的成员，青山绿水，一切都还长远着呢，未来充满了无尽挑战与妙不可言。

前路漫漫，就像遥哥曾背着小鸟在月下说过的那番话一样——

"我想跟你在一起，看遍四时风景，走遍万里山河，吃遍天下美食，永远也不要分离，好不好？"

山川河海，浩瀚星辰，鲜衣怒马，携手春秋，此生幸而有你。

至此，两部官学系列终是暂时落下了帷幕。

无法言说这个系列带给我的触动，我直到今天还会在某些时刻，不由自主地记起那一张张笑脸，好像他们就是跟我相识多年的一群活生生的故人，一直都没有离开过我，始终都在我筑造的那个世界中继续着他们的故事。

我爱他们，在他们身上寄托了我最美好的愿景。

熟悉我的读者朋友应该都知道，我有江湖情结，也有少年情结，将我最喜欢的元素放在一起，就组成了两部官学系列，也就是大家如今看到的《江山少年游》与《江山鹤歌行》。

身处繁杂俗世之间，我无法去到的地方、无法经历的奇遇、无法感受到的刻骨铭心，他们都能代我一一实现。

多年以后，我再回头翻看这两本书，也能欣慰一笑，自己终是不负青春年少了。

在我的写文生涯中，得以留下这样的故事，留下这样一群可爱的人，我心满意足了。

都说少年子弟江湖老，但在我心中，这群鲜活的少年们却永远都不会老。

他们永远站在巍巍山峦中，站在那片动人的江湖里，熠熠生辉，赤子如初。

愿我，愿你，愿所有纷杂世间之人，都能永葆此心，永怀意气，永不忘记那样炙热真切、坦坦荡荡、无畏无惧、热血年少的自己。

最后，感谢一直支持我的读者朋友们，咱们下一个故事见，希望那时的你们，依然像今天一样笑容明净，有梦可依。

江山鹤歌行 贰

作者
吾玉

封面绘图
霜林醉

封面设计
杨小娟

内文版式
严岩

图片总监
杨小娟

特约编辑
罗长敏

出版社
中国致公出版社

总出品
湖北知音动漫有限公司

制作出品
知音动漫图书·漫客小说绘

图书在版编目（CIP）数据

江山鹤歌行.贰/吾玉著.--北京：中国致公出版社，2020

ISBN 978-7-5145-1620-3

Ⅰ.①江… Ⅱ.①吾… Ⅲ.①长篇小说-中国-当代 Ⅳ.①I247.5

中国版本图书馆CIP数据核字(2020)第035613号

本书由吾玉委托湖北知音动漫有限公司正式授权中国致公出版社，在中国大陆地区独家出版中文简体版本，并取得其他衍生授权。未经书面同意，不得以任何形式转载和使用。

江山鹤歌行.贰 / 吾玉 著

出　　版	中国致公出版社
	（北京市朝阳区八里庄西里100号住邦2000大厦1号楼西区21层）
出　　品	湖北知音动漫有限公司
	（武汉市东湖路179号）
发　　行	中国致公出版社（010-66121708）
作品企划	知音动漫图书·漫客小说绘
责任编辑	徐慧 罗长敏
装帧设计	杨小娟 严岩
印　　刷	中印南方印刷有限公司
版　　次	2020年12月第1版
印　　次	2020年12月第1次印刷
开　　本	710mm×1120mm　1/16
印　　张	17
字　　数	370千字
ISBN	978-7-5145-1620-3
定　　价	39.80元

版权所有，盗版必究（举报电话：027-68887933）
（如发现印装质量问题，请寄本公司调换，电话：027-68890818）